SALIM GÜLER

# TÄUSCHUNG

Thr



EDITION M

Veröffentlicht bei Edition M,
Amazon Media E.U. Sàrl
5 Rue Plaetis, L-2338 Luxembourg
Februar 2015


Umschlaggestaltung: bürosüd°, www.buerosued.de
Umschlagmotiv: Getty Images, 184919871, Character Design
Lektorat: Christiane Saathoff, www.lektorat-saathoff.de
Satz: Dr. Rainer Schöttle Verlagsservice
Printed in Germany
by Amazon Distribution GmbH
Amazonstraße 1
04347 Leipzig, Germany

ISBN: 978-1-503-94405-3

www.amazon.de/editionm

# Aus den Informationen des Bundesamtes für Verfassungsschutz

**Islamismus:**
Der Begriff des Islamismus bezeichnet eine religiös motivierte Form des politischen Extremismus. Damit richten sich islamistische Bestrebungen gegen die Wertvorstellungen des Grundgesetzes, insbesondere gegen die freiheitliche demokratische Grundordnung.

**Islamistischer Terrorismus:**
Islamistischer Terrorismus ist der nachhaltig geführte Kampf für islamistische Ziele, die mithilfe von Anschlägen auf Leib, Leben und Eigentum anderer Menschen durchgesetzt werden sollen.

**Islamistisches Personenpotenzial:**
Ende 2012 gab es 30 bundesweit aktive islamistische Organisationen. Das islamistische Personenpotenzial in Deutschland ist auf 43.190 gestiegen (die Zahlen sind geschätzt, die Dunkelziffer dürfte deutlich höher liegen).

Somit leben in Deutschland mindestens 43.190 Menschen, die dem Gedankengut des islamistischen Terrorismus nahestehen!

# 1

## *11. 6. 2014*

*Unterschätze nie deinen Feind und traue niemals deinem Freund!*

Die Bedeutung dieses Satzes hatte er nicht erst durch seine wahren Freunde zu verstehen gelernt. Es waren Worte, die bereits sein Vater Ali seinem Bruder und ihm mit auf den Weg gegeben hatte, als er beschloss, sich der heiligen Sache anzuschließen.

Seine Mutter hatte furchtbar geweint, ihren Ehemann immer wieder angefleht, sie nicht mit den vier Kindern alleinzulassen, doch sein Vater hatte geantwortet: »Weib, sei still. Du bist nicht allein, Allah ist mit dir!«

Damals war er noch jung gewesen, zu jung, um zu verstehen, warum sein Vater sie verlassen musste. Er hatte seinen Vater gehasst, weil er Angst hatte, ihn zu verlieren, denn er liebte ihn doch.

Als sich sein Vater von ihnen verabschiedet hatte, war er weggelaufen, sodass er den traurigen und enttäuschten Blick des Vaters nicht mehr hatte sehen können. Heute schämte er sich dafür, denn er verstand, dass er sie für ein höheres Ziel verlassen hatte. Für das Ziel, Allah zu dienen.

Und wie von seiner Mutter prophezeit, kam Ali nicht mehr aus dem Irak zurück. In der Familie und der Heimat wurde er als Held gefeiert, als Märtyrer. Und noch heute respektierten Verwandte, Bekannte und Freunde seine Familie.

Aber dieser Respekt konnte seiner Mutter nicht helfen, denn sie stand trotz allem vor der Aufgabe, allein vier Kinder großzuziehen. Irgendwie gelang es ihr. Ihre Kinder wurden erwachsen, so auch Hussein. Seine Geschwister heirateten und gründeten Familien. Nur er nicht. Und irgendwann begriff er, warum. Seine Aufgabe war eine andere als die, eine Familie zu gründen. Er sollte in die Fußstapfen seines Vaters treten.

Sie waren riesig, aber er war dennoch gewillt, ihm keine Schande zu bereiten. Sein Glaube an Allah würde ihm helfen, nicht zu versagen. Er zweifelte nicht an seinem Glauben, auch wenn die Umstände, weshalb alles so gekommen war, sehr unorthodox waren. Aber Allahs Wege waren für die einfachen Menschen oft unergründlich.

Sein Glaube half ihm, mit dem Verlust seines Vaters fertigzuwerden. In der Moschee war er immer willkommen und irgendwann lernte er Gleichgesinnte kennen.

Ihr Imam lehrte sie, was es wirklich hieß, den Koran zu lesen. Nicht nur zu lesen und zu verstehen, sondern auch danach zu leben. Schon früh pilgerte er nach Mekka. Diese heilige Pilgerfahrt, der Hadsch, war ein allen Muslimen von Allah aufgetragenes Gebot. Doch für Hussein war es mehr als ein Gebot, es war eine Bestimmung.

Nach dem Hadsch war sein Glaube noch intensiver und der Weg, den er zu gehen hatte, noch klarer. Deutschland und alle anderen Imperialisten waren für ihn verlogen und Sklaven der USA. Und er wollte alles tun, was in seiner Macht stand, um den Menschen die Augen zu öffnen.

Lange hatten er und seine Glaubensbrüder auf die perfekte Gelegenheit gewartet, ein riskantes Spiel gespielt. Und heute war der Tag endlich gekommen. Hussein war überzeugt, dass wahre Gerechtigkeit auf der Welt nur im Koran zu finden war. Solange die Länder nicht Allah folgten, so lange würde es keinen Frieden auf der Welt geben.

Und damit das geschehen konnte, war er bereit, alles herzugeben, was er besaß: sein Leben. Ob seine Familie ihn verstehen würde? Er wusste es nicht, aber er hoffte, dass sie es tun würde, irgendwann!

Für Allah zu sterben, hieß, im Paradies wiedergeboren zu werden. Schließlich war es richtig, was er tat. Er war ein Held und bald würde er ein Märtyrer sein wie sein Vater. Und alle Welt würde über ihn und seine Gruppe sprechen, denn er war nicht allein. Sie waren Gleichgesinnte und jeder wusste, was er zu tun hatte. Sie bereiteten den Weg für eine andere, eine bessere Zukunft.

Er warf einen Blick auf seine Uhr. Sie zeigte 15.06 Uhr, also hatte er noch ein bisschen Zeit. Hussein fragte sich, was wohl seine Glaubensbrüder, denen die gleiche Ehre zuteilwurde, gerade dachten. Waren sie nervös und glücklich zugleich?

Er jedenfalls war es. Die einzige Sorge, die er hatte, war, dass die *gavurs*, die Ungläubigen, von ihrem Vorhaben erfuhren und sie stoppten. Doch Allah, so hoffte er, würde das zu verhindern wissen.

Er warf einen erneuten Blick auf die Uhr: 15.08 Uhr.

»Zeit, deine Pflicht zu tun«, sagte er zu sich selbst und zog seine Jacke an. Er betete noch einmal kurz, indem er die Hände leicht geöffnet nach oben hielt und eine kurze Sure aufsagte.

Danach verließ er seine Zweizimmerwohnung in Köln-Ehrenfeld.

Der Teufel, das waren die westlichen Staaten, davon war er überzeugt. Überall in den arabischen Ländern wie Libyen, Ägypten oder Syrien sorgten ihre Geheimdienste dafür, dass die Ordnung zusammenbrach. Der Arabische Frühling war eine große Lüge der Geheimdienste, das hatte ihm sein wahrer Imam immer wieder gesagt. Es waren die westlichen Geheimdienste und ihre Spione, die die arabischen Länder ins Chaos stürzten.

Und am Ende war ihnen die große Täuschung gelungen, denn die Menschen in Deutschland und im Westen glaubten, dass Moslems gegen ihre eigene Regierung rebelliert hatten, doch sie irrten sich. In Ägypten, Marokko, Tunesien und Libyen hatten sie gesiegt, und bald würden sie wohl auch in Syrien siegen. Es war an der Zeit, die Spielregeln zu ändern.

Er bestieg seinen Wagen und fuhr Richtung Kölner Hauptbahnhof. Hussein achtete darauf, dass er sich an die

Geschwindigkeitsbeschränkungen hielt; das Letzte, was er wollte, war aufzufallen.

Er parkte seinen Wagen in der Nähe der Eigelsteintorburg und warf erneut einen Blick auf die Uhr. Sie zeigte 15.42 Uhr. Er lag noch gut in der Zeit. Und wieder waren seine Gedanken bei den Brüdern der Gruppe. Hatten sie schon ihr Ziel erreicht? Er wünschte es sich sehr. Er glaubte nicht, dass sie entdeckt worden waren, denn dann hätte man ihn informiert.

Sie waren nicht irgendwelche dummen Moslems. Monatelang hatten sie alle Eventualitäten durchgespielt, sich mit Hightech ausgerüstet für den Fall, dass die Polizei sie schnappen sollte. Jeder von ihnen trug einen Sensor bei sich, den er betätigen würde, wenn ihre Mission zu scheitern drohte, damit die anderen gewarnt waren.

Und da noch keine Warnung eingegangen war, war er frohen Mutes, dass auch seine Brüder kurz vor ihrem Ziel standen. Hussein schaute noch einmal in den Wagen, damit er nichts liegen ließ, und folgte danach dem Eigelstein Richtung Hauptbahnhof.

Sein Gang war weder schnell noch langsam, sondern genau so, wie unauffällige Passanten gehen würden, das jedenfalls glaubte er. Knapp hundert Meter vor ihm standen zwei Polizisten; er versuchte, sie zu ignorieren und im normalen Gehtempo hinter sich zu lassen.

Der Eigelstein hatte eine hohe Ausländerdichte, und das schien für die deutsche Staatsmacht Grund genug, um mit erhöhter Polizeipräsenz Flagge zu zeigen. Für Hussein war das nichts Neues. Repressalien durch die Staatsgewalt war er gewohnt und er war überzeugt, dass dies allein auf seine Herkunft zurückzuführen war.

Gerade als er die beiden Polizisten passiert hatte, hörte er ein »Stopp!«.

Er blieb stehen und drehte sich langsam zu den Polizisten um, da er sich seine Nervosität nicht anmerken lassen wollte. Das Vorhaben durfte nicht seinetwegen scheitern. Mit dieser Schande könnte er niemals leben.

Dennoch hatte er die linke Hand nahe an der Hosentasche, um gegebenenfalls den Sensor auszulösen.

»Ja, bitte?«, fragte er so höflich wie möglich.

»Wohin wollen Sie?«, fragte einer der Polizisten mit einem Blick, dem er schon oft begegnet war, gerade wenn er der Staatsgewalt gegenüberstand. Immer wieder wurde er von Polizisten angehalten, einfach nur, weil er Moslem war und sich nicht schämte, es zu zeigen. Doch diesmal war er froh, dass er auf seine Glaubensbrüder gehört und sich seinen Bart abrasiert hatte und statt seines Kaftans Jeanshose und Hemd trug.

»Zum Bahnhof, warum?«, fragte er und hoffte, dass die Polizisten ihm seine Nervosität nicht ansahen.

Obwohl er versuchte, locker zu bleiben, gelang es ihm nicht. Die Anspannung stieg, vor allem weil er das Gefühl hatte, dass einer der Polizisten ihn besonders misstrauisch anstarrte.

*Ob sie was wissen*, fragte er sich.

»Haben Sie Ihren Ausweis dabei?«

Hussein sagte nichts, griff in die Hosentasche, zog seine Geldbörse hervor und zückte seinen Ausweis.

»Eingedeutscht«, sagte der eine Polizist zum anderen und Überraschung lag in seiner Stimme.

Das waren die Augenblicke, in denen Hussein wusste, warum er das tat. Warum nur in Allah und dem Islam die Antwort liegen konnte. Ansonsten würden die Polizei und der Staat sie immer weiter drangsalieren, demütigen und wie Menschen zweiter Klasse behandeln.

»Sie sind hier geboren?«

»Ist das ein Verbrechen?«, beantwortete Hussein die Frage mit einer Gegenfrage. Der Polizist zog eine Grimasse und Hussein ahnte, dass ihm die Antwort nicht schmeckte.

»Ist es nicht ein bisschen zu warm für eine Jacke?«, fragte der Polizist arrogant und abfällig.

»Ich friere schnell«, gab Hussein von sich.

»Als Türke«, lachte der größere Polizist, der ihn anscheinend auf dem Kieker hatte.

»Ich bin Deutscher. Ich bin in Deutschland geboren und habe einen deutschen Pass, das macht mich doch zu einem Deutschen«, sagte Hussein gereizt, obwohl er wusste, dass er damit die ganze Mission gefährdete. Der abfällige Ton und der Blick des Polizisten gefielen ihm nicht, und wenn Menschen immer nur schwiegen – wie sollte sich jemals etwas ändern?

Nein, sie hatten lange genug geschwiegen, heute begann die Zeit der Abrechnung. Sollten sie ihn verhaften! Er würde den Sensor nicht betätigen, damit die Mission nicht abgebrochen wurde. Er würde den Polizisten aufs Revier folgen und dann würden sie ihre Hochnäsigkeit verlieren.

»Alles okay, Sie können weitergehen«, antwortete der kleinere Polizist, der sich bisher zurückgehalten hatte, und gab ihm seinen Ausweis zurück.

Hussein nahm den Ausweis, steckte ihn zurück in die Geldbörse und entfernte sich mit normalen Schritten. Sein Unterhemd war klatschnass. Dennoch zeigte es ihm, dass es richtig gewesen war, sich nicht alles gefallen zu lassen. Vielleicht hatten sie ihn in Ruhe gelassen, weil er ihnen Kontra gegeben hatte. Das jedenfalls wollte er glauben.

*Allah ist mit dir*, machte er sich wieder Mut und fühlte sich bestärkt in dem, was er zu tun hatte. Er betrat den Kölner Hauptbahnhof, der wie an jedem Nachmittag voller Menschen war und in dem es sehr hektisch zuging. Er hasste diese Hektik, da er nicht verstand, was es den Menschen wirklich brachte, ein paar Minuten Zeit zu sparen. Wofür? Aber so waren sie nun einmal.

Er verließ den Hauptbahnhof durch den Haupteingang und befand sich auf dem großen Bahnhofsvorplatz. Dort blieb er kurz stehen und warf einen Blick auf seine Uhr, sie zeigte 16.02 Uhr. Das Gespräch mit der Polizei hatte ihn wertvolle Minuten gekostet, aber er lag noch in der Zeit, stellte er beruhigt fest. Er ging weiter und folgte den steilen Treppen, die zum Domvorplatz führten. Da es ein schöner Tag war, saßen viele Menschen auf den Stufen, unterhielten sich und schienen sich prächtig zu amüsieren.

Einige Punker baten ihn um Kleingeld, was er aber ignorierte. Er zog an ihnen vorbei, doch dann blieb er plötzlich stehen und machte kehrt.

»Betet zu Allah und ihr werdet im Paradies sein«, sagte er, öffnete seine Geldbörse und gab ihnen alles Geld, das er besaß. Es waren 11,09 Euro.

»Wow, danke, Mann. Für die Kohle bete ich zu jedem Gott«, grinste einer der Punks. Hussein antwortete nicht. Wozu auch? Sie hatten nichts verstanden, daher würde Allah sie auch nicht im Paradies empfangen.

Er ging weiter, bis er auf dem großen Platz vor dem Dom stand. Dort tummelten sich jede Menge Touristen, Einheimische und Schaulustige, da hier die Hohe Straße mit der Fußgängerzone und den Shops einmündete.

Sein Blick wanderte wieder zur Uhr, sie zeigte 16.12 Uhr.

*Gleich ist es so weit*, stellte er angespannt fest. Er fühlte mit der Hand über seine Jacke und hoffte, dass nichts schieflief. Er war nicht der Bombenexperte. Dafür waren andere Glaubensbrüder verantwortlich, aber er vertraute ihnen blind.

Mit langsamen Schritten betrat er das Heiligtum der Christen. Noch nie zuvor hatte er eine Kirche betreten. Es war kalt und dunkel und der Prunk, den er sah, sagte ihm nichts anderes, als dass das Christentum niemals gleichwertig neben dem Islam bestehen konnte. Der Islam war der einzig wahre Glaube und es gab keinen Gott außer Allah und Mohammed war sein Gesandter. Das stand für ihn außer Frage.

Im Kölner Dom befanden sich viele Menschen, die überwiegend ruhig die Atmosphäre auf sich wirken ließen. Einige beteten, andere bewunderten das große Atrium, wieder andere die Kunstwerke. Keiner schien ihn zu bemerken. Er ging in die Mitte der Kathedrale und tat so, als würde er das Bauwerk genauer betrachten.

Neben ihm stand ein junges Pärchen. Eine Blondine und ein Südländer. Hussein vermutete, dass er Türke war.

»Hier hätte ich gerne mal Sex«, sagte die Blondine leise und grinste dabei.

»Du Ferkel«, antwortete ihr südländischer Freund und kniff ihr in den Po. Hussein hatte für die beiden nur Verachtung übrig.

*Unter einer islamistischen Herrschaft wären solch schändliche Gedanken nicht möglich*, dachte er und warf einen letzten Blick auf die Uhr.

16:14:34 zeigte die Digitalanzeige.

Seine Gedanken waren bei seinen Glaubensbrüdern. Er hoffte inständig, dass auch sie ihr Ziel erreicht hatten und sie sich gleich gemeinsam im Paradies in den Armen liegen würden.

Dann konnte er nur noch laut »*Allahu akbar*« rufen, ehe ein sehr lauter Knall Angst, Schrecken und Tod brachte.

# 2

Die Angst war allgegenwärtig. Zumindest für die, die versuchten, die Menschen vor dieser Angst zu schützen, damit sie nicht von ihr beherrscht wurden. Und dank dieser Menschen konnten die anderen seit den verheerenden Anschlägen vom 11. September 2001 beruhigt ihren alltäglichen Aufgaben nachgehen. Seitdem hatte der Westen nur zwei Mal bei der Überwachung der Terroristen wirklich versagt, nämlich am 11. März 2004, als es Attentätern bei einer Anschlagserie in Madrid gelang, 191 unschuldigen Menschen das Leben zu nehmen, und am 7. Juli 2005, als Selbstmordattentäter in London in drei U-Bahn-Zügen und einem Doppeldeckerbus 56 Menschen töteten und über 700 teils schwer verletzten.

Die Zahl Elf schien dem Westen nichts Gutes zu verheißen. Denn wieder war es der elfte Tag eines Monats, der Hunderte Unschuldige das Leben kostete und die Angst wieder aus dem Unterbewusstsein der Gesellschaft zurückholte.

Und diesmal traf es Deutschland!

Der Schock saß tief, sehr tief, zumal alle in Feierstimmung waren. Schließlich stand die WM vor der Tür und die Sender berichteten über das große Ereignis, welches am 12.6.2014 offiziell starten sollte. Da war eigentlich kein Platz für einen Anschlag. Eigentlich.

Wer konnte so grausam sein?

Er hörte die Nachricht im Auto auf *SWR 3*. Keine fünf Minuten vorher hatten die beiden Moderatoren noch über die WM gespaßt und überlegt, wie die Chancen für Deutschland standen, endlich den Titel zu holen, als sie die Sendung für eine wichtige Eilmeldung unterbrachen: Explosion im Kölner Dom!

Kurz darauf klingelte schon sein BlackBerry. Das BKA wie auch viele Regierungen und Geheimdienste der Welt nutzten BlackBerry-Handys, da sie als sehr sicher galten und nicht so leicht abzuhören und zu manipulieren waren wie iPhones oder Android-Handys.

»David«, meldete er sich über die Freisprechanlage seines Wagens.

»Ansgar, bist du noch in Köln?«, fragte die Stimme aufgeregt.

»Ja, sag nicht ...?«

»Hast du schon gehört?«

»Nur, dass es eine Explosion im Kölner Dom gab.«

»Fahr bitte sofort hin.«

»Was ist passiert, Uli?«

»Das weiß ich nicht, aber wir müssen mit dem Schlimmsten rechnen.« Er seufzte.

»Scheiße, doch nicht Terroristen?«, schlussfolgerte Ansgar und Entsetzen lag in seiner Stimme.

Er bremste, machte einen U-Turn und bretterte Richtung Kölner Dom. Eigentlich war er auf dem Weg nach Hürth gewesen, wo seine Eltern wohnten. Er hatte sie besuchen wollen.

Ansgar war achtunddreißig Jahre alt und einen Meter fünfundachtzig groß. Er war sehr sportlich, hatte volles dunkelblondes kurzes Haar, und man sah ihm an, dass er auch skandinavische Wurzeln hatte. Seine Mutter war Schwedin und sein Vater Deutscher.

»Wir reden später darüber, ich will, dass du zum Dom fährst und mich dann sofort informierst.«

»Mach ich«, antwortete Ansgar und beendete das Gespräch.

Keine fünfzehn Minuten später erreichte er die Domplatte, wo er seinen Wagen im Halteverbot abstellte. Der Dom war schon weiträumig abgesperrt, die Kölner Polizei war vor Ort. Er zückte seinen Ausweis und konnte passieren.

Was er dann sah, schockierte ihn mehr, als er sich eingestehen wollte. Überall lagen Verletzte und Tote, Körperteile und Trümmer. Er hörte Schreie und Weinen. Es sah aus wie auf einem Kriegsschauplatz.

»Keine Zivilisten«, hörte er hinter sich jemanden brüllen.

Er drehte sich um. »Ich bin kein Zivilist«, antwortete er dem Mann. Ansgar schätzte ihn auf Ende vierzig, er war etwa so groß wie Ansgar, aber deutlich korpulenter und hatte eine Glatze.

»Wer sind Sie?«, fragte der Mann unfreundlich. Seine Nerven schienen bis zum Zerreißen gespannt. Ansgar nahm ihm das nicht übel; wen hätte die Situation nicht überfordert?

Er zeigte ihm seinen Ausweis und antwortete: »Ich übernehme ab hier.«

»Was?«, fragte der Mann erschrocken.

»Ich habe keine Zeit, mit Ihnen zu diskutieren. Erzählen Sie mir lieber, was Sie wissen«, forderte Ansgar ihn energisch auf.

Der Mann zögerte für einen kleinen Augenblick, antwortete dann aber: »Das wissen wir auch noch nicht genau. Wir vermuten einen Sprengstoffanschlag, aber wir sind noch dabei, Zeugen zu verhören.«

»Und wann genau hat sich der Anschlag ereignet?«

»Wir waren um 16.25 Uhr hier, kurz nach dem Anschlag. Um 16.16 Uhr ging der erste Notruf in der Zentrale ein.«

»An so einem beliebten Ort dürfte zwischen Explosion und Anruf in der Notrufzentrale wahrscheinlich maximal eine Minute vergangen sein.«

»Ja, das denken wir auch.«

»Gibt es schon Zahlen zu Verletzten und Toten?«

»Noch keine verlässlichen, es dürften aber Hunderte sein.«

»Scheiße«, antwortete Ansgar und entfernte sich von dem Mann. Er näherte sich dem Eingang des Kölner Doms.

*Was war schiefgelaufen?*, dachte er, da er nicht verstand, wie so eine Katastrophe hatte passieren können. Schließlich hatte es keinerlei Anzeichen gegeben, dass irgendeine Terroristengruppe einen Anschlag plante. Selbst al-Qaida verhielt sich unauffällig. Er wollte nicht glauben, dass dieser Anschlag einen terroristischen Hintergrund hatte, aber die Toten und Verletzten, die er sah, erzählten eine andere Geschichte.

Wenn es wirklich ein terroristischer Anschlag gewesen war, dann hatten die Behörden gründlich versagt. All ihre Kontrollen, ihre Vorsichtsmaßnahmen, Beschattungen, Abhörmechanismen, einfach alles hatte versagt, denn es war einer Organisation gelungen, diese zu umgehen. Es sei denn, es handelte sich um einen psychisch kranken Einzeltäter. Gegen solche Wahnsinnigen waren auch die besten Vorsichtsmaßnahmen zwecklos.

Und wenn er ehrlich war, dann hoffte er, dass es die Tat eines durchgeknallten Einzeltäters war, das würde die Aufklärung deutlich vereinfachen. So oder so, seine Behörde würde sich unangenehmen Fragen der Presse stellen müssen.

Vor dem Eingang zum Dom standen zwei Polizisten.

»Sie können hier nicht rein«, mahnte einer von ihnen.

Ansgar zückte seinen Ausweis. »Glauben Sie mir, ich will da gar nicht rein, aber ich muss.«

Nachdem die Polizisten den Ausweis kontrolliert hatten, ließen sie ihn passieren. »Denkt wohl, er wäre was Besseres«, hörte er hinter seinem Rücken flüstern, als er an ihnen vorbeiging und den Dom betrat. Welcher der beiden Polizisten das gesagt hatte, war ihm letzten Endes egal; solche Sätze war er gewohnt.

Auch im Dom waren Polizisten, Feuerwehrleute und Sanitäter dabei, Verletzten zu helfen und Tote zu bergen. Ansgar fuhr sich über seinen kurzen Bart. Er hatte schon überall auf der Welt schlimme Dinge gesehen, aber so etwas wie hier, das war selbst für ihn mehr, als er ertragen konnte.

»Das sieht nicht gut aus, Ansgar, ganz und gar nicht«, sagte er zu sich selbst, als er langsam das ganze Ausmaß dieses Anschlags begriff.

Er kannte den Kölner Dom sehr gut, erst gestern war er noch ahnungslos an ihm vorbeigegangen. Es musste um fast dieselbe Zeit gewesen sein wie heute, als sich der Anschlag ereignet hatte. Einen Tag später und er hätte unter den Verletzten oder Toten liegen können. Bei diesem Gedanken drehte sich ihm der Magen um.

Die Sprengkraft der Bombe musste gewaltig gewesen sein – nach dem zu urteilen, was für einen Schaden sie an den Säulen und Fenstern des Domes angerichtet hatte.

Er schaute sich überall gründlich um und machte Fotos mit seinem Handy. Immer wieder wurde er ermahnt, keine Spuren zu verwischen, und immer wieder zückte er seinen Ausweis, damit die Kollegen Ruhe gaben.

Nachdem er alles gesehen hatte, glaubte er nicht mehr an einen Einzeltäter. Es konnte sich nur um einen Terroranschlag handeln, und er brauchte Unterstützung.

# 3

Keine dreißig Minuten später war die Spezialeinheit der Terrorabwehr des BKA vor Ort, unterstützt wurde sie vom LKA. Die Kölner Polizei wurde zu Statisten degradiert, die sich nach den Anweisungen der Spezialeinheiten richten mussten, deren kommissarischer Vorgesetzter nun Ansgar war.

In der Zwischenzeit hatte er noch eine Nachricht erhalten, die er erst verdauen musste. In Berlin und Frankfurt hatte es zeitgleich Anschläge mit wahrscheinlich Hunderten von Toten gegeben.

Demnach musste er die letzte, winzig kleine Hoffnung, dass es sich doch um einen psychisch kranken Attentäter handeln könnte, endgültig begraben. Schon bald würde die Presse unangenehme Fragen stellen und somit ihre Arbeit unnötig behindern, ganz zu schweigen von den unfähigen Politikern, die ihr Gesicht in jede Kamera halten würden, um kundzutun, dass sie alles tun würden, um die Anschlagserie aufzuklären. Als würden diese Politiker bei den Ermittlungen behilflich sein. Ansgar hatte nie einen Hehl aus seiner Abneigung ihnen gegenüber gemacht.

»Man könnte meinen, wir wären im Krieg«, äußerte sich ein Kollege, als er neben Ansgar trat.

»Wir sind im Krieg. Das hier ist nichts anderes als eine Kriegserklärung«, antwortete Ansgar trocken. »Macht euch an die Arbeit. Ich brauche Ergebnisse, und zwar schnell.«

Bitterkeit lag in seiner Stimme, denn er wusste, wie schwierig das hier werden würde.

Er veranlasste, dass die ursprüngliche Absperrung der Polizei um dreihundert Meter erweitert wurde. Das bedeutete, dass auch der Kölner Hauptbahnhof von dieser Absperrung betroffen sein würde sowie Teile der Fußgängerzone. Er wollte kein Risiko eingehen. Das Letzte, was er gebrauchen konnte, war, dass noch eine Bombe hochging. Spürhunde und ein Bombenspezialteam wurden herbeigerufen, die die Umgebung nach weiteren Bomben absuchten.

Sein Handy klingelte. Er warf einen Blick auf die Uhr, es war seine Mutter. Er konnte sich ein Lächeln nicht verkneifen.

»Hallo«, meldete er sich, als er den Anruf annahm.

»Hallo, Ansgar. Wolltest du nicht schon längst zu Hause sein, Schatz?«

»Ja, Mama, aber es ist leider etwas dazwischengekommen.«

»Sag nicht, der Anschlag auf den Kölner Dom?«, fragte seine Mutter. Sie wusste zwar, dass er beim BKA arbeitete, aber nicht, für welche Abteilung, das war geheim.

»Ja, Mama«, antwortete er und fügte noch schnell »aber mach dir keine Sorgen« hinzu, da er seine Mutter kannte. Natürlich machte sie sich Sorgen. So waren Mütter nun einmal.

»Wir haben das eben im Fernsehen gesehen. Es läuft auf allen Sendern. Wir schauen gerade die *ARD*. In Berlin und Frankfurt haben die Terroristen auch eine Bombe hochgehen lassen. Ganz schlimm.«

»Mama, wir wissen noch nicht, ob es Terroristen waren.«

»Aber der Moderator sagt das doch die ganze Zeit«, korrigierte ihn seine Mutter, als stünde es außer Frage, wer so eine schreckliche Tat tun könnte.

»Das sind die Medien. Nimm nicht alles ernst, was die sagen«, versuchte Ansgar, seiner Mutter gegenüber die tatsächliche Gefahr kleinzureden.

»Hoffentlich irrst du dich nicht. Sei vorsichtig, mit den Islamisten ist nicht zu spaßen.«

»Mach ich.«

»Wann kommst du zum Abendessen?«

Wäre die Situation nicht so dramatisch gewesen, hätte er laut aufgelacht. In drei Städten gingen Bomben hoch und seine Mutter wollte wissen, wann er zum Abendessen kam. Aber das Leben ging einfach weiter, egal wie tragisch die Dinge waren. Er war jedoch nicht wie seine Mutter, er konnte nicht einfach zur Tagesordnung übergehen, so sehr er sich das auch wünschte.

»Rechne bitte nicht mit mir. Ich werde hier noch einiges zu tun haben. Gut möglich, dass ich die Tage arbeiten muss.«

»Wie?«, fragte sie und Sorge schwang in ihrer Stimme mit.

»Ich melde mich. Ich muss jetzt auflegen, die Pflicht ruft.«

»Mach das, ich werde am Telefon warten. Und mach nichts, was dich in Gefahr bringt. Hab dich lieb.«

»Ich dich auch. Tschüs«, antwortete Ansgar und beendete das Gespräch. Genau in diesem Augenblick berührte jemand seinen Rücken, und als er sich umdrehte, standen zwei Männer vor ihm, einer hielt eine Kamera auf Ansgar gerichtet.

»Wer sind Sie?«, fragte Ansgar schärfer als beabsichtigt.

»Wir arbeiten für *RTL News*.«

»Schalten Sie die Kamera aus. Sie haben hier nichts zu suchen«, blaffte Ansgar die Männer an und gab ein Zeichen, dass man die beiden Störenfriede entfernen sollte.

»Schon mal was von Pressefreiheit gehört?«, versuchte der andere Mann, Ansgar von seiner Meinung abzubringen.

»Bitte sorg dafür, dass die beiden von hier verschwinden«, sagte Ansgar zu einem Kollegen, der jetzt neben ihm stand, und ignorierte die Worte des Journalisten.

»War es ein Terroranschlag?«, versuchte der Journalist noch einmal sein Glück, als Ansgars Kollege ihn recht ruppig wegdrängte. Ein weiterer Kollege kam ihm zu Hilfe.

»So eine Scheiße, wie konnte das passieren?«, fragte Ansgar aufgebracht.

»Was ist los?«, fragte eine BKA-Kollegin.

»Die Presse. Einem Journalisten und einem Kameramann ist es gelungen, durch die Absperrung zu gelangen. So etwas darf nicht passieren.«

»Echt? Keine Ahnung. Okay. Ich kümmere mich darum.«

»Sehr gut. Ich vertraue der Kölner Polizei nicht, die sind mir nicht konsequent genug.«

Er warf einen Blick auf die Uhr, die kurz vor 18 Uhr anzeigte. Sein Magen machte sich bemerkbar, da es Stunden her war, dass er etwas gegessen hatte, aber er konnte hier nicht weg, und das Chaos, das noch immer vor ihm lag, sagte ihm, dass es eine ganze Weile dauern würde, bis er den Tatort verlassen konnte.

Er nahm sein Handy und wollte prüfen, was die Presse über die Bombenanschläge schrieb, als es genau in diesem Moment klingelte.

»Ja«, meldete er sich. Es war Uli Neumann, sein Chef.

»Ich brauch dich in Wiesbaden. So schnell wie möglich. Wir treffen uns im Meetingraum Lissabon«, erklärte Uli.

»Gut, ich mach mich auf den Weg«, antwortete Ansgar und beendete das Gespräch.

Er steckte das Handy zurück in die Hosentasche und ging auf seine Kollegin zu.

»Kathrin, ich muss nach Wiesbaden. Wenn ihr irgendwelche neuen Erkenntnisse habt, ruf mich bitte sofort an.«

»Ja, mach ich. Fahr vorsichtig«, sagte sie und rang sich ein Lächeln ab.

Ansgar nickte nur und eilte zu seinem Wagen. Er fuhr einen schwarzen Audi A6 S-Line als Firmenwagen. Er brachte die Sirene auf dem Dach des Wagens an und bretterte los, sodass die Autos auf den Straßen nach rechts oder links auswichen, um ihm Platz zu machen. Während der Fahrt hörte er *SWR 3*, wo das Programm unterbrochen worden war, um von den »Terroranschlägen« zu berichten. Politiker aller großen Parteien meldeten sich zu Wort und sprachen ihr größtes Mitgefühl aus. Für 20 Uhr wurde eine Pressekonferenz der Bundesregierung und des BKA angekündigt.

Ansgar konnte sich gut vorstellen, warum sein Chef ihn in der Zentrale sehen wollte. Der Druck musste unsäglich groß sein. Jedes Zögern konnte Konsequenzen nach sich ziehen, der

Druck auf sie, vor allem auf seinen Chef, war gewaltig. Jahrelang war ihre Abteilung infrage gestellt worden, es gab Zweifel, ob Deutschland eine spezielle Antiterrorabteilung innerhalb des BKA überhaupt benötigte, und jetzt würde ganz Deutschland auf sie zählen.

Wenigstens würden die Politiker, die den geheim tagenden Gremien des Bundestages vorsaßen, sie nun nicht mehr infrage stellen. Einige Politiker forderten bereits, die deutsche Nationalmannschaft solle die Teilnahme an der WM absagen. Wie töricht das war, war diesen Politikern, die ihr Gesicht in jede Kamera hielten, anscheinend nicht bewusst. Denn mit so einer Reaktion spielten sie den Terroristen in die Hände. Er hoffte, dass die Nationalmannschaft und die Bundesregierung sich nicht auf solch populistische Äußerungen einließen.

Das Einzige, was ihm gerade Sorgen machte, war, dass es noch kein Bekennerschreiben gab. Eigentlich tauchten nach Terroranschlägen recht schnell erste Bekennerschreiben auf, aber diesmal gab es nichts – oder sein Chef hielt diese Information zurück.

Die Presse vermutete al-Qaida hinter den Anschlägen.

*Andere Terrorgruppen kennen die auch nicht*, spottete Ansgar. Für die Medien würde er niemals etwas übrighaben, da sie ihm immer nur im Weg standen.

»Transparenz der Ermittlungen« oder »Aufklärung der Presse« waren Worte, mit denen er nicht viel anfangen konnte, weil sie eine Wirklichkeit vorgaukelten, die es nicht gab. Wären seine Arbeit oder die Arbeit der Geheimdienste transparent, dann würde es viel mehr Terroranschläge geben, aber das wollten die Medien einfach nicht begreifen. Nicht sie waren die bösen Jungs, sondern die Terroristen, aber manchmal hatte er das Gefühl, dass die Medien auch sie zu bösen Jungs degradierten.

An Edward Snowden wollte er gar nicht denken, denn er war das beste Beispiel dafür, was in den Medien schieflief. Snowden war für ihn ein Verräter. Er hatte Tausende von geheimen Dokumenten geklaut und Ansgar war überzeugt, dass die Russen und wer weiß wer noch im Besitz dieser Dokumente waren.

Und damit gefährdete Snowden all die Geheimagenten, die ihr Leben riskierten, um ihr Land zu schützen. Wie konnte man so einen Menschen als Helden bezeichnen?

Dass er sehr bald seine Einstellung hinterfragen sollte, war ihm zu diesem Zeitpunkt noch nicht bewusst.

So in Gedanken hatte er sein Ziel bereits erreicht, die Zentrale des Bundeskriminalamtes in der Thaerstraße in Wiesbaden. Er fuhr zur Auffahrt, zeigte seinen Ausweis und wurde durchgelassen.

Nachdem er seinen Wagen geparkt hatte, begab er sich ohne Umwege zum Meetingraum Lissabon. Als er den Raum betrat, saßen schon etliche Personen darin.

»Schön, dass du da bist. Setz dich bitte. In der Kanne ist noch genug Kaffee und auf dem Tisch da hinten liegen Pizzastücke«, begrüßte ihn sein Chef Uli.

Er nahm zwei Stück Pizza und legte sie auf einen Teller, der neben den Pizzen stand, dann setzte er sich auf den nächsten freien Stuhl, stellte den Teller auf den Tisch und schenkte sich Kaffee ein. Bei der allgemeinen Begrüßung bemerkte Ansgar nur eine Person, die er nicht kannte. Es war eine Frau mit kurzen roten Haaren und heller Haut.

Obwohl sie gar nicht sein Typ war, fand er sie attraktiv. Er schätzte sie auf Ende zwanzig.

Ansgar trank einen Schluck Kaffee und biss von der Pizza ab. Jetzt merkte er wieder, wie hungrig er war.

»Da wir nun vollständig sind, können wir anfangen. Das größtmögliche Schreckensszenario ist eingetreten. Wir wurden von Terroristen angegriffen«, eröffnete Uli die Sitzung.

»Gibt es schon ein Bekennerschreiben?«, unterbrach ihn Ansgar.

»Dazu komme ich später«, antwortete Uli.

*Also doch und er hält es zurück*, dachte Ansgar, der gespannt war, welche Terrorgruppe dahintersteckte.

»In Berlin, Köln und Frankfurt gingen heute Nachmittag zur gleichen Zeit, wahrscheinlich kurz nach 16.15 Uhr, Bomben hoch. Wir müssen davon ausgehen, dass es Selbstmordattentäter waren und sich die Bomben somit aller Wahrscheinlichkeit nach an ihren Körpern befanden. Nach dem letzten Stand haben die Bomben 645 Menschen das Leben gekostet. 1200 Menschen sind zum Teil schwer verletzt, somit müssen wir davon ausgehen, dass die Zahl der Toten noch steigen wird.« Uli unterbrach sich kurz, nahm das Glas, das vor ihm auf dem Tisch stand, und trank daraus.

Ansgar sah ihm an, dass ihn die Zahlen nicht kaltließen.

»Seit dem Zweiten Weltkrieg mussten wir in Deutschland keine solch hohen Opferzahlen beklagen. Das ist eine Kriegserklärung, nichts anderes!«, sagte Uli mit erhobener Stimme. Eigentlich war er ein sehr sachlicher Mensch, neigte selten zu emotionalen Reaktionen, geschweige denn zu Wutausbrüchen. Für Ansgar war er der typische Karrieremensch auf der Beamtenlaufbahn: Er war neunundvierzig Jahre alt, trug eine stinknormale Brille, hatte einen leichten Bauchansatz und ein Haarkranz zierte sein Haupt.

Uli sah aus wie jemand, den man auf der Straße kaum wahrnehmen würde, weil er einfach sehr durchschnittlich wirkte. Was jedoch alles andere als durchschnittlich war, war sein Verstand. Ansgar hielt ihn für außergewöhnlich intelligent. Er kannte kaum jemanden, der einen so scharfen Verstand hatte und so ausgeprägt analytisch und strukturiert dachte wie er. Der perfekte Beamte für das BKA.

»Und das Schlimme«, fuhr Uli fort, »das Allerschlimmste ist, wir wissen nicht, wer es war. In drei Städten gibt es zur gleichen Zeit drei Anschläge und der BND, der Staatsschutz und wir tappen im Dunkeln. Haben nichts, gar nichts. Ich weiß nicht, wie das gehen kann. Wenn es nur in einer Stadt passiert wäre, könnte man denken, dass es ein Blindgänger war, jemand, der nicht dem typischen Muster in unserer Fahndungsmatrix entspricht, aber in drei Städten?« Uli nahm erneut einen Schluck Wasser und schaute in die Runde. Keiner traute sich, etwas zu sagen, denn alle schienen den gleichen Gedanken zu haben.

Auch Ansgar konnte sich nicht erklären, wie das hatte passieren können. Er hatte gehofft, dass Uli ihm Antworten liefern könnte, doch wie es schien, suchte er selbst noch danach. Die Sache begann so langsam, ganz gewaltig faul zu riechen.

»Was ist mit den Kollegen von der NSA?«, fragte Maik Koch. Maik war sechsundzwanzig; er hatte sein Studium vor zwei Jahren beendet und galt als Überflieger. Er war nicht nur extrem ehrgeizig und intelligent, sondern sah auch noch verdammt gut aus: groß gewachsen, blond, sportlich. Ansgar konnte mit seinem übermäßigen Ehrgeiz wenig anfangen. Vielleicht lag es aber auch daran, dass Maik ihn zu sehr an sich selbst erinnerte.

»Muss uns wieder die NSA den Arsch retten, weil wir unfähig sind?«, warf Uli in den Raum und Enttäuschung lag in seiner Stimme. Er atmete tief ein und aus. »Aber die Frage ist berechtigt, deswegen sitzt auch Nancy White bei uns am Tisch. Die meisten von euch kennen sie noch nicht. Sie ist Agentin bei der NSA und wird uns bei den Ermittlungen behilflich sein. Nancy …«, sagte Uli und erteilte ihr damit das Wort.

»Danke, Uli. Um ehrlich zu sein, haben wir auch nichts, ansonsten hätten wir euch schon informiert.«

»Nichts?«, unterbrach Steffen sie. Steffen Kühn war zweiundvierzig, kam aus Hamburg und seiner Herkunft entsprach auch sein Wesen: kühl und mit einer Prise trockenen Humors. Er sagte, was er dachte; als Diplomat war er absolut untauglich, aber er war ein verdammt guter und loyaler Kollege. Ansgar arbeitete gerne mit ihm zusammen.

Uli warf Steffen einen mahnenden Blick zu. Nancy dagegen lächelte. »Leider wissen wir wirklich nichts – oder denkst du, dass wir Informationen zu solch einer Tragödie zurückhalten würden? Das solltest du aber besser wissen«, erklärte sie und ein leichter Vorwurf lag in ihrer Stimme. Steffen schaute beschämt zur Seite.

»Unter den Opfern sind auch vierundzwanzig Amerikaner. Egal, was die Presse sagt, unsere Aufgabe ist es, amerikanische

Bürger zu schützen. Und wir müssen feststellen, dass nicht nur der BND, sondern auch die NSA versagt haben.«

*Und was ist mit den Hunderten deutschen Toten?,* dachte Ansgar verärgert, sprach es aber nicht aus. Er arbeitete nicht gerne mit seinen amerikanischen Kollegen, weil sie einfach hochnäsig waren und ihm oft den Eindruck vermittelten, als wären die Amerikaner eine besondere Spezies, deren Schutz höchste Priorität haben musste. Aber für ihn war jedes Menschenleben es wert, geschützt zu werden.

Er warf Nancy einen prüfenden Blick zu und sah in ihren Augen Entschlossenheit, die gleiche Entschlossenheit, die Maik ausstrahlte, sodass er vermutete, dass auch sie sehr ehrgeizig war und für ihren Beruf lebte. Was ihn aber am allermeisten erstaunte, war ihr perfektes Deutsch. Es war nahezu akzentfrei, sehr ungewöhnlich für amerikanische Agenten, die in Deutschland tätig waren.

»Wir sollten uns nicht gegenseitig Vorwürfe machen. Wir haben doch alle das gleiche Ziel: diese Schweine zu fassen. Gibt es schon ein Bekennerschreiben?«, fragte Sandra Krause. Sie war dreiunddreißig, einen Meter fünfundsiebzig groß, hatte lange schwarze Haare, die sie oft zu einem Zopf gebunden trug, und sah wie immer verdammt gut aus.

Ansgar hatte mit ihr eine zweijährige Affäre gehabt, von der aber niemand etwas wusste. Wie sie es all die Zeit hatten geheim halten können, war ihm noch heute ein Rätsel. Am Ende waren sie zu der Übereinkunft gekommen, dass es für sie keine gemeinsame Zukunft gab. Seitdem war ihr Kontakt deutlich distanzierter, Ansgars Gefühl nach jedenfalls. Glücklicherweise hatten sie selten Überschneidungen in ihrer Arbeit.

»Sandra hat recht. Nur in Zusammenarbeit mit den amerikanischen Kollegen werden wir diese Anschlagserie aufklären können, bevor eine weitere Bombe in die Luft geht«, erklärte Uli.

»Eine weitere Bombe?«, unterbrach ihn Felix.

»Mensch, Felix, lass mich doch bitte aussprechen. Ich weiß es nicht, aber wir müssen mit allem rechnen, das müsste euch doch klar sein. Aber zurück zu dem Bekennerschreiben. Um es auf den Punkt zu bringen: Wir haben nichts. Kein Schreiben, keinen Anruf, gar nichts. Auch in den Medien ist bis jetzt noch kein Bekennerschreiben aufgetaucht und im Internet auch nicht. Unsere Leute durchforsten gerade mit Unterstützung der NSA die sozialen Netzwerke, wo bereits heftigst diskutiert wird, aber bisher haben wir nichts Verwertbares.«

»Das ist aber sehr seltsam. Gerade Terroristen sind doch sonst so scharf auf Presse«, gab Felix zu bedenken. Felix Kröner war sechsunddreißig Jahre alt und der Spaßvogel der Truppe, immer zu einem Scherz aufgelegt. Die Ereignisse dieses Tages hatten aber auch ihn ernst werden lassen.

»Da gebe ich dir recht, aber was soll ich machen? Dennoch gehen wir von einem Terroranschlag aus, bis wir anderslautende Beweise gefunden haben«, gab Uli von sich und Ratlosigkeit lag in seiner Stimme. »Aber irgendwann wird eine Gruppe Stellung dazu beziehen und die Kollegen vom BND oder der NSA werden es dann wissen.«

Es war schon aberwitzig: Eine so bedeutende Industrienation wie Deutschland war auf die IT-Infrastruktur der NSA angewiesen, vor allem, was das Ausspähen der sozialen Netzwerke und des Internets anbelangte. Deutschland hatte wichtige Investitionen seit Jahren hinausgezögert, doch nun sollte endlich Geld dafür in die Hand genommen werden. Die Presse berichtete bereits darüber, dass der BND in den nächsten Jahren dreihundert Millionen Euro investieren wollte, damit die sozialen Netzwerke in Echtzeit ausspioniert werden konnten.

Das war aber nur die halbe Wahrheit. Ansgar wusste von dem Projekt, und das geplante Gesamtvolumen lag sogar bei fast einer Milliarde Euro. Die tatsächliche Summe kannte er nicht, aber es war höchste Zeit, dass etwas getan wurde. Das Projekt lief unter dem Namen »SIT – Strategische Initiative Technik«, und deren Ziel war es, endlich unabhängig von befreundeten Geheimdiensten wie der NSA oder des britischen Geheimdienstes GCHQ zu werden.

Denn nur so konnten der BND und das BKA effektiv arbeiten. Die Verbrechen wurden heute nun einmal über das Internet organisiert, geplant, durchgeführt und kommuniziert, das durfte Deutschland nicht unterschätzen, ansonsten riskierte man, endgültig den Anschluss gegenüber den Kriminellen zu verlieren. Schon heute galt Deutschland unter den Geheimdiensten als eine Art Mekka für das internationale Verbrechen, weil die deutschen Geheimdienste ihm technisch nichts entgegenzusetzen hatten.

Unter dieser Prämisse verwunderte es nicht, dass die Attentäter vom 11. März 2004 in Madrid und dem 11. September in New York aus Deutschland kamen oder vielmehr von Deutschland aus operiert und sich dort auf die Anschläge vorbereitet hatten.

»Und was, wenn es keine Terroristen waren?«, gab Sandra zu bedenken.

»Sehr unwahrscheinlich. Wie Uli schon sagte, drei Anschläge in drei unterschiedlichen Städten, das bedeutet, dass hier nicht nur gründlich geplant wurde, sondern auch hohes technisches Know-how vorhanden ist. Für mich ein klares Indiz für einen Terroranschlag. Die Gruppe wird sich melden. Würde mich nicht wundern, wenn es al-Qaida ist«, widersprach Maik.

»Ich pflichte Maik bei. Nur weil es noch kein Bekennerschreiben gibt, glaube ich nicht, dass es irgendwelche Spinner waren. Das waren Profis. Vor allem weil sie Orte wählten, die unter besonderer Beobachtung stehen. Medienwirksamer geht das doch nicht«, bestärkte Felix noch einmal seine These.

»Na ja, ich weiß nicht. Klar, ich gebe dir recht, der Kölner Dom ist als Anschlagsort sehr medienwirksam, aber ich war erst gestern dort und von Polizei oder besonderen Vorsichtsmaßnahmen habe ich da selten etwas bemerkt. Und wenn ich es richtig verstanden habe, ist die zweite Bombe direkt in der Frankfurter Innenstadt hochgegangen, in der Zeilgalerie, und in Berlin war es am Alex. Alles Orte, an denen sich nachmittags sehr viele Menschen aufhalten und die bundesweit bekannt sind.«

»Ich muss Ansgar beipflichten. Es ist schon erschreckend, wie wenig öffentliche Plätze, an denen sich viele Menschen aufhalten, geschützt werden«, gab Steffen zu bedenken.

»Na ja, dann kannst du ja gleich einen Überwachungsstaat einführen. Wie willst du alle Plätze schützen?«, erwiderte Sandra.

»Durch Kameras und spezielle Sensoren, die bei Bomben Alarm auslösen«, erklärte Steffen.

»Genug, es ist nicht unsere Aufgabe, uns Gedanken über die Sicherheitspolitik zu machen. Wir werden dafür bezahlt, drei Anschläge aufzuklären. Unsere Bundeskanzlerin gibt gerade eine Pressekonferenz und was denkt ihr, was danach passieren wird? … Wir brauchen so schnell wie möglich ein paar Tatverdächtige und …« Uli brach seinen Satz ab, als sein Handy auf dem Tisch vibrierte. Er griff danach und kurzes Schweigen erfüllte den Raum. Uli las die Nachricht, die er soeben erhalten hatte. Sein Gesicht drückte Angespanntheit aus, für den Bruchteil einer Sekunde funkelten seine Augen und seine Lippen verzogen sich. Ein klares Indiz für Ansgar, dass die Nachricht wichtig war.

»Das war die Spurensicherung aus Köln. Sie haben Reste einer Bombe gefunden und, was noch wichtiger ist: Stofffetzen. Stofffetzen, die darauf schließen lassen, dass die Bombe am Körper befestigt wurde. Weitere Ergebnisse sollten morgen früh vorliegen.«

»Also doch ein Selbstmordattentäter«, sprach Steffen den Gedanken aus, den wohl jeder in diesem Moment hatte.

»Ja, und somit radikale Islamisten«, ergänzte Maik seine Worte.

»Davon müssen wir wohl ausgehen, was die Sache allerdings nicht einfacher macht«, sagte Uli und rieb sich die Stirn.

»Wieso nicht? Wir kennen doch alle radikalen Gruppierungen. Die stehen unter Beobachtung und V-Leute haben wir auch unter ihnen. Also alles eine Frage der Zeit, bis wir die Schweine fassen«, widersprach Felix.

»Schön wär's. Ich habe bereits veranlasst, dass unsere V-Leute Bericht erstatten sollen. Aber was ich bekommen habe, ist ungenügend. Keiner weiß etwas. Und genau das bereitet mir Kopfzerbrechen«, erklärte Uli nachdenklich.

»Wieso?«, wollte Felix wissen.

»Wieso? … Laut Verfassungsschutz gibt es dreißig aktive islamistische Organisationen. Sie alle stehen unter strenger Beobachtung, und in jeder dieser Organisationen haben wir V-Leute. Also sind wir eigentlich über jeden ihrer Schritte top informiert. Und unsere Leute haben nichts, aber auch gar nichts von einem geplanten Anschlag gehört, nicht mal gerüchteweise!«

»Es sei denn, unsere Jungs sind nicht im inneren Kreis. Soviel ich weiß, sind einige dieser Gruppen in kleinen Zellen organisiert und jede Zelle funktioniert autonom. Die wichtigsten Informationen sind nur dem innersten Kreis der Organisationen vorbehalten. Was also, wenn genau so eine kleine autonome Zelle die Anschläge durchgeführt hat?«, brachte Ansgar als Möglichkeit ins Spiel.

»Daran habe ich auch schon gedacht. So oder so, wir werden nicht drum herumkommen, alle dreißig Gruppierungen in unsere Ermittlungen einzubeziehen, mit allen Konsequenzen, die es mit sich bringt, und zu hoffen, dass sie einen Fehler machen.«

»Soviel ich weiß, sind das mehr als vierzigtausend Mitglieder. Wie sollen wir das schaffen?«, fragte Gabi, die sich bisher recht still verhalten hatte. Gabi Bauer war neununddreißig Jahre alt, knapp einen Meter siebzig groß, trug sehr kurze Haare und war bekennende Lesbe.

»Indem ihr euch auf die Köpfe der Gruppen konzentriert und euch dann runterarbeitet. Außerdem bekommt ihr jede Unterstützung, die ihr braucht, auch vom LKA. Also keine Panik, wenn ihr die nächsten Wochen nicht zu euren acht Stunden Schlaf kommt«, war Ulis sarkastische Antwort.

Ansgar spürte, wie Uli versuchte, seine Wut im Zaum zu halten. Gabi wich dem Augenkontakt mit Uli aus.

»Ich hoffe, dass wir morgen früh weitere Erkenntnisse durch die Spurensicherung erhalten. Bevor wir uns trennen, will ich euch morgen früh um 7 Uhr hier noch einmal sehen, zur abschließenden Abstimmung. Hat noch jemand Fragen?«

»Mich würde interessieren, um welche Gruppen ich mich kümmern soll«, sagte Maik.

»Das wollte ich gerade erklären und euch in Teams aufteilen«, antwortete Uli und Ansgar befürchtete, dass er jeden Moment explodieren könnte. »Maik, du und Steffen bildet ein Team und ihr kümmert euch um folgende Gruppen …«, begann Uli die Anwesenden einzuteilen.

»Ansgar, du kümmerst dich um die sechs verbliebenen Kölner Gruppen?«

»Mach ich«, warf Ansgar zufrieden ein. Am liebsten arbeitete er allein.

»Lass mich doch ausreden. Nancy wird dich unterstützen.«

»Was?«, fragte Ansgar lauter als beabsichtigt.

# 4

»Schau nicht so«, beschwichtigte Uli. »Nancy ist eine hervorragende Agentin und sie wird uns sehr nützlich sein.«

»Ja, nein … so meinte ich das auch nicht«, versuchte Ansgar seine emotionale Reaktion zu rechtfertigen.

»Wie dann?«, fragte Nancy.

»Du magst eine hervorragende Agentin sein, aber du bist Amerikanerin. Was denkst du, wie kooperativ radikale Moslems sein werden, wenn sie von einer Amerikanerin verhört werden?«, gab er zu bedenken.

»Da sehe ich kein Problem. Nancy spricht hervorragend Deutsch und sie bekommt eine Tarnidentität. Sie wird dich als Andrea Schwarz unterstützen«, versuchte Uli, Ansgars Bedenken zu zerstreuen.

»Schwarz?«, sagte Ansgar. »Sehr einfallsreich«, fügte er hinzu. Ihr echter Nachname war White.

Falsche Identitäten waren nichts Ungewöhnliches. Ansgar war halber Schwede und beherrschte die Sprache perfekt, daher gab es immer wieder Aufträge, bei denen er sich als Schwede ausgab. Manchmal war es für Schweden leichter, Zugang zu bestimmten Tätergruppen zu finden, als für Deutsche, aber für Amerikaner war es immer schwierig. Gerade der internationale Terror hatte die USA zum Feindbild Nummer eins abgestempelt.

Was Ansgar wirklich wurmte, war die Tatsache, dass er Nancy zur Seite gestellt bekam. Er kannte sie nicht, hatte noch nie mit ihr zusammengearbeitet und wollte das eigentlich auch nicht. Aber Ulis Wunsch konnte er sich nicht entziehen, da es mehr als nur ein Wunsch war. Es war eine Anordnung.

»Ansgar, ich will, dass du und Nancy als Team funktioniert. Irgendwelche Eitelkeiten können wir uns nicht erlauben, und wenn mir so etwas zu Ohren kommt, dann gnade euch Gott. Im *Dorint* sind Zimmer für euch reserviert. Wenn keiner mehr Fragen hat, löse ich das Meeting auf und wir sehen uns morgen pünktlich um 7 Uhr.«

Da keiner etwas sagte, beendete Uli das Meeting und die Gruppe löste sich auf. Getrennt fuhren sie zum Hotel.

Nach dem Einchecken begab sich Ansgar direkt in sein Zimmer und schaltete den Fernseher ein, dann stellte er sich unter die Dusche.

Als er sich ins Bett legte und einen Blick auf die Uhr warf, war es bereits 23.40 Uhr. Er stellte den Wecker auf 6 Uhr und er wusste, dass er die nächsten Wochen mit weitaus weniger Schlaf würde zurechtkommen müssen. Aber das brachte sein Job nun einmal mit sich und er konnte sich nicht vorstellen, etwas anderes zu machen, da er seinen Job liebte.

Er schaltete *n-tv* ein, wo noch immer über die Anschläge berichtet wurde. Journalisten war es gelungen, in Frankfurt und Berlin Aufnahmen vom Tatort zu machen. Es war schrecklich, was er zu sehen bekam, und rief unweigerlich die Bilder vom Kölner Dom in sein Gedächtnis zurück.

Es waren keine Bilder von einem Anschlag, es waren Bilder von einem Schlachtfeld. Überall lagen Trümmer, Verletzte und Tote. Deutlich waren Schreie zu hören.

*Wie können Journalisten da nur ungerührt die Kamera draufhalten?*, fragte sich Ansgar, der für diese Sensationsgier nichts übrighatte. Sie behinderte die Arbeit der Polizei und der Behörden und, was noch viel schlimmer war, sie versetzte die Bevölkerung in Aufregung und verbreitete Angst und Schrecken.

Eine derart aufgewiegelte Bevölkerung würde ihre Arbeit nur unnötig erschweren. Und es verwunderte Ansgar nicht, dass für den morgigen Tag bundesweite Demos geplant waren.

Auch gegenüber solchen Demos war er skeptisch eingestellt. Sie konnten doch nichts verändern, aber sie brachten jede Menge Gefahren mit sich. Radikale Organisationen würden ebenfalls zu Demos aufrufen, und welches Konfliktpotenzial das mit sich brachte, konnte man sich leicht ausmalen.

Das Letzte, was sie jetzt brauchen konnten, waren sich gegenseitig bekriegende Demonstranten. Sie wussten zwar nicht, wer die Terroristen waren, die diesen Anschlag geplant hatten, aber eines hatten sie schon erreicht: Deutschland stand nicht nur unter Schock, sondern auch unter Angst. Und wenn Angst sich in Hass verwandelte, dann wirkte das wie eine tickende Zeitbombe, die jederzeit explodieren und die ganze Gesellschaft spalten konnte. Ansgar wollte sich das Ausmaß dieses Szenarios gar nicht ausmalen, deswegen mussten sie alles unternehmen, um die Täter so schnell wie möglich zu fassen.

*n-tv* strahlte auch die Pressekonferenz der Bundesregierung aus und zeigte Politiker, die alle ihr Mitgefühl und ihre Entschlossenheit erklärten und sich wichtigtaten. Sie versprachen, die Anschläge so schnell wie möglich aufzuklären und die Hintermänner zur Verantwortung zu ziehen.

Es war leicht, sein Gesicht in die Kamera zu halten und große Worte zu schwingen, wenn die Drecksarbeit von anderen erledigt wurde. Die anderen waren Menschen wie Ansgar. Verärgert schaltete er den Fernseher aus und versuchte, ein wenig Ruhe im Schlaf zu finden, was ihm glücklicherweise auch gelang.

# 5

## *12. 6. 2014*

Um 6 Uhr morgens weckte ihn der Wecker seines Handys. Ansgar stand auf, machte sich im Bad frisch, zog seine Sachen an und ging zum Frühstück. Er war erstaunt, der Einzige im Speisesaal zu sein, rechnete er doch damit, dass ihm der ein oder andere Kollege Gesellschaft leisten würde. Aber anscheinend hatten sie alle den Schlaf vorgezogen.

Nach dem Frühstück checkte er aus und begab sich gleich zum Besprechungsraum, wo nach und nach alle anderen Kollegen eintrafen und sich jeder einen Kaffee gönnte. Auch die Kollegen von der Spurensicherung gesellten sich zu ihnen.

Mit wenigen Minuten Verspätung betrat Uli, der an sich viel Wert auf Pünktlichkeit legte, den Raum.

»Verzeiht, dass ich mich verspätet habe, aber der Innenminister sitzt mir im Nacken«, erklärte Uli. »Ich will euch auch nicht lange aufhalten, die Zeit drängt und unsere Jungs von der Politik sind verdammt lästig, wir brauchen Ergebnisse. Deswegen fangen wir gleich mit den Erkenntnissen der Spurensicherung an. Peter, möchtest du bitte?«

»Klar«, antwortete Peter und holte kurz Luft. Peter Vogel war vierundfünfzig Jahre alt, trug volles blondes Haar und hatte eine normale Statur. Er war der Chef der Spurensicherung des BKA.

»Wir haben natürlich noch nicht alle Spuren ausgewertet, aber wir können schon einiges aus den vorhandenen Spuren schließen. Alle drei Selbstmordattentäter haben den gleichen Sprengstoff benutzt.«

»Was für ein Sprengstoff war das?«, unterbrach ihn Maik.

»Es ist davon auszugehen, dass alle drei Attentäter die gleichen Sprengstoffwesten trugen. Die Stofffetzen, die wir bisher gefunden haben, bestätigen diese Annahme. Die Sprengladung in den Westen enthielt TNT, PETN und andere typische Substanzen, die für diese Form von Bomben eingesetzt werden. Eine genaue Analyse ist noch im Gange. Wir versuchen auch herauszufinden, wo der Sprengstoff erworben wurde, was allerdings einige Zeit in Anspruch nehmen wird. Fragt mich also bitte nicht, woher der Sprengstoff stammt. Ich informiere euch, sobald wir dazu Informationen haben. Es gab keinen manuellen Zünder oder wir haben ihn noch nicht gefunden.«

»Keinen manuellen Zünder? Willst du damit sagen, dass die Bomben ferngezündet wurden?«, fragte Steffen.

»Mit großer Wahrscheinlichkeit ist davon auszugehen. Wie gesagt, wir haben keinen manuellen Zünder gefunden und ich gehe davon aus, dass wir auch keinen finden werden«, bestätigte Peter.

»Das bedeutet doch, dass die Attentäter in jedem Fall in die Luft gesprengt worden wären, egal was passierte. Das macht doch keinen Sinn«, wandte Sandra ein.

»Wieso nicht?«, wollte Felix wissen.

»Na, wenn der Timer nicht gestoppt werden kann, dann wären die Bomben auch in die Luft gegangen, wenn sie zum Beispiel vorher entdeckt worden wären oder etwas schiefgelaufen wäre. Das ist doch sehr untypisch für Terroristen«, überlegte Sandra.

»Du hast recht, aber einen Timer haben wir auch nicht gefunden.«

»Also eben doch ferngezündet?«, fragte Ansgar.

»Ja, und wenn wir Pech haben, sogar mit Entscheidungsspielraum«, erklärte Peter und verzog nachdenklich das Gesicht.

»Entscheidungsspielraum?«, fragte nun Gabi, die anscheinend nicht folgen konnte.

»Genau. Das bedeutet, dass irgendjemand irgendwo auf der Welt an einem Computer oder Smartphone sitzt und die Bombe steuert. Bei Gefahr kann er die ganze Mission abbrechen, die Täter sprengen sich nicht in die Luft. Aber wenn sie ihr Ziel erreicht haben, zündet er die Bombe über seinen Computer oder sein Smartphone.«

»Aber woher weiß er, dass die Täter rechtzeitig am Ziel sind?«, fragte Maik, der instinktiv den Kopf schüttelte.

»Nichts leichter als das. Entweder per GPS oder per elektronischem Signal. An der Bombe könnte ein Signalgeber befestigt sein. Drückt der Attentäter diesen Knopf, wird der Kommandozentrale ein Signal übermittelt und der Admin kann die Bombe per Tastaturbefehl zünden oder es läuft vollautomatisch. Bei richtigem Signal werden die Bomben automatisch gezündet«, erläuterte Peter.

»Admin?«, fragte Felix.

»Ja, die Person, die das Programm zur Zündung der Bomben bedient. Wir haben beschlossen, ihn Admin zu nennen, da wir davon ausgehen, dass diese Person über besondere technische Kenntnisse verfügen muss. Drei Bomben zur gleichen Zeit übers Internet fernzuzünden, erfordert verdammt gutes IT-Wissen. Und genau das bereitet mir Kopfzerbrechen.«

»Mir auch, Peter. Das bedeutet, dass sie nicht nur hochprofessionell und organisiert vorgehen, sondern wahrscheinlich auch international«, ergänzte Uli.

»Da gebe ich dir recht. Und mir ist bis jetzt kein einziger Fall weltweit bekannt, bei dem sich Terroristen solch einer technisch ausgereiften Methode bedient haben. Und sie können den Zündbefehl auch nicht einfach übers Internet schicken.«

»Warum nicht?«, unterbrach ihn Ansgar.

»Ganz einfach, weil das Internet instabil ist. Die Leitungen werden nicht nur von den Geheimdiensten, sondern auch von jeder Menge Hackern abgehört. Die Gefahr, dass die Zündung fehlschlägt, ist sehr hoch. Vor allem dann, wenn der Admin außerhalb Deutschlands sitzt. Man darf nicht vergessen, die Bomben müssen die ganze Zeit über mit dem Rechner des

Admins kommunizieren, um beispielsweise die GPS-Daten zu übermitteln«, erklärte Peter.

»Aber du hast doch eben gesagt, dass sie sie übers Internet gezündet haben«, erwiderte Alex Sommer, der sich bisher eher im Hintergrund gehalten hatte. Aber das war seine Art. Alex war sechsunddreißig Jahre alt, knapp zwei Meter groß und normal gebaut. Er trug eine Glatze.

»Genau, davon bin ich auch nach wie vor überzeugt. Aber das bedeutet, dass die Attentäter wahrscheinlich einen eigenen, separaten Kanal übers Internet programmiert haben, quasi einen Tunnel, wie ihn die meisten als VPN-Client von ihrer Arbeit kennen. Dieser ist unter ihrer Kontrolle, kann nicht abgehört werden und eliminiert somit die Schwächen des Internets. Das bedeutet auch, dass man dafür über sehr hohes technisches Know-how verfügen muss. Es gibt nicht viele IT-Unternehmen, die über so tief gehendes PKI-Wissen verfügen.«

»Was ist PKI?«, fragte Heiko Scheurer, der genau wie Alex bisher eher ruhig gewesen war.

Heiko war achtundfünfzig Jahre alt und mit knapp einem Meter siebzig der kleinste Mann im Team. Er war für seine aufbrausende Mentalität bekannt, gefürchtet und beliebt. Ansgar kam, im Gegensatz zu den meisten anderen Kollegen, sehr gut mit ihm zurecht. Er war einer der wenigen Kollegen, der mit der Computerwelt auf Kriegsfuß stand.

»PKI bedeutet Public Key Infrastructure. Das ist Kryptografie, die höchstmögliche und somit sicherste Form der Verschlüsselung. Um diese Technologie zu beherrschen, braucht man sehr tiefe Programmierkenntnisse.«

»Also suchen wir nach einer Terrorgruppe, die über solche Kenntnisse verfügt oder die weiß, wie man dieses IT-Know-how erwerben kann?«

»Genau, Uli. So oder so, wer immer dafür verantwortlich ist, muss verdammt gut organisiert sein. Das spricht eigentlich nur für al-Qaida. Ansonsten kenne ich keine Organisation, der ich das zutraue.«

»Aber die al-Qaida hat noch kein Bekennerschreiben veröffentlicht, was auch nicht gerade üblich für sie ist. Oder gibt es da schon etwas Konkretes, Uli?«, fragte Steffen.

»Leider nicht. Aber ich denke wie Peter. Wenn die Bomben wirklich über diesen komplexen Weg gezündet wurden, muss es sich um eine internationale Islamistengruppe handeln oder um eine Gruppe, die über viel Geld verfügt, um das Know-how einzukaufen. Und genau dort liegt auch unsere Chance: Wenn sie dieses Know-how eingekauft haben, sollten wir das Unternehmen finden, das diese Technologie entwickelt hat. Was denkst du, Peter? Können wir das irgendwie in Erfahrung bringen?«

»Vielleicht. Wenn wir es schaffen, die Bombe und die Zündung zu rekonstruieren, können wir vielleicht einen virtuellen Tunnel ins Internet legen und den Weg der Zündung zurückverfolgen. Technisch ist das machbar, aber dafür haben wir noch zu wenig Handfestes.«

Ansgar verstand zwar nicht alles, was Peter sagte, aber er konnte sich in etwa vorstellen, was er vorhatte.

»Gut, bleibt an der Spur dran«, bat Uli ihn. Peter nickte nur.

»Gibt es schon Hinweise auf die Täter?«, fragte Ansgar.

»Nein, noch nicht. Es sind einfach zu viele Menschen getötet worden.«

»Wie, keine Hautfetzen? Keine Haare an Bombensplittern? Was ist mit den Kameraaufzeichnungen? Schließlich waren es öffentliche Plätze«, hakte Ansgar nach.

»Doch, schon. Sobald wir aus den gesicherten Stofffetzen Kleidungsstücke rekonstruiert haben, können wir die Täter anhand der Kameraaufzeichnungen bestimmen, aber … wie soll ich das sagen …?«

»Einfach frei heraus«, versuchte Felix die Atmosphäre aufzulockern, was ihm aber einen bösen Blick von Uli einbrachte.

»Nun, die Funde sind widersprüchlich. In Köln haben wir dunkle Hautpartien und dunkle Haare an Bombensplittern und Kleidungsstücken gefunden, von denen wir annehmen, dass sie vom Täter stammen.«

»Passt doch, Moslems sind doch eher dunkel als hell«, unterbrach ihn Maik.

»Ja, schon. Aber in Berlin und Frankfurt haben wir blonde Haare und helle Hautpartien gefunden. Alles andere als typisch für Moslems.«

»Scheiße. Wie geht das?«, fragte Steffen und schien damit die Gedanken der Runde auszusprechen.

Auch Ansgar verstand das nicht. Islamisten waren eher braunhäutig, hatten schwarze Haare, sie waren nicht blond oder hellhäutig. *Was passiert hier?*, fragte er sich instinktiv.

»Sehr gute Frage. Darauf habe ich leider keine Antwort. Vielleicht konvertierte Christen.«

»Du meinst Deutsche?«, fragte Sandra.

»Ja, wir alle kennen dieses Phänomen, wenn wir allein an die Salafisten oder Dschihadisten denken, denen die meisten konvertierten radikalen Deutschmuslime angehören. Aber Deutsche, die sich in die Luft sprengen, das ist doch sehr ungewöhnlich.«

»Ein Beleg mehr dafür, dass wir unser Denken gegenüber Terroristen gründlich ändern und an die neuen Bedingungen anpassen müssen. Peter, hast du der Runde noch etwas Wichtiges mitzuteilen? Ansonsten, würde ich sagen, beenden wir das Meeting.«

»Von meiner Seite war es das fürs Erste. Sobald ich Hinweise auf die Täter oder den Admin habe, gebe ich euch Bescheid.«

»Danke. Wenn von euch keiner mehr Fragen hat, ist die Besprechung beendet.« Uli schaute in die Runde, doch keiner sagte etwas. »Gut, ab an die Arbeit. Ihr habt alle E-Mails erhalten mit allen wesentlichen Informationen über die Zielpersonen und Organisationen, die es zu verhören gilt. Und bitte denkt daran, die E-Mails nur über eure Arbeitsgeräte zu öffnen, nicht an öffentlichen Internetstationen. Klar?«

Ansgar und seine Kollegen nickten oder gaben kurze Bemerkungen wie »na klar«, »wir doch nicht« oder Ähnliches von sich. Uli appellierte immer wieder an sie, ihre E-Mails nur mit den offiziellen Arbeitsgeräten zu öffnen, da nur so sichergestellt werden konnte, dass sie nicht von Hackern oder anderen Organisationen mitgelesen wurden. Obwohl das alle Kollegen wussten, passierte es immer wieder, dass E-Mails an öffentlichen Internetplätzen gelesen wurden. Selbst der private Laptop der Ehefrau galt als öffentlich und war somit zu meiden.

Ansgar musste sich eingestehen, dass auch er ab und an gegen diese Vorschrift verstieß, wenn er seinen Laptop vergessen hatte, aber dringend E-Mails lesen musste. Aber er behielt diese kleinen Verstöße für sich, und bis jetzt schien es gut zu gehen, denn keiner von der BKA-internen IT-Revision war bisher auf ihn zugekommen.

»Weitere Informationen werden *on the loop* getauscht«, beendete Uli das Meeting und stand auf. Die Kollegen taten es ihm nach.

»Fahren wir gemeinsam?«, fragte Nancy.

»Klar, ich kann dich mitnehmen«, antwortete Ansgar.

Welche Wahl hatte er? Er war dazu verdonnert, sie als Kollegin zu akzeptieren, und tat sich schwer, seine Antipathie zu verbergen, da er noch immer befürchtete, dass sie ihm eher ein Klotz am Bein als eine Hilfe sein würde.

Gemeinsam gingen sie zu seinem Wagen und während der Fahrt über die A 3 in Richtung Köln erfüllte für einen kleinen Augenblick Stille das Wageninnere.

»Hör zu«, begann Nancy ihren Satz und er ahnte schon, worauf das hinauslaufen würde. »Ich weiß, dass du dich schwertust, mit mir zusammenzuarbeiten. Aber wir müssen unsere persönlichen Belange hintanstellen. Nur als Team können wir erfolgreich sein.«

»Hey, alles easy. Genau wie du will auch ich, dass wir diese Schweine fassen. Ich habe nichts gegen dich, ich kenne dich ja nicht einmal. Ich will nur nicht unseren Auftrag gefährden«, versuchte Ansgar seine Position klarzustellen. Dabei war ihm das Gespräch alles andere als angenehm.

Auf der anderen Seite war es seine eigene Schuld: Hätte er gestern Abend seinen Mund gehalten, hätte es dieses Gespräch nicht geben müssen. Er wusste auch nicht, was er sich von seinem Einwand erhofft hatte. Aus irgendeinem Grund war Nancy nun Teil des Teams, und egal wie er darüber dachte, er musste diese Entscheidung akzeptieren.

»Gut, dass wir das geklärt haben.«

»Denke ich auch. Kannst du bitte mal schauen, was uns Uli geschickt hat, welche Zielpersonen wir aufsuchen müssen?«

»Klar«, antwortete Nancy und schenkte Ansgar ein Lächeln. Er konnte nicht einschätzen, ob es ein ehrliches oder gespieltes Lächeln war.

»Ach ja, wir sollten uns angewöhnen, mich nur noch Andrea zu nennen. Jeder kleine Fehler kann meine Tarnung auffliegen lassen.«

»Du kannst dich auf mich verlassen«, antwortete Ansgar und dachte sich seinen Teil.

*Denkt sie wirklich, dass ich zu blöd bin, mir ihren Tarnnamen Andrea Schwarz zu merken?*, dachte er verärgert.

»Hier ist die E-Mail. Warte, ich öffne sie kurz«, sagte sie und schien die E-Mail zu lesen, denn für einen Augenblick war es still. Es war aber nicht diese angenehme Stille, die beim Lesen entstand, sondern eher eine angespannte Stille, in der Sekunden zu Stunden wurden.

»Alles bekannte Namen«, sagte sie.

»Welche?«

Und dann begann sie, die Namen der Hauptverdächtigen und die dazugehörigen Organisationen vorzulesen. Sie sprach die Namen mit einer Selbstverständlichkeit aus, die Ansgar neugierig machte.

»Darf ich dich etwas fragen?«, sagte er daher.

»Ja, klar.«

»Woher kennst du die verdächtigen Personen?«

»Möchtest du wissen, was ich bisher für die NSA gemacht habe?«

»Ja, ich denke, es wäre nur fair, wenn ich weiß, was meine Partnerin bisher getan hat.«

»Sorry, kann ich dir leider nicht sagen. Du kennst die Spielregeln. Auch wenn wir jetzt ein Team sind, arbeiten wir dennoch für unterschiedliche Behörden. Mein Hauptanliegen ist es, den Mord an amerikanischen Staatsbürgern aufzuklären und die Terroristen der gerechten Strafe zuzuführen.«

Der Satz saß. Ansgar fühlte sich wie ein Schulkind, das von seiner Lehrerin belehrt wurde. Eigentlich war es abzusehen gewesen, dass sie ihm so eine Antwort gab.

»Ich hoffe, dass du bei deinen Handlungen nicht vergisst, dass du dich auf deutschem Boden befindest und hier somit deutsches Recht gilt. Kein Guantánamo und auch keine geheimen Folterkammern«, antwortete Ansgar, und das Funkeln in Nancys Augen, das ihm sagte, dass ihr seine Antwort nicht schmeckte, war für ihn eine geradezu wohlige Genugtuung.

»Wen besuchen wir als Erstes?«, fragte sie betont unbeeindruckt und ging nicht auf seine Anspielung ein, aber in ihrer Stimme lag doch Verärgerung.

»Murat Balta.«

»Wieso denn? Der ist auf der Liste ganz unten und als unwichtig eingestuft.«

»Genau deswegen«, antwortete Ansgar und konnte sich ein Grinsen nicht verkneifen.

# 6

»Du scherzt doch, oder?«, fragte Nancy leicht gereizt.

»Nein, ganz und gar nicht. Ich kenne Murat noch aus alten Schulzeiten. Wenn uns jemand ehrliche Informationen geben kann, dann Murat.«

»Du verkehrst mit Terroristen?«

»Murat ist kein Terrorist, nur strenggläubig.«

»Und deswegen ist er auf der Liste?«, hakte Nancy nach.

»Murat wird uns helfen«, erklärte Ansgar, ohne auf Nancys Anspielung einzugehen. »Oder dachtest du, wir besuchen Ali Dawud, und der empfängt uns mit offenen Armen, reicht uns Tee und erzählt dann, wer die Hintermänner waren?« Sarkasmus lag in seiner Stimme.

»Nein, natürlich nicht. Aber ich denke, wir sollten mit den großen Fischen anfangen, ihnen zeigen, dass sie sich nicht sicher fühlen dürfen und mit uns kooperieren müssen.«

»Hast du schon mal Ermittlungen im Umfeld von Islamisten oder Moslems geführt?«

»Nein, aber ich habe im letzten Monat alles gelesen, was es zu wissen gibt.«

*Warum glaube ich ihr nicht?*, überlegte Ansgar. Ihre Aussage irritierte ihn.

»Im letzten Monat?«, fragte er laut.

»Nun ja …«, begann sie und unterbrach sich kurz für einen Augenblick.

*Verschweigst du mir etwas?* Ansgar war die kaum hörbare Unsicherheit in ihrer Stimme nicht entgangen.

»Ich habe vor einem Monat den Auftrag bekommen, die Kölner Islamistenszene zu überwachen«, erklärte sie.

Ansgar nickte nur. Er glaubte ihr nicht und sein Gefühl sagte ihm, dass die NSA vielleicht doch etwas wusste, was sie mit den deutschen Behörden nicht teilen wollte.

*Du willst wohl die Lorbeeren einkassieren*, vermutete Ansgar.

»Nancy, wir müssen an einem Strang ziehen. Das sind meine Ermittlungen, also bestimme auch ich, wen wir als Erstes aufsuchen, und alles Weitere. Ich hoffe, du kannst dich damit arrangieren.«

»Klar, alles easy. Ich will nur helfen.«

»Schön, dann steht dem Besuch bei Murat ja nichts mehr im Wege«, antwortete er zufrieden und gab Gas.

Kurz vor 11 Uhr erreichte Ansgar die Keupstraße im Kölner Stadtteil Mülheim. Sie wurde wegen ihrer hohen Ausländerdichte auch »Klein Istanbul« genannt. Türkische Cafés, Restaurants, Bars, Supermärkte, Ärzte oder Anwälte waren hier zuhauf vertreten. Manchmal hatte Ansgar das Gefühl, dass die deutsche Sprache hier gar nicht mehr benötigt wurde, was nicht gerade von gelungener Integrationspolitik zeugte, dennoch war er gerne in diesem Viertel, da er türkisches Essen mochte und türkische Freunde hatte.

»Wo finden wir diesen Murat?«, fragte Nancy.

»Der wird um diese Zeit im türkischen Café zu finden sein«, antwortete Ansgar und parkte den Wagen.

Als sie das Café betraten, sah er ihn auch schon. Das Café war um diese Uhrzeit noch recht leer. Außer Murat saßen noch vier Männer an einem Tisch und tranken Tee.

»Hallo, Murat«, begrüßte Ansgar ihn und dieser stand sogleich auf und lächelte, als er Ansgar bemerkte.

»Oh, Ansgar, mein Bruder, schön dich zu sehen«, erwiderte er die Begrüßung, und wie üblich gab es ein Küsschen rechts und links auf die Wange.

»Das ist meine Kollegin, Andrea Schwarz«, stellte er Nancy vor.

»Hocherfreut, Frau Schwarz«, begrüßte er sie und reichte ihr die Hand. »Komm, lass uns ins Restaurant gehen, ich habe Hunger.«

Murat sprach perfektes Deutsch. Sie folgten ihm und Ansgar wusste auch, warum er das Café verlassen wollte: wegen Nancy. In türkischen Cafés, vor allem in diesem, waren Frauen unerwünscht. Es waren reine Männercafés.

Im Restaurant wurde Murat herzlichst begrüßt und sie setzten sich an einen Tisch, der ganz hinten im Raum stand.

Murat war achtunddreißig Jahre alt, trug einen Vollbart, war fast so groß wie Ansgar und sah sehr attraktiv aus. Rein optisch entsprach er ganz und gar nicht dem, was die Mehrheit sich unter einem Islamisten vorstellte. Dennoch waren seine Gedanken und sein Leben dem Koran gewidmet.

Kaum hatten sie sich gesetzt, kam auch schon der Kellner. »Murat, *abi*, soll ich euch *çay* bringen?«

»Ja, mach das, Levent, und *meze*«, antwortete Murat dem Kellner. »Wollt ihr etwas essen?«, fragte er Ansgar und Nancy.

Beide verneinten. Nancy schien sehr angespannt. Ob es an Murat lag, konnte Ansgar nicht einschätzen.

»Ich kann mir schon vorstellen, warum ihr hier seid. Schrecklich, ganz schrecklich, was da passiert ist. Das wirft uns um Jahre zurück«, sagte Murat, und Ansgar hielt seine Worte für aufrichtig.

»Kannst du uns helfen?«

»Immer gerne, aber wie?«

»Na ja, vielleicht hast du etwas gehört?«

»Tut mir leid, Ansgar, aber es hat die ganze Gemeinde hier überrascht.«

»Sind Sie sicher? So ein Anschlag braucht doch monatelange Vorbereitung, da gibt es doch jede Menge Gerüchte«, gab Nancy zu bedenken.

»Was ist schon sicher, außer dem Tod? Aber ich kann ausschließen, dass diese Anschläge etwas mit meinen Brüdern hier in Köln zu tun haben.«

»Wieso?«, hakte Nancy gleich nach.

»Weil ich es dann wüsste und weil ich jede Form von Gewalt ablehne. Wir können den Menschen den Koran nicht näherbringen, wenn wir Gewalt anwenden.«

»So denkt aber nicht die Mehrheit der Islamisten«, erwiderte Nancy.

Ansgar wollte etwas sagen, aber in dem Moment kam der Kellner mit den Tees und der Vorspeise.

»Danke, Levent. Kannst du mir bitte einen Dönerteller bringen?«, gab Murat seine Bestellung auf.

»Mach ich, Murat, *abi*«, antwortete der junge Kellner und entfernte sich wieder.

»Frau Schwarz, was wissen Sie über den Islam, dass Sie so abfällig über meine Religion sprechen?«, fragte Murat und Ärger lag in seiner Stimme.

Ansgar gefiel das gar nicht. Murat war zwar ein freundlicher und aufgeschlossener Mensch, aber wenn es um seine Religion ging, verstand er keinen Spaß. Nancy bewegte sich auf sehr dünnem Eis und er musste unbedingt vermeiden, Murat zu verärgern. Bis jetzt war er der einzige Kontakt zu den Extremisten, abgesehen von den V-Leuten, die die Kölner Islamistenszene unterwandert hatten. Ansgar kannte sie nicht persönlich, da sie den Verfassungsschutz über Kanäle informierten, die ihm verschlossen waren.

»Murat, verzeih bitte, meine Kollegin ist noch relativ neu bei uns. Sie wollte niemanden beleidigen.« Er warf Nancy einen mahnenden Blick zu.

Murat lächelte. »Na gut, du weißt, dass ich es nicht ertrage, wenn jemand in irgendeiner Form den Islam oder seinen Propheten, *sallallahu alayhi wa sallam*, beleidigt. Islamisten, die Gewalt anwenden, handeln auch gegen meine Überzeugung. Was meinst du, was Deutschland jetzt droht? Moslems werden wieder über einen Kamm geschoren und viele werden denken, alle Moslems seien Terroristen. Bald, so fürchte ich, haben wir hier Zustände wie in Amerika«, sagte Murat und blickte dabei Nancy tief in die Augen.

*Ob er was ahnt*, dachte Ansgar unweigerlich und ergänzte laut: »Und genau deswegen brauche ich deine Hilfe.«

»Bruder, wenn ich etwas wüsste, wärst du der Erste, der es erfahren würde. Ich bin nachher in der Moschee, ich werde mich für dich umhören.«

»Was ist mit den Salafisten?«, schaltete Nancy sich ein.

»Was habt ihr immer mit meinen Brüdern?«, fragte Murat verärgert.

»Na ja, weil sie vielleicht zu Gewalt aufrufen? Einige von ihnen kämpfen in Syrien.«

»Sie haben nichts verstanden, Frau Schwarz. Sie kämpfen in Syrien für Allah und für den Frieden, gegen den Despoten Assad, das ist etwas ganz anderes. Ich glaube, es ist besser, wenn ihr jetzt geht. Ich melde mich bei dir, wenn ich etwas erfahre.«

»Danke«, antwortete Ansgar, verabschiedete sich von Murat und verließ mit Nancy das Restaurant.

»Was sollte das?«, fragte er, als sie im Wagen waren.

»Was?«

»Na, das eben. Wieso hast du ihn provoziert?«

»Weil er gelogen hat.«

»So geht das nicht. Er ist mein Informant und ich will ihn nicht verärgern.«

»Toller Informant«, erwiderte Nancy trotzig.

»Mensch, Nancy, so geht das nicht!«, antwortete Ansgar verärgert.

»Du solltest mich nicht mehr Nancy nennen.«

Ansgar nickte nur, da sie recht hatte. Die Gefahr, dass er eventuell in einem Verhör unbeabsichtigt ihren echten Namen nannte, wäre so gegeben, und das konnte verheerende Folgen haben.

»Ich möchte, dass du dich bei den nächsten Gesprächen zurückhältst.«

»Wieso?«

»Weil ich Sorge habe, dass du die ganze Mission gefährdest.«

»*Come on, man!* Was soll dieser Bullshit?«

»Du brauchst gar nicht ins Amerikanische zu wechseln, denk an deine Tarnung!«, ermahnte Ansgar sie und fügte hinzu: »Ich sehe mich leider dazu gezwungen. Wegen deines Fehlverhaltens eben sind uns eventuell wertvolle Informationen vorenthalten worden.«

»Eventuell«, gab Nancy zu bedenken.

»Bis du immer so schwierig?«, fragte er gereizt.

»Nein, ganz und gar nicht. Aber ich lasse mich nicht entmündigen.«

»Mir egal, beschwer dich bei Uli. Wenn du noch mal ohne meine Erlaubnis Fragen stellst, werde ich Uli bitten, dich von dem Fall abzuziehen.«

Nancy schaute erschrocken und Ansgar spürte, dass sie etwas sagen wollte, den Gedanken aber doch für sich behielt.

*Geht doch*, dachte Ansgar, der diese Machtspiele hasste, aber Nancy hatte sich bisher wie ein Elefant im Porzellanladen verhalten und wenn sie das nicht ändern würde, würden sie nie an wertvolle Informationen herankommen. Die Islamistenszene war eine typisch erzkonservative Männerwelt und dementsprechend durch und durch von Eitelkeiten bestimmt. Eine Frau, die unangenehme Fragen stellte oder Selbstbewusstsein ausstrahlte, war dort fehl am Platz.

Genau deswegen hielt es Ansgar nach wie vor für einen Riesenfehler, dass Uli ihm Nancy zur Seite gestellt hatte. Sie war einfach nur hinderlich.

*Ich muss sie loswerden*, dachte er entschlossen.

»Was machen wir jetzt?«

»Wir statten Ali Dawud einen Besuch ab«, antwortete er und startete den Wagen. Er konnte sich ein Grinsen nicht verkneifen, als er Nancys überraschten Blick bemerkte.

# 7

»Ich dachte, du wolltest Ali nicht aufsuchen?«, fragte sie irritiert.

»Ja, aber nachdem du meinen wertvollsten Informanten verärgert hast – was kann es schaden, gleich die Nummer eins unserer Liste aufzusuchen? Und bitte lass mich reden. Mit Ali ist nicht zu spaßen.«

»Ich weiß«, antwortete Nancy, was aber nicht gerade überzeugend klang.

»Was weißt du über Ali?«

»Ali Dawud, Baujahr 1968, Imam, Gründer und Anführer der Islamischen Taliban Union, ITU. Hat im Irakkrieg gekämpft, in Afghanistan an der Seite der Taliban und in Syrien als Dschihadist. Hatte dort sogar ein eigenes Kommando, wo ihm achtundsechzig Dschihadisten aus Deutschland unterstanden. Somit ein bewährter und äußerst gefährlicher Gotteskämpfer. Er genießt großes Ansehen bei den Islamisten. Ihm werden Verbindungen zu den höchsten Kreisen von al-Qaida nachgesagt.«

»Gut informiert, aber das Wichtigste hast du vergessen: Er hasst Amerikaner.«

»Wie gut, dass ich Deutsche bin«, erwiderte Nancy frech. »Heute scheint es ja in Mode zu sein, uns für alles, was schiefläuft in der Welt, verantwortlich zu machen.« Spott lag in ihrer Stimme.

»Sorry, war nicht persönlich gemeint, sondern nur als Ergänzung zu deinen Informationen«, antwortete Ansgar, der begriff, dass sie den Satz als Angriff empfunden hatte, was aber gar nicht seine Absicht gewesen war. Nancy nickte nur.

Ansgar folgte der Frankfurter Straße in Richtung Köln-Kalk, einem weiteren Stadtviertel Kölns mit hoher Ausländerdichte.

Sein Ziel war die Kalk-Mülheimer-Straße, wo er in der Nähe der Moschee parkte.

»Denkst du, der ist in der Moschee?«, fragte Nancy.

»Wo sonst? Als Imam ist er eigentlich immer in der Moschee oder im türkischen Café. Ich glaube, es ist besser, wenn du im Auto wartest.«

»Wieso?«

»Na ja, weil er strenggläubig ist und Frauen, die so wie du gekleidet sind, keinen Zutritt zur Moschee haben.« Ansgar warf ihr einen kurzen Blick zu. Sie trug eine Jeanshose und ein weißes T-Shirt.

»Denkst du, ich bin darauf nicht vorbereitet?«, antwortete sie spöttisch, stieg aus dem Wagen und öffnete den Kofferraum.

Dort lag ihre Reisetasche, die sie vor der Abfahrt noch verstaut hatte. Sie öffnete sie, entnahm ihr ein großes schwarzes Tuch und band es um Kopf und Gesicht.

»Ich denke, jetzt bin ich verschleiert genug für die Moschee«, antwortete sie.

Ansgar nickte nur. Er kannte die Kölner Islamistenszene sehr gut, da die Aufklärung von Verbrechen innerhalb der Szene eine seiner Kernkompetenzen war. Aber bisher hatte es sich eher um harmlose Fälle von Staatsschutz, Diebstahl oder Überfällen bis hin zu Geldwäsche gehandelt. Mord, geschweige denn einen Selbstmordanschlag, hatte es hier bisher nicht gegeben.

Gegen Islamisten, vor allem deutschstämmige, die im Ausland Krieg führten, konnten sie wenig tun, auch dann nicht, wenn sie zurück nach Deutschland kamen. Schließlich hatten sie nicht gegen deutsche Gesetze verstoßen.

Aber genau diese Rückkehrer bereiteten Ansgar große Kopfschmerzen, denn sie alle hatten eine Grenze überschritten: jemanden zu töten. Und somit galten sie für das BKA und den Verfassungsschutz als besonders gefährlich, da die

Hemmschwelle, einen Menschen zu töten, bei ihnen als sehr gering eingestuft wurde.

Allein in Syrien kämpften mehr als 320 Dschihadisten aus Deutschland, für ihn eine tickende Zeitbombe. Vor ihnen fürchtete er sich, nicht vor gläubigen Menschen wie Murat, und genau das unterschied ihn von Nancy. Zumindest meinte er, dies zu diesem Zeitpunkt so beurteilen zu können.

Kaum hatten sie den Vorhof der Moschee betreten, sprach sie auch schon ein junger Mann südländischer Herkunft an.

»Kann ich euch helfen?«, fragte er freundlich.

»Ja, wir möchten zu Ali Dawud. Wir sind vom BKA und würden ihm gerne ein paar Fragen stellen«, antwortete Ansgar und zeigte seinen Ausweis.

Der junge Mann wurde deutlich nervöser. »Kleinen Augenblick bitte«, gab er mit zittriger Stimme von sich und entfernte sich. Ansgar schenkte seiner Nervosität nur wenig Beachtung, er glaubte, dass sie eher an dem Alter des jungen Mannes lag.

Kurze Zeit später kehrte er mit einem älteren Mann zurück. Ansgar erkannte Ali sofort. Er trug die traditionelle Kleidung der strönggläubigen Moslems und war mit seiner Größe von knapp einem Meter neunzig für einen Araber erstaunlich groß. Sein Körper zeugte von den vielen Kriegseinsätzen, er war sehr schlank und zäh, seine Gesichtszüge signalisierten Härte und Strenge. Einige Narben zierten sein Gesicht und machten ihn trotz des vollen Haars deutlich älter. Er trug einen Bart, der ihm bis zur Brust reichte.

Allein sein Aussehen zeigte, dass ihm sein Glaube wichtiger war als alles andere, und genau deswegen wusste Ansgar, dass er sehr vorsichtig sein musste. Eine falsche Frage und alle Mühe wäre vergebens.

»Guten Tag, Sie wollen mit mir sprechen?«, fragte er freundlich mit deutlichem Akzent.

»Guten Tag, Herr Dawud. Wir sind vom BKA. Das ist meine Kollegin Frau Schwarz und mein Name ist David«, antwortete Ansgar und reichte ihm die Hand. Ali Dawud nahm sie und auch Nancy reichte ihm die Hand, aber er erwiderte, wie von Ansgar erwartet, den Handschlag nicht, sondern sagte nur: »Kommen Sie doch bitte mit.«

Beide folgten ihm in den Lebensmittelsupermarkt, der an die Moschee angeschlossen war. Das war nichts Ungewöhnliches. Viele Moscheen besaßen einen kleinen Supermarkt, der dazu diente, zusätzliche Einnahmen zu generieren.

Das BKA vermutete, dass dort Geld gewaschen wurde, aber bis jetzt konnten sie das nicht nachweisen.

Vom Supermarkt aus betraten sie einen kleinen Nebenraum, in dessen Mitte ein Tisch und mehrere Stühle standen. Zwei Männer saßen bereits dort, doch als sie Dawud sahen, standen sie auf und entfernten sich.

»Setzen Sie sich doch bitte«, bat er die beiden. »Möchten Sie etwas trinken?«

Nancy und Ansgar verneinten.

»Was kann ich für Sie tun?«

»Herr Dawud, wir sind wegen der Anschläge von gestern hier, insbesondere wegen des Anschlages im Kölner Dom«, sagte Ansgar und hoffte, dass Nancy sich an ihre Abmachung halten und schweigen würde.

»Ich habe davon in den Nachrichten gelesen, schlimme Sache. Und wie kann ich Ihnen behilflich sein?«

»Wir hatten gehofft, dass Sie uns etwas über die Hintergründe erzählen könnten.«

Der junge Mann von vorhin betrat den kleinen Raum und brachte Tee. Dawud nahm ein Glas, Ansgar ebenso. Nancy blieb bei ihrem Nein, was Ansgar missfiel. Sie hatten zwar vorher gesagt, dass sie nichts trinken wollten, aber den Tee jetzt abzulehnen, war sehr unhöflich.

Ansgar fragte sich, ob Nancy die Gepflogenheiten der islamischen Kultur nicht kannte oder ob sie absichtlich den Tee und damit gleichzeitig die Gastfreundschaft abwies, weil Dawud ihr zu erkennen gab, dass er die westliche Frau als Gesprächspartner nicht akzeptierte.

»Ich weiß sicherlich noch weniger als Sie. Tut mir leid. Vielleicht sollten Sie die NSA fragen«, antwortete er trocken und bestimmt. Beim Wort »NSA« huschte für einen kleinen Augenblick der Anflug eines Lächelns über sein Gesicht, seine Augen funkelten und er warf Nancy einen flüchtigen Blick zu.

Für Ansgar war dieser flüchtige Blick eine Spur zu lang.

*Ob er was ahnt?*, überlegte er.

»Ehrlich gesagt, Herr Dawud, wissen wir auch nicht mehr als das, was die Medien bereits veröffentlicht haben. Aber Sie sind doch ein anerkannter Imam. Ich könnte mir gut vorstellen, dass solch ein Anschlag gut vorbereitet sein will und dass die Leute darüber reden.«

»Denken Sie im Ernst, dass der Anschlag erfolgreich gewesen wäre, wenn die Leute darüber geredet hätten?«, widersprach er und trank einen Schluck Tee.

»Bei Hunderten von Toten von Erfolg zu sprechen, klingt recht zynisch«, erwiderte Nancy.

»Sie mögen recht haben, aber wenn Kinder aus Mangel an Essen in der Welt sterben und die Industrienationen nichts daran ändern, wie nennen Sie das dann bitte? Frau Schwarz, alles, was passiert, ist immer eine Frage der Sichtweise. Ich war im Syrienkrieg. Millionen unschuldiger Syrer mussten aus ihrer Heimat fliehen. Sie leben wie Tiere in Gettos, die von der UN für sie errichtet wurden. Und warum? Weil die USA und der Westen den Sturz Assads vorangetrieben und dann den Schwanz eingezogen haben. Denken Sie, sie wollten den Menschen dort helfen? Nein, es geht um Destabilisierung. Wie nennen Sie das dann?«

»Das gibt den Terroristen nicht das Recht, Unschuldige zu töten«, antwortete Nancy scharf. Ansgar verpasste ihr unter dem Tisch einen leichten Tritt, damit sie sich zügelte.

»Was sind ein paar Hundert Unschuldige im Verhältnis zu den Millionen, die wegen der imperialistischen Politik der USA sterben müssen? Sie haben nichts verstanden, Frau Schwarz. Ich heiße diese Anschläge nicht willkommen, aber ich maße mir auch nicht an, sie zu verurteilen, da ich ihre Beweggründe nicht kenne.«

»Herr Dawud, es sollte auch in Ihrem Interesse sein, dass wir die Täter so schnell wie möglich fassen. Jede Verzögerung kann zu unkontrollierbaren Unruhen in der Gesellschaft führen.«

»Glauben Sie mir, Herr David, ich weiß besser als Sie beide, was es heißt, nicht respektiert zu werden. Ich lebe in einem Land, wo man mir aufgrund meines Glaubens kriminelle Machenschaften unterstellt, und ich habe selber erfahren, was es heißt, wenn sich der Staat gegen einen wendet.

Einer meiner guten Freunde war Opfer von Beate Zschäpe und ihren Nazifreunden. Und was hat die Polizei gemacht? Sie ist zu uns gekommen, hat uns bedrängt und in die Ecke getrieben, damit wir aussagen, dass es einer von uns war, der diesen guten Freund getötet hat. Die Familienangehörigen meines Freundes haben unendliche Qualen durchlitten, aber nicht nur, weil sie ihren Sohn verloren haben, sondern weil man sie verdächtigte, dass sie etwas mit dem Mord zu tun haben.

Denken Sie wirklich, dass ich nicht weiß, was auf uns Moslems zukommen wird? Allah ist mein Zeuge, kein wahrer Moslem in Deutschland will, dass sich jemand in die Luft sprengt. Wir wollen Frieden mit allen Menschen und Religionen, der Islam war und ist keine kriegerische Religion, aber die Umstände zwingen uns oft zu kämpfen.«

»Danke trotzdem für Ihre Zeit. Sollten Sie dennoch irgendwelche Informationen für uns haben – hier ist meine Karte«, sagte Ansgar, nahm seine Karte und reichte sie Dawud, der sie annahm. Alle drei standen auf und Dawud verabschiedete sich von ihnen, indem er wieder nur Ansgar die Hand reichte und zum Abschied sagte: »Denken Sie an Beate Zschäpe bei Ihren Ermittlungen.«

Schweigend begaben sich Ansgar und Nancy zum Wagen.

»Was sollte das eben schon wieder?«, fragte Ansgar verärgert.

»Was?«, wollte Nancy wissen und tat ahnungslos.

»Ich dachte, wir hatten vereinbart, dass du keine Fragen stellst.«

»Du hast das vereinbart. Ich habe mich noch zurückgehalten, trotz Dawuds Machoverhalten.«

»Du meinst doch nicht die Aktion, dass er dir nicht die Hand gereicht hat?«

»Mir ist schon klar, dass er als strenggläubiger Imam einer Christin nicht die Hand reicht, weil es als unrein gilt.«

»Ach, und warum dann?«, fragte Ansgar und war überrascht, hatte er doch damit gerechnet, dass ihr genau das missfallen hatte. Ansgar wusste noch nicht viel über seine neue Kollegin, aber er vermutete, dass sie eine sehr emanzipierte Frau war und daher mit den Wertvorstellungen von Dawud ihre Probleme hatte.

Ansgar wurde aus ihr einfach nicht schlau. Wenn die NSA sie geschickt hatte, dann wusste man dort doch, was auf dem Spiel stand, und würde dem BKA einen Agenten zur Seite stellen, der alles über Moslems, deren Denk- und Lebensweise wusste und sich auch dementsprechend verhalten würde.

Aber Nancy war genau das Gegenteil oder sie spielte mit ihm, was Ansgar für nicht ganz abwegig hielt. So oder so beschloss er, dass er ihr nicht zu sehr vertrauen durfte.

»Weil er uns ins Gesicht gelogen hat. Seine ganze Art und Weise hat mich geärgert. Er weiß was, davon bin ich überzeugt«, erklärte Nancy grimmig.

»Und wenn, dann wird er es uns jetzt erst recht nicht mehr erzählen. Ich frage mich nur, was er mit Zschäpe meinte?«

»Vergiss das, der will nur von sich ablenken. Zschäpe steht vor Gericht. Sie wird diese Anschläge bestimmt nicht angeordnet haben. Lass uns die Nächsten auf der Liste besuchen. Irgendwann werden sie sich in Widersprüche verstricken«, antwortete Nancy und Ansgar nickte nur, da sie recht hatte. Solange die Spurensicherung nicht die Identität der Täter hatte, war es wie die berühmte Suche nach der Stecknadel im Heuhaufen.

Zum Glück war sein Chef keiner dieser mediengeilen Profilneurotiker, die sofort potenzielle Verdächtige verhafteten, um zu signalisieren: »Wir sind aktiv«, sondern jemand, der sehr viel Wert auf harte Fakten legte, bevor er zuschlug.

Deeskalation statt Konfrontation. Die entscheidende Frage war, wie lange Uli dieser Leitlinie treu bleiben konnte, ehe die Öffentlichkeit und die Politik ihn zum Handeln zwangen.

»Na gut, wer ist der Nächste auf der Liste?«, fragte Ansgar, aber ehe sie antworten konnte, klingelte sein Handy. »Verzeih«, sagte er zu Nancy gewandt und nahm das Gespräch an.

»Hallo, Uli, warte kurz, ich stell den Anruf auf laut«, sprach er in den Hörer und drehte den Zündschlüssel des Wagens, damit die Autotelefonfunktion sich mit dem Handy koppelte.

»So, wir hören dich jetzt.«

»Gut, ihr seid die Letzten in der Konferenzschaltung. Die anderen Kollegen sind bereits alle aktiviert. Ihr wisst, dass ich Konferenzschaltungen übers Telefon nicht mag, aus Sicherheitsgründen, aber die Dringlichkeit lässt gerade nichts anderes zu. Ich hoffe, ihr fahrt oder parkt irgendwo, wo keine Leute von draußen mithören können.«

»Gibt es was Neues?«, fragte Ansgar. Es war sehr unüblich, dass Uli eine Konferenzschaltung in dieser Form abhielt, aber er hatte ja gesagt, dass es dringend sei. Er schaute sich kurz um. Ihr Parkplatz war in einem sicheren Bereich, sodass er davon ausging, dass keine Passanten etwas von dem Gespräch mitbekamen.

»Ja, gibt es. Bevor ich dazu komme, möchte ich wissen, ob es bei euch neue Erkenntnisse gibt?«, fragte Uli in die Runde.

»Bis jetzt leider nichts«, antwortete Felix. »Wie es scheint, hat der Anschlag die Islamistenbewegung in Berlin überrascht. Gut möglich, dass der Attentäter nicht aus Berlin stammte. Aber wir sind noch am Beginn der Ermittlungen.«

»Bei uns auch nichts«, begann Steffen seine Ausführungen, »aber wie bei Felix: Es ist noch zu früh für irgendwelche Mutmaßungen.«

»Sagt das mal unserer Regierung. Die wollen unbedingt die ersten Festnahmen sehen«, erwiderte Uli.

»Sorry, Uli, aber bei uns sieht das auch nicht besser aus. Wir waren vorhin bei Murat und Dawud, leider haben die Gespräche nichts ergeben. Wir hoffen, dass sich jemand durch die Gespräche mit den anderen Personen auf der Liste in Widersprüche verstrickt und wir dadurch Fortschritte erzielen«, versuchte Ansgar die bisher bescheidenen Ergebnisse zu rechtfertigen.

»Bei uns auch, Uli. Du musst uns noch Zeit geben«, sagte Sandra und gab zu bedenken: »Vielleicht müssen wir auch über den Tellerrand hinausschauen. Vielleicht sitzen die Drahtzieher im Ausland.«

»Ich gehe mal davon aus, dass keiner von uns verwertbare Erkenntnisse vorweisen kann, daher erzähl du uns lieber, was du für uns hast, ansonsten hättest du ja nicht so schnell die Konferenzschaltung einberufen«, schlussfolgerte Steffen.

»Da hast du recht, Steffen. Ich hatte nur gehofft, dass ihr auch schon erste Ergebnisse habt. Aber gut, Peter hat mich vorhin kontaktiert. Es ist ihnen gelungen, anhand der gefundenen Stofffetzen die Kleidungsstücke eines Attentäters zu rekonstruieren.«

»Das sind sehr gute Nachrichten. Konnten wir die Identität feststellen?«

»Wir nicht, aber unsere Freunde von der NSA. Wir haben die Person anhand der Kleidungsstücke auf den Kameraaufzeichnungen im Kölner Hauptbahnhof eindeutig identifizieren können. Aber die Person befand sich in keiner unserer Datenbanken, auch nicht in der vom Verfassungsschutz oder dem BND.«

»Bedeutet das aber nicht, dass der Attentäter dann keiner der radikalen Gruppen angehört?«, fragte Sandra.

»Jedenfalls war er niemand, der unter besonderer Beobachtung stand. Also haben wir die NSA gebeten, ob sie ihre Fotodatenbank durchsuchen könnten, und, bingo!, sie haben ihn in ihrer Datenbank.«

»Wie heißt er?«, wollte Maik wissen.

# 8

»Er heißt Hussein Dogan. Und war bisher unauffällig. In keiner unserer Datenbanken, auch beim Verfassungsschutz, gibt es Informationen über ihn. Hatte bisher eine reine Weste. Nicht mal einen Strafzettel.«

»Und so einer sprengt sich selbst in die Luft?«, fragte Sandra und man konnte selbst am Telefon ihre Irritation spüren.

»Na ja, es sind doch gerade die Leisen, die solch schlimme Verbrechen begehen. Denkt doch mal an die Attentäter in den USA. Erst kürzlich hat doch dort wieder einer wild um sich geschossen«, erwiderte Maik.

»Da muss ich eher Sandra recht geben. Wir reden hier von einem Terroranschlag. Warum sollte man jemandem, der nicht einmal Mitglied in einer islamistischen Vereinigung ist, einen so heiklen Auftrag geben?«, gab Ansgar zu bedenken.

»War er überhaupt strenggläubig?«, wollte Steffen wissen.

»Ja, er war sogar in Mekka. Er hat oft die Moschee in Ehrenfeld besucht, die aber als sehr liberal gilt«, antwortete Uli.

»Woher wissen wir das, wenn wir keine Informationen über ihn haben?«, witzelte Felix.

»Diese Information kommt von der NSA. Die haben anscheinend Akten über jeden Moslem in Deutschland, der mindestens einmal in einer Moschee war«, erklärte Uli und fügte hinzu: »Wir haben seine Adresse. Ansgar und Nancy, Verzeihung, ich meinte natürlich Andrea, ich möchte euch bitten, dass ihr nach dem Gespräch direkt dorthin fahrt. Die Spurensicherung müsste schon da sein. Und danach solltet ihr seine Eltern aufsuchen, die wohnen auch in Ehrenfeld. Außerdem gibt es noch einen Bruder, der als Anwalt in Köln arbeitet. Ich schicke euch alle Daten.«

»Wird gemacht«, bestätigte Ansgar. »Aber wir sollen jetzt nicht die Eltern festnehmen, oder?«, fragte er, ohne es wirklich ernst zu meinen.

»Nein, natürlich nicht. Allerdings ist das SEK bereits auf dem Weg zur Moschee. Gut möglich, dass es dort die ersten Verhaftungen geben wird.«

»Uli, lass uns erst mit denen dort sprechen, bevor wir Verhaftungen starten. Ansonsten wird uns keiner mehr auch nur ein Wort sagen.«

»Ich weiß, aber was soll ich sagen – ich wurde übergangen.« Verärgerung lag in seiner Stimme.

»Wie meinst du das?«, fragte Steffen.

»Die Bundesregierung hat die Operation genehmigt, an mir vorbei, obwohl ich vor übereilten Aktionen gewarnt habe. Wie es scheint, wollen die unbedingt der Öffentlichkeit zeigen, dass sie nicht schlafen.« Uli erhob die Stimme. »Wir werden uns aber davon nicht verleiten lassen. Wir bleiben bei unserer Strategie, allerdings ist zu befürchten, dass diese einfältigen Politiker uns die Arbeit nicht gerade leicht machen werden.«

»Das wäre aber sehr zu wünschen. Was wissen die Schlipsträger schon von Ermittlungsarbeit?«, antwortete Gabi verärgert.

»Wie auch immer, bitte konzentriert euch auf eure Arbeit, alles andere ist mein Problem. Wenn es keine weiteren Fragen mehr gibt, beende ich die Konferenz. Es wartet viel Arbeit auf uns.«

Da keiner mehr Fragen hatte, beendete Uli die Konferenzschaltung. Ansgar bekam erste Sorgenfalten. Dass die Bundesregierung über Ulis Kopf hinweg entschieden hatte, war kein gutes Zeichen, bot es doch sehr viel Raum für Spekulationen, dass er komplett ausgetauscht werden könnte.

Diese Terroranschläge wurden zu einem politischen, nicht mehr zu einem kriminalistischen Ereignis. Er öffnete seinen E-Mail-Eingang und fand dort auch schon die Nachricht mit sämtlichen Informationen.

»Dann lass uns mal sehen, wo dieser Hussein gewohnt hat«, sagte er zu Nancy. »Ich weiß, wo wir hinmüssen«, fügte er noch hinzu, bevor er den Motor startete und losfuhr. Nancy war die ganze Zeit über sehr ruhig gewesen. Wie gestern hatte sie auch eben während der Konferenz keine Fragen gestellt, aber sie schien aufmerksam zugehört zu haben.

Ansgar wurde einfach den Verdacht nicht los, dass Nancys Absichten sich nicht mit seinen deckten. Zwangsläufig fragte er sich, ob sie nicht in Wirklichkeit im Auftrag der NSA unterwegs war, um sie zu bespitzeln. Warum? Darauf hatte er noch keine vernünftige Antwort, aber sein Gefühl täuschte ihn selten.

Keine fünfzehn Minuten später erreichten sie die Wohnung von Dogan. Sie war in der Vogelsanger Straße und befand sich in einem Wohnblock, der schon von außen zeigte, dass hier eher sozial schwache Menschen wohnten. Er parkte den Wagen vor dem Wohnblock, wo bereits Polizeiwagen und Dienstfahrzeuge des BKA standen.

Dogans Wohnung lag im dritten Stock. Als sie die kleine Wohnung betraten, waren schon jede Menge Kollegen mit der Spurensicherung beschäftigt. Ansgar zeigte seine Dienstmarke und die Kollegen ließen ihn und Nancy anstandslos durch.

»Hallo, Anton«, machte sich Ansgar bemerkbar, als er den Eingang betrat.

»Hallo, Ansgar«, antwortete Anton. Anton Vogel war achtundvierzig Jahre alt und hatte eine normale Statur. Er war der Leiter der Spurensicherung vom LKA in Düsseldorf. Das BKA rief oft das LKA, wenn es die eigenen Leute nicht schnell genug an einen Tatort bringen konnte oder aber zu wenig Personal zur Verfügung stand. Viele Aufgaben des BKA wurden auch vom LKA ausgeführt oder übernommen.

Anton und Ansgar kannten sich seit Jahren.

»Uli hat mir dein Kommen schon angekündigt.«

»Das ist meine Kollegin, Andrea Schwarz«, stellte Ansgar sie vor und gab Anton die Hand zur Begrüßung. Dieser erwiderte und grüßte auch Nancy.

Natürlich stellte Ansgar sie nicht mit ihrem richtigen Namen vor. Je weniger Menschen, auch Kollegen, ihre wahre Identität kannten, desto besser war sie geschützt.

»Und, habt ihr schon etwas?«

»Schön wär's, mein Lieber. Wir sind auch gerade erst fünfzehn Minuten hier.«

»Gut, wir schauen uns mal ein bisschen um.«

»Macht das, aber bitte verwischt mir keine Spuren. Am besten, ihr zieht diese hier an«, bat Anton sie und reichte ihnen Einmalhandschuhe und Einwegüberziehschuhe.

Ansgar und Nancy streiften beides über. *Wieder mal Kondome für die Schuhe*, dachte Ansgar belustigt, denn so nannte er sie insgeheim.

Die Wohnung von Hussein Dogan hatte nur zwei Zimmer, eine kleine Küche und ein kleines Bad mit Dusche. Überall im Zimmer waren Symbole der islamischen Religion zu sehen: Etliche blaue Glasaugen in unterschiedlicher Größe, die sogenannten Nazar-Amulette, die den bösen Blick fernhalten sollten, waren in beiden Zimmern verteilt. Aber auch Messing- und Porzellanteller mit arabischer Schrift zierten die Wohnung. Ansgar vermutete, dass sie Inhalte aus dem Koran wiedergaben.

Selbst die Kunstdrucke an den Wänden enthielten arabische Schriftzeichen, welche aller Wahrscheinlichkeit nach ebenfalls dem Koran entstammten. Für Ansgar gab es keinen Zweifel: Hier wohnte ein strenggläubiger Moslem.

Allerdings deutete nichts darauf hin, dass es sich zugleich um einen extremistischen Selbstmordattentäter gehandelt haben musste.

»Ich denke, wir sollten Husseins Eltern aufsuchen«, schlug er Nancy vor.

»Ich glaube auch«, bestätigte sie.

»Anton, wir sind dann mal weg. Wenn ihr irgendetwas findet, was Rückschlüsse auf den Anschlag erlaubt, ruf mich bitte sofort an. Du hast ja noch meine Nummer, oder?«

»Süßer, deine Nummer steht ganz oben«, grinste Anton und Ansgar konnte sich ebenfalls ein Grinsen nicht verkneifen.

Die Eltern wohnten keine hundert Meter entfernt, sodass sie zu Fuß zu ihrer Wohnung gingen.

Ansgar betätigte die Klingel. Die Eltern wohnten in einem ganz ähnlichen Wohnblock, der auf sozialen Wohnungsbau schließen ließ.

Der Summer der Tür signalisierte ihnen, dass sie eintreten konnten. Ansgar war erstaunt, hatte sich doch keiner vorab über den Lautsprecher gemeldet. Gemeinsam betraten sie den Flur der Wohnanlage. Sie folgten der Treppe nach oben und im ersten Stock stand eine der Türen offen. Davor stand ein Junge. Ansgar schätzte ihn auf zwölf oder dreizehn.

»Hallo«, sagte der Junge.

»Hallo. Sind deine Eltern da?«, fragte Ansgar, der eigentlich ein altes Ehepaar erwartet hatte. Schließlich war Hussein gemäß den Informationen, die ihnen Uli hatte zukommen lassen, vierunddreißig Jahre alt. Ansgar hoffte, dass der kleine Junge nicht Husseins Sohn war. Er machte einen sehr freundlichen Eindruck.

»Ja«, antwortete der Junge und verschwand in der Wohnung. Ansgar konnte noch ein lautes *»Anne«* hören.

Kurze Zeit später stand eine Frau vor der Tür. Sie war knapp einen Meter sechzig groß und Ansgar schätzte sie auf Mitte dreißig. Sie sah sehr modern aus, nichts deutete auf eine Frau hin, die traditionell islamisch lebte, was Ansgar stutzig machte und zu dem Gedanken verleitete, dass sie sich in der Haustür geirrt hatten.

»Hallo, wie kann ich Ihnen helfen?«, fragte die Frau in perfektem Deutsch.

»Guten Tag, wir sind vom BKA und würden gerne mit den Eltern von Hussein Dogan sprechen«, antwortete Ansgar, der damit rechnete, dass sie ihm nun mitteilen würde, dass sie an der falschen Tür waren.

»Hussein ist mein Bruder. Was ist mit ihm?«, fragte die Frau nervös.

*Sie wissen es nicht*, dachte Ansgar überrascht, denn nichts deutete darauf hin, dass die Frau log. *Die Nervosität ist nicht gespielt*, überlegte er.

»Sind die Eltern von Herrn Dogan da?«

»Unsere Mutter ist da. Unser Vater lebt nicht mehr. Kommen Sie doch bitte rein«, bat die Frau beide in die Wohnung, ohne sich einen Ausweis zeigen zu lassen.

Sie folgten ihr ins Wohnzimmer, wo eine ältere Frau saß, die mit zwei Kindern auf der Couch spielte. Eines von ihnen war der Junge.

»*Anne*«, unterbrach die Frau die alte Dame, die mit dem Spielen aufhörte und sich zu den Gästen umdrehte.

»Guten Tag, verzeihen Sie, ich nicht kann aufstehen«, entschuldigte sich die alte Dame in ihrem bescheidenen Deutsch, das einen starken Akzent hatte.

»Meine Mutter kann seit einem Autounfall leider nicht mehr gehen«, klärte die Tochter sie auf.

»Guten Tag, Frau Dogan. Sind Sie die Mutter von Hussein Dogan?«, fragte Ansgar und versuchte, sein Mitgefühl nicht zu zeigen.

Die alte Dame war gerade einmal einen Meter fünfzig groß, sehr dünn, hatte graues Haar, welches ihr bis zu den Schultern reichte, und eine sehr warme und herzliche Ausstrahlung. Sie wirkte überhaupt nicht, als könne sie die Mutter eines Terroristen sein, der Hunderte von Leben auf dem Gewissen hatte.

»Ja, was mit meinem Sohn?«, fragte sie und Furcht lag in ihren Augen.

»Es tut mir sehr leid, aber wir müssen Ihnen mitteilen, dass Ihr Sohn tot ist«, antwortete Ansgar vorsichtig und ihm entging Nancys missbilligender Blick nicht, der ihm sagte: *Dieser Hussein war ein verdammter Terrorist.*

Aber das interessierte ihn nicht, er wollte die alte Frau nicht überfordern, am Ende war sie eine Mutter, die ihren Sohn mit Sicherheit liebte.

»Tot? Ich verstehe nicht«, sagte sie leise, ihre Lippenpartie zitterte und ihre Augen glänzten feucht.

»Wir gehen davon aus, dass Ihr Sohn für den Terroranschlag im Kölner Dom verantwortlich ist«, antwortete Nancy kühl. Die Worte trafen die Mutter und die Schwester unerwartet und mit voller Brutalität. Beide schienen schockiert und sprachlos.

Husseins Schwester setzte sich neben ihre Mutter auf die Couch und umarmte sie, denn die Mutter konnte ihre Gefühle nicht mehr im Zaum halten und begann zu weinen.

*Eine Mutter*, dachte Ansgar und war wütend auf Nancy und ihre Gefühlskälte.

»Mein Sohn … kein Terrorist«, versuchte die Mutter zaghaft nach einer Erklärung zu suchen.

Ansgar holte sein Handy heraus, öffnete die E-Mail von Uli, mit der er ein Foto von Hussein verschickt hatte, und zeigte das Foto der Schwester.

»Ist das Ihr Bruder?«

»Ja, das ist Hussein, aber ohne Bart. Er trug doch immer einen Bart. Er war so stolz auf seinen Glauben. Wie kann er etwas so Schreckliches tun?«, antwortete die Schwester und begann nun auch zu weinen.

Die Kinder hörten mit dem Spielen auf und schienen verstört, weil sie nicht begriffen, was hier gerade geschah.

»Genau das wollen wir herausfinden. Wann haben Sie Hussein das letzte Mal gesehen?«

»Das war gestern. Er kommt fast jeden Tag, um nach seiner Mutter zu schauen und um mit seinen Neffen zu spielen«, erklärte die Schwester und fuhr sich mit der Hand über die Augen.

»Hat er Ihnen gegenüber irgendwelche Andeutungen gemacht?«, wollte Ansgar wissen.

»Nein, nein. Er war fröhlich und hat Scherze gemacht.«

»Hat er sich in irgendeiner Weise anders verhalten?«, fragte Nancy.

»Nein, er war eigentlich wie immer.«

»Er war wie mein Mann«, warf die Mutter zaghaft ein.

»Wie bitte?«, fragte Ansgar überrascht, da er dachte, dass der Vater tot war.

»Mein Ali … ein guter Mann, aber er liebte Allah mehr als Frau und Kinder. Nach Irak in Tod er gegangen. Sterben für Allah wichtiger, als seine Familie zu beschützen«, antwortete sie und biss sich auf die Lippen.

»Erklären Sie mir das bitte«, gab Ansgar von sich.

»Mein Vater hat uns verlassen, als wir noch klein waren, um im Irakkrieg gegen die Amerikaner zu kämpfen. Er ist dort gefallen«, erklärte die Schwester. »Aber Hussein?«

Ansgar fragte sich zwangsläufig, ob der Sohn seinem toten Vater etwas hatte beweisen wollen, indem er ihm nacheiferte. War er vielleicht eine labile Persönlichkeit, die von Hintermännern schamlos ausgenutzt worden war?

Der brutale Terroranschlag bekam Emotionen!

»Vielleicht wollte er seinem Vater nacheifern. Wissen Sie, mit wem er verkehrte?«, fragte Ansgar.

»Er war sehr oft in der Moschee«, erklärte die Schwester, die noch immer sichtlich um Fassung rang.

»Hier in Ehrenfeld?«

»Ja, aber die Leute dort sind ehrbare Menschen. Sie setzen sich für die Verständigung der unterschiedlichen Glaubensrichtungen ein. Es gibt einmal im Jahr einen Tag der offenen Tür und auch einen Tag, an dem christliche Geistliche und Imame sich treffen, um gemeinsam zu beten und über den Glauben zu diskutieren.«

»Und dennoch hat sich Ihr Bruder in die Luft gejagt«, erwiderte Nancy taktlos.

»Ich kann das wirklich nicht verstehen. Er liebte Allah, er war in Mekka und er lebte streng nach dem Koran, aber er war immer gegen Gewalt.«

»Wie kommt es, dass Sie so modern leben?«, fragte Nancy an die Schwester gewandt. »Hat Ihr Kleidungsstil Ihren Bruder als strenggläubigen Moslem nicht verärgert?«

»Nein, ich sagte ja, er liebte Allah und tolerierte Andersdenkende. Wir sind alle eher westlich orientiert.«

»Wen meinen Sie mit *alle*?«

»Meine anderen Geschwister. Mein Bruder ist Anwalt und mit einer Deutschen verheiratet und meine jüngere Schwester lebt mit einem Franzosen zusammen. Unsere Mutter hat uns tolerant erzogen.«

»Und Sie?«

»Ich war verheiratet. Mein Mann ist bei einem Betriebsunfall verunglückt«, antwortete sie und schaute verlegen zur Seite, als wäre der Schmerz noch deutlich spürbar.

»Wo hat Hussein gearbeitet?«

»Er war arbeitslos.«

»Und davor?«

»Er hat in einem türkischen Café gearbeitet. Hier auf der Vogelsanger Straße.«

»Können Sie uns die Adresse nennen?«

»Ja«, antwortete sie, nahm einen Stift und einen Zettel, schrieb den Namen des Cafés auf und reichte ihn Ansgar.

»Sie sagten, er war immer in der Moschee. Wissen Sie, mit wem er dort verkehrte? Wir bräuchten die Namen«, erklärte Ansgar.

Er hoffte, weitere Informationen durch Bekannte von Hussein zu erhalten. Wie es schien, hatte Hussein ein Doppelleben geführt: Gegenüber seiner Familie war er der strenggläubige, aber verständnisvolle Bruder, doch in Wirklichkeit war er ein eiskalter Terrorist. Oder war er vielleicht doch nur ein einfältiger Mensch, der schamlos ausgenutzt wurde? Ansgar blieb unsicher.

Gerade in dem Moment, als Husseins Schwester antworten wollte, hörten sie einen Knall. Die beiden Frauen erschraken, aber auch Nancy und Ansgar zuckten zusammen. Und keine Sekunde später sahen sie auch den Grund für den Knall. Ein vermummtes SEK-Team stand bis an die Zähne bewaffnet im Wohnzimmer und hielt scharfe Waffen auf sie gerichtet.

# 9

»Was geht hier vor sich?«, fragte Ansgar streng, da er sich mehr als überrumpelt vorkam.

»Hände hoch«, hörte er als Antwort. Die türkischen Frauen schienen vollends verängstigt, die beiden Kinder fingen an zu weinen und zu schreien und liefen zu ihrer Mutter, die sie in die Arme nahm.

»Hände hoch und keine Bewegung«, wiederholte der maskierte SEK-Mann.

»Ich bin vom BKA«, versuchte Ansgar die aggressive Stimmung zu entspannen.

»Nehmen Sie die Hände hoch, ich wiederhole mich nicht noch einmal«, drohte der Mann. Nancy und Ansgar folgten seiner Anweisung.

»Verdammt noch mal, schauen Sie in meine Tasche, dort ist mein Ausweis«, schrie Ansgar. Der Mann gab einem anderen Mann ein Zeichen mit der Hand. Während die anderen die Waffen auf sie gerichtet hielten, wurde Ansgar von einem der Vermummten durchsucht, der dann auch seinen Ausweis fand.

»Ich hab's doch gesagt«, konterte Ansgar verärgert, als er die Hände wieder herunternahm. Nancy tat es ihm gleich. »Und jetzt klären Sie mich bitte auf, was hier vor sich geht«, fügte er hinzu.

»Nicht hier«, sagte der Mann, mit dem er die ganze Zeit gesprochen hatte. »Folgen Sie mir.«

Ansgar und Nancy folgten ihm. Die anderen SEK-Mitarbeiter hielten weiterhin die Waffen auf die vollkommen verängstigte Familie gerichtet.

Sie gingen nach draußen, wo ein Aufgebot von Polizisten stand, die den Wohnblock abgeriegelt hatten.

»Was soll das?«, fragte Ansgar immer noch verärgert.

»Wir sollen Dogans Familie verhaften.«

»Welcher Staatsanwalt hat diesen Müll in Auftrag gegeben?«

»Die Generalbundesanwaltschaft.«

»Was? Wir sind mit dem Fall beauftragt. Ihr solltet doch die Moschee hopsnehmen.«

»Das auch.«

»Das macht doch keinen Sinn, das sind Frauen! Ihr habt sie zu Tode erschreckt!«

»Ich habe meine Befehle.«

»Von wem?«

»Darf ich nicht sagen.«

»Verdammt, wir arbeiten doch auf der gleichen Seite. Was soll das?« Ansgar schmeckte das ganz und gar nicht. Wie konnte das SEK mitten in seine Arbeit hineinplatzen? Uli hätte ihn doch informiert. Er verstand nicht, was hier vor sich ging.

Nancy schien genauso ratlos, jedenfalls ihrem Gesichtsausdruck nach zu urteilen.

»Ich führe nur meine Befehle aus. Wenden Sie sich bitte an Ihren Vorgesetzten«, antwortete der SEK-Mann, nahm sein Mikro, das an seiner linken Brust befestigt war, und sprach hinein: »Alle Personen verhaften.«

»Was ist mit den Kindern?«, kam als Frage aus dem Mikro.

»Die auch«, war die knappe, kühle Antwort.

»Sie machen einen großen Fehler«, antwortete Ansgar, dem Mann schien das aber völlig egal zu sein. Er entfernte sich von Ansgar und begab sich wieder ins Haus. Wenig später wurden die beiden Frauen und die Kinder in einem Fahrzeug des SEK abgeführt. Ansgar war sich nicht sicher, aber es schien, als wäre die alte Frau ohnmächtig, jedenfalls bewegte sie sich nicht, als sie auf den Armen eines SEK-Mitarbeiters ins Auto gebracht wurde.

Ansgar lief ein kalter Schauer den Rücken herunter. Er nahm sein Handy und wählte Ulis Nummer.

»Hallo, Uli. Ich bin's, Ansgar«, begann er die Unterhaltung.

»Was ist los?«, fragte Uli und seine Stimme klang sehr angespannt.

»Wir waren eben bei der Mutter von Hussein Dogan. Die Schwester hat ihn eindeutig identifiziert.«

»Gut, was hat die Familie ausgesagt? Etwas Verwertbares hoffentlich.«

»Dazu ist es leider nicht gekommen.«

»Warum nicht?« Uli klang verärgert.

»Weil wir überrumpelt wurden«, antwortete Ansgar und versuchte, sachlich zu bleiben.

»Überrumpelt? Komm bitte auf den Punkt.«

»Na ja, ein SEK-Team ist uns auf die Pelle gerückt und hat die Mutter und die Schwester mit ihren beiden Kindern verhaftet.«

»Du machst Witze«, sagte Uli und Ansgar hörte an seinem Tonfall, dass Uli überrascht war.

»Nein, ich dachte, du wüsstest etwas. Sie hatten einen Haftbefehl. Er wurde über die Generalbundesanwaltschaft veranlasst.«

»Davon weiß ich nichts, das muss direkt übers Bundesinnenministerium laufen«, antwortete Uli, und Empörung lag in seiner Stimme.

»Was geschieht hier? Ich dachte, *wir* wären die Experten, wenn es um Terrorismus geht. Wie können die zuschlagen, ohne uns zu unterrichten?«

»Ich weiß es nicht, Ansgar. Aber ich finde das heraus, verlass dich darauf.«

»Gibt es noch ein zweites Team?«, fragte Ansgar, der sich einfach nicht vorstellen konnte, dass das Innenministerium und somit die Bundesregierung eigenmächtig handelten. Sie waren Politiker und keine Terrorismusexperten.

»Genau das will ich herausfinden. Ich werde mich mal mit den Kollegen der GTAZ kurzschließen«, sagte Uli.

Die GTAZ war das Gemeinsame Terrorismusabwehrzentrum der Länder und des Bundes mit Sitz in Berlin. Es beschäftigte sich ausschließlich mit der Bekämpfung des islamistischen Terrorismus.

»Was sollen wir jetzt machen?«

»Ihr macht ganz normal weiter. Ich kümmere mich um die politischen Spielchen hier. Die sollen mich mal von einer anderen Seite kennenlernen.«

»Gut, danke«, antwortete Ansgar und beendete das Gespräch.

»Habe ich richtig verstanden, dass Uli von nichts weiß?«, fragte Nancy, die das Gespräch nicht hatte mitverfolgen können, da Ansgar nicht über Lautsprecher telefoniert hatte.

»Ja, leider. Wie es scheint, trifft das Innenministerium Entscheidungen über unseren Kopf hinweg.«

»Und da wundert ihr euch, warum wir eure Dienste nicht ernst nehmen«, antwortete Nancy trocken.

»Wie bitte?«

»Der CIA oder der NSA wäre das nicht passiert.«

»Hör doch auf. Auf diese Diskussion habe ich nun wirklich keine Lust.«

»Ist doch wahr. Ich dachte, eure Einheit wäre extra gegründet worden, damit ihr genau in solchen Fällen effektiv zuschlagen könnt. Wozu eine Terrorabwehreinheit, wenn euch die Politik nicht in ihre Strategie mit einbezieht?«

Ansgar fand darauf keine Antwort. So schwer es ihm fiel, aber er musste ihr recht geben. Bis vor Kurzem war auch er noch in dem Glauben gewesen, dass ihre Abteilung die vollständige Kontrolle bei den Ermittlungen hatte, schließlich kostete die Einheit jedes Jahr Millionen Euro an Steuergeldern. Und wenn man sich so eine Spezialeinheit leistete, dann machte es doch keinen Sinn, über deren Köpfe hinweg Entscheidungen zu treffen. Es sei denn, die Politik und Uli hatten unterschiedliche Auffassungen, was die Ermittlungen anbelangte.

Aber wenn dem so war, warum entließen sie ihn nicht einfach? Ansgar wusste darauf und auf alle anderen Fragen keine Antwort. Das Einzige, was er wusste, war, dass die Politiker ein gefährliches Spiel spielten. Sollten die voreiligen Verhaftungen zu keinem Ergebnis führen, dann würden die Regierung und vor allem der Innenminister mächtig unter Druck stehen.

Sein Gefühl und seine Erfahrung sagten ihm, dass die Verhaftung von Husseins Mutter und Schwester ein großer Fehler war, vor allem, weil er wusste, dass der Bruder als Anwalt arbeitete.

»Lass uns in das türkische Café gehen, in dem Hussein Dogan gearbeitet hat. Vielleicht erhalten wir dort ein paar wertvolle Hinweise«, sagte Ansgar und ignorierte bewusst Nancys provokante Frage, was sie missbilligend registrierte.

Fünf Minuten später parkte Ansgar den Wagen in der Nähe des Cafés. Er war erstaunt, denn er hatte angenommen, ein traditionelles Café vorzufinden, in dem nur Männer verkehrten. Aber das Café sah sehr modern aus und wurde nicht nur von Türken, sondern auch von deutschen Gästen besucht.

Ein weiteres Detail, das nicht zu den Stereotypen passte, die er gewaltbereiten Islamisten zuschrieb.

»Guten Tag, wir sind vom BKA und müssten mit dem Eigentümer sprechen«, gab Ansgar von sich, als sie das Café betreten hatten und vor dem Tresen standen.

»Kleinen Augenblick«, antwortete die junge Frau und verließ den Tresen, um zu einem Tisch mit drei Personen zu gehen. Sie wechselte ein paar Worte mit einem Mann und kam mit ihm zusammen zurück.

»Guten Tag. Sie möchten mit mir sprechen?«, fragte der Mann. Er war mittelgroß, hatte eine normale Figur und trug kurzes schwarzes Haar, das wild nach oben gestylt war. Ansgar schätzte ihn auf Anfang dreißig.

»Sind Sie der Besitzer?«, wollte Ansgar wissen.

»Ja, mein Name ist Tuncay Alpay. Und Sie sind vom BKA?«

»Ja, Herr Alpay«, antwortete Nancy und zeigte ihm ihren Ausweis. Ansgar zeigte auch seinen Ausweis.

»Setzen wir uns doch«, bat Alpay und die beiden Beamten folgten ihm und setzten sich an einen Tisch.

»Wie kann ich Ihnen helfen?«, fragte er höflich. Er sprach sehr gutes Deutsch mit ganz leichtem Akzent.

»Es geht um Hussein Dogan«, kam Ansgar gleich zum Wesentlichen.

»Was ist mit ihm?«

»Hat er bei Ihnen gearbeitet?«

»Ja, er hat immer mal wieder ausgeholfen. Wie unhöflich von mir, möchten Sie etwas trinken?«

Ansgar und Nancy verneinten. »Wie gut kannten Sie Dogan?«

»Warum möchten Sie das wissen?«

»Er war der Selbstmordattentäter, der sich gestern im Kölner Dom in die Luft gesprengt hat«, antwortete Ansgar, der keinen Grund sah, ihn anzulügen. Schließlich würde bald ganz Deutschland die Identität des Attentäters kennen.

»Unser Hussein? Sind Sie sicher?«

»Ganz sicher.«

»Sieht ihm gar nicht ähnlich, er war doch so gläubig«, gab Alpay zweifelnd von sich.

»Sind es nicht immer die Stenggläubigen, die sich in die Luft sprengen?«, erwiderte Nancy.

»Frau Schwarz, Sie sollten Gläubige und Extremisten nicht über einen Kamm scheren. Ich würde ja auch nie auf die Idee kommen zu denken, alle Polizisten seien Nazis. Auch dann nicht, wenn ich aus der Presse erfahre, dass bayrische Kollegen von Ihnen Naziaufkleber in Polizeieinsatzfahrzeugen anbringen. Und ich glaube auch nicht, dass das BKA, das von SS-Mitgliedern gegründet wurde, noch immer von Nazis geleitet wird.«

Nancy antwortete nicht. Sie zeigte keine Reaktion, was Ansgar nicht verwunderte. Schließlich war sie eine NSA-Agentin. Was interessierte sie die Polizei in Bayern oder die Geschichte des BKA? Für Ansgar jedoch war das wie ein Stachel im Fleisch, der sich nicht entfernen ließ.

Er konnte sich sehr gut an den Fall erinnern, der vor einigen Wochen durch die Presse gegangen war: Fürther Fußballfans hatten Neonaziaufkleber in einem Mannschaftswagen der bayrischen Polizeispezialeinheit USK fotografiert.

Diese wenigen Idioten aus ihren eigenen Reihen gefährdeten das Ansehen all der Polizisten, die tagtäglich ihr Leben riskierten und mit braunem Gedankengut nichts zu schaffen hatten.

Alpays Kommentar über das BKA hingegen nahm er mit gemischten Gefühlen auf. Dass das BKA 1945 durch ehemalige SS-Mitglieder aufgebaut worden war und dass selbst bis in die späten 60er-Jahre noch fast jeder vierte Beamte der Führungsriege ein ehemaliges SS-Mitglied gewesen war, konnte jeder Interessierte selbst bei Wikipedia nachlesen. Aber dass Alpay das wusste, machte ihn stutzig.

Ansgar schätzte ihn als guten Beobachter ein, denn er hatte sich den Namen auf Nancys Ausweis gemerkt. Die meisten sahen nur den Ausweis, schenkten aber dem Namen oder dem Inhalt darauf kaum Beachtung.

»Wie war Ihr Verhältnis zu Dogan?«, fragte Ansgar, der die Diskussion nicht emotional werden lassen wollte.

»Neutral. Er hat für mich gearbeitet. Ich habe ihn nicht anders behandelt als die anderen Mitarbeiter.«

»Was hat er denn gearbeitet?«

»Er war in der Küche.«

»Und war er zuverlässig?«

»Ja, sehr zuverlässig und sehr fleißig. Ich war ausgesprochen zufrieden mit ihm.«

»Und warum hat er dann gekündigt?«

»Das kann ich Ihnen nicht sagen. Er bat um seine Entlassung und ich bin seinem Wunsch nachgekommen.«

»Wissen Sie, ob er Freunde im Café empfing?«

»Nein, nicht dass ich wüsste.«

»Hat er zu einem Ihrer Mitarbeiter ein freundschaftliches Verhältnis gehabt?«

»Er hat sich mit Sibel sehr gut verstanden, aber ansonsten war er eher ruhig.«

»Arbeitet Sibel heute?«

»Nein.«

»Und wann?«, fragte Nancy.

»Müsste ich nachschauen. Ich kenne die Schichten der Mitarbeiter nicht.«

»Tun Sie das bitte«, sagte Ansgar.

Alpay stand auf und war auch schon wenige Augenblicke später wieder bei ihnen.

»Sie kommt übermorgen.«

»Können Sie uns die Privatadresse von Sibel geben?«, fragte Nancy.

»Ja, ich schreib Ihnen die Adresse auf«, antwortete er, nahm einen Kugelschreiber aus der Jackeninnentasche, notierte die Adresse auf einem Bierdeckel und reichte diesen Ansgar.

»Wie kamen eigentlich Ihre Mitarbeiter mit Dogan klar? Schließlich war er strenggläubig und Ihr Café und Ihre Mitarbeiter machen einen sehr modernen Eindruck.«

»Wir sind Türken, Herr David. Hier wird keiner wegen seiner Religion diskriminiert. Dogan hat sich auch gegenüber den Mitarbeitern immer einwandfrei verhalten. Er war zu jedem freundlich. Er hatte kein Problem damit, dass seine Kollegen nicht strenggläubig waren, und andersherum hatten die Kollegen auch kein Problem damit, dass er seinen Glauben offen auslebte.«

»Und dennoch hat er unschuldige Menschen getötet«, erwiderte Nancy nüchtern.

»Das sieht gar nicht nach Hussein aus. Er war immer sehr freundlich, aber auch naiv. Irgendjemand muss seine Naivität ausgenutzt haben.«

»Und genau diesen Jemand müssen wir finden. Denken Sie bitte nach. Wer könnte einen starken Einfluss auf ihn gehabt haben?«, fragte Ansgar, der inzwischen auch zu der Annahme tendierte, dass Hussein nur ein armes Schwein gewesen war, das von Hintermännern für den feigen Anschlag missbraucht wurde.

»Ich weiß es nicht. Wir haben selten über private Dinge gesprochen. Fragen Sie doch in der Moschee nach, dort war er sehr oft.«

»Das werden wir tun. Sollte Ihnen oder einem Ihrer Mitarbeiter noch etwas einfallen, informieren Sie uns bitte. Hier ist meine Karte«, sagte Ansgar und reichte ihm seine Visitenkarte.

Nachdem sie sich von ihm verabschiedet hatten, begaben sie sich nach draußen.

»Hast du Hunger?«, fragte Ansgar, als sie vor einem Döner-Imbiss standen.

»Klar«, antwortete Nancy und betrat die Imbissbude, die ein paar Sitzplätze und Tische hatte.

Beide bestellten einen Döner und nahmen an einem der Tische Platz.

»Du isst Döner?«, fragte Ansgar, der versuchte, ein bisschen Lockerheit ins Gespräch zu bringen.

»Na klar, warum nicht?«, gab sie in ihrer trockenen Art zurück.

»Nun, ich hätte dich eher bei Burgern und Pommes gesehen«, grinste er.

»Und ich dich bei Schnitzel oder Currywurst«, antwortete sie frech und konnte sich ein Grinsen nicht verkneifen.

»Der Punkt geht an dich. Woher kannst du so gut Deutsch?«, wollte er wissen.

»Ich bin in Deutschland aufgewachsen.«

»Ach, auch hier geboren?«

»Nein, in Amerika. Als ich drei war, wurde mein Vater nach Deutschland versetzt. Aber dein Name klingt auch nicht wirklich deutsch.«

»Ist er auch nicht. Meine Mutter ist Schwedin. Ich bin aber in Köln geboren«, antwortete er, und für einen kleinen Augenblick hatte er das Gefühl, als würde Nancy ihre Agentenfassade ablegen und nur Nancy, die Frau, sein.

Der Kellner brachte die beiden Döner und die Getränke.

»Nicht schlecht«, äußerte sich Nancy, als sie herzhaft zubiss. Ansgar lachte.

»Was lachst du?«, fragte sie.

»Du hast dich bekleckert«, grinste er.

»Wo?«

»An der Wange.«

Sie wischte sich mit der Serviette die linke Wange.

»Andere Seite.«

Sie wischte die andere Seite und konnte sich ein Lächeln nicht verkneifen.

»Ist leider immer noch etwas. Wenn dir das nichts ausmacht …«, sagte Ansgar, nahm seine Serviette und wischte ihr die restliche Joghurtsoße von der Wange, dabei trafen sich ihre Blicke und Ansgar erkannte zum ersten Mal, was für schöne blaue Augen sie hatte und wie hübsch sie war.

Da er eigentlich nicht auf kurzhaarige Frauen stand, die dazu auch noch so blass waren wie sie, war ihm ihr hübsches Gesicht gar nicht aufgefallen. Verlegen schaute er zur Seite.

»Danke«, antwortete sie leise.

Er antwortete nicht, sondern lächelte nur und biss in seinen Döner. Jetzt begann sie zu lachen.

»Sag nichts. Ich glaube, bei so viel Soße, wie der in den Döner getan hat, lässt sich das nicht vermeiden«, lachte Ansgar und biss erneut hinein. Beide lachten und aßen den Döner ohne Rücksicht auf Soße und Flecken.

*Ob ich sie falsch eingeschätzt habe?*, überlegte er.

»Und, habe ich noch was im Gesicht?«, fragte Nancy, nachdem sie den letzten Bissen genommen und sich das Gesicht mit der Serviette abgewischt hatte.

»Nein, alles sauber«, antwortete Ansgar, der bereits aufgegessen hatte.

»Was machen wir jetzt?«, wollte sie wissen.

»Ich denke, wir sollten Sibel aufsuchen. Das Gespräch mit Alpay hat mehr Fragen als Antworten gegeben.«

»Stimmt. Sag mal, ist das wahr mit dem BKA?«

»Was?«

»Dass es von Nazis gegründet wurde?«

»Ja, leider. Das BKA wurde von SS-Mitgliedern aufgebaut und noch 1958 waren fast alle Führungspositionen mit ehemaligen Nazis besetzt. Aber das BKA arbeitet seit Jahren seine braune Vergangenheit auf. Heute kann davon keine Rede mehr sein«, antwortete Ansgar und hatte fast das Gefühl, als müsse er sich für die braune Brühe, die das BKA vor seiner Zeit geprägt hatte, entschuldigen.

»Für einen Cafébesitzer war er aber gut informiert. Oder weiß das jeder?«

»Ich denke nicht. Nur Leute, die sich mit dem BKA beschäftigen oder mit der Nazivergangenheit Deutschlands. Bevor ich beim BKA angefangen habe, wusste ich das auch nicht. Und ich finde es noch immer seltsam. Ich denke, wir sollten unser Gespräch im Auto fortführen«, versuchte Ansgar abzulenken, denn eine Person, die gerade eingetreten war, erweckte seine Aufmerksamkeit.

Die Person machte einen nervösen Eindruck und steuerte schnurstracks auf sie zu.

# 10

Als der Mann den Tisch von Ansgar und Nancy erreichte, sagte er etwas auf Arabisch, was er aber abbrach, als sein Blick zum Fenster wanderte. Er schien sehr nervös. Ehe einer von beiden reagieren konnte, lief er auch schon wieder aus dem kleinen Imbiss hinaus.

»Scheiße, was war das?«, fragte Ansgar, sprang auf und versuchte der Person hinterherzulaufen. Nancy eilte ihm nach. Der Kellner schrie ihnen noch hinterher wegen der Rechnung, aber dafür hatte Ansgar nun keine Zeit.

In etwa fünfzig Meter Entfernung sah er den Araber und erhöhte das Tempo. Der Mann, Ansgar schätzte ihn auf Ende zwanzig, schaute immer wieder zurück und erhöhte ebenfalls das Tempo, doch Ansgar blieb ihm auf den Fersen.

Er konnte nicht sehen, ob Nancy ihm folgte, was ihm allerdings auch egal war. Er wollte diesen Mann nicht aus den Augen verlieren, er wollte ihn fassen. Der Fremde bog von der Vogelsanger Straße in eine kleinere Straße nach rechts ab, aber Ansgar blieb dran und konnte den Abstand verringern.

»Bleiben Sie stehen, ich will Ihnen nichts tun«, schrie Ansgar in der Hoffnung, ihn damit zum Stehenbleiben bewegen zu können, doch der Mann dachte gar nicht daran und bog wieder nach rechts in eine andere Straße ab.

*Warum rennt der weg?*, fragte sich Ansgar, schließlich hatte er ihm doch nichts getan. Er war auf sie zugekommen und hatte sie angesprochen.

Der Mann lief direkt auf die Venloer Straße zu, eine viel befahrene Straße, und überquerte sie, als sei da ein Zebrastreifen.

Die Autos hupten, aber irgendwie gelang es ihm, heil hinüberzukommen.

»Scheiße«, fluchte Ansgar, der die Straße jedoch deutlich vorsichtiger überquerte. Für manchen aber wahrscheinlich noch immer zu waghalsig, denn fast wäre er mit einem Wagen kollidiert, der in letzter Sekunde stoppte. Der Fahrer fluchte lautstark.

Ansgar ignorierte den Mann, sein Blick war allein auf den jungen Mann geheftet, und nun erkannte Ansgar, wohin er lief: zur Straßenbahn!

Er versuchte noch einmal, das Tempo zu erhöhen, die Seitenstiche, die er bekam, sagten ihm, dass er nicht mehr viele Reserven hatte. Er keuchte, unterdrückte aber das Verlangen, zu stoppen und sich erschöpft auf den Boden zu werfen.

Und wie vermutet steuerte der Mann direkt auf die S-Bahn-Haltestelle zu. Eine S-Bahn hielt auf einem der Gleise und Ansgar sah, wie der Mann hineinsprang. Ansgar fluchte, aber er versuchte nochmals, die letzten Kraftreserven zu mobilisieren, und erhöhte das Tempo.

Nur noch wenige Meter trennten ihn von der S-Bahn. Würde es ihm gelingen, wäre der Mann geliefert. Doch keine zwei Meter vor der S-Bahn, die Türen waren schon längst geschlossen, fuhr sie los. Auch ein letzter Sprung zur Tür schlug fehl. Er konnte zwar noch mit der Hand gegen die Scheibe schlagen, aber das brachte nichts.

Die umstehenden Passanten schauten ihn ängstlich und fragend an, was er aber nicht mitbekam. Er war zu erschöpft und wütend darüber, dass er den Mann nicht eingeholt hatte.

»Was war das?«, fragte Nancy, die ihn nur wenige Sekunden später erreichte.

»Ich weiß es nicht. Er ist mir entwischt. So ein verdammter Mist!«, brachte Ansgar keuchend hervor.

»Weißt du, was er gesagt hat?«

»Nein, keine Ahnung, irgendetwas auf Arabisch. Aber warum ist er weggelaufen?« Ansgar presste die Hände gegen seine Taille und versuchte, ruhiger zu atmen.

»Aber vor allem, woher wusste er, dass wir im Imbiss waren?«, überlegte Nancy.

»Meinst du, wir werden beobachtet?«

»Gut möglich«, antwortete sie und schaute sich um.

»Echt blöd, dass er mir entwischt ist.«

»Weißt du, welche S-Bahn-Linie das war?«

»Ja, das muss die S12 gewesen sein.«

»14.15 Uhr ist sie angekommen, denke ich mal, oder?«

»Ja, dürfte stimmen. Warum?«, fragte Ansgar, da er ihr nicht folgen konnte.

»Gleich, kannst du ihn beschreiben?«

»Knapp einen Meter siebzig, grüne Jacke, kurze schwarze Haare, Turnschuhe.«

»Deckt sich mit meiner Beschreibung«, bestätigte sie. Sie tippte etwas in ihr Smartphone, machte ein Foto und tippte wieder etwas.

»Kannst du mich bitte mal aufklären, was du gerade machst?«

»Dir helfen«, grinste sie. »Vielleicht wissen meine Jungs, wer das war.«

»Wie das?« Ansgar konnte ihr noch nicht ganz folgen.

»Schau dich mal um«, half sie ihm auf die Sprünge und zeigte mit ihrer rechten Hand an verschiedene Stellen im Bahnhof. Jetzt erkannte auch Ansgar, auf was sie zeigte: Kameras!

»Hat die NSA Zugriff auf die Kameras?«

»Ich bin mir nicht sicher, es kommt auf einen Versuch an.«

»Gute Idee, danke«, antwortete er und hoffte, dass der Versuch erfolgreich sein würde. Warum die NSA Zugriff auf öffentliche Bahnhofskameras hatte, diese Frage stellte er sich schon längst nicht mehr, da jedem beim BKA hinlänglich bekannt war, dass die NSA auch Kameraaufzeichnungen von öffentlichen Plätzen anzapfte.

»Kannst du die Daten bitte auch ans BKA schicken? Vielleicht finden unsere Jungs ja etwas.«

»Klar«, aber ihr Blick sagte ihm, dass sie nicht wirklich daran glaubte, womit sie wahrscheinlich gar nicht mal so unrecht hatte. Ohne die Hilfe der NSA hätten sie auch die Identität von Hussein Dogan nicht so schnell ermitteln können.

»Ich habe noch eine andere Idee. Komm«, forderte Ansgar sie auf und eilte voraus. Nancy folgte ihm. Bei einem Bahnmitarbeiter blieb er stehen.

»Entschuldigung. Wir sind vom BKA.« Ansgar zeigte dem Angestellten seinen Ausweis. Wie so viele andere warf auch er nur einen flüchtigen Blick auf den Ausweis.

»Wie kann ich Ihnen helfen?«, fragte er.

»Gibt es hier einen Kommandoraum?«

»Einen was?«

»Einen Raum, in dem die Aufzeichnungen von den Kameras überprüft werden können«, erklärte Ansgar, konnte sich aber die Antwort schon denken.

»Nein, so einen Raum haben wir hier nicht. Da müssten Sie sich bitte an den Hauptbahnhof wenden.«

»Danke«, antwortete er und ließ den Angestellten stehen.

»Zum Hauptbahnhof?«

»Ja, aber lass uns vorher noch einmal zum Imbiss zurückgehen«, antwortete Ansgar, obwohl er sich nicht sicher war, ob er dieser Spur wirklich folgen sollte. Vielleicht war es ja nur irgendjemand gewesen, der ihnen einen Streich gespielt hatte. Aber wenn dem so war, warum lief dieser Jemand dann weg?

*Vielleicht genau deswegen*, überlegte er, aber wirklich glauben konnte er das nicht. Der Mann hatte nicht den Eindruck erweckt, als habe er sich einen Spaß mit ihnen erlaubt. Dieser Umstand warf aber weitere Fragen auf: Wusste der Mann überhaupt, dass sie vom BKA waren, und wenn ja, woher?

Ansgars Meinung nach hatte er es gewusst, alles andere machte für ihn keinen Sinn. Leider hatten weder er noch Nancy verstanden, was er ihnen auf Arabisch gesagt hatte, das hätte vielleicht einige Fragen beantwortet. Falls die Sprache überhaupt Arabisch gewesen war. So blieb einfach nur zu hoffen, dass eine der Bahnhofskameras ihn erfasst hatte und sie auf diese Weise seine Identität herausfinden konnten.

Die Erleichterung stand dem Mitarbeiter ins Gesicht geschrieben, als Ansgar und Nancy den Imbiss betraten.

»Entschuldigen Sie, wir wollten nicht die Zeche prellen«, versuchte Ansgar einen Scherz zu machen.

»Schon gut«, versuchte der Mann zu beschwichtigen.

»Was schulden wir Ihnen?«, fragte er und griff nach seiner Geldbörse.

»Getrennt oder zusammen?«

»Ich zahle alles.«

»Das sind dann neun Euro.«

»Hier, stimmt so«, antwortete Ansgar und gab ihm zehn Euro.

»Danke.«

»Sagen Sie, eben war doch hier ein Mann, der an unseren Tisch gekommen ist. Sie kannten ihn nicht zufällig?«

»Nein, noch nie gesehen.«

»Und was er gesagt hat, haben Sie auch nicht gehört, oder?«

»Ehrlich gesagt habe ich gar nicht mitbekommen, dass er mit Ihnen gesprochen hat. Kaum war er drin, war er auch wieder weg und Sie sind ihm hinterhergerannt.«

»Nichts für ungut, trotzdem danke.«

Ansgar und Nancy verließen den Imbiss.

»Danke«, sagte Nancy.

»Wofür?«

»Für den Döner.«

»Kein Thema … Dann wollen wir mal hoffen, dass wir im Hauptbahnhof mehr Glück haben.«

Die Fahrt zum Hauptbahnhof dauerte gute zehn Minuten. Nachdem sie den Wagen geparkt hatten, betraten sie den Bahnhof und begaben sich direkt zum Überwachungsbereich. Ansgar kannte den Bahnhof bereits von früheren Ermittlungen, sodass er wusste, wohin er zu gehen hatte.

»Guten Tag, wie kann ich Ihnen helfen?«, fragte die Dame am Empfang.

»Wir sind vom BKA. Wir müssten dringend mit einem leitenden Angestellten sprechen, da wir uns einige Kameraaufzeichnungen anschauen müssen«, antwortete Ansgar und zeigte ihr seinen Ausweis.

»Einen kleinen Augenblick bitte.« Die Dame griff zum Telefonhörer und wenige Minuten später erschien eine Frau mittleren Alters. »Guten Tag. Sie möchten mit mir sprechen?«, fragte sie freundlich.

»Guten Tag, wir sind vom BKA und müssten uns dringend ein paar Aufzeichnungen vom Bahnhof Ehrenfeld anschauen.«

»Dürfte ich bitte Ihren Ausweis sehen?«

Ansgar und Nancy zückten ihre Ausweise. Die Frau warf einen prüfenden Blick darauf und bat sie, ihr zu folgen. Sie betraten einen Raum, wo unzählige Monitore standen.

»Karl, wir brauchen deine Hilfe«, sprach sie einen Mann an, der vor einem großen Mischpult saß.

»Klar, Helga. Schieß los.«

»Die Herrschaften sind von der Kripo und würden sich gerne Aufzeichnungen vom Bahnhof Ehrenfeld anschauen.«

»Von heute?«

»Ja, zwischen 14.10 Uhr und 14.16 Uhr«, antwortete Ansgar.

»Welches Gleis?«

»Müsste Gleis eins gewesen sein.«

»Geben Sie mir fünf Minuten.«

Ansgar und Nancy beobachteten den Mann, wie er verschiedene Knöpfe betätigte und etwas in seine Tastatur eintippte. Einige Minuten später schien er fertig zu sein.

»So, hier sind die sechs Minuten«, sagte der Mann und startete die Aufzeichnung.

Ansgar und Nancy schauten gebannt auf den kleinen Monitor in der Hoffnung, die Person, der sie nachgelaufen waren, in der Aufzeichnung zu sehen.

»Stopp«, sagte Ansgar plötzlich. »Können Sie bitte kurz zurückspulen, etwa dreißig Sekunden, und dann langsamer laufen lassen?«

»Klar«, antwortete der Mann. Die Aufzeichnung lief nun deutlich langsamer.

»Stopp«, rief Ansgar lauter als beabsichtigt.

Der Mann drückte auf einen Knopf und stoppte den Film.

»Das ist der Mann«, erklärte Ansgar aufgeregt. Er war sich sicher, da die grüne Jacke deutlich zu sehen war. »Können Sie ranzoomen?«

»Leider nicht. Ich schau mal, ob ich ein besseres Bild finde«, antwortete der Mann, spulte die Aufzeichnung vor und zurück und drückte noch einige Tasten an seinem Mischpult.

»Tut mir leid, aber das ist das beste Bild, das wir von ihm haben.«

»Schade. Aber gut, können Sie mir das bitte ausdrucken?«

»Klar«, grinste er und drückte auf einen Knopf.

»Kommen Sie mit, ich gebe Ihnen den Ausdruck«, bat die Frau die beiden Beamten, ihr zu folgen.

Die Frau reichte Ansgar das Bild.

»Vielen Dank. Bitte speichern Sie die sechs Minuten Kameraaufzeichnung, Kollegen von mir werden sie nachher abholen.«

»Das sollte kein Problem sein. Geht es um den Selbstmordattentäter?«, fragte die Frau und Neugier lag in ihrer Stimme.

»Wir dürfen über laufende Ermittlungen nicht sprechen.«

»Verstehe«, antwortete sie, aber ihre Stimme verriet ihre Enttäuschung.

Ansgar und Nancy verabschiedeten sich und begaben sich zum Wagen. Nancy schickte das Foto von der Überwachungskamera ebenfalls an die NSA und das BKA.

»Wir sollten unbedingt dieser Sibel einen Besuch abstatten«, schlug Ansgar vor.

»Ja, denke ich auch«, bestätigte Nancy.

Während der Fahrt rief Ansgar bei der Spurensicherung an, um sie zu bitten, die digitale Kopie der Aufzeichnung bei der Bahn im Kölner Hauptbahnhof abzuholen.

Sibel Yilmaz wohnte in Nippes. Ihre Wohnung lag in der Florastraße.

Ansgar betätigte die Klingel, auf der ihr Name stand.

»Ja, bitte«, ertönte es aus dem Lautsprecher.

»Guten Tag, mein Name ist Ansgar David vom BKA. Wir müssen mit Frau Yilmaz sprechen.«

»Das bin ich. Kommen Sie doch bitte in den zweiten Stock«, antwortete die Stimme aus dem Lautsprecher und wenige Sekunden später ertönte ein Summen.

Sie betraten den Hausflur. Sibel Yilmaz wohnte in einem Mehrparteienhaus, welches sehr gepflegt aussah. Sie gingen die Treppe hinauf in den zweiten Stock.

Sibel Yilmaz öffnete die Tür und Ansgar musste sich beherrschen, seine Überraschung nicht zu zeigen, da er sich diese Frau ganz anders vorgestellt hatte.

Er schätzte sie auf Mitte bis Ende zwanzig. Sie war sehr groß, vermutlich knapp einen Meter achtzig, hatte eine sehr sportliche Figur, lange schwarze Haare, die sie zu einem Zopf gebunden hatte, und ein bildhübsches Gesicht. Für Ansgar eine der Frauen, bei denen er sehr schnell schwach wurde.

Wie sie zu Hussein Dogan passte, war ihm schleierhaft, da sie sehr modern gekleidet war und verschiedene Tattoos ihren Körper zierten. Sie trug eine Jeans und ein knappes T-Shirt, welches ihren durchtrainierten Bauch erahnen ließ.

»Frau Yilmaz?«, fragte Ansgar.

»Ja, und Sie sind vom BKA?«, fragte sie freundlich und warf Ansgar einen kecken Blick zu, der ihm ein Lächeln entlockte.

Ansgar und Nancy zeigten ihre Ausweise. Die Frau bat beide in die Wohnung. Sie folgten ihr ins Wohnzimmer.

»Setzen Sie sich doch bitte«, sagte sie.

Sie setzen sich auf die Couch. Das Wohnzimmer machte einen sehr modernen Eindruck, alles war in Weiß und Schwarz gehalten und zeigte, dass Sibel Yilmaz Geschmack hatte.

»Frau Yilmaz, wir sind wegen Hussein Dogan hier«, begann er seine Befragung.

»Hussein? Was ist mit ihm?«, fragte sie und ihre Augen ließen erkennen, dass sie unsicher, geradezu ängstlich war.

»Er ist tot.«

»Tot? Wurde er ermordet?« Ihre Stimme klang nun ohne Zweifel besorgt.

»Nein, er war der Selbstmordattentäter, der gestern Hunderte von Menschen getötet hat«, klärte Nancy sie ohne Umschweife auf.

»Hussein?«, fragte sie ungläubig.

»Ja, daran besteht kein Zweifel. Herr Alpay hat uns erzählt, dass Sie mit ihm zusammengearbeitet haben.«

»Ja, das stimmt.«

»Wie war Ihr Verhältnis?«

»Wir haben uns gut verstanden.«

»Nicht mehr?«, fragte Nancy und Ansgar entging die Schärfe in ihrer Frage nicht.

»Nein, nicht mehr«, gab sie selbstbewusst zurück.

»Haben Sie sich auch außerhalb der Arbeitszeiten getroffen?«

»Nein, er war eher ein Außenseiter.«

»Wissen Sie, warum er gekündigt hat?«

»Leider nicht. Er hat selten über private Dinge gesprochen. Irgendwann war er einfach nicht mehr da.«

»Ehrenfeld ist nicht gerade groß, da läuft man sich doch zwangsläufig mal über den Weg.«

»Ich arbeite nur in Ehrenfeld, ansonsten halte ich mich eher in der Innenstadt oder auf den Ringen auf. Wirklich, ich habe ihn nur während der Arbeit gesehen.«

Ansgar war sich nicht sicher, ob sie die Wahrheit sagte. Ihre Körpersprache und die besondere Betonung des Wortes »wirklich« deuteten auf etwas anderes hin.

»Hat er mit Ihnen über seine Ansichten gesprochen?«

»Ja, die ganze Zeit. Er war strenggläubig und hat keinen Hehl daraus gemacht.«

»Und was hat er Ihnen gesagt? Hat ihn Ihr Erscheinungsbild nicht gestört?«

»Nein, das war nie ein Problem. Seine Schwester läuft viel schlampiger rum«, antwortete sie und spielte mit ihrem Haar.

*Sie ist nervös, aber warum?*, fragte sich Ansgar.

»Hat er seine Schwester Ihnen gegenüber erwähnt?«

»Kaum, und wenn, hat er immer nur davon geschwärmt, was für tolle Neffen er hat.«

»Finden Sie es nicht seltsam, dass ein strenggläubiger Mensch wie Hussein, der sogar in Mekka war, überhaupt keine Schwierigkeiten damit hat, dass seine Schwester sich so freizügig anzieht, und damit, wie Sie sich kleiden?«

»Hussein war in dieser Hinsicht halt komisch. Aber ehrlich gesagt hat er nie so einen konservativen Eindruck gemacht.«

»Wie meinen Sie das?«, fragte Ansgar sichtlich überrascht.

»Na ja, er hat sich nicht verhalten wie ein Extremist. Er hat gerne gelacht und Witze gemacht, wenn er einem vertraute.«

»Und Ihnen hat er vertraut?«, fragte Nancy.

»Ich denke schon.«

»Wenn er Ihnen vertraut hat, könnte es dann nicht sein, dass er Ihnen vielleicht doch etwas über seine wahren Absichten erzählt hat?«, erweiterte Nancy ihre vorherige Frage.

»Nein, wirklich. Ich kann es noch immer nicht glauben, dass er etwas mit dem Bombenanschlag zu tun hat. Ganz schrecklich, was da geschehen ist.« Sibel Yilmaz hielt sich eine Hand vor die Augen, als wollte sie ihre Tränen unterdrücken, aber ihre Augen waren nicht feucht.

»Hat er Ihnen gegenüber irgendwelche Freunde erwähnt?«

»Nein, nicht dass ich wüsste. Er hatte nur seine Familie und seine Moschee.«

Die Moschee, das hatten ihnen auch schon Alpay und seine Schwester erzählt, resümierte Ansgar und hoffte, dass sie dort wertvollere Informationen erhalten würden.

»Denken Sie, dass Hussein auf Sie stand?«, fragte Nancy und blickte der hübschen Frau tief in die Augen.

Sie wich ihrem Blick aus und antwortete: »Ich weiß nicht.«

»Wieso wissen Sie das nicht? Sie sind doch eine attraktive junge Frau«, hakte Nancy nach.

»Liegt im Auge des Betrachters«, gab sie zurück und schaute zu Boden.

»Hat Hussein Ihnen nun Avancen gemacht oder nicht?«, fragte Nancy scharf.

»Nein, hat er nicht. Er war einfach nur ein guter Kollege, nicht mehr. Nur weil man halbwegs gut aussieht, heißt das nicht, dass man Freiwild ist.« Wut lag in ihrer Stimme.

»Haben Sie einen Freund?«

»Ich weiß nicht, was Sie das angeht«, stellte Sibel Yilmaz scharf klar.

»Jede Menge, beantworten Sie bitte nur meine Frage!«, forderte Nancy sie nicht weniger scharf auf.

Ansgar war über diese Wendung des Gesprächs erschrocken, denn er war der Meinung, dass Nancy es übertrieb, aber er ließ das Gespräch laufen. Er wollte sich nicht vorwerfen lassen, dass er die Zeugin aufgrund ihrer Attraktivität mit Samthandschuhen angefasst hätte.

»Nein, ich habe keinen Freund«, antwortete sie verärgert.

»Frau Yilmaz, verstehen Sie das bitte nicht falsch, aber hier geht es um einen Terroranschlag, den wir aufklären müssen. Wenn Sie etwas wissen, dann teilen Sie uns das bitte mit«, versuchte Ansgar, etwas Hitze aus dem Gespräch zu nehmen.

»Sie würden sich auch strafbar machen, wenn Sie Hinweise zurückhalten«, ergänzte Nancy, die der jungen Frau offensichtlich misstraute.

»Gehen Sie in die Moschee, dort hat er doch abgehangen, oder fragen Sie seinen Bruder, den Anwalt. Wir waren nur Kollegen. Wirklich, ich weiß nichts«, erklärte Sibel Yilmaz und ihre Augen strahlten nun Angst aus.

Ansgar war geneigt, ihr zu glauben. Nancy hingegen ganz offensichtlich nicht. »Sollte Ihnen noch irgendetwas einfallen, rufen Sie mich bitte an. Hier ist meine Karte, ich bin immer erreichbar«, sagte Ansgar und reichte ihr seine Karte.

»Danke«, antwortete sie, als sie mit zittrigen Händen die Karte entgegennahm.

# 11

»*Ich bin immer erreichbar*«, machte sich Nancy über Ansgar lustig.

»Witzig«, antwortete Ansgar.

»Hat sie dir gefallen?«, fragte sie und ihre Augen blitzten kurz auf.

»Nein, ich habe nur meinen Job gemacht.«

»Ach wirklich?« Sie lachte.

»Ja, wirklich«, verteidigte er sich. »Vielleicht sollten wir mal zur Moschee fahren. Wenn nicht bereits alle verhaftet sind.«

»Ein Versuch kann nicht schaden«, stimmte Nancy ihm zu.

»Es gibt, soviel ich weiß, vier Moscheen in Ehrenfeld: die ganz neue, die größte Deutschlands, eine bosnische und zwei türkisch-arabische. Eigentlich gelten alle als sehr gemäßigt.«

»Es ist die *camii* auf der Vogelsanger Straße.« Nancy benutzte den türkischen Begriff für Moschee.

»Woher weißt du das?«

»Stand in der E-Mail von Uli.«

Ansgar konnte sich ein Lächeln nicht verkneifen. Es klang verrückt, aber das gemeinsame Döneressen hatte die Stimmung zum Positiven gewendet, was ihm sehr recht war. Dennoch wollte er vorsichtig bleiben, schließlich war sie eine NSA-Agentin, und so viel hatte er beim BKA gelernt: Egal wie hilfsbereit ausländische Behörden waren, in erster Linie folgten sie ihren eigenen Interessen.

Und Nancy war nur anwesend, weil amerikanische Staatsbürger getötet worden waren und die Regierung in den USA diese Morde natürlich so schnell wie möglich aufklären wollte.

Auf dem Weg zur *camii* kamen sie auch an der größten Moschee Deutschlands vorbei. Die meisten Moscheen und Gebetshäuser in Deutschland waren in alten Lager- oder Gewerbehallen untergebracht, aber die Zentralmoschee sah aus wie eine typische Moschee mit Kuppeldach und Minarett, nur in modernem Design. Rein optisch gefiel sie Ansgar sehr. Das politische Gerangel darum hatte er nie verstanden.

Kurz vor ihrem Ziel sah Ansgar bereits Polizeiwagen, die die Moschee und die Einfahrt noch immer versperrt hielten. Ansgar parkte den Wagen und die letzten Meter legten sie zu Fuß zurück.

»Guten Tag, Sie können hier nicht durch«, ermahnte sie ein Polizist.

»Wir sind vom BKA, Kollege«, antwortete Ansgar und zückte seine Marke. Der Polizist machte Platz und sie bahnten sich ihren Weg ins Innere der Moschee.

Er war erstaunt, wie viele Polizisten vor Ort waren, hatte er doch insgeheim damit gerechnet, dass sie nach dem Einsatz des SEK wieder abgezogen worden waren. Aber auf der anderen Seite war es vielleicht gar nicht so verkehrt, dass sie noch da waren. So konnte er vielleicht etwas über die Hintergründe erfahren, warum es zwei Teams gab, die sich mit der Aufklärung der Bombenanschläge befassten.

»Wo wollen Sie hin?«, fragte ihn eine Polizistin.

»Wir sind vom BKA. Mein Name ist Ansgar David und das ist meine Kollegin Andrea Schwarz. Wir ermitteln in diesem Fall.« Ansgar zeigte seinen Ausweis.

»Anscheinend sind Sie nicht die Einzigen. Ich bin Sabine Bruhns vom LKA«, stellte sich die Polizistin vor und reichte beiden die Hand. Sie war etwa einen Meter siebzig groß, hatte eine normale Statur und kurze braune Haare. Sie wirkte angespannt.

»Sind die Kollegen vom anderen Team noch da?«

»Nein, die sind hier reingeplatzt, haben alle Personen verhaftet und sind dann wieder abgedüst, ohne uns irgendwelche Informationen zu geben. Haben uns wie Dreck behandelt«, antwortete Bruhns und deutliche Verärgerung schwang in ihren Worten mit.

»Wissen Sie, wer die waren? Wer hat das Team geleitet?«

»Keine Ahnung. Wir haben nur die Order erhalten, hier alles abzusperren, ein SEK-Team würde die Verhaftungen übernehmen. Nun, die sind ja eh immer alle maskiert. Ganz ehrlich, so eine Schweinerei ist mir noch nie widerfahren. Wir sind doch Kollegen, man kann uns doch mal aufklären!«

Ansgar gefiel die Antwort gar nicht, da es unter Kriminalbeamten nicht üblich war, dass man nicht wusste, wer die Einsatzleitung hatte. Irgendetwas stank hier gewaltig, nur wusste er noch nicht, was.

»Tut mir leid, aber wir wurden auch nicht informiert, wer das zweite Team ist. Unser Chef geht davon aus, dass es eine geheime Operation ist, die direkt der Bundesregierung unterstellt ist.«

»Nicht SEK, sondern GSG 9?«, fragte Bruhns.

»Könnte sein«, antwortete Ansgar, der diesen Gedankengang gar nicht mal so abwegig fand. Was, wenn die vermummten Polizisten nicht vom SEK waren, sondern tatsächlich von der GSG 9? Das würde ihre Geheimhaltung erklären. Wie ihre Einheit war auch die GSG 9 auf Terrorabwehr spezialisiert, schließlich war sie die offizielle Antiterroreinheit der Bundespolizei und ihr Ruf in der Öffentlichkeit war tadellos.

Bevor er zur Sondereinheit des BKA gekommen war, hatte er auch die Möglichkeit gehabt, bei der GSG 9 anzuheuern, aber er hatte die Aufnahmeprüfung nicht bestanden. Warum? Das wusste er bis heute nicht.

Er hoffte, dass Uli sie bald über die Hintergründe des zweiten Ermittlungsteams aufklären konnte.

»Wenn ihr das nicht mal wisst, stinkt die ganze Sache zum Himmel. Wie sollen wir unsere Arbeit vernünftig machen, wenn die Politiker nicht mit offenen Karten spielen? Verdammt noch mal, es sind unschuldige Menschen gestorben, da sollten doch alle an einem Strang ziehen.« Verbitterung lag in ihren Worten.

Ansgar konnte sie gut verstehen. Bruhns machte einen direkten, aber aufrichtigen Eindruck auf ihn. Sicherlich eine Frau, die aneckte, aber ihm war sie sympathisch.

»Wir würden uns hier gerne mal ein bisschen umsehen«, sagte Ansgar.

»Klar«, antwortete Bruhns und entfernte sich von ihnen.

»Was denkst du, was wir hier noch finden können? Es darf keiner rein und alle Personen wurden verhaftet«, wollte Nancy wissen.

»Das weiß ich nicht, aber es kann ja nicht schaden«, antwortete Ansgar und begab sich in das Innere der Moschee. Wie es sich gehörte, zog er vorher die Schuhe aus. Nancy tat es ihm nach. Die Moschee sah sehr schlicht aus, einige Teppiche, einige Stühle und ein Pult zierten das alte Gemäuer. Die Wände waren grau und der Boden trotz der angenehmen Wärme draußen kalt.

*Die neue Moschee muss ihnen wie ein Tempel vorkommen*, dachte Ansgar, der sich nie für einen gläubigen Menschen gehalten hatte. Aber vielleicht machte genau das den wahren Glauben aus, dass es unwichtig war, wo man betete, sondern dass man betete und aus seinem Glauben Kraft schöpfte, selbst in einem alten Gewerberaum wie diesem, der zu einem Gebetsraum umfunktioniert worden war.

*Ob sich so die ersten Christen gefühlt haben, als sie in Rom zu Zeiten der Kaiser heimlich ihrem Glauben nachgingen?*, überlegte Ansgar, als er den Gebetsraum verließ.

»Hier finden wir nichts, Ansgar. Lass uns Husseins Bruder, diesen Anwalt, aufsuchen«, schlug Nancy vor.

»Ja, gute Idee.«

Ansgar nahm sein Handy und suchte in Ulis Mail nach der Adresse des Bruders Hakan Dogan und startete den Wagen.

Die Kanzlei lag zu Ansgars Überraschung in der Innenstadt am Rudolfplatz im zweiten Stock eines Geschäftsgebäudes.

Sie betraten den Empfangsraum. Die Kanzlei wirkte sehr modern und war in hellen Farben gehalten. Cremeweiße Bauhaus-Möbel unterstrichen das Gesamtdesign der Kanzlei.

»Guten Tag, wie kann ich Ihnen helfen?«, fragte die Empfangsdame freundlich. Ansgar schätzte sie auf Ende dreißig. Sie machte einen sympathischen Eindruck.

»Guten Tag, wir sind vom BKA und müssten mit Herrn Dogan sprechen«, sagte Ansgar und zeigte ihr seinen Ausweis, dem sie nur kurz ihre Aufmerksamkeit schenkte.

»Da kommen Sie zu spät. Herr Dr. Dogan wurde eben verhaftet.«

»Verhaftet?«, fragte Ansgar ungläubig, konnte sich aber schon denken, von wem.

»Ja, von einem Sondereinsatzkommando der Polizei. Die sind hier eingefallen, als wäre er ein Schwerverbrecher«, antwortete die Frau und Ansgar spürte, dass sie noch immer unter Schock stand, was man ihr zunächst gar nicht angemerkt hatte.

»Wissen Sie, wohin er gebracht wurde?«

»Nein, es ging alles so schnell. Sie sind mit ihren Maschinengewehren reingeplatzt und haben ihn wie einen Schwerkriminellen abgeführt. Ein Wunder, dass sie mich nicht mitgenommen haben«, erklärte die Frau. Ihre Pupillen waren groß und ihr Unterkiefer schien zu flattern, als sie von dem Geschehen berichtete.

»Wurden Akten mitgenommen?«

»Nein, nichts. Nur Dr. Dogan. Das Ganze hat keine zehn Minuten gedauert.«

*Sehr ungewöhnlich*, dachte Ansgar. Es war auf der einen Seite konsequent, dass sie auch Husseins Bruder verhafteten, wenn sie schon Mutter und Schwester in Gewahrsam hatten. Aber der Bruder war Anwalt und somit in Rechtsfragen bewandert. Ob das so klug war, dessen war sich Ansgar nicht so sicher.

Aber was ihn wieder mächtig wurmte, war die Tatsache, dass er auch hier zu spät gekommen und nur zum Zuschauen verdammt war. Es waren *seine* Ermittlungen und dieses zweite Ermittlungsteam gefährdete die ganze Operation. Politik hin oder her, so konnte es nicht weitergehen.

»Dürfen wir uns kurz im Büro umschauen?«, fragte Ansgar.

»Ja, gehen Sie einfach rein, aber bitte keine Unordnung.«

»Danke, wir rühren nichts an.«

Ansgar und Nancy betraten das Büro. Nancy machte die Tür hinter sich zu.

»Findest du es nicht merkwürdig, dass sie den Bruder verhaften und sich dann nicht mal im Büro umschauen?«, fragte sie.

»Ich finde so einiges merkwürdig, für das ich keine vernünftige Erklärung finde. Vor allem ohne wirkliche Beweise einen Anwalt zu verhaften, der Strafverteidiger ist, kann ganz schön nach hinten losgehen.«

»Aber er ist der Bruder von Hussein«, erwiderte Nancy.

»Das reicht doch nicht für eine Anklage.«

»Und was, wenn es noch andere Informationen gibt, die wir nicht haben?«

Ansgar konnte seine Überraschung nicht verbergen. Diese Möglichkeit hatte er noch nicht wirklich in seine Überlegungen mit einbezogen.

»Das würde heißen, dass unsere Operation nichts weiter als eine Alibifunktion hat«, schloss er.

»Oder die Regierung fährt bewusst zweigleisig.«

»Was meinst du damit? Uli hat das ja auch schon angedeutet.«

»Nicht das, was Uli meinte, sondern dass wir im Wettbewerb zu dem anderen Team stehen. Das andere Team ist die *special no restriction force*, wie wir sie in den USA nennen würden, und wir sind die, die nach Recht und Gesetz handeln.«

»Ich kann dir gerade nicht ganz folgen.«

»Die andere Einheit braucht sich nicht um Gesetze zu scheren, wir schon.«

»Das glaube ich nicht. In den USA mag das seit euren Antiterrorgesetzen gehen, aber nicht in Deutschland. Jede Behörde muss sich an die Gesetze halten«, erwiderte Ansgar, der ihren Gedanken für abwegig hielt.

Wenn herauskäme, dass die Bundesregierung gesetzeswidrige Aktionen billigte, könnte die Regierung geschlossen zurücktreten. Es wäre ein ausgewachsener Skandal, der nicht nur Neuwahlen mit sich bringen würde.

Keine Regierung würde das riskieren und dennoch flüsterte eine Stimme ganz leise, dass es tatsächlich ein zweites Team geben musste. Und dieses zweite Team bediente sich extrem rabiater Methoden und war nicht im Geringsten daran interessiert, ihn in die Ermittlungen einzubeziehen. Das Gespräch mit dem SEK-Einsatzleiter, der vielleicht auch ein GSG-9-Mann war, war Beweis genug für Ansgar. Aber Gesetze missachten, das war ein ganz anderes Kaliber.

Das Büro des Anwalts war wie der Empfang sehr modern eingerichtet und ließ vermuten, dass Dogan erfolgreich war. Einige Gemälde, deren Künstler er nicht kannte, hingen an den Wänden. Mit moderner Kunst hatte er allerdings noch nie etwas anfangen können.

Auf dem Schreibtisch lagen einige Akten, es gab keine Papierberge oder andere Unordnung, sodass er vermutete, dass Dogan sehr strukturiert arbeitete. Und nichts im Büro deutete darauf hin, dass er Moslem oder gläubig war.

Keine Symbole, keine Gemälde, kein Koran, nichts, aber auch wirklich gar nichts fand sich im Büro, das zumindest den Verdacht erlaubt hätte, dass Dogan Moslem war. Nicht einmal die bei Türken beliebten Nazar-Amulette waren zu sehen.

»Könnte auch das Büro eines deutschen Anwalts sein«, gab Ansgar von sich, nachdem beide sich gründlich umgeschaut hatten.

»Vielleicht kein gläubiger Mann oder Absicht.«

»Wieso Absicht?«, fragte Ansgar.

»Na, eine bessere Tarnung gibt es doch nicht. So denken alle, der Mann ist modern und ein verdammt guter Anwalt.«

»Ich weiß nicht, für mich sieht es eher so aus, als wäre er wirklich nicht gläubig. Leider können wir ihn persönlich nicht dazu befragen. Vielleicht kann uns ja seine Sekretärin Auskunft geben.«

»Aber findest du das nicht komisch? Der Bruder ist strenggläubig und der Rest der Familie angeblich nicht. Ich weiß nicht, Ansgar, aber meine Erfahrung sagt, dass, wenn einer in der Familie ein Fundamentalist ist, die restliche Familie sehr oft auch extremes Gedankengut hat. Schließlich war der Vater ein Extremist.«

»Sehr oft, aber nicht immer«, erwiderte Ansgar und setzte sich auf den Bürostuhl.

»Was machst du da?«

»Ich will mal sehen, was auf dem PC ist. Vielleicht finden wir ein paar Anhaltspunkte. Zum Glück waren die Jungs vom zweiten Ermittlungsteam nicht gründlich genug und haben uns den Computer gelassen«, erklärte Ansgar und schaltete den Apple-Rechner ein.

Da der Rechner nur im Stromsparmodus war, fuhr er sehr schnell hoch und forderte zur Eingabe eines Passwortes auf.

»Mist, passwortgeschützt«, fluchte Ansgar.

»Du weißt, dass das gesetzeswidrig wäre ohne Durchsuchungsbefehl«, merkte Nancy ironisch an.

»Das kann man doch gar nicht vergleichen. Aber jetzt ist es eh egal, glaub mal nicht, dass ich das Passwort herausbekomme«, stellte er ernüchtert fest. »Komm, lass uns mit der Sekretärin reden.«

Beide begaben sich wieder zum Empfang.

»Ich hoffe, Sie haben keine Unordnung hinterlassen«, sagte die Frau. Ihr Ton verriet aber, dass sie es nicht ernst meinte.

»Nein, haben wir nicht. Darf ich Sie fragen, wie lange Sie schon für Herrn Dogan arbeiten?«

»Knapp zehn Jahre.«

»Ist er schon so lange Anwalt?«

»Ja, ich bin quasi von Beginn an dabei.«

»Ist er ein guter Arbeitgeber?«, wollte Nancy wissen.

»Ohne Frage, er kümmert sich um seine Mitarbeiter. In dieser Hinsicht können sich andere Anwälte von Herrn Dr. Dogan eine Scheibe abschneiden. Wenn ich da an meinen letzten Arbeitgeber denke … furchtbar.« Die Frau schüttelte den Kopf, als versuche sie, bereits vergessen geglaubte Erinnerungen abzuschütteln.

»Wie viele Angestellte hat Herr Dogan?«, wollte Ansgar wissen.

»Drei. Einen Auszubildenden, eine Referendarin und mich.«

»Können Sie uns bitte die Kontaktdaten der Personen geben?«

»Ja, einen kleinen Augenblick bitte.« Sie nahm Stift und Zettel, tippte etwas in ihren Computer ein, schrieb die Daten auf und reichte Ansgar den Zettel.

»Danke. Sagen Sie, ist Herr Dogan ein gläubiger Mensch?«

»Dr. Dogan?«, fragte sie und konnte sich ein Lachen nicht verkneifen. »Dr. Dogan keinesfalls, das wüsste ich aber. Er isst sogar Schweinefleisch und ist mit einer deutschen Frau verheiratet. Ich kann mir denken, worauf Sie hinauswollen.«

»Was meinen Sie damit?«, fragte Nancy.

»Na, ich habe das doch in den Nachrichten gehört. Denken Sie, ich bin blöd? Sein Bruder Hussein war doch der Selbstmordattentäter und jetzt denken Sie, dass Dr. Dogan etwas mit dem Verbrechen zu tun hat. Aber da irren Sie sich gewaltig. Ein Riesenskandal ist das, was hier gerade geschieht.«

»Kennen Sie denn seinen Bruder?«, fragte Ansgar, der auf ihre Anspielung nicht einging.

»Nicht wirklich. Er war einige Male hier im Büro, und er war eigentlich immer freundlich.«

»Hat Herr Dogan etwas über seinen Bruder erzählt?«

»Nein, eigentlich nicht, und wenn, dann nichts, was mir noch im Gedächtnis geblieben wäre. Aber soweit ich das einschätzen kann, hatten sie ein gutes Verhältnis. Was denken Sie, wie lange man ihn festhalten wird?«

»Das kann ich leider nicht beurteilen«, antwortete Ansgar und im selben Moment öffnete sich die Tür und ein Mann trat ein.

»Guten Tag«, grüßte der Mann.

»Guten Tag, wie kann ich Ihnen helfen?«, fragte die Sekretärin.

»Sie haben uns kontaktiert. Ich arbeite für den *Spiegel.*«

# 12

Das war das Signal zu verschwinden. Das Letzte, was Ansgar wollte, war ein Gespräch mit einem Journalisten.

»Vielen Dank, wir werden Sie dann mal allein lassen«, verabschiedete er sich von der Sekretärin. Er gab ihr keine Visitenkarte, da er nicht wollte, dass der Journalist erfuhr, wer sie waren.

»Sie können noch gerne bleiben. Vielleicht hat der Journalist Fragen an das BKA«, sagte die Sekretärin lächelnd.

»Sie sind vom BKA?«, fragte der Journalist.

Ansgar schätzte ihn auf Ende dreißig. Er war etwa so groß wie er selbst, sportlich und hatte dichtes blondes Haar, das er in einer trendigen Kurzhaarfrisur trug.

»Es tut uns leid, aber wir haben keine Zeit für ein Interview und Sie wissen ja, zu laufenden Ermittlungen geben wir grundsätzlich keinen Kommentar.«

»Na ja, wenn ich Frau Böse richtig verstanden habe, wurde Dr. Dogan ohne triftigen Grund verhaftet. Ich gebe Ihnen jetzt die Gelegenheit, dazu Stellung zu nehmen, ansonsten sehe ich mich gezwungen, das so zu veröffentlichen.«

»Tun Sie, was Sie nicht lassen können. Wir dürfen nichts kommentieren«, antwortete Ansgar und gab Nancy ein Zeichen, ihm zu folgen. Beide verließen den Bürokomplex und begaben sich zum Wagen. Kaum hatte Ansgar die Zündung gestartet, klingelte auch schon sein Handy.

Er nahm das Gespräch an. »Hallo.«

»Hallo, Ansgar, ich bin's, Mama. Wolltest du dich nicht melden?«, fragte seine Mutter besorgt und da das Telefon bereits mit der Freisprecheinrichtung gekoppelt war, hörte Nancy alles mit. Sie konnte sich ein Grinsen nicht verkneifen.

»Ich weiß, Mama, habe ich ganz vergessen vor lauter Arbeit.«

»Nicht schlimm, Ansgar. Aber dir geht's gut?«

»Ja, Mama, alles gut.«

»Arbeite nicht zu viel, gönn dir auch Pausen. Was nützt es, wenn du dich totarbeitest«, ermahnte ihn seine Mutter.

»Tue ich nicht.«

»Da habe ich so meine Zweifel«, erwiderte sie. »Wann kommst du denn?«

»Das weiß ich nicht, es könnte ein wenig dauern. Aber ich melde mich.«

»Ich habe vorhin im *ZDF* gesehen, dass sie bereits Verdächtige verhaftet haben. Ein Reporter meinte, dass auch der Bruder in Haft sei. Ganz schlimm, ich hoffe, der Albtraum hat bald ein Ende. Ich schaue mich schon zigmal um, bevor ich ein Gebäude betrete. Wer sagt denn, dass sich nicht noch ein Islamist in die Luft sprengt?«

»Mama, mach dir keine Sorgen«, versuchte Ansgar sie zu beruhigen. Er wollte gar nicht an die Möglichkeit denken, dass diese drei Anschläge erst der Beginn einer ganzen Serie sein könnten.

»Du hast leicht reden. Diese Islamisten haben sich in unserem schönen Dom in die Luft gejagt. Im Dom, einer Kirche, einem Ort der Demut und der Liebe! Wie kann man sich da keine Sorgen machen?«

»Sei einfach vorsichtig, Mama. Ich muss jetzt Schluss machen. Ich melde mich, wenn ich Zeit habe.«

»Mach das. Ich liebe dich, mein Sohn, bis bald.«

»Ich dich auch, Mama«, antwortete Ansgar und beendete das Gespräch.

»Deine Mutter scheint sehr nett zu sein«, bemerkte Nancy ohne jeglichen Unterton.

»Danke, ist sie auch. Aber wie Mütter so sind, macht sie sich viel zu viele Sorgen.«

»Ist doch schön. Lieber Eltern haben, die sich Sorgen um einen machen, als Eltern, denen es gleichgültig ist, was man tut«, gab Nancy zurück und Ansgar hatte für einen kurzen Augenblick das Gefühl, als blitze ein Anflug von Trauer in ihren Augen auf.

»Wer ist der Nächste auf der Liste?«, fragte er und wechselte das Thema. Eigentlich hätte er am liebsten Uli angerufen, denn vielleicht wusste er, wo man Dogan und die anderen Verdächtigen hingebracht hatte. Er wollte zu gern mit den Verdächtigen sprechen, erhoffte er sich doch wertvolle Informationen von ihnen.

Da Uli ihm versprochen hatte, sich bei ihm zu melden, sobald er Informationen wegen des zweiten Ermittlungsteams hatte, machte es wenig Sinn, ihn zu behelligen. Also blieb ihm nichts anderes übrig, als die anderen Personen auf ihrer Liste aufzusuchen.

»Ismail al Shehhi, Levent Bin Muhammad oder Sam Eyob.«

»Wer ist Sam Eyob?«, fragte Ansgar. Die anderen beiden kannte er, aber Sam klang alles andere als arabisch.

»Laut den Angaben hier waren er und Hussein WG-Gefährten. Komisch, mir ist der Name heute Morgen, als ich mir die Daten angeschaut habe, gar nicht aufgefallen.«

»Wahrscheinlich nur übersehen. Was meinst du mit WG-Gefährten?«

»Hm, gut möglich. Hussein hat Informatik studiert, in Worms«, antwortete Nancy und zog die Augenbrauen zusammen, als würde sie sich insgeheim ärgern, dass sie die E-Mail von Uli nicht sorgfältig genug gelesen hatte.

»Warum muss ein Akademiker in einem Café arbeiten? Informatiker werden doch gesucht.«

»Keine Ahnung, warte mal ... ah, hier steht, dass er nur ein Semester studiert hat. Wahrscheinlich war das nichts für ihn.«

»Gut möglich, aber vielleicht hat dieser Sam eine Antwort darauf. Wo wohnt er?«

»In Köln. Wollen wir ihn aufsuchen?«

»Definitiv, wenn ihn das andere Team nicht schon verhaftet hat. Das mit dem Studium wirft ganz neue Fragen auf und löst vielleicht ein paar andere.«

»Was meinst du damit?«, fragte Nancy und rieb sich den Hals.

»Na, Peter meinte doch, dass die Fernzündung der Bombe sehr tiefes IT-Wissen voraussetzt, und Hussein hat Informatik studiert.«

»Gut, aber nur ein Semester. Ich bezweifle, dass man sich in einem Semester so gutes IT-Wissen aneignen kann.«

»Das sicherlich nicht, aber vielleicht hat er sich ein Netzwerk von Gleichgesinnten aufgebaut, für die das ein Kinderspiel war.«

»Das könnte aber bedeuten …«

»Richtig, dass diese Anschläge überhaupt keinen islamistischen Hintergrund haben, sondern von irgendwelchen Freaks durchgeführt wurden. Damit würde sich auch erklären lassen, warum es noch kein Bekennerschreiben gibt«, unterbrach er sie und fand diesen Gedankengang gar nicht mal so abwegig.

»Und die blonden Haare bei den beiden anderen Tatorten wären auch plausibel. Wenn das stimmt, wäre das eine Bombe.«

»Nicht nur das, was meinst du, wie unsere Regierung dastehen würde? Sie könnte geschlossen zurücktreten«, ergänzte Ansgar ihren Gedanken und ein ungutes Gefühl machte sich in seiner Magengegend breit.

Es hatte bereits einige Bombenanschläge gegeben, nach denen die Öffentlichkeit und die Politik sofort Islamisten oder Moslems verdächtigten. Später hatte sich aber herausgestellt, dass die Täter vor einem ganz anderen Hintergrund gehandelt hatten. Das prominenteste Beispiel dafür waren die NSU-Anschläge. Jahrelang waren die Ermittler, die Politik und die Öffentlichkeit davon überzeugt gewesen, dass die Täter im Umkreis der Opfer zu suchen seien. An einen ausländerfeindlichen Hintergrund hatte man nicht einmal denken wollen, die vielen Ermittlungspannen, die Jahre später ans Tageslicht kamen, waren der beste Beweis für schlampige Polizeiarbeit.

Und genau deswegen wollte Ansgar in alle Richtungen ermitteln, er wollte sich nicht nachsagen lassen, dass er auf dem rechten Auge blind war. Ihm war einzig und allein daran gelegen, die Täter zu schnappen, da er nicht glaubte, dass Hussein und die anderen beiden Männer die Anschläge allein durchgeführt hatten.

Trotz dieser neuen These war er noch immer davon überzeugt, dass die Täter im islamistischen Milieu zu finden sein müssten, da er sich nicht vorstellen konnte, wie Amateure diese Anschläge hätten ausführen können, ohne dass irgendjemand etwas davon erfuhr. Jedoch wurden die Fragezeichen in seiner Verdächtigenmatrix größer.

»Haben wir die Adresse von diesem Sam?«, fragte Ansgar.

»Ja, er wohnt in Deutz, in der Deutz-Kalker-Straße.«

»Na, dann wollen wir mal hoffen, dass er noch da ist, ich kenne die Ecke«, antwortete er und drückte aufs Gaspedal.

Zwanzig Minuten später parkte er den Wagen vor dem mehrstöckigen Wohnblock. In kurzer Entfernung konnte man die Studentenwohnheime und die Fachhochschule sehen. Einige Studenten kamen ihnen entgegen, als sie aus dem Wagen stiegen und sich zu dem Haus begaben.

»S. Eyob, ob er das ist?«, fragte Nancy, als beide sich die Namen auf den Klingelschildern anschauten.

»Denke schon, habe jedenfalls keinen Sam gesehen und auch keinen anderen Eyob. Riskieren wir es einfach«, lachte Ansgar und betätigte die Klingel.

»Ja«, ertönte es aus der Gegensprechanlage.

»Guten Abend, sind Sie Sam Eyob?«, fragte Ansgar.

»Ja, wieso?«, war die Antwort.

Ansgar nickte Nancy zu.

»Wir sind vom BKA und möchten gerne mit Ihnen sprechen.«

»Gut, kommen Sie bitte in den dritten Stock«, sagte Eyob und der Summer des Türöffners ertönte.

Da der Wohnblock keinen Fahrstuhl hatte, stiegen sie zu Fuß in den dritten Stock. Sie betraten den Flur und in einer offenen Tür erwartete sie bereits Sam Eyob.

»Guten Tag, Herr Eyob, wie schon gesagt, wir sind vom BKA. Das ist meine Kollegin Andrea Schwarz und ich bin Ansgar David«, stellte Ansgar sich und Nancy vor. Beide zeigten ihre Ausweise. Eyob warf einen intensiven Blick darauf. Er schien sie geradezu zu studieren, was Ansgar zu dem Glauben veranlasste, dass er besonders vorsichtig oder ängstlich war. *Hat er wirklich etwas zu verbergen oder einfach nur Angst?*

»Und wie kann ich Ihnen weiterhelfen?«, fragte Eyob freundlich.

»Es geht um Hussein Dogan.«

»Den Selbstmordattentäter?«

»Sie haben schon davon gehört?«, fragte Nancy.

»Wer nicht. Es läuft doch nichts anderes den ganzen Tag. Echt schrecklich. Erst gestern war ich noch mit meiner Mutter im Dom, einfach unvorstellbar … Aber ich verstehe nicht, wie ich Ihnen helfen kann. Kommen Sie doch bitte rein.«

Sie folgten Eyob in die Wohnung. Die Einrichtung war nichts Besonderes und ließ vermuten, dass hier jemand mit durchschnittlichem Einkommen wohnte.

Ansgar schätzte Eyob auf um die dreißig, er war etwa einen Meter siebzig groß, dunkelhäutig, kräftig, trug kurzes schwarzes Haar und eine Brille und machte alles in allem einen sympathischen Eindruck.

Einer dieser Menschen, die anscheinend immer lächelten.

»Nehmen Sie doch bitte Platz. Möchten Sie etwas trinken?«

»Ein Wasser wäre schön«, antwortete Ansgar, als er auf der Couch Platz nahm.

»Für mich nicht«, antwortete Nancy reserviert und setzte sich neben Ansgar.

»Bin gleich wieder da«, antwortete Eyob und verließ das Wohnzimmer, um in die Küche zu gehen.

»Komischer Typ«, flüsterte Nancy.

»Echt? Ich finde ihn sehr sympathisch«, erwiderte Ansgar und ehe sie antworten konnte, kehrte Eyob aus der Küche zurück. Er trug ein Tablett mit einer Flasche Wasser und drei Gläsern. Er stellte das Tablett auf dem Tisch ab und schenkte Ansgar und sich etwas zu trinken ein, da Nancy auch die erneute Frage, ob sie etwas trinken wolle, verneinte.

»Herr Eyob, wie gut kannten Sie Hussein?«, begann Ansgar die Befragung, nachdem er einen Schluck Wasser getrunken hatte.

»Na ja, ist schon lange her. Wir haben zusammen im Studentenwohnheim in Worms gewohnt und dort gemeinsam Informatik studiert. War schon ein komischer Zufall.«

»Wieso?«, wollte Nancy wissen.

»Na ja, wir beide haben in Köln gewohnt und uns wurde die gleiche WG in Worms zugelost. Ich kannte sonst niemanden aus Köln, der in Worms studierte.«

»Wieso haben Sie in Worms studiert?«

»Ganz einfach, Worms hatte keinen Numerus clausus. Dort konnte jeder an der Fachhochschule studieren und sagen wir mal so, mein Notendurchschnitt war nicht der beste. Aber so ist das, wenn man lieber feiert, als sich auf die Schule zu konzentrieren«, erklärte Eyob lachend. Dabei kamen seine strahlend weißen Zähne zum Vorschein. Sein Lachen war ansteckend.

Ansgar verstand ihn sehr gut. Auch er war nie der Fleißigste gewesen, weder in der Schule noch während des Studiums, die vielen AStA-Partys hielten ihn einfach vom Lernen ab, dennoch war er kein schlechter Schüler oder Student gewesen. Er hatte immer einen Zweier-Notenschnitt erreicht.

»War das auch der Grund, warum Hussein Dogan in Worms studierte?«, fragte Nancy.

»Ja, klar. Er war älter als ich. Soviel ich weiß, hat er seine Fachhochschulreife auf dem zweiten Bildungsweg gemacht.«

»Wie war er als Mensch?«, fragte Ansgar.

»Eigentlich sehr umgänglich. Nur Frauen gegenüber sehr schüchtern. Wir haben viel Spaß miteinander gehabt.«

»War er damals auch schon strenggläubig?«

»Nein, überhaupt nicht. Er wollte modern rüberkommen, hat seinen älteren Bruder bewundert. Seinetwegen hat er ja auch studiert.«

»Wieso seinetwegen?«, fragte Ansgar, der Eyob nicht ganz folgen konnte.

»Das weiß ich nicht mehr so genau, aber er hat immer nur bewundernd über seinen Bruder gesprochen, den Anwalt der Familie, und er wollte immer so erfolgreich sein wie er.«

»Und wie war er privat?«, fragte Ansgar.

»Wie schon gesagt, er war freundlich und hilfsbereit, ist Streit aus dem Weg gegangen und wollte unbedingt das Studium beenden.«

»Wie kommt es dann, dass er nur ein Semester studiert hat?«, fragte Nancy und Zweifel klang in ihrer Stimme mit. Ansgar spürte, dass sie Eyob nicht traute und daher seinen Worten keinen Glauben schenkte. Für Ansgar hingegen klang seine Erzählung plausibel, da sie sich mit dem deckte, was Familie und Kollegen über Hussein erzählt hatten.

Ob sie es wollten oder nicht, sie mussten wohl akzeptieren, dass Hussein nicht immer dieser fanatische Islamist gewesen war, den man gerne der Öffentlichkeit präsentieren wollte. Es sei denn, er hatte die ganze Zeit ein Doppelleben geführt.

Bis jetzt deutete aber nichts darauf hin.

»Wie kommen Sie darauf? Wir haben lange zusammen in der WG gewohnt und einige Semester studiert, er hat nicht gleich abgebrochen«, erklärte Eyob erstaunt.

»Hat er nicht?«, fragte Ansgar verblüfft.

»Nein, er hat das Grundstudium geschafft und stand kurz vor seinem Diplom, als er das Studium abbrach.«

»Sind Sie sicher?«, hakte Ansgar nach, da er sich nicht vorstellen konnte, dass ihre Datenbank falsche Informationen enthielt.

»Na klar. Sie sollten Ihre Informationen überprüfen, schließlich habe ich mit ihm gemeinsam studiert.«

»Woher wissen Sie, welche Informationen wir haben?«, fragte Nancy und warf ihm einen strengen Blick zu. Ihre Augen wurden schmal.

»Ich bin nicht dumm, warum sollten Sie mich sonst fragen, ob ich sicher bin?«, antwortete Eyob lächelnd. »Rufen Sie doch in der FH an, die werden Ihnen das bestätigen.«

»Das werden wir machen«, antwortete Ansgar, der ihm im Gegensatz zu Nancy glaubte. Schließlich würde ein Anruf in der Fachhochschule ganz schnell Fakten schaffen und wenn dabei herauskäme, dass Eyob log, hätte er ein Problem.

Sicherlich wusste das auch Eyob, für so intelligent hielt er ihn schon.

Aber diese Information warf neue Fragen auf. Hatte Hussein vielleicht doch die Zünder programmiert? Warum hatte er sein Studium nicht beendet? Und warum wussten sie nicht, dass er länger studiert hatte? Hatte niemand bei der Recherche die Fachhochschule kontaktiert? Wenn dem so war, bedeutete das, dass die Rechercheabteilung schlampig arbeitete? Er hoffte nicht, das Letzte, was er in seinen Ermittlungen brauchte, war ein zweiter NSU-Skandal.

»Wissen Sie, warum er sein Studium nicht beendet hat?«

»Ehrlich gesagt nicht.«

»Aber Sie haben doch zusammengewohnt«, unterbrach ihn Nancy.

»Ja, aber nur ein Jahr. Ich bin danach mit meiner Freundin zusammengezogen.«

»Aber Sie haben sich doch während des Studiums gesehen?«, bohrte sie weiter nach.

»Na klar. Wir sind auch ab und zu etwas trinken gegangen, aber es war nicht mehr so intensiv wie früher und als er dann eine Freundin hatte, wurde der Kontakt noch loser.«

»Hussein hatte eine Freundin?«

»Ja. Er war bis über beide Ohren verliebt.«

»War sie auch Muslima?«, fragte Nancy und Ansgar konnte sich vorstellen, worauf sie hinauswollte.

Vielleicht eine strenggläubige Studentin aus einem arabischen Land, die ihn zu einem strenggläubigen Menschen bekehrt hatte. Es wäre nicht das erste und letzte Mal, dass Menschen aufgrund von Liebe Dinge taten, die jeder Rationalität entbehrten.

»Nein, sie war Amerikanerin!«

# 13

Die Information saß und weder Nancy noch Ansgar konnten ihre Überraschung verbergen. Hussein Dogan, strenggläubiger Islamist und Selbstmordattentäter, hatte eine Amerikanerin als Freundin!

»Sie machen Witze?«, sagte Nancy, die noch ganz unter dem Eindruck dieser unglaublichen Neuigkeit stand.

»Ja, gut. Sie haben mich durchschaut. Natürlich war er nicht mit einer Amerikanerin zusammen. Wie soll das gehen, als strenggläubiger Moslem? Schließlich ist doch die USA das Feindbild Nummer eins.«

»Tun Sie das nie wieder«, betonte Nancy scharf und hatte die Augen zu Schlitzen geformt.

Ansgar fand das auch nicht lustig, auch wenn er zugeben musste, dass es Eyob gelungen war, sie für einen Moment zu erschrecken. Ansgar wollte gar nicht daran denken, was wäre, wenn er tatsächlich die Wahrheit sagte. Was würde wohl die Presse mit so einer Information anfangen?

»Was soll ich nie wieder tun?«

»Uns anlügen. Sie machen sich damit strafbar«, erklärte Nancy, wobei ihre Worte wie eine Drohung klangen.

»Wenn dem so ist, muss ich meine Antwort revidieren.«

»Was möchten Sie?«, fragte nun Ansgar.

»Hussein war wirklich mit einer Amerikanerin zusammen. Ich wollte nur sehen, wie Sie reagieren. Sie haben doch den Mann schon verurteilt, ohne zu wissen, was die Hintergründe für diese Tat sind. Ich frage mich, warum Sie überhaupt noch ermitteln«, antwortete Eyob und diesmal waren seine Worte streng und sein Lächeln hatte sich aus seinem Gesicht verabschiedet.

»Was nun? Hatte er eine Freundin oder nicht? Spielen Sie nicht mit uns!« Nancy erhob die Stimme und beugte sich angriffslustig nach vorne.

»Ja, er hatte eine Freundin. Sie hieß Nicole und hat für die US Army gearbeitet, soweit ich mich erinnern kann.«

»Und kennen Sie auch den Nachnamen?«

»Ich bin mir nicht mehr ganz sicher. Smith, Bush oder so. Irgendein einfacher Name, vielleicht auch Black«, versuchte er seine Erinnerungen an den Nachnamen wachzurufen. Ansgar kam es so vor, als würde er den Namen Black besonders betonen. Eyobs Blick war dabei auf Nancy gerichtet, die seinem Blick auswich.

»Versuchen Sie sich bitte zu erinnern. Das wäre extrem wichtig für uns und könnte uns bei unseren Ermittlungen sehr helfen«, bat Ansgar ihn.

»Ganz ehrlich, wofür? Sie haben ihn doch als Extremisten abgestempelt. Wozu diese Ermittlungen? Was bringt es Ihnen, wenn Sie erfahren, wer er früher war? Zählt nicht, was er heute ist? Er hat Hunderte unschuldiger Menschen getötet und die Medien zeichnen ihn als sehr gefährlichen Islamisten, der nicht nur in Mekka war, sondern auch als Dschihadist in Syrien gekämpft hat. Angeblich hatte er sogar Verbindungen zu dem Dschihadisten in Brüssel, der einen Anschlag auf das Jüdische Museum dort verübte. Warum also in seiner Vergangenheit kramen?«

»Weil wir die Wahrheit wissen wollen. Glauben Sie nicht alles, was Sie in der Presse lesen oder in den Medien sehen«, erklärte Ansgar.

»Sagen Sie das mal unserer Regierung. Diese Informationen habe ich vom *ZDF* und die werden sicherlich nicht irgendwelchen Müll erzählen«, erwiderte Eyob.

Ansgar antwortete nicht sofort, nahm sich aber vor, selbst die Nachrichten anzuschauen, um zu sehen, was die Medien bereits verbreiteten und welche dieser Informationen durch seriöse Quellen belegt waren. Über eine Verbindung zu Dschihadisten hatte Uli nichts gesagt, nur die Reisen nach Mekka waren offiziell bekannt.

Bis jetzt hatte er kaum einen Schimmer, was seitens der Behörden oder der Regierung öffentlich kommuniziert wurde. Er musste diese Lücke unbedingt schließen, das bisschen Radio auf den kurzen Fahrten im Auto reichte bei Weitem nicht aus.

Er konnte sich kaum vorstellen, dass Hussein in Verbindung mit dem Attentäter aus Brüssel stand. Dieser hatte am 24. Mai 2014 vier Menschen bei einem Terroranschlag auf das Jüdische Museum getötet. Im Gegensatz zu Hussein hatte der Täter sich in einem Film zu der Tat bekannt. Er hatte ein Jahr als Dschihadist in Syrien gekämpft, wie Tausende andere Europäer. Und wegen genau dieser Europäer machten sich die Geheimdienste, Interpol oder das BKA große Sorgen, denn sie alle waren potenzielle Terroristen und wie es schien, hatten sich die Medien darauf festgelegt, dass auch Hussein zu ihnen gehörte. Dabei hatte es sich bei dem Dschihadisten in Brüssel um einen Einzeltäter gehandelt.

»Sollte Ihnen der Name der Frau doch noch einfallen, kontaktieren Sie mich bitte«, bat Ansgar Eyob und reichte ihm seine Visitenkarte. Auf Eyobs Anspielung ging er bewusst nicht ein.

»Werde ich machen«, antwortete Eyob, nahm die Karte und fügte gleich hinzu: »Warten Sie! Jetzt fällt es mir ein. Sie hieß Nicole Brown.«

»Sind Sie sicher?«, hakte Nancy nach.

»Ja, ganz sicher, Nicole Brown. Groß, blond und verdammt hübsch. Da war so mancher eifersüchtig auf Hussein«, grinste Eyob.

»Und Sie erlauben sich nicht wieder einen Scherz mit uns?«, ermahnte Nancy ihn, ihre Skepsis war deutlich zu spüren.

»Nein, nein. Ich will mich ja nicht strafbar machen. Ich konnte es eh nicht glauben, als ich im Internet gelesen habe, dass Hussein der Attentäter ist. Ich habe ihn als ganz anderen Menschen kennengelernt. Erstaunlich, wie die Zeit einen verändern kann.«

»Denken Sie, er hat sein Studium ihretwegen nicht beendet?«

»Ich weiß es ehrlich gesagt nicht. Aber als er mit ihr zusammen war, haben wir uns weniger getroffen oder gesehen. Ich habe mir allerdings nichts dabei gedacht. Schließlich war er bis über beide Ohren verliebt, da ist es doch normal, wenn man seine Zeit mit seiner Freundin verbringen will«, antwortete Eyob, kratzte sich am Kinn und nahm noch einen Schluck Wasser zu sich.

»Diese Nicole Brown, was war sie für ein Mensch?«, fragte Nancy.

»Sie machte einen netten Eindruck. Sie war sehr diszipliniert, so wie man sich Mitarbeiter vom US-Militär vorstellt. Vor allem hatte ich aber das Gefühl, dass sie die Hosen anhatte in der Beziehung, wenn Sie verstehen, was ich meine«, erklärte er und warf Nancy einen bestimmten Blick zu, dem sie allerdings nicht auswich.

»Denken Sie, sie hat ihn manipuliert?«, schlussfolgerte Ansgar.

»Das weiß ich nicht. Hussein hat alles für sie getan. Er war blind vor Liebe, auch wenn er das nicht zugab. Aber vielleicht haben wir ihm auch unrecht getan. Ich weiß es wirklich nicht. Als er mit Nicole zusammen war, habe ich ihn kaum noch gesehen, auch nicht in den Vorlesungen, und irgendwann war er wie vom Erdboden verschluckt.«

»Und Sie haben sich nicht gefragt warum? Ich dachte, Sie waren Freunde«, warf Nancy ein.

»Ja, klar. Aber ich war im Prüfungsstress und selbst in einer Beziehung. So haben wir uns einfach aus den Augen verloren. Im Nachhinein echt schade. Vielleicht wäre das hier alles nicht passiert. Manchmal machte er einen sehr labilen Eindruck und ein richtiger Freund hätte vielleicht seine Dämonen vertreiben können.«

»Dämonen?«, fragte Ansgar.

»Ja, Sie haben doch von Bowe Bergdahl gehört, den die Taliban als Geisel genommen hatten? Jetzt wird er von konservativen Amerikanern als Verräter und Deserteur dargestellt, dabei habe ich das

Gefühl, dass dieser Mann einfach psychische Probleme hatte und das US-Militär unfähig war, diese zu erkennen. Der arme Kerl.«

»Und was hat das mit Hussein zu tun?«, war die scharfe Reaktion von Nancy, die sogar Ansgar ein bisschen zu harsch fand. Sie schien zu merken, dass Eyob nicht viel fürs US-Militär übrighatte, was ihr wohl deutlich missfiel.

»Sehr viel. Wer sagt denn, dass nicht auch Hussein psychische Probleme hatte und dass jemand seine Labilität eiskalt ausgenutzt hat? Und genau nach diesen Personen sollten Sie suchen, die sind die wahre Gefahr für die Demokratie, nicht arme Schweine wie Hussein«, antwortete Eyob.

»Überlassen Sie diese Arbeit den Profis«, erwiderte Nancy trocken.

Eyob hob nur abwehrend die Hände und lächelte dabei.

»Hatten Sie eigentlich nach dem Studium noch Kontakt zu Hussein?«, fragte Ansgar, der etwas Schärfe und Emotion aus dem Gespräch nehmen wollte, schließlich fand er die Ansätze von Eyob nicht verkehrt und er war gewillt, sich auch mit diesen Möglichkeiten auseinanderzusetzen.

»Leider nein. Ich habe nach dem Studium ein Angebot aus dem Ausland als Trainee erhalten und dies auch wahrgenommen. Ich habe erst jetzt aus den Medien wieder etwas von Hussein gehört.«

»Und was ist mit Nicole Brown? Haben Sie sie noch einmal gesehen?«

»Auch nicht. Ich habe sie vielleicht drei-, viermal gesehen. Keine Ahnung, was aus ihr geworden ist. Aber fragen Sie doch das US-Militär.«

»Als was arbeiten Sie eigentlich?«, fragte Nancy, die wohl bewusst vom US-Militär ablenken wollte.

»Ich bin Systemadministrator bei einem mittelständischen Unternehmen in Troisdorf.«

»Müssen Sie da auch programmieren?«

»Nein, nicht wirklich. Ich bin eher dafür zuständig, dass die Systeme ordentlich laufen.«

»Aber Sie könnten programmieren?«, hakte Nancy nach.

»Ja, so kleine Dinge. Habe seit Jahren nichts mehr in dieser Richtung gemacht. Aber eine Flash-Animation oder etwas in Java werde ich wohl noch hinbekommen. Sie denken doch nicht etwa, dass ich etwas mit diesem Anschlag zu tun habe?«

»Ich denke nichts, ich ermittle«, antwortete Nancy vielsagend.

»Verschwenden Sie nicht Ihre Zeit, ich habe seit dem Studium keinen Kontakt mehr zu Hussein gehabt. Was er getan hat, ist schrecklich. Ich wollte Ihnen nur den Hussein zeigen, den ich kannte, und der hatte nichts mit diesem Attentäter gemein. Muss ich mir jetzt irgendwelche Sorgen machen?« Eyobs Stimme klang verunsichert.

»Nein, aber wir müssen natürlich in alle Richtungen ermitteln. Wissen Sie, ob Hussein während des Studiums noch mit anderen Kommilitonen Kontakt hatte?«, fragte Ansgar, der Eyob im Gegensatz zu Nancy keine Angst machen wollte.

»Nicht wirklich, eher flüchtig. Aber fragen Sie mich bitte nicht, wer die Personen waren, das weiß ich leider nicht mehr.«

»Wenn Ihnen doch ein Name einfallen sollte, melden Sie sich bitte. Auch wenn Ihnen etwas Neues über Ihre Zeit mit Hussein einfällt«, antwortete Ansgar, bevor sie sich von ihm verabschiedeten.

»Komischer Typ«, äußerte Nancy, als sie im Auto saßen.

»Wieso?«

»Ist dir nicht aufgefallen, wie er versucht hat, die USA schlechtzumachen und Hussein als naiven, einfältigen, psychisch labilen Menschen darzustellen? Dieser labile Islamist hat Hunderte von Menschen getötet«, erklärte sie und sie machte keinen Hehl aus ihrer Antipathie gegenüber Eyob.

»Ich weiß nicht, zumal seine Beschreibung Husseins sich mit der Beschreibung durch Familie und Kollegen deckt. Vielleicht hat er nach einem Halt gesucht und irgendwelche Islamisten haben das eiskalt für ihre Pläne ausgenutzt.«

»Komm, hör auf. Die verarschen uns doch alle. Die Mär vom *armen labilen Terroristen*, daran glaubst du doch selbst nicht! Diese Terroristen werden darauf geschult, ein Doppelleben zu führen. Wer sagt denn, dass er nicht vielleicht seit Jahren auf diese Mission vorbereitet wurde? Dass er seit Jahren seine Familie und Bekannten verarscht hat? Überleg doch mal, es gibt drei Anschläge und weder eure noch unsere Geheimdienste bekommen etwas mit. So etwas können keine Amateure durchführen, das sind Profis und Hussein war Teil dieses hochprofessionellen Terroristenteams. Am Ende waren es al-Qaida oder Dschihadisten, die sich zusammengeschlossen haben.«

»Gut möglich, ich glaube ja auch nicht daran, dass er es allein getan hat, aber es ist dennoch denkbar, dass er manipuliert wurde. Es sind einige Dinge, die mir Kopfzerbrechen bereiten«, erklärte Ansgar nachdenklich.

»Und die wären?«

»Wieso beendet er sein Studium nicht? Vor allem dann, wenn nur noch die Diplomarbeit fehlt. Und wer ist diese Amerikanerin? Wie kann aus einem Menschen, der westlich geprägt ist, ein radikaler Selbstmordattentäter werden? Wieso haben seine Schwester und seine Mutter nichts darüber erzählt?«, zählte Ansgar die Unklarheiten auf, die sich für ihn gerade zu einem ganzen Berg auftürmten.

»Ich hoffe, dass wir einige Fragen beantwortet bekommen. Vielleicht können meine Jungs uns helfen, die Identität der amerikanischen Freundin herauszufinden. Wir sollten die Angaben von Eyob unbedingt bei der Fachhochschule überprüfen, vielleicht kann uns die Wormser Hochschule sagen, warum er sein Studium abgebrochen hat. Und vielleicht erfahren wir auch etwas über Sam Eyob.«

»Ja, gute Idee. Ich werde mich gleich morgen früh persönlich darum kümmern«, antwortete Ansgar, der das ohnehin geplant hatte. »Es wäre sehr gut, wenn wir diese Nicole Brown ausfindig machen könnten. Wenn sie und Hussein ein Paar waren, könnte sie uns wertvolle Hinweise liefern.«

»Wenn sie beim Militär war und vielleicht noch ist, dann bekommen wir ihre Identität schnell heraus«, antwortete Nancy.

»Hoffentlich. Ich denke, für heute können wir Schluss machen. Wo soll ich dich absetzen?«

»In Nippes.«

»Welches Hotel?«

»Kein Hotel, ich wohne dort.«

»Echt?«, fragte Ansgar, der sichtlich überrascht war.

»Ja, schon lange. Was glaubst du, warum man mich dir zugewiesen hat und nicht dem Frankfurter Team?«, erklärte Nancy.

Ansgar hatte die ganze Zeit angenommen, dass sie in der Nähe von Darmstadt wohnte, da dort der »Dagger Complex« lag, der größte NSA-Stützpunkt in Deutschland, welcher voraussichtlich 2015 durch einen noch größeren Stützpunkt in Wiesbaden abgelöst werden sollte. Wenn der Flurfunk im BKA richtiglag, sollte der neue Stützpunkt knapp 200 Millionen Euro kosten, was deutlich über den 125 Millionen lag, die offiziell kommuniziert wurden.

Nachdem Ansgar Nancy heimgefahren hatte, vereinbarten sie, dass er sie am nächsten Tag um 9 Uhr abholen würde. Ohne Umwege fuhr Ansgar nach Hause.

Er wohnte in der Nähe des Ebertplatzes, im Agnesviertel, und somit recht zentral.

Zu Hause angekommen, schaltete er den Fernseher ein, ging zum Kühlschrank, nahm sich ein Kölsch und setzte sich auf die Couch.

Die *ARD* übertrug eine Sondersendung zu den Terroranschlägen. Das *ZDF* übertrug die WM und erst jetzt wurde ihm wieder bewusst, dass eigentlich WM-Zeit war. Vor lauter Stress hatte er das ganz verdrängt, allerdings erinnerte in Köln generell nicht viel daran, dass gerade die Fußball-WM anstand.

*Vielleicht habe ich auch einfach kein Auge dafür*, dachte er.

Was er von der Sondersendung vernahm, schockierte ihn zutiefst, obwohl er Teil des Ermittlungsteams war. Wie Eyob es ihnen erzählt hatte, gab es für die Öffentlichkeit, die Medien und die Politik keinen Zweifel daran, dass Hussein Teil einer organisierten Terrorgruppe war, die wahrscheinlich international agierte und womöglich vom Iran, von Syrien oder Saudi-Arabien finanziert wurde.

Selbst die Bundesregierung teilte diese Meinung, jedenfalls nach dem zu urteilen, was ihr Sprecher den Journalisten gegenüber äußerte. Der Generalbundesanwalt hatte bereits Anklage gegen einige Mitglieder der Moschee von Ehrenfeld erhoben, da sie verdächtigt wurden, Komplizen von Hussein Dogan zu sein.

Erstaunlicherweise hatten die Medien noch keine Informationen über die Herkunft der Attentäter von Frankfurt und Berlin. Mit keiner Silbe wurde erwähnt, dass blonde Haare gefunden wurden, die darauf hindeuteten, dass die Attentäter vermutlich keine gebürtigen Moslems waren, auch wenn es natürlich gebürtige blonde Moslems gab, zum Beispiel an der Schwarzmeerküste in der Türkei oder in Bosnien.

Ansgar war sprachlos. Er konnte nicht glauben, dass das andere Ermittlungsteam so schnell Ergebnisse erzielt hatte. Es gab jedoch auch eine gute Nachricht. Der Bruder von Hussein war wieder ein freier Mann. Anscheinend hatte er ein stichhaltiges Alibi.

*Vielleicht hat er auch einfach nur die richtigen Kontakte*, überlegte Ansgar, da der Moderator erwähnte, dass Dr. Dogan Vorsitzender eines einflussreichen türkischen Verbandes war. Das Letzte, was die Regierung zu diesem Zeitpunkt gebrauchen konnte, waren Tausende Türken, die für die Freilassung von Dogan demonstrierten.

Wie auch immer, für Ansgar stand fest, dass er ihn am nächsten Tag aufsuchen musste, und er würde Uli bitten, einige der Verdächtigen verhören zu dürfen.

Erstaunlicherweise fiel in dem Beitrag kein Wort darüber, dass Hussein studiert hatte, über alles andere schienen die Medien bestens informiert.

*Ob sie es nicht wissen,* fragte sich Ansgar, *oder hält die Regierung bewusst diese Informationen zurück? Wenn ja, welchen Grund sollte es dafür geben?*

Je mehr er darüber nachdachte, desto mehr ärgerte ihn der bisherige Verlauf der Ermittlungen. Er war doch ein Beamter des BKA, gehörte somit zum Team, warum aber kam er sich, je länger er die Sondersendung sah, mehr und mehr wie ein Außenseiter vor?

Dieses Gefühl, dass hier etwas nicht stimmte, das ihn schon den ganzen Tag begleitet hatte, wollte einfach nicht verschwinden.

Verschwieg hier irgendjemand wirklich etwas oder bildete er sich das nur ein, weil er von gewissen Informationen und Vorgängen abgegrenzt wurde?

Er hatte keine vernünftige Antwort darauf. Aber er kannte jemanden, der Antworten darauf hatte: Uli!

Aber Uli hatte sich nicht mehr gemeldet und er war sein Vorgesetzter. Am Ende war eben das Innenministerium der Befehlsgeber und wenn die ihm nicht erlaubten, Informationen mit seinem Team zu teilen, dann würde sich Uli daran halten, er war ein sehr loyaler und korrekter Beamter.

Wie er es auch drehte und wendete, das Ergebnis war immer das gleiche. Es gab nur eine Person, der er vertrauen konnte, und nur auf diese Person durfte und würde er sich verlassen. Diese Person hieß: Ansgar David.

Er warf einen Blick auf die Uhr, die bereits deutlich nach 23 Uhr zeigte und ihm signalisierte, dass er ins Bett gehen sollte, aber er fühlte sich kein bisschen müde. Also nahm er die Fernbedienung und schaltete das *ZDF* ein, wo das Eröffnungsspiel Brasilien gegen Kroatien lief. Die zweite Halbzeit hatte bereits begonnen und es stand 1 : 1.

*Das Leben ist schon pervers*, dachte Ansgar. Überall auf der Welt starben Menschen aus Gier, religiösem Fanatismus, Machthunger oder wegen Rohstoffen und in anderen Regionen dieser Welt wurde gefeiert und gelebt, als sei die ganze Welt ein friedliches Miteinander.

Wer die WM sah, konnte sich schwer vorstellen, dass zur gleichen Zeit irgendwo Menschen um ihr Leben fürchten mussten oder umkamen – einmal abgesehen von der Tatsache, dass die Medien nur die schönen Seiten des brasilianischen Lebens zeigten; was sich in den brasilianischen Slums abspielte, wurde unter den Teppich gekehrt. Aber das war wieder eine andere Geschichte. Ansgar fand es gut, dass die WM nicht abgesagt worden war, obwohl ihn ein komisches Gefühl dabei beschlich, aber eine Gesellschaft durfte sich von den Wahnsinnigen dieser Welt nicht einschüchtern lassen, ansonsten wäre jede Freude im Leben für immer gestorben. Denn solange es Menschen gab, so seine Überzeugung, so lange würde es auch Gewalt geben.

Und seine Aufgabe als BKA-Beamter sah er darin, die Menschen, so gut es ging, vor diesen Verrückten zu schützen. Es klang naiv, aber manchmal ertappte er sich dabei, dass er noch immer glaubte, die Welt zu einer besseren machen zu können, und genau diese Naivität, der Glaube an das Gute, war der Grund dafür, dass er sich damals für das BKA entschieden hatte.

Nach wenigen Minuten schaltete er den Fernseher aus, sein schlechtes Gewissen nahm überhand. Noch immer spukten die Bilder von Toten und Verletzten durch seinen Kopf.

»Das Leben ist pervers, ich bin das beste Beispiel«, sagte er zu sich selbst, als er die Fernbedienung auf den Tisch legte, um sich ins Bad zu begeben.

Er putzte sich die Zähne und fragte sich, wie wohl Deutschland in den nächsten Tagen auf die WM reagieren würde. Die Regierung hatte für drei Tage Staatstrauer und somit Fahnen auf halbmast angeordnet. Keiner aus der Regierung würde zum Spiel Portugal–Deutschland reisen und für Sonntag war ein großer Gottesdienst in Berlin angekündigt. Nach dem Gottesdienst sollte es eine große Demo in Berlin geben, gegen Gewalt und Terrorismus.

Nach dem Zähneputzen ging er ins Wohnzimmer zurück, nahm sein Handy und ging ins Schlafzimmer. Bevor er das Handy auf der Nachtkommode ablegte, warf er noch einen letzten Blick in seinen E-Mail-Eingang.

Ansgar hatte ein spezielles Blackberry mit zwei SIM-Karten, so musste er nicht zwei Handys bei sich tragen. Die eine Nummer war seine offizielle Nummer, die seine Eltern, Journalisten oder aber auch Leute wie Eyob und andere bekamen, damit sie ihn erreichen konnten.

Die zweite Nummer war streng geheim, über sie konnten ihn nur Mitarbeiter des BKA erreichen. Das Handy hatte eine spezielle Software, die beide SIM-Karten so voneinander trennte, dass selbst bei Verlust der geheime Bereich des Handys nicht hackbar war. Und da man es nicht hacken konnte, konnte man es auch nicht abhören, das jedenfalls hatte ihm die IT-Abteilung versichert. Aber seit dem Skandal, den Snowden aufgedeckt hatte, war sich Ansgar dessen nicht mehr so sicher.

Es hatte damals eine erneute Überprüfung der Sicherheit aller Handys und Kommunikationswege gegeben und das Audit hatte aufgezeigt, dass auch die NSA keinen Zugriff auf die Handyübertragung und andere Kommunikationswege hatte.

Trotzdem blieb bei Ansgar ein Restzweifel, aber welche Wahl hatte er? Er war kein IT-Crack und somit blieb ihm nichts anderes übrig, als der IT-Abteilung zu vertrauen.

Außer der E-Mail von Uli mit den Angaben zu Dogan hatte er keine weiteren E-Mails bekommen. Er las die E-Mail samt Anhängen durch und beschloss, danach endlich zu schlafen. Er stellte sein Handy lautlos. Glücklicherweise war diese Nacht nicht so warm und schwül wie die Tage zuvor, sodass er hoffte, bald ein wenig Schlaf zu finden.

Gerade als er das Licht löschte, leuchtete das Display seines Handys auf. Er griff danach und sah, dass er eine SMS bekommen hatte. Zu seiner Überraschung über den sicheren Kanal, also an die Handynummer, die niemand außer dem BKA kannte.

*Wer schickt mir darüber eine SMS? Sicher Nancy*, dachte er und öffnete die Nachricht. Die Nummer, von der die SMS gesandt worden war, war ihm unbekannt, da sie keinem Namen im Telefonbuch zugewiesen war.

»Komisch«, sagte er zu sich selbst und las die SMS:

*Kann ich Ihnen vertrauen?*

# 14

Ansgar las die Nachricht mehrmals, da unmöglich war, was hier gerade geschah. Seine Nummer war geheim, somit konnte ihm ein Fremder keine SMS dorthin senden, schon gar nicht mit so einer Frage. Kurz überlegte er, ob sich jemand einen Scherz mit ihm erlaubte, aber ein Gefühl sagte ihm, dass dem nicht so war. Wer immer seine Nummer hatte, er hoffte, dass er sich zu erkennen gab.

Jedoch würde er nicht darum herum kommen, dies Uli und der IT-Abteilung zu melden, was bedeuten würde, dass er ein neues Handy und eine neue Geheimnummer bekommen würde. In all den Jahren beim BKA war ihm das noch nicht widerfahren.

*Wer sind Sie?*, tippte er als Antwort. Nur wenige Sekunden später bekam er eine weitere SMS.

*Jemand, dem viel an der Wahrheit liegt!*

*An welcher Wahrheit?*, tippte Ansgar und wieder dauerte es nur wenige Sekunden, bis die Antwort kam:

*Das wissen Sie doch genau!*

Ansgar überlegte kurz, ob er auf Angriff gehen sollte, entschied sich aber dagegen. Schließlich gab es noch eine andere Möglichkeit.

*Haben Sie vielleicht die SMS an die falsche Person geschickt?*, fragte er. So gering die Hoffnung auch war, er musste die Frage stellen. Schließlich war es denkbar, dass der Absender aus Versehen eine falsche Handynummer eingegeben hatte, ein Zahlendreher hätte für diesen Umstand sorgen können.

*Wenn Sie Ansgar David sind, dann nicht,* war die prompte Antwort, die Ansgar einen Schauer über den Rücken laufen ließ.

*Woher kennt er meinen Namen?*, dachte er erschrocken.

*Ich kenne keinen Ansgar David. Sie haben die falsche Handynummer angeschrieben!*, antwortete er, da er nicht im Geringsten gewillt war, sich dem Fremden gegenüber zu offenbaren. Anscheinend hatte seine letzte Nachricht Wirkung gezeigt, da keine Antwort mehr kam, dennoch blieb dieses ungute Gefühl, woher die Person seine Handynummer hatte und welche Beweggründe sie bewogen, ihn zu kontaktieren.

Er überlegte, ob er nicht bereits jetzt der IT-Abteilung eine Emergency-SMS schicken sollte, damit sie seine Geheimnummer sofort sperrten, verwarf aber diesen Gedanken, denn eine weitere Nachricht erforderte seine Aufmerksamkeit.

*Ich glaube nicht. Sie ermitteln doch wegen des Attentats im Kölner Dom?!*

*Scheiße, woher weiß er das?* Ansgar überlegte kurz, bevor er die nächsten Worte eintippte:

*Sie verwechseln mich mit jemandem.*

Ansgars Neugier stieg, warum diese Person gerade ihn angeschrieben hatte. Wenn jemand seine Nummer hatte, bedeutete das doch, dass er über hohes technisches Know-how verfügte, wie sonst sollte er an seine Nummer gelangen? Es sei denn, es gab einen Maulwurf im BKA, aber daran wollte er nicht einmal denken.

*Lassen wir die Spielchen. Ich will Ihnen nur helfen,* kam die prompte Antwort.

*Wie können Sie mir helfen?*

*Indem ich Sie mit Informationen versorge!*

*Was für Informationen?*

Ansgars Hände begannen zu schwitzen. Spielte jemand mit ihm oder handelte es sich wirklich um jemanden, der ihm bei den Ermittlungen helfen konnte?

*Informationen, die Ihnen helfen, die wahren Hintermänner dieses feigen Anschlags zu finden und zu verhaften!*

*Wer sind Sie, dass Sie über solche Informationen verfügen?*

*Sagen wir mal so, ich habe Zugriff auf sehr wertvolle und streng geheime Informationen.*

*Wer sind Sie?*

Ansgar wiederholte die Frage bewusst, da er hoffte, dass sich der Absender zu erkennen gab oder ihm wenigstens Anhaltspunkte lieferte, wer er war. Wie sonst sollte er die Seriosität seiner Quelle überprüfen? Und dies musste er unbedingt.

*Ich kann Ihnen nicht sagen, wer ich bin, aus Selbstschutz. Aber Sie müssen mir schon vertrauen, dass ich kein Spinner bin!*

*Wir können Sie beschützen. Wenn Sie uns helfen, die Täter zu fassen, verspreche ich Ihnen, dass wir Sie beschützen*, antwortete Ansgar, der langsam vermutete, dass es vielleicht jemand aus dem engsten Umfeld der Terroristen war. Vielleicht sogar derjenige, der die Bombe programmiert hatte, jemand, der kalte Füße bekommen hatte.

*Sie können mich nicht beschützen. Sie können nicht einmal Ihre Geheimleitungen schützen. Vor dem BKA oder der Polizei habe ich auch keine Angst.*

*Wir geben Ihnen eine neue Identität, wenn es das ist, was Sie wünschen. Es gibt ein besonderes Kronzeugenprogramm. Helfen Sie uns und Sie kommen straffrei davon!*, tippte Ansgar in der Hoffnung, dass sich der Absender offenbarte. Das Kronzeugenprogramm gab es wirklich, aber wenn er ein Drahtzieher der Anschläge war, war es sehr unwahrscheinlich, dass man ihn laufen ließ. Doch das war Ansgar egal, solange dieser Informant ihm half, den Fall aufzuklären.

*Sie haben nichts verstanden, ich habe Sie für cleverer gehalten. Ich gehöre nicht zur Zelle!*

*Was für eine Zelle?*

*Glauben Sie im Ernst, dass Hussein Dogan so eine komplexe und technisch aufwendige Operation allein durchführen kann?*

*Nein, natürlich nicht. Aber ich verstehe nicht.*

*Vertrauen Sie mir, dann werden Sie bald verstehen.*

*Dafür müssen Sie mir etwas Handfestes liefern.*

*Das kann ich noch nicht. Ich weiß nicht, ob ich Ihnen vertrauen kann, ob Sie der Mann sind, für den ich Sie halte.*

*Für wen halten Sie mich?*

*Für jemanden, dem viel an der Wahrheit liegt und der nicht blind in die Kerbe schlägt, in die alle schlagen.*

*Wollen Sie damit sagen, dass es keine Terroristen waren?*

*Nein, das nicht. Aber es ist alles noch viel komplizierter, als Sie denken, und es scheint außer Kontrolle geraten zu sein.*

*Wie meinen Sie das?*

Ansgar konnte diesen ganzen Andeutungen nicht folgen. Er hasste es, warum nannte dieser Fremde die Dinge nicht beim Namen?

*Das erzähle ich Ihnen morgen! Erzählen Sie niemandem von unserer Unterhaltung, ansonsten beende ich den Kontakt sofort! UND – vertrauen Sie NIEMANDEM! Schon gar nicht Andrea Schwarz!!!*

# 15

## *13. 6. 2014*

Auf Ansgars Frage, was der anonyme SMS-Schreiber mit »Zelle« meinte, war keine Antwort mehr gekommen. Die letzte Nachricht hatte ihn geschockt: Er sollte »Andrea Schwarz« nicht vertrauen.

Woher kannte der Verfasser der SMS ihren Namen und was wusste er wirklich über Nancy? Wusste er, dass sie eigentlich eine NSA-Agentin war? Und wenn ja, wie kam er an solch sensible und streng geheime Informationen?

Er dachte im Bett liegend noch lange über diesen mysteriösen Informanten nach, bis er irgendwann einschlief. Der Wecker seines Handys weckte ihn pünktlich. Er machte sich frisch und trank einen Kaffee, bevor er seinen Wagen bestieg, um Nancy abzuholen.

Während der Fahrt überlegte er, woher der mysteriöse Informant Nancy kannte und warum er ihn vor ihr warnte, wo er doch gerade dabei war, ihr zu vertrauen. Er glaubte, von sich sagen zu können, dass er erkannte, ob jemand ein falsches Spiel mit ihm spielte.

Ihm war natürlich bewusst, dass Nancy eine NSA-Agentin war, aber nach dem Verlauf des gestrigen Tages und seiner anfänglichen Skepsis ihr gegenüber, war er inzwischen so weit, seine Meinung zu revidieren. Der Informant sollte diese Meinung nicht negativ beeinflussen.

Nancy wartete schon auf der Straße auf ihn.

»Pünktlich«, grüßte sie ihn, als sie ins Auto stieg.

»Klar, eine der Tugenden von uns Deutschen«, antwortete Ansgar.

»Was steht auf der Agenda?«

»Hast du schon gefrühstückt?«

»Nein, noch nicht.«

»Prima, ich kenne ein Restaurant, das ein super Frühstück zu moderaten Preisen anbietet. Dabei können wir den Tagesablauf besprechen«, schlug Ansgar vor. Nancy willigte ein.

Das Restaurant lag auf der In-Meile von Köln, der Ehrenstraße. In dem Restaurant waren zu der frühen Stunde nur wenige Gäste. Sie nahmen einen der hinteren Plätze, wo sie ungestört reden konnten.

Der Kellner grüßte Ansgar mit Namen, da er hier öfters verkehrte. Beide bestellten ein Frühstück und Kaffee.

»Ich habe noch gestern Abend eine Anfrage an unsere Rechercheabteilung geschickt, ob sie etwas über Nicole Brown haben.«

»Sehr gut … Mist, ich wollte ja noch die Hochschule in Worms kontaktieren«, antwortete Ansgar. »Das mach ich direkt nach unserem Gespräch.«

»Nicht schlimm. Abends hättest du eh nichts erreichen können«, grinste Nancy.

»Stimmt. Hast du sonst noch News?«, wollte Ansgar wissen, schließlich wollte er ihr mitteilen, dass er gestern per SMS kontaktiert wurde, um mit ihr abzustimmen, ob er es Uli melden oder lieber abwarten sollte, ob dieser anonyme Kontakt nicht doch noch wertvolle Informationen für sie bereithielt.

Nancy war in seinem Team, deswegen glaubte er, dass sie ein Recht darauf hatte zu erfahren, dass ihn jemand über die Geheimnummer angeschrieben hatte.

»Nein, nichts Besonderes mehr. Und bei dir?«, fragte Nancy.

Ansgar zögerte einen kleinen Augenblick, bevor er antwortete: »Bei mir auch nicht.«

Er wusste nicht, warum er sie anlog, dabei hatte er sich fest vorgenommen, ihr gegenüber mit offenen Karten zu spielen.

Aber die letzte Nachricht des Informanten hatte ihn doch mehr verunsichert, als er sich selbst eingestehen wollte.

»Aber rate mal, wer auf freiem Fuß ist«, fügte er hinzu, um vom Thema abzulenken. Er fühlte sich unwohl dabei, sie zu belügen, und fürchtete, dass sie vielleicht merken könnte, dass er log.

»Wer?«, fragte Nancy neugierig, was Ansgar dazu verleitete zu glauben, dass sie seine Unsicherheit nicht bemerkt hatte.

»Hakan Dogan.«

»Echt?«

»Ja! Ich weiß nicht, wie du das siehst, aber ich möchte ihn unbedingt befragen.«

»Auf jeden Fall«, stimmte Nancy ihm zu. »Vielleicht sollten wir das gleich im Anschluss an dein Telefonat mit der Hochschule machen.«

»Das wäre auch mein Vorschlag gewesen«, antwortete Ansgar und hielt kurz inne, da der Kellner das bestellte Frühstück brachte.

»Ich hoffe, dass Uli endlich Informationen über das zweite Ermittlungsteam hat. Es wäre schließlich nicht verkehrt, sich mit ihnen abzustimmen. So habe ich das Gefühl, dass wir eher gegeneinander statt miteinander arbeiten«, erklärte Ansgar seine Überlegung.

»Ratsam wäre es. Woher weißt du eigentlich, dass Hakan Dogan auf freiem Fuß ist?«

»Aus dem Fernsehen. Ich habe gestern Abend die Sondersendung der *ARD* über den Terroranschlag gesehen und dort wurde berichtet, dass er wieder entlassen wurde und mit ihm einige Verdächtige aus der Moschee.«

»Da scheint das Fernsehen besser informiert zu sein als wir«, antwortete Nancy und lächelte. Ansgar kam das Lächeln ein wenig gestellt vor, aber er machte sich darüber keine weiteren Gedanken.

»Und genau deswegen müssen wir uns mit dem anderen Team abstimmen. Es ist wichtig, dass wir präzise wie ein Uhrwerk funktionieren. Nur so können wir die Täter schnell verhaften. Ich hoffe, dass es Uli gelingt, die politischen Entscheidungsträger davon zu überzeugen.«

»Bald werden wir es erfahren.«

Und fast als sei es Gedankenübertragung, klingelte Ansgars Handy. Auf dem Display stand Ulis Name.

»Guten Morgen, Uli.« Mit diesen Worten nahm Ansgar das Gespräch an.

»Guten Morgen. Ich will es kurz machen. Um 14 Uhr gibt es eine Telefonkonferenz zur Abstimmung. Bitte begebt euch zum LKA in Köln und gebt mir eine Nummer, die sicher ist. Mir ist unwohl, dass wir solche Gespräche übers Handy führen.«

»Wieso das? Unsere Handys sind doch abhörsicher«, erwiderte Ansgar und überlegte im gleichen Moment, ob Uli bereits wusste, dass seine geheime Handynummer aufgedeckt worden war.

Sie hatten in ihrer IT-Abteilung Überwachungssoftware, die nichts anderes machte, als die ganze Zeit die Integrität der geheimen Leitungen zu überprüfen. Wie diese Software genau funktionierte, wusste er nicht, aber dass die Software sehr teuer war, schon. Und vielleicht hatte diese Software bemerkt, dass Ansgar von einem unbekannten Teilnehmer über die geheime Nummer kontaktiert worden war.

»Ja, darüber mache ich mir auch keine Gedanken. Aber wer sagt denn, dass nicht jemand anderer euren Worten lauscht, wenn ihr euch an öffentlichen Plätzen in die Telefonkonferenz einwählt.«

»Keine Sorge, wir waren gestern im Dienstwagen.«

»Und was, wenn das Auto verwanzt ist?«

»Na, übertreib mal nicht. Aber du bist der Boss. Wir werden uns zum LKA begeben und dir dann eine sichere Rückrufnummer mitteilen.«

»Danke. Und seid bitte pünktlich.«

»Werden wir sein. Hast du schon Informationen wegen des zweiten Ermittlungsteams?«

»Jetzt nicht, um 14 Uhr«, antwortete Uli und beendete das Gespräch.

»Und, was sagt Uli?«, fragte Nancy, die nicht hatte mithören können.

»Wir sollen uns um 14 Uhr im LKA Köln zu einer Telefonkonferenz einfinden.«

»Na, das ist doch schon was. Hört sich für mich so an, als gebe es News.«

»Hoffentlich«, antwortete Ansgar und biss in sein Brötchen.

Nachdem sie den Tagesablauf besprochen und zu Ende gefrühstückt hatten, gingen sie zum Wagen. Ansgar hatte noch schnell die Telefonnummer des Sekretariats der Wormser Fachhochschule gegoogelt und wählte die Nummer im Wagen, während er schon zu ihrem nächsten Ziel fuhr: Dr. Hakan Dogan.

»Müller, Fachhochschule Worms«, tönte es aus dem Autolautsprecher.

»Guten Tag, Frau Müller, mein Name ist Ansgar David vom BKA. Ich hätte ein paar Fragen zu einigen ehemaligen Studenten Ihrer Fachhochschule.«

»Das tut mir leid, Herr David, aber am Telefon darf ich Ihnen keine Auskunft geben.«

»Ich weiß, aber ich bin vom BKA, es geht um laufende Ermittlungen und ist sehr eilig.«

»Das mag sein, aber ich verstoße damit gegen den Datenschutz«, erklärte sie ihre Position.

»Keine Sorge, Ihnen wird nichts passieren. Dem BKA gegenüber sind Sie zur Auskunft verpflichtet«, antwortete Ansgar und parkte den Wagen vor dem Bürokomplex von Dogans Kanzlei. Sie lag in der Nähe des Restaurants, in dem sie gefrühstückt hatten. Er schaltete den Motor aus, um das Gespräch in Ruhe zu beenden. Instinktiv schaute er in den rechten Seitenspiegel des Wagens, da Ulis Aussage, dass sie belauscht werden könnten, in seinen Gedanken haften geblieben war.

»Woher weiß ich denn, dass Sie wirklich vom BKA sind?«, erwiderte Frau Müller.

»Sie müssen mir schon vertrauen. Ich werde Ihnen eine Vollmacht faxen lassen, aber beantworten Sie mir bitte meine

Fragen«, forderte Ansgar sie auf. Seine Stimme klang verärgert. Damit hatte er ehrlich gesagt nicht gerechnet, aber rechtlich gesehen handelte die Dame richtig.

»Tut mir wirklich leid. Ich kenne Sie nicht und ohne einen Ausweis oder eine Befugnis kann und darf ich keine Informationen über unsere Studenten herausgeben. Sie glauben gar nicht, was wir hier schon für schräge Dinge erlebt haben. Arbeitgeber, die versucht haben, Informationen zu erschleichen, oder eifersüchtige Freunde, die wissen wollen, ob ihre Freundin auch wirklich studiert.«

»Ich bin wirklich vom BKA und es geht auch nicht um eine Studentin, sondern um einige Studenten, unter ihnen Sam Eyob und Hussein Dogan«, versuchte Ansgar, seine wahrscheinlich letzte Karte auszuspielen.

»Meinen Sie den Selbstmordattentäter?«, fragte Müller neugierig und Ansgar hatte das Gefühl, dass er sie damit kriegen konnte. Ein paar harmlose Informationen konnte er hergeben, solange sie kooperierte.

»Ja, genau den. Wir wissen aus zuverlässiger Quelle, dass er an Ihrer Hochschule studierte.«

»Ach wirklich? Hätte ich ja nicht für möglich gehalten. Er hat doch in Köln den Anschlag verübt«, kommentierte sie überrascht.

*Geht doch*, dachte er zufrieden.

»Da haben Sie recht. Er hat vor einigen Jahren in Ihrer Hochschule Informatik studiert, aber abgebrochen und darüber würde ich gerne mit Ihnen sprechen.«

»Verstehe, ich kann Ihnen trotzdem keine Informationen geben.«

»Wie bitte?«, fragte Ansgar überrascht.

»Wie schon gesagt, Datenschutz. Mir sind da die Hände gebunden. Ich bin nur eine Sekretärin.«

»Sie wissen, dass wir hier über einen Terroristen sprechen?«, fragte er verärgert.

»Und wer sagt mir, dass Sie nicht irgendein Journalist sind? Tut mir leid, aber ohne Genehmigung gibt es von mir keine

Informationen. Wir sind heute bis 18 Uhr erreichbar. Entweder liegt bis dahin eine Erlaubnis auf meinem Tisch, die Faxnummer nenne ich Ihnen gerne, oder Sie kommen persönlich vorbei und zeigen mir Ihren Ausweis. Ansonsten gibt es keine Auskünfte von mir«, konterte sie mit fester Stimme.

»Danke für Ihre Mühen, Frau Müller«, antwortete Ansgar und beendete das Gespräch.

Nancy grinste, während Ansgar seine Verärgerung deutlich ins Gesicht geschrieben stand.

»Was ist denn so lustig?«, fragte er daher leicht angesäuert.

»Nichts, aber die hat es dir gezeigt«, lachte sie.

Er antwortete nicht, sondern stieg aus dem Wagen und Nancy tat es ihm nach.

Sie betraten den Empfangsraum von Dogans Kanzlei.

»Guten Morgen«, wurden sie am Empfang freundlich von Dogans Sekretärin Frau Böse begrüßt.

»Guten Morgen, wir möchten mit Herrn Dogan sprechen«, bat Ansgar freundlich.

»Ich weiß, Sie waren ja bereits gestern hier. Kleinen Augenblick«, antwortete sie und griff zum Hörer, um kurz darauf zu verkünden: »Herr Dr. Dogan kommt gleich.«

Keine zwei Minuten später erschien Hakan Dogan. Da in der E-Mail von Uli ein Bild und die Daten von Dogan enthalten waren, war Ansgar auch nicht überrascht, als er einen Mann Ende vierzig vor sich sah. Er wusste aus anderen Ermittlungen, dass es bei Südländern nicht selten war, dass zwischen Geschwistern mal gut und gerne mehr als zehn Jahre Unterschied liegen konnten.

Dogan sah für sein Alter noch recht jung aus und hatte halblange Haare, die er offen trug. Sein schwarzer Anzug war ganz offensichtlich eine Designermarke, jedenfalls nach dem Schnitt und dem Stoff zu urteilen. Unter dem Anzug trug er ein weißes Hemd ohne Krawatte und dazu schwarze Schuhe. Er war einen Meter achtzig groß, so stand es in den Unterlagen, und nach dem, was Ansgar sah, schien es zu stimmen.

»Guten Morgen. Ich bin Hakan Dogan«, stellte er sich vor und gab erst Nancy, dann Ansgar die Hand. Beide erwiderten den Handschlag.

»Guten Morgen, Herr Dr. Dogan. Wir sind vom BKA und würden uns gerne kurz mit Ihnen unterhalten«, antwortete Ansgar. Er und Nancy zeigten ihm ihre Dienstausweise. Dogan warf nur einen flüchtigen Blick darauf.

»Gerne. Folgen Sie mir doch bitte in mein Büro. Rita, kannst du uns bitte Tee und Kaffee bringen?«, sagte er und schritt voran.

»Setzen Sie sich bitte«, sagte Dogan und zeigte auf eine Sitzecke, in der sich Bauhaus-Bürostühle um einen modernen Glastisch reihten.

Kaum hatten sie sich gesetzt, betrat auch schon Rita Böse mit einem Tablett in den Händen das Büro.

»Tee oder Kaffee?«, fragte Dogan.

»Ich hätte gerne einen Tee«, antwortete Ansgar, der den traditionell gekochten türkischen Tee mochte, vor allem wenn er wie hier in den dazugehörigen kleinen Teegläsern serviert wurde.

»Ich hätte gerne einen Kaffee«, sagte Nancy.

»Mit Milch und Zucker?«, fragte Rita.

»Nein, schwarz«, antwortete sie kurz.

Nachdem Rita alle versorgt hatte, verließ sie das Büro.

»Sie sind sicherlich wegen meines Bruders hier?«, stellte Dogan fragend fest.

»Ja«, antwortete Ansgar knapp, gab ein Stück Zucker in sein Teeglas und nahm einen Schluck von dem heißen, würzigen Tee.

»Ich hoffe, Sie wollen mich nicht gleich wieder verhaften.«

Ansgar war nicht sicher, ob dieser Satz ironisch oder ernst gemeint war.

»Nein, das werden wir nicht. Wir sind von einer komplett anderen Abteilung«, versuchte er, alle Restzweifel zu zerstreuen.

»Verstehe. Da glaubt man, in einem Rechtsstaat zu leben, und dann wird man ohne begründeten Verdacht verhaftet.

Und glauben Sie mir, wenn ich kein Anwalt wäre und nicht Vorstand eines einflussreichen türkischen Verbandes, dann hätten sie mich noch immer in Gewahrsam. Eine schlimme Welt, in der wir leben«, kommentierte Dogan und Ansgar spürte, dass er sehr aufgewühlt war, aber anscheinend seine Worte mit Bedacht wählte, so wie man es von einem Anwalt erwarten musste.

»Wie kann ich Ihnen helfen? Ich habe Ihren Kollegen und den Amerikanern schon alles erzählt«, ergänzte Dogan.

»Den Amerikanern?«, fragt Ansgar überrascht.

»Wenn Sie so lange Strafverteidiger sind wie ich, dann kennen Sie deutsche Polizisten und Beamte, egal ob LKA, BKA oder was auch immer, aber diese Verhörmethoden waren mir gänzlich unbekannt.«

»Was meinen Sie damit?«, fragte nun Nancy, die auch überrascht schien.

»Na, dass die Amerikaner die Operation geleitet haben.«

»Da irren Sie sich, Herr Dr. Dogan. Das BKA hat die Hoheit bei den Ermittlungen«, antwortete Ansgar, der das Gefühl hatte, Dogan wollte sie vorführen. Ansgar hatte Anwälten schon immer misstraut, da sie das Gesetz nicht nur gut kannten, sondern bedingt durch ihren Beruf auch oftmals wussten, wie Polizeibeamte tickten. Am Ende war Ansgar auch nichts anderes als ein Polizeibeamter. Aber so leicht würde er sich von ihm nicht täuschen lassen. Ansgar wusste auch nicht, was ihm das bringen sollte, oder wollte Dogan vom eigentlichen Thema ablenken?

»Ich glaube, Sie irren sich ganz gewaltig. Ich habe in meinen Jahren als Strafverteidiger mehr als eintausend Fälle vertreten, auch von Mandaten, die wegen Terrorverdachts verhaftet wurden. Und glauben Sie mir, die Verhörmethoden sind typisch amerikanische Verhörmethoden gewesen«, erwiderte Dogan und nahm einen Schluck aus seinem Teeglas. »Aber gut, ich bin ja frei und Sie sind bestimmt nicht hier, um mein Leid zu hören, sondern um Informationen über meinen Bruder zu erhalten.«

Ansgar war sich nicht sicher, ob Dogan wirklich so gefasst war, wie er vorgab, oder ob er noch immer Angst hatte, dass man ihn verhaften könnte und deswegen seine Kooperation anbot.

»Wann haben Sie Ihren Bruder zuletzt gesehen?«, fragte Nancy, die Dogans Worte anscheinend ungerührt gelassen hatten.

»Letzte Woche«, antwortete Dogan.

»Wann genau?«, hakte Nancy nach.

»Das war Dienstag. Wir haben gemeinsam bei unserer Mutter zu Abend gegessen.«

»Wie war er drauf?«

»Sie meinen, ob er sich auffällig verhalten hat?«, fragte Dogan.

»Ja«, bestätigte Nancy.

»Nein, er war wie immer. Glauben Sie mir, wenn ich das Gefühl gehabt hätte, dass er was im Schilde führt, hätte ich ihm diese Scheiße rausgeprügelt. Er hat mit seiner egoistischen Tat die ganze Familie in den Ruin gestürzt.«

Aus dieser Sicht hatte Ansgar den Anschlag noch nicht betrachtet, aber es lag viel Wahrheit in seinen Worten. Da die Medien den Namen des Attentäters veröffentlicht hatten, war es nur eine Frage der Zeit, bis die Menschen die Familie Dogan ihren Hass spüren lassen würden.

»Wissen Sie, ob Ihr Bruder Mitglied einer islamistischen Vereinigung war?«

»Wieso fragen Sie mich das? Das sollten doch Ihre Geheimdienste besser wissen«, konterte er leicht gereizt.

»Wir fragen aber Sie«, gab Nancy die Frage zurück.

»Nein, ich glaube nicht. Er war strenggläubig, ja, aber kein Extremist.«

»Und dennoch hat er sich in die Luft gejagt«, gab Nancy zu bedenken.

»Sie brauchen das nicht zu betonen. Ich weiß, was mein Bruder für eine schreckliche Tat begangen hat, und diese Tat wird meine Familie auf ewig begleiten, wie ein Brandmal, das sie nie wieder loswird. Dennoch war er mein Bruder.« Dogans Augen wurden feucht, aber er schien sich zusammenzureißen.

»Hat er vielleicht unter dem Einfluss von Extremisten gestanden? Salafisten oder Dschihadisten?«

»Ich glaube nicht und wenn, hat er es uns verheimlicht«, antwortete Dogan.

»Wie gut war denn Ihr Verhältnis?«, hakte Ansgar nach.

»Es war mal besser. Früher hat er auf mich gehört, aber als er seine erste Freundin hatte, änderte sich das. Ich habe diese Amerikanerin nie gemocht.«

# 16

Ansgar war über die Aussage überrascht, aber er wollte natürlich mehr erfahren. Es war zwar unwahrscheinlich, aber vielleicht lag der Schlüssel für Husseins Veränderung doch bei dieser Amerikanerin.

»Meinen Sie Nicole Brown?«, fragte er daher direkt und bemerkte Dogans überraschten Gesichtsausdruck. Dieser schien erstaunt, dass er den Namen der Amerikanerin kannte.

»Ja, genau diese Frau.«

»Erzählen Sie uns doch bitte von ihr und von ihrem Verhältnis zu Ihrem Bruder und Ihnen.«

»Ich weiß nicht viel über sie. Hussein hat Informatik in Worms studiert und war auch ein fleißiger Student. Nichts deutete darauf hin, dass er sein Studium nicht beenden würde, doch dann hat er Nicole kennengelernt. Irgendwann hat er mir von ihr erzählt. Er war bis über beide Ohren verliebt. Ich habe mich für ihn gefreut, da ich dachte, dass eine Freundin ihm guttun würde, aber als er sie mir vorstellte, war ich sehr skeptisch.«

»Wieso das?«, unterbrach Nancy ihn.

»Sie war nicht sein Kaliber.«

»Was meinen Sie damit?«, wollte Nancy wissen.

»Mein Bruder war unscheinbar und schüchtern. Nicole sah eher aus wie ein Model als wie eine Angestellte vom US-Militär. Als ich sie sah, wusste ich, dass sie ihm das Herz brechen würde.«

»Nur weil sie gut aussah, heißt das doch nicht, dass sie mit ihm spielte«, erwiderte Nancy, die sich anscheinend verpflichtet fühlte, für die Frauen und ihre Landsleute eine Lanze zu brechen.

»Genau das habe ich auch für Hussein gehofft und meine Bedenken daher für mich behalten. Aber kaum waren sie ein Paar, meldete sich Hussein nicht mehr bei mir oder seiner Mutter.«

»Na ja, er war halt verliebt, das ist doch nichts Tragisches.«

»Ein paar Wochen ja, aber fast ein Jahr? Er war wie vom Erdboden verschluckt. Ist nicht ans Telefon gegangen und seine Freunde wussten auch nicht, wo er ist. Also bin ich nach Worms gefahren, zu seiner Wohnung. Dort sagte man mir, dass er die Wohnung gekündigt und keine Nachsendeadresse hinterlassen habe. Meine Mutter war krank vor Sorge und ich auch. Und dann erfuhr ich auch noch, dass er sein Studium abgebrochen hat, und das alles, seit er mit dieser Nicole zusammen war.«

Die Informationen von Dogan deckten sich mit den Informationen von Eyob. Wer immer diese Nicole Brown war, anscheinend spielte sie eine größere Rolle in diesen Ermittlungen als bisher angenommen. Ansgar hoffte, dass Nancy schon bald Informationen über sie erhielt, damit sie sie aufsuchen konnten, egal wo sie sich derzeit aufhielt.

»Aber irgendwann hat er sich doch gemeldet?«, fragte Ansgar.

»Ja, weil er Geld brauchte.«

»Geld? Wofür? Und wann war das?«

»Das weiß ich nicht mehr genau. Er war schon seit einigen Monaten verschwunden und dann bekam ich einen Anruf, dass er zwanzigtausend Euro brauche.«

»Zwanzigtausend? Wofür brauchte er so viel Geld?«, fragte Nancy.

»Das hat er mir nicht gesagt, das habe ich ihn auch gefragt.«

»Und haben Sie ihm das Geld gegeben?«, erweiterte Nancy ihre Frage.

»Ja, aber unter der Bedingung, dass er nach Hause zurückkehrt und sein Studium beendet.«

»Und er hat eingewilligt?«, schlussfolgerte Ansgar.

»Ja, hat er. Aber er hat sich nicht an die Abmachung gehalten. Nachdem ich das Geld überwiesen habe …«

»Wissen Sie noch, an welche Bank?«, unterbrach Nancy ihn.

»Keine Bank, an Western Union, damit er es in bar abheben konnte. Ich glaube, er war im Ausland.«

»Sie glauben?«, fragte Nancy erstaunt und ihre Skepsis war deutlich herauszuhören.

»Ja, warum sonst an Western Union? Er hatte doch ein Girokonto, auf das ich ihm auch während seines Studiums Geld überwiesen habe, damit er sich aufs Lernen konzentriert.«

»Was ist dann geschehen?«, fragte Ansgar.

»Nichts. Wie gesagt, er hat sich nicht mehr gemeldet. Ich war stocksauer. Aber irgendwann rief meine Mutter bei mir an.«

»Was wollte sie?«

»Sie teilte mir mit, dass Hussein bei ihr sei, und ich musste ihr versprechen, ihm nichts anzutun, da wir uns freuen sollten, dass er wieder heimgekehrt sei. Obwohl ich sauer war, versprach ich ihr, dass ich Hussein nicht die Tracht Prügel verpassen würde, die er verdient hatte.«

»Wann war das?«, fragte Ansgar.

»Das war im Mai 2009. Als ich zu meiner Mutter fuhr, versteckte er sich im Schlafzimmer vor mir und kam erst raus, als ich schwor, ihm nichts zu tun. Was ich dann sah, schockierte mich zutiefst. Hussein sah aus wie ein Islamist. Er trug einen Vollbart und typisch islamische Kleidung.«

»Wie passt das zusammen, wenn er mit einer Amerikanerin liiert war?« In Nancys Worten lag Unglaube.

»Das habe ich mich auch gefragt. Er meinte, dass er mit Nicole nur wenige Monate zusammen gewesen sei und das Studium abgebrochen habe, weil Allah zu ihm gesprochen habe. Das Geld brauche er für seine Reise nach Mekka und er werde jeden Cent zurückbezahlen.«

»Und Sie haben ihm geglaubt?«

»Ich wollte ihm glauben. Er war mein Bruder. Am Ende sind wir eine Familie. Unser Vater ist früh gestorben, also war ich nicht nur sein älterer Bruder, sondern auch sein Ersatzvater. Obwohl ich wütend auf ihn war, war ich froh, dass er wieder zu Hause war. Das Geld war unwichtig, natürlich musste er das nicht zurückzahlen.«

»Und dass er sich so radikalisiert hatte, störte Sie nicht?«

»Nein. Er hatte sich nicht radikalisiert, sondern in Allah seinen Frieden gefunden. Das war für mich okay. Nicht jeder Gläubige ist auch ein Krimineller«, betonte Dogan.

»Ihr Bruder schon«, konterte Nancy.

»Was hat Ihr Bruder danach gemacht?«, fragte Ansgar, der wieder zur sachlichen Diskussion zurückkehren wollte.

»Er hat sein Leben komplett Allah gewidmet. Er war regelmäßig in der Moschee, hat Arabisch gelernt und alles über den Islam verschlungen.«

»Und sein Studium?«

»Das hat er nicht beendet. Weltliche Dinge haben ihm nichts mehr bedeutet. Er war aber keiner dieser Radikalen, wenn Sie mich das fragen wollen. Und ja, ich habe ihm den strenggläubigen, frommen Moslem abgenommen.«

»Wissen Sie, mit welchen Leuten er regelmäßig verkehrt hat?«

»Nein, er hatte keine richtigen Freunde, soweit ich weiß. Jedenfalls hat er mir nie einen vorgestellt.«

»Hatte er keine Freundin in den letzten Jahren?«, fragte Nancy.

»Nein, ich sagte Ihnen ja, sein Leben war Allah gewidmet. Frauen interessierten ihn nicht.«

»Kennen Sie einen Sam Eyob?«, fragte Nancy ihn zu Ansgars Überraschung.

»Nein, sagt mir nichts. Wieso?«

»Nur so.«

»Wissen Sie, ob Ihr Bruder in dieser Zeit Reisen ins Ausland unternommen hat?«

»Ja, er ist jedes Jahr nach Mekka gepilgert.«

»Und auch woandershin?«

»Nein, jedenfalls weiß ich davon nichts. Wir haben ja nicht aufeinandergehockt. Er hatte seine eigene Wohnung und ich bin selbstständig und somit viel unterwegs. Gut möglich, dass er weg war, ohne dass ich etwas davon wusste. Aber glauben

Sie mir, mein Bruder war kein Extremist. Wer immer ihn dazu bewegt hat, muss großen Einfluss auf ihn gehabt haben. Mein Bruder war ein gutmütiger Mensch und der Glaube gab ihm Kraft, so jemand sprengt sich nicht in die Luft.«

»Und dennoch hat er es getan«, erwiderte Nancy knapp.

»Ich weiß, aber ich kann mir nicht vorstellen, dass er das aus freiem Willen getan hat.«

»Was meinen Sie damit?«, fragte Ansgar, der ihm nicht folgen konnte und auch nicht wollte. Hussein war ein strenggläubiger Moslem gewesen und hatte sein äußeres Erscheinungsbild allem Anschein nach auch darauf abgestimmt. Er war in Mekka gewesen und hatte die arabische Sprache gelernt. Für Ansgar sprach vieles dafür, dass Hussein im Ausland »umgekehrt« worden war. So nannten sie das beim BKA, wenn strenggläubige Moslems in Trainingscamps in Afghanistan, Pakistan oder im Iran zu radikalen Islamisten ausgebildet wurden.

Und genau das, so vermutete er, war mit Hussein geschehen. Er hoffte, dass der BND oder die amerikanischen Geheimdienste diese Annahme bestätigten, indem sie herausfanden, wo im Ausland sich Hussein aufgehalten hatte.

In diesem Moment war er froh, dass Nancy seine Kollegin war, sie würde die Informationen sicherlich schneller besorgen können als der BND. *Leider*, fügte Ansgar in Gedanken hinzu.

»Vielleicht wurde er erpresst oder unter Drogen gesetzt. Ich weiß es nicht, aber irgendetwas haben sie mit ihm gemacht. Und diese Leute sollten Sie suchen, das sind die wahren Mörder.« Dogan befeuchtete seine Lippen und fuchtelte zum ersten Mal mit den Händen, ein deutliches Anzeichen für seine Angespanntheit.

»Wir ermitteln in alle Richtungen, Herr Dr. Dogan. Fällt Ihnen noch etwas ein, was uns weiterhelfen könnte?«

»Nein, leider nicht. Darf ich eine Bitte äußern?«, fragte er und wurde ganz leise, fast demütig.

»Bitte«, sagte Ansgar.

»Kann ich die sterblichen Überreste meines Bruders abholen? Nach islamischem Brauch muss ich meinen Bruder sofort bestatten. Wir möchten ihn in die Türkei überführen.« Seine Augen wurden feucht und seine Stimme stockte, anscheinend liebte er seinen Bruder noch immer, trotz dieser schlimmen Tat.

»Das kann ich leider nicht entscheiden. Bitte wenden Sie sich direkt an den Generalbundesanwalt. Sie als Anwalt kennen ja die Vorgehensweise«, erklärte Ansgar und für einen kleinen Augenblick empfand er so etwas wie Mitgefühl für Dogan. Hier wollte ein Mensch seinem Bruder die letzte Ehre erweisen.

Dogan antwortete nicht, sondern nickte nur. Da weder Ansgar noch Nancy weitere Fragen hatten, verabschiedeten sie sich von ihm und verließen die Kanzlei. Ansgar gab Dogan zuvor seine Karte, damit er ihn kontaktieren konnte, für den Fall, dass ihm noch etwas einfiele.

»Was denkst du?«, fragte Nancy, als sie im Wagen saßen.

»Ich weiß nicht, aber ich denke, Nicole Brown könnte uns weiterhelfen.«

»Das glaube ich auch, aber ich meinte die Geschichte mit Hussein. Der Bruder stellt Hussein so dar, als sei er der liebe gläubige Moslem gewesen, der keinem ein Haar krümmen konnte. Aber die Aussagen, dass er regelmäßig in Mekka war und Arabisch gelernt hat, sagen mir, dass er nicht nur in Mekka, sondern in einem Trainingscamp war.«

»Ehrlich gesagt glaube ich das auch. Ich hoffe, dass unsere Geheimdienste das bald bestätigen können. Es sollte doch nicht so kompliziert sein, die Flüge zu überprüfen«, bestätigte Ansgar.

»Das ist es auch nicht. Aber wenn er mit dem Auto oder der Bahn unterwegs war, wird es schon schwieriger.«

»Was meinst du damit?«

»Na, ganz einfach. Er nimmt einen Flug nach Jedda, den alle nehmen, die nach Mekka pilgern, und dort setzt er sich in einen Zug, einen Bus oder ins Auto, um an sein eigentliches Ziel zu gelangen, das Trainingscamp der Terroristen.«

»Habt ihr keine Leute im Iran sitzen?«, unterbrach Ansgar sie.

»Schon, aber im Iran sind auch uns Grenzen gesetzt. Profis wie al-Qaida nutzen bis heute Wege, die wir nicht kennen. Es wäre keine große Herausforderung, von dort aus unbemerkt ins geheime Trainingslager aufzubrechen.«

»Wollen wir hoffen, dass unsere Geheimdienste doch etwas finden. Für mich sieht das aber langsam nach einer internationalen Operation aus.«

»Ich fürchte auch und das wäre sehr schlimm«, antwortete Nancy.

»Inwiefern?«, fragte Ansgar, glaubte aber, ihre Antwort zu kennen.

Wenn Hussein Mitglied einer internationalen Terrororganisation gewesen war, bedeutete das, dass sie kläglich versagt hatten. Denn al-Qaida und Co. wurden von den Geheimdiensten der westlichen Welt genauestens beobachtet, nur dass es noch kein Bekennerschreiben oder Video gab, machte ihnen Hoffnung, dass dem vielleicht nicht so war. Doch die neuen Erkenntnisse widersprachen dieser kleinen Hoffnung.

Nancy antwortete nicht sofort, fast hatte er das Gefühl, als würde sie ihre nächsten Worte sorgfältig abwägen.

»Weil das bedeuten würde, dass diese Anschläge erst der Beginn einer ganzen Anschlagserie wären!«

# 17

Mit so einer Antwort hatte Ansgar nicht gerechnet.

»Was meinst du damit?«, fragte er daher.

»Drei Anschläge zur gleichen Zeit und keiner der westlichen Geheimdienste wusste etwas davon. Und dann auch noch Selbstmordattentäter, so etwas gab es noch nie in der zivilisierten Welt.«

»Worauf willst du hinaus?« Ansgar konnte ihr noch immer nicht folgen.

»Na, dass die Terroristen einen Weg gefunden haben, unsere Nachrichtendienste auszuhebeln. Was hindert sie jetzt daran, in ganz Europa oder den USA weitere Anschläge durchzuführen?« Entsetzen lag in ihrer Stimme und er konnte auch verstehen warum.

War es den internationalen Terroristen wirklich gelungen, an den westlichen Geheimdiensten vorbei zu agieren, sie im Dunkeln zu lassen? Wenn ja, stellte sich die Frage: Wie war es ihnen gelungen und wie lange würde es dauern, bis die Geheimdienste diesen Nachteil wieder ausgleichen konnten?

Und damit stellte sich die unvermeidliche Frage: Würden die Terroristen diesen Vorteil nutzen, um weitere Anschläge zu verüben?

Ansgars Magen rebellierte bei dem Gedanken, dass die drei aktuellen Anschläge erst der Beginn einer langen Anschlagserie waren.

Er fragte sich, ob dieser mysteriöse Informant vielleicht einer der Terroristen war, einer, der die Seiten gewechselt hatte.

Wenn, dann musste es zugleich jemand sein, dem es ein Leichtes war, an geheime Handynummern des BKA zu gelangen. Schließlich hatte er die Nummer von Ansgar herausgefunden.

Er hasste es, wenn Ermittlungen mehr Fragen als Antworten aufwarfen. Und wenn er ehrlich war, beschlich ihn das Gefühl, dass sie eigentlich noch völlig im Dunkeln tappten.

»Vielleicht sollten wir mal in der Moschee vorbeischauen«, schlug Ansgar vor, schließlich waren einige der Verdächtigen wieder freigelassen worden.

»Kann nicht schaden«, antwortete Nancy, sodass Ansgar die Moschee in Ehrenfeld ansteuerte. Er parkte den Wagen auf einem freien Parkplatz und gemeinsam betraten sie den Innenhof.

»Wie kann ich Ihnen helfen?«, fragte ein Mann und schaute sie prüfend an.

»Wir sind vom BKA und würden gerne mit dem Imam sprechen«, antwortete Ansgar und zeigte seinen Ausweis.

Die Freundlichkeit wich aus dem Gesicht des Mannes, als er antwortete: »Reicht es nicht, was Sie gestern hier angerichtet haben? Wenn Sie keinen Durchsuchungsbefehl haben, möchte ich Sie bitten, das Gelände zu verlassen.«

»Hören Sie, wir möchten nur kurz mit Ihrem Imam sprechen. Es wird keiner verhaftet«, versuchte Ansgar ihn zu beruhigen.

»Wie Tiere haben sie uns behandelt. Nur weil wir Moslems sind, sind wir nicht alle Terroristen. Seit gestern weiß ich, wie sich die Juden unter den Nazis gefühlt haben. Deutschland ist wieder auf dem besten Weg dahin«, erwiderte der Mann, der anscheinend gar nicht daran dachte, sich zu beruhigen.

»Sie sind von Rechts wegen verpflichtet, uns Auskunft zu geben«, drohte Nancy.

»Dann verhaften Sie mich doch«, blaffte er zurück.

»Mustafa, was ist hier los?«, hörten sie eine Stimme rufen. Der Mann kam näher.

»Verzeih, Erdal *Hodscha*. Ich habe dem BKA nur gesagt, dass sie unser Gelände verlassen sollen.«

»Guten Morgen, sind Sie vom BKA?«, fragte der Mann freundlich. Ansgar schätzte ihn auf Ende fünfzig und knapp einen Meter fünfundsiebzig. Er hatte eine normale Statur und ein Haarkranz krönte sein Haupt. Im Gegensatz zu Mustafa sprach er mit starkem Akzent.

»Guten Morgen, ja. Wir möchten gerne mit dem Imam sprechen.« Ansgar zeigte ihm seinen Ausweis.

»Ich bin der Imam. Kommen Sie doch bitte mit und nehmen Sie Mustafa seine Reaktion nicht übel. Er ist manchmal ein Hitzkopf«, sagte Erdal lächelnd und reichte beiden zur Begrüßung die Hand.

Mustafa schaute erst grimmig und dann beschämt zu Boden.

Ansgar war erstaunt, da Erdal nicht in der für einen Imam typischen Kleidung vor ihnen stand. Er trug ein Hemd und eine blaue Jeans.

Sie folgten ihm ins Gebäude und betraten einen kleinen Aufenthaltsraum.

»Setzen Sie sich doch bitte. Möchten Sie einen *çay*?«

Beide verneinten und setzten sich an den Tisch, an dem auch Erdal Platz nahm.

»Wie kann ich Ihnen helfen?«, fragte er freundlich.

»Wir sind wegen Hussein Dogan hier«, kam Ansgar direkt auf den Punkt.

»Schrecklich, ganz schrecklich, was Hussein da getan hat. Die ganze Gemeinde trauert mit den Opfern. Ich habe bereits gestern alles erzählt, was ich weiß.«

»Wie lange kannten Sie Hussein?«, fragte Nancy.

»Einige Jahre. Er war sehr oft hier und kaum einer kannte den Koran so gut wie er.«

»Was für ein Mensch war er?«, wollte Ansgar wissen.

»Er war freundlich und respektvoll und half, wo er konnte. Eigentlich ein sehr liebenswürdiger Mensch.«

»Was meinen Sie mit *eigentlich*?«

»Sie kannten ihn nicht, deswegen klingen meine Worte für Sie sicherlich nicht aufrichtig, aber die Gemeinde und ich kannten ihn, und so wie ich ihn eben beschrieben habe, haben wir ihn kennen- und schätzen gelernt. Wir sind sehr bestürzt, dass er uns so täuschen konnte, wenn er uns denn getäuscht hat«, verteidigte Erdal seine Worte, blieb aber noch immer sehr freundlich.

»Wieso sollte er Sie nicht getäuscht haben? Er hat sich doch in die Luft gesprengt und wenn ich Sie richtig verstanden habe, wissen Sie nicht, warum das geschehen konnte?«, gab Nancy zurück.

»Sie haben mich richtig verstanden. Unsere kleine Gemeinde hat nichts mit den Radikalen zu tun. Wir sind einfach Moslems, die ihrem Glauben nachgehen. Bei uns wird keine Gewalt verherrlicht und wir rufen auch nicht zur Islamisierung Deutschlands auf. Wir wollen nur unsere Traditionen pflegen. Der Islam ist keine gewaltverherrlichende Religion. Es sind die Menschen, die ihn zu einer solchen machen«, brach der Imam eine Lanze für seinen Glauben.

Ansgar konnte seine Gedanken nachvollziehen. Erdal wirkte auch ganz anders als die Imame, mit denen er sonst zu tun hatte und die vom Verfassungsschutz beobachtet wurden. Bis zu dem jetzigen Attentat waren ihm diese Moschee und Erdal auch unbekannt gewesen, was leider bedeutete, dass die Islamisten entweder die Mitglieder der gemäßigten Moscheen unterwanderten oder dass viele als gemäßigt geltende Moscheen alles andere als gemäßigt waren.

»Hatte Hussein Freunde hier?«, wollte Ansgar wissen.

»Das weiß ich nicht. Aber ich glaube nicht. Wenn er kam, hat er den Koran studiert und gebetet oder geholfen, wo immer es ging.«

»Hat er sich in den letzten Wochen auffällig verhalten?«, hakte Nancy nach.

»Nein, ganz und gar nicht. Genau deswegen sind wir ja so schockiert. Nichts, aber auch gar nichts hat darauf hingedeutet, dass Hussein zu so einer schlimmen Tat fähig wäre. Ich tue mich noch immer sehr schwer damit, es zu begreifen.«

»Wir wissen, dass er regelmäßig im Iran war, wäre es nicht denkbar, dass er sich dort radikalisiert hat?«

»Das kann ich nicht beurteilen, das wurde ich auch schon gestern von Ihren Kollegen gefragt. Wir in der Gemeinde wussten, dass er regelmäßig in den Iran flog, aber immer zu Zeiten des Hadsch, deswegen haben wir ihm das auch geglaubt. Hussein war mit Haut und Haaren Moslem und er hätte ein großer Imam werden können.«

»Wer hat Sie eigentlich gestern verhört?«, fragte Nancy und Ansgar war nicht sicher, was sie mit der Frage bezweckte.

»Ihre Kollegen vom BKA«, antwortete er, aber sein Gesichtsausdruck verriet, dass er die Frage wohl nicht verstand.

»Und sonst noch wer?«

»Nein, wieso?«

»Nur so. Wo war das denn?«

»In Köln, bei der Polizei«, antwortete er. Sein skeptischer Gesichtsausdruck verstärkte sich, er schien ihr nicht folgen zu können.

»Kennen Sie eigentlich den Bruder von Hussein Dogan?«, fragte Ansgar, der eine Idee hatte.

»Dr. Hakan Dogan?«

»Ja, genau den.«

»Ja, ich kenne ihn. Er ist ein großer Gönner unserer kleinen Gemeinde«, antwortete er und weckte damit das Interesse von Ansgar.

»Hat er auch hier gebetet?«, fragte er. Wenn er ein Gönner war und in der Moschee betete, konnte es schließlich möglich sein, dass er ihnen gegenüber nicht ehrlich gewesen war und nur den modernen Anwalt vorspielte.

»Nein, Dr. Dogan praktiziert seinen Glauben auf seine Weise.«

»Was meinen Sie damit?«

»Gehen Sie denn in die Kirche?«, fragte der Imam Ansgar.

»Nein.«

»Sie sind aber Christ?«

»Ja, ich denke schon.«

»Sehen Sie und so verhält es sich mit Dr. Dogan. Er ist Moslem und er glaubt an Allah, aber er lebt seinen Glauben anders aus als Hussein.«

»Und Sie als Imam tolerieren das? Sollte ein guter Moslem nicht die Moschee aufsuchen, zumindest freitags?«, warf Nancy ein.

Erdal lächelte. »Wieso sollte er das? Wenn er zu uns kommen will, ist er jederzeit willkommen, mit uns zu beten. Wenn er seinen Glauben im Stillen auslebt, so ist er willkommen, dies zu tun. Glauben bedeutet nicht, dass Sie in die Moschee gehen oder fünfmal am Tag beten müssen oder, oder …! Glaube ist keine Pflicht, keine Aufgabe. Glaube bedeutet Liebe, Mitgefühl und Barmherzigkeit. Davon schenkt Dr. Dogan unserer Gemeinde reichlich. Wie könnte ich also jemals daran zweifeln, dass er ein guter Moslem ist?«

»Soviel ich weiß, isst er Schweinefleisch«, provozierte Nancy, die sich mit der Antwort nicht zufriedengeben wollte.

»Was denken Sie, wie viele Wildschweine die Türken im Osten der Türkei essen? Und sicherlich wissen Sie, dass Raki ein türkisches Nationalgetränk ist«, entgegnete er ruhig. »Ich kann nicht über einen Menschen nach dem urteilen, was er isst. Allein Allah kann sich ein Urteil über jeden Einzelnen von uns erlauben.«

»Das sehen die meisten Imame anders«, widersprach Nancy.

»Da irren Sie sich. Das sind die Imame, die am lautesten schreien. Und leider sind das auch die, die die meiste Aufmerksamkeit erhalten. Sie aber sprechen nicht für die Mehrheit der Muslime in Deutschland und schon gar nicht für den Islam. Und genau deswegen werden wir am nächsten Wochenende einen Marsch des Friedens organisieren. Wir reichen den Deutschen und allen Andersgläubigen die Hand, nicht das Schwert.«

»Ich verstehe«, antwortete Ansgar und fügte noch hinzu: »Vielen Dank für Ihre Zeit. Hier ist meine Karte. Wenn Ihnen noch etwas einfällt, kontaktieren Sie mich bitte.« Er reichte ihm seine Karte und beendete damit bewusst das Gespräch, da er sich keine neuen Erkenntnisse mehr erhoffte und spürte, dass Nancy unsachliche Fragen stellen wollte, die die Atmosphäre unnötig anheizten. Glücklicherweise war Erdal auf ihre Anspielungen nicht eingegangen und die ganze Zeit freundlich geblieben.

»Etwas wirklich Neues hat das Gespräch aber nicht gebracht«, ließ Nancy Ansgar wissen, als sie wieder im Auto waren.

»Leider nein, außer dass auch der Imam das gleiche Bild von Hussein gezeichnet hat wie die, die wir zuvor befragt haben. Also das komplette Gegenteil von dem, was wir von einem Selbstmordattentäter erwarten. Was mich erstaunt hat, war seine liberale Einstellung.«

»Lass dich mal davon nicht blenden. Wasser predigen, aber Wein trinken. Wer sagt uns denn, was er in den Predigten wirklich erzählt? Wir sollten ihn und die Moschee überwachen lassen.«

»Ich weiß nicht, ich möchte ihm gerne glauben. Aber eine Überprüfung kann nicht schaden. Ich werde das heute bei Uli ansprechen. Mich würde es nicht wundern, wenn das schon längst veranlasst wurde«, erwiderte Ansgar.

»Kann ich mir auch gut vorstellen, aber jetzt wissen wir wenigstens, dass Dogan gelogen hat.«

»Wieso?«, fragte Ansgar.

»Na, er hat doch erzählt, dass angeblich Amerikaner das Verhör geleitet hätten, davon hat der Imam nichts erwähnt. Ich traue diesem Anwalt nicht«, erklärte sie.

»Gut möglich«, antwortete Ansgar, war aber nicht sicher, ob das wirklich der Fall war. Der Imam war sicherlich noch nie zuvor verhaftet worden und konnte somit schwer einschätzen, ob eine Verhörmethode typisch deutsch oder amerikanisch war. Jemand wie Dogan, der Hunderte von Verdächtigen als Mandanten hatte, konnte das sicherlich besser beurteilen.

Aber Ansgar wagte es nicht, zum jetzigen Zeitpunkt eindeutig Stellung dazu zu beziehen. Er glaubte nicht oder wollte noch nicht glauben, dass das zweite Ermittlungsteam von

Amerikanern dirigiert wurde, und er hoffte, dass Uli sie nachher aufklären würde.

»Sei nicht so nachsichtig mit ihm. Er hat gelogen, glaub mir«, verteidigte Nancy ihre Position.

Bevor Ansgar antworten konnte, klingelte sein Handy. Er nahm den Anruf an. Es war Murat, er wollte ihn sprechen, allein. Er klang aufgeregt.

»Murat will mit mir sprechen. Klang wichtig.«

»Dann lass uns doch hinfahren.«

»Sei mir nicht böse, aber ich glaube, es ist besser, wenn ich ihn allein aufsuche. Du hast ja gesehen, was das gestern gebracht hat.«

»Gut, dann besuche ich den Nächsten auf der Liste.«

»Gute Idee. Soll ich dich hinfahren?«

»Nein, ich nehme ein Taxi.«

»Okay. Wir treffen uns dann beim LKA. Sei bitte pünktlich, Uli hasst Unpünktlichkeit.«

»Keine Sorge, ich werde pünktlich sein«, lachte sie, als sie ausstieg.

»Weißt du, wo das LKA ist?«, rief Ansgar ihr noch hinterher.

»Klar«, antwortete sie.

Ansgar war froh, dass Nancy nicht darauf bestanden hatte mitzukommen, da er so einer unangenehmen Diskussion aus dem Weg ging.

Er war gespannt, was Murat ihm mitzuteilen hatte, da er sehr nervös geklungen hatte.

Kurze Zeit später parkte Ansgar den Wagen in der Keupstraße in Gehweite des Restaurants, in dem Murat auf ihn wartete.

Als er das Restaurant betrat, sah er ihn schon an einem Tisch sitzen und ihm zuwinken.

Sie begrüßten sich herzlich und Ansgar nahm am Tisch Platz. Der Kellner kam und Ansgar bestellte etwas zu essen und zu trinken.

»Schön, dass du allein gekommen bist«, sagte Murat und blickte sich um, als könne ihn jemand belauschen. Ansgar sah und spürte, dass er sehr nervös war.

»Klar, kein Thema, auch wenn sie meine Kollegin ist.«

»Mag sein, aber ich vertraue ihr nicht. Sie hat etwas Linkisches.«

»Linkisches? Du tust ihr unrecht. Sie ist manchmal direkt, aber ansonsten sehr vertrauenswürdig«, nahm Ansgar seine Kollegin in Schutz.

»Ich weiß nicht, wenn ich es nicht besser wüsste, würde ich sagen, sie ist ein Ami«, erklärte er seine Abneigung ihr gegenüber.

Ansgar versuchte, sich seine Erschrockenheit nicht anmerken zu lassen. *Ist das so offensichtlich?*, dachte er.

»Das wüsste ich aber. Sie ist Deutsche, du magst sie einfach nicht, mein Lieber«, antwortete er, um jeden Zweifel auszuräumen.

»Mag sein. Ich mag sie wirklich nicht«, bestätigte Murat und warf wieder einen schnellen Blick nach rechts und links.

»Was ist los?«

»Wie bitte?«, fragte Murat leicht erschrocken.

»Genau das, Murat. Wir kennen uns doch schon eine ganze Weile und du weißt, dass du mir vertrauen kannst. Was ist los? Du wirkst so hibbelig«, erklärte Ansgar und ging auf Frontalangriff.

»Genau deswegen habe ich dich kontaktiert, weil ich dir vertraue. Ich kann dir doch vertrauen, oder?«

# 18

So hatte Ansgar Murat noch nie erlebt. Entweder er wusste wirklich etwas oder er erlaubte sich einen Spaß mit ihm, den Ansgar alles andere als lustig fand.

Der Kellner brachte die georderten Speisen. Ansgar und Murat bedankten sich bei ihm und nun gab es für Ansgar keinen Zweifel mehr, dass Murat äußerst angespannt war, so etwas konnte man nicht spielen.

Was aber konnte so wichtig oder brisant sein, dass jemand wie Murat, der eigentlich immer einen lockeren Spruch auf den Lippen hatte, derart verunsichert war?

»Murat, was für eine Frage, natürlich kannst du mir vertrauen. Ich dachte, wir sind Freunde«, versuchte Ansgar, ihm seine Skepsis und Furcht zu nehmen.

Murat antwortete nicht sofort, er aß etwas Brot und Reis, dann nahm er einen Schluck von seinem Ayran und schien zu überlegen, wie er anfangen sollte.

»Da läuft etwas ganz Großes«, flüsterte er und blickte sich wieder verstohlen nach allen Seiten um.

»Was meinst du?« Jetzt wurde auch Ansgar nervös. Konnte es wirklich sein, dass Murat wertvolle Informationen besaß? Bis jetzt war er eher ein Freund gewesen als ein wertvoller Informant.

»Es gibt Gerüchte.«

»Was für Gerüchte?«, fragte Ansgar, der in seinen Hähnchenspieß biss und einen Schluck Ayran trank.

»Wegen der Anschläge. Ich war gestern in der Teestube.«

»In welcher?«, unterbrach ihn Ansgar.

»Die Straße runter.«

Ansgar nickte. »Und was wird da gesprochen?«, hakte er nach.

»Was wohl? Es gibt nur ein Thema: die Anschläge. Und angeblich soll einer der Attentäter ein Deutscher sein«, antwortete Murat leise.

»Und wie kommen sie darauf? Stand das schon in den Zeitungen?«, wollte Ansgar wissen. Er fragte sich, ob das die Information war, die Murat für so wertvoll hielt. Woher stammte diese Information?

Vielleicht wussten die Medien schon über die Herkunft sämtlicher Attentäter Bescheid, dann wären sie besser informiert als er. Das durfte nicht sein und bestärkte Ansgar darin, wie wichtig es war, dass das andere Ermittlungsteam mit ihnen zusammenarbeitete und sie sich miteinander abstimmten.

»Nein, nein. Ich habe nichts in der Zeitung gelesen. Genau das ist es ja, was mich stutzig gemacht hat.«

»Wer hat denn das Gerücht in die Welt gesetzt?«

»Das weiß ich nicht. Es war einfach da. Ich habe natürlich gefragt, wer denn so etwas erzählt, aber das wusste niemand. Stattdessen hieß es dann, der Bruder von … oder der Onkel von … Du kennst ja uns Südländer, wenn es um Gerüchte geht, sind wir schnell, aber bei Fakten tun wir uns schwer. Aber das ist noch nicht alles.«

»Noch nicht alles?«, fragte Ansgar, der diese Information schon brisant genug fand. Denn wer immer das Gerücht in die Welt gesetzt hatte, wusste womöglich Dinge über die Anschläge, die er unbedingt in Erfahrung bringen musste. Aber wie sollte er die Quelle dieser Information finden, wenn nicht einmal Murat ihm sagen konnte, wer das Gerücht in Umlauf gebracht hatte?

»Stimmt das?«, fragte Murat.

»Was?« Überraschung lag in Ansgars Stimme.

»Na, das mit dem Deutschen. Sag mir, ob das stimmt.«

»Wieso willst du das wissen?«

»Sag's mir einfach – oder vertraust du mir nicht?« Murats Blick war ernst und bestimmt.

»Ich weiß es nicht, aber wir vermuten es. Wir haben die beiden anderen Attentäter noch nicht identifiziert, aber es wurden blonde Haare gefunden«, erklärte Ansgar und bestätigte somit das Gerücht in der Hoffnung, Murat weiter zum Reden bewegen zu können.

»Scheiße, dann stimmt wahrscheinlich auch alles andere.« Murat fuhr sich durchs Haar und trank einen Schluck Ayran.

»Was meinst du? Ich kann dir nicht folgen.«

»Die Zelle.«

»Was für eine Zelle?«

»Ja, keine Ahnung, Mann … es heißt, dass es eine neue radikale Gruppe gibt …«

»Und die nennt sich *die Zelle*?«, unterbrach Ansgar ihn.

»Nein, nein. Als BKA-Mitarbeiter solltest du doch eigentlich wissen, wie Terrorzellen funktionieren«, belehrte Murat ihn.

»Ja, klar weiß ich, wie Terrorzellen funktionieren, ich dachte nur …«

»Na, na, mein Lieber, für einen Augenblick hatte ich dich«, lachte er zum ersten Mal seit ihrer Begegnung und Ansgar stimmte mit ein.

Natürlich wusste Ansgar, dass ein bedeutendes Merkmal von Terrorgruppen war, dass sie taktisch völlig unabhängig voneinander funktionierten und somit jede Terrorzelle autonom entschied, wann und wie sie einen Angriff startete. Und genau das machte den Kampf gegen Terroristen so gefährlich und kompliziert.

Selbst wenn man die Köpfe einer internationalen Terrorgruppe gefasst hatte, bedeutete das noch lange nicht, dass man damit die Gruppe an sich in die Knie gezwungen hatte, wie bei einer Schlange, der man den Kopf abschlug.

Terrorgruppen waren wie eine Hydra. Schlug man ihnen einen Kopf ab, wuchs schnell ein neuer Kopf nach. Al-Qaida war der beste Beweis dafür. Die USA hatten Osama Bin Laden, Anwar Al-Awlaki und andere führende Köpfe der al-Qaida getötet, dennoch waren sie im Kampf gegen den islamistischen

Terrorismus keinen Schritt vorangekommen, weil schnell neue Anführer zur Stelle waren, die ihre Positionen einnahmen.

»Na, dann klär mich mal auf«, bat Ansgar.

»Es gibt eine Terrorzelle in Köln, die jahrelang nichts anderes tat, als auf den richtigen Tag zu warten, um zuzuschlagen.«

»Du meinst Schläfer?«, fragte Ansgar interessiert.

»Ja! Auch die Anschläge in Berlin und Frankfurt wurden von Köln aus organisiert.«

»Interessant – und wer soll die Zelle sein?«

»Das weiß ich nicht. Und ehrlich gesagt wäre ich froh, wenn ich das alles nicht wüsste.«

»Wirst du bedroht?«

»Nein, das nicht. Aber Köln ist ein Dorf und manch einer weiß, dass wir Freunde sind.«

»Dann sollten wir uns nicht mehr in der Öffentlichkeit treffen«, schlug Ansgar vor, der sich ernsthaft Sorgen um Murat machte. »Mit solchen Leuten ist nicht zu spaßen.«

»Ich verstecke mich nicht. Ich habe doch nichts getan. Diese radikalen Islamisten machen alles kaputt.«

»Ist ja gut. Sei aber bitte vorsichtig. Weißt du, ob die Zelle international arbeitet?«

»Nein, leider nicht. Aber sie muss über großes Geldvermögen verfügen, wenn sie so lange unbemerkt in Köln operieren konnte. Nicht mal die Salafisten oder al-Qaida-nahe Organisationen wissen von ihrer Existenz.«

»Oder sie sprechen nicht offen darüber«, erwiderte Ansgar.

»Glaub mir, Bruder, so etwas kann man nicht geheim halten, schon gar nicht in Köln.«

»Ganz ehrlich, Murat, ich kann mir nicht vorstellen, dass es am Geld liegt, es muss etwas anderes sein«, setzte Ansgar an und überlegte, ob er noch weiter gehen sollte. »Was weißt du über Hussein Dogan?«, fragte er daher, bevor er Murat weitere interne Informationen preisgab.

»Dass er ein ehrfürchtiger Moslem war und wahrscheinlich Mitglied dieser Zelle.«

»Hast du irgendetwas darüber gehört, ob er in Syrien oder im Iran war, an Trainingscamps teilnahm oder zu Dschihadisten Kontakt hatte?«

»Die einen sagen, dass er tief gläubig gewesen sei und Gewalt ablehnte, da er regelmäßig den Hadsch, also die Pilgerfahrt nach Mekka, antrat. Andere sagen, dass er nur einmal den Hadsch vollzogen hat, ansonsten in Trainingscamps zum Gotteskrieger ausgebildet wurde, um als Dschihadist in Syrien und im Irak zu kämpfen. Wieder andere sagen, dass er ein Mitglied der ISIS war. Was sagen denn eure Geheimdienste?«

»Das deckt sich mit dem, was ich weiß. Hussein Dogan passt einfach in kein Raster. Er war plötzlich da und keiner unserer Geheimdienste hatte ihn jemals auf dem Schirm, was sehr gut zu deiner Theorie mit der Zelle passen würde. Aber es gibt einfach zu viele Ungereimtheiten. ISIS halte ich jedoch für arg übertrieben. Die sind doch erst vor Kurzem in Erscheinung getreten«, antwortete Ansgar skeptisch.

»Sag das nicht. Denkst du, du rekrutierst eine Armee von mehreren Tausend Gotteskriegern über Nacht? Du wirst das nicht gerne hören, mein Bruder, aber am Ende tragen eure Geheimdienste die Schuld daran, dass alles noch schlimmer wird. ISIS wurde doch zu keiner Zeit daran gehindert, die Grenzen zwischen der Türkei, Syrien und dem Irak zu passieren. Ihr dachtet, ISIS gegen Assad mobilisieren zu können, und was ist geschehen? Jetzt fliegt euch die ganze Sache um die Ohren. ISIS wird die ganze Region destabilisieren und ihr schaut nur zu.«

»Was soll ich dazu sagen, Murat. Du magst recht haben, aber ich bin kein Politiker. Und soweit mir bekannt ist, ist ISIS in Deutschland noch nicht präsent. Ich kann mir echt nicht vorstellen, dass die Zelle zu ISIS gehört«, widersprach Ansgar, der sich auf keine politische Diskussion einlassen wollte. Ihm war schon bewusst, dass vieles in der Weltpolitik nicht so lief, wie es laufen sollte, und dass Nationen zunächst immer ihre eigenen Interessen schützten, bevor sie an das Wohl anderer

Nationen dachten. Ob das zu kurz oder gar komplett falsch gedacht war, das wollte er im Augenblick nicht kommentieren.

Er versuchte sich, soweit es ging, aus politischen Diskussionen, die er nicht beeinflussen konnte, herauszuhalten und die Welt auf seine Weise ein kleines Stück sicherer zu machen.

»Da liegst du aber falsch. Jeder weiß, dass Spanien eine Hochburg von ISIS ist, dort gibt es zahlreiche Netzwerke zur Rekrutierung von Kämpfern, und das nicht erst seit gestern.«

»Gut möglich, aber weder du noch ich können die Welt verändern. Mein vorrangiges Interesse ist es, die Hintermänner dieser feigen Attentate zu schnappen«, kommentierte Ansgar und hoffte, dass Murat endlich wieder auf das Thema zu sprechen kam.

Im Verlauf des Gespräches war ihm aufgefallen, dass Murat lockerer wurde. Die anfängliche Nervosität schien gewichen. Beide hatten ihr Essen aufgegessen und der Kellner räumte die Teller weg. Murat bestellte für beide noch einen *çay*.

»Was erzählt man sich denn noch über Hussein?«, fragte Ansgar.

»Nicht viel. Er hat nie zu den Islamisten gehört, das ist sicher. Da seine Gemeinde in Ehrenfeld ist, gab es kaum Berührungspunkte und Erdal *Hodscha* ist sehr anerkannt.«

»Du kennst den *Hodscha*?«

»Ja, klar. Den kennt jeder Moslem in Köln. Er war der erste Imam, der sich für die Verständigung zwischen Christen und Moslems eingesetzt hat. Der Tag der offenen Moscheen geht auf seine Initiative zurück. Er ist ohne Fehl und Tadel, sein Ruf ist einwandfrei. Mit dem verschwendet ihr nur eure Zeit«, erklärte Murat und bestätigte somit indirekt auch Ansgars Gefühl Erdal gegenüber.

Der Kellner brachte die zwei *çay* und reichte sie Ansgar und Murat.

»Denkst du, du kannst noch etwas über die Zelle herausfinden?«

»Wir sind Freunde, Ansgar. Und ich helfe dir gerne, denn viele aus unserer Gemeinde wollen auch, dass die Hintermänner gefasst werden. Ich werde mich umhören.«

»Danke, aber sei vorsichtig«, antwortete Ansgar und bemerkte im gleichen Augenblick, dass sein Handy klingelte.

Er nahm den Anruf an. Am anderen Ende der Leitung war Nancy, die ihm mitteilte, dass sie bereits im LKA sei, Uli schon wegen der Rufnummer für die Telefonkonferenz kontaktiert habe und dort auf ihn warten würde.

Ansgar warf einen Blick auf die Uhr. Es war höchste Zeit, dass er sich aufmachte. Er wollte nicht zu spät kommen.

»Ich muss leider los«, sagte er und nahm seine Geldbörse, als Murat ihn mit strengem Blick anschaute und fragte: »Was soll das?«

»Ich will die Rechnung bezahlen«, erklärte Ansgar.

»Willst du mich beleidigen? Das geht auf mich«, erwiderte Murat.

»Das kann ich nicht machen.«

»Bitte, Ansgar. Nächstes Mal lädst du mich ein.«

»Na gut. Danke. Meld dich, wenn du was hast, und sei bitte vorsichtig.«

»Bin ich«, antwortete Murat, stand auf und verabschiedete sich von Ansgar.

Ansgar ging zum Wagen und hatte das Gefühl, dass ihm mehrere Männer folgten. Er tat so, als würde er sie nicht bemerken, und schritt unauffällig Richtung Wagen, der in Gehweite geparkt war.

Immer wieder warf er einen Blick in die Schaufenster auf der linken Seite des Gehwegs. Allerdings nicht weil ihn interessierte, welche Waren dahinter angeboten wurden, sondern um zu sehen, ob die Männer ihm noch folgten. Und tatsächlich folgten sie ihm und sie schienen näher zu kommen.

Er wollte an keinen Zufall glauben und überlegte, ob er das Tempo erhöhen sollte, um schnell zum Wagen zu gelangen, oder ob er auf Konfrontationskurs gehen sollte. Was konnte ihm schließlich passieren?

Am helllichten Tag in einer belebten Straße wie der Keupstraße würden sie ihn bestimmt nicht verprügeln oder gewalttätig werden. Wussten sie, wer er war? Hatten sie ihn mit Murat gesehen? War Murat vielleicht doch in größerer Gefahr, als Ansgar zu diesem Zeitpunkt ahnte?

Viele Fragen und Ansgar sah nur eine Lösung: Er erhöhte das Tempo. Sein Wagen stand in hundert Meter Entfernung. Im Schaufenster sah er, dass die Männer ebenfalls das Tempo erhöhten und ihm noch näher kamen.

Genau das hatte er beabsichtigt. Er stoppte unvermittelt und nur wenige Sekunden später standen die Männer vor ihm. Ansgar schätzte sie auf etwa zwanzig bis dreißig Jahre. Sie trugen traditionelle islamische Gewänder und Vollbärte, typisch für radikale Islamisten. *Salafisten*, dachte Ansgar.

»Wieso folgen Sie mir?«, fragte er ohne Umschweife.

»Wir möchten dir einen Rat geben«, antwortete einer der drei Männer.

»Und der wäre?«, fragte er unbeeindruckt.

»Halt dich fern von uns.«

»Ich weiß nicht, was ich mit euch zu schaffen habe.«

»Wir machen keine Witze. Schnüffel hier nicht rum, du Scheißbulle. Wir wissen, was ihr mit unseren Brüdern in Ehrenfeld gemacht habt!«

»Was soll das? Wer schickt euch?«, fragte Ansgar, der versuchte, sich unbeeindruckt zu zeigen. Allerdings konnte er die Männer nicht einschätzen. Nach ihrer Körperhaltung zu urteilen, erweckten zwei von ihnen jedenfalls den Eindruck, dass sie bereit waren, Gewalt anzuwenden. Und das wollte er um jeden Preis verhindern.

»Niemand, aber wir können es nicht ab, wenn Bullenschweine wie du unsere Gemeinde in Verruf bringen.«

»In was für einen Verruf? Und das mit den Bullensch… will ich nicht noch mal hören, sonst nehme ich euch fest.«

»Uns drei? Du bist doch ganz allein. Wie willst du uns verhaften?«, drohte einer von ihnen und hob seinen Brustkorb, um Ansgar einzuschüchtern. Ansgar schätzte ihn auf über einen Meter neunzig und er war nicht gerade das, was man schlank oder normal gebaut nennen würde. Es war jemand, mit dem man keine körperliche Auseinandersetzung suchte.

»Das lass mal meine Sorge sein. Entweder ihr kommt zum Punkt, was ihr wollt und wer euch Lakaien geschickt hat, oder ihr verschwindet, bevor ich euch mit aufs Revier nehme.«

Einer der Männer wollte gerade etwas sagen, als ein anderer ihn zurückhielt und antwortete: »Du hast unsere Warnung gehört. Wir werden dich nicht noch einmal warnen. Du und deine Schlampe, ihr sollt Mülheim fernbleiben.«

Bevor Ansgar reagieren konnte, gab der Mann seinen Freunden ein Zeichen, ihm zu folgen, und sie entfernten sich mit raschen Schritten. Ansgar schaute ihnen noch nach, als ein Passant ihn fragte: »Alles okay?«

»Wie bitte?«, fragte Ansgar.

»Ich habe gerade gesehen, dass die Männer Sie belästigt haben, und wollte fragen, ob Sie Hilfe brauchen.«

»Nein, nein, es war nichts. Danke. Kennen Sie die Männer?«

»Leider nein, aber ich habe sie gestern aus dem türkischen Café herauskommen sehen«, antwortete der Mann und zeigte auf die andere Straßenseite.

»Danke«, antwortete Ansgar und begab sich zu seinem Wagen.

Während der Fahrt zum LKA versuchte Ansgar, eine Erklärung für die Drohung zu finden, fand aber keine. Wer wurde so nervös, dass er es riskierte, einen BKA-Beamten auf offener Straße zu bedrohen?

War Murat vielleicht doch in viel größerer Gefahr, als beide ahnten?

# 19

Mit einem unguten Gefühl betrat Ansgar das LKA-Gebäude in Köln. Er hatte in den Jahren als BKA-Beamter schon etliche gefährliche Situationen erlebt, allerdings war er noch nie am helllichten Tag auf einer belebten Einkaufsstraße von Islamisten bedroht worden.

*Vielleicht irgendwelche Wichtigtuer*, versuchte er den Vorfall herunterzuspielen. Allerdings wollte er nach der Telefonkonferenz das Café aufsuchen und dort mehr über die drei Islamisten erfahren – wenn es denn welche waren. Somit war es vielleicht ein glücklicher Zufall, dass der Mann ihm zu Hilfe gekommen war.

Jetzt, wo er Ruhe hatte, kam ihm irgendetwas an dem Mann seltsam vor. Nicht seltsam, eher bekannt, aber er konnte diesen Gedanken nicht zu Ende führen, da er angesprochen wurde.

»Hallo, Herr David, Ihre Kollegin ist schon im Besprechungsraum.«

»Guten Tag, Frau Bruhns. Wo findet die Besprechung denn statt?«, fragte Ansgar.

»Folgen Sie mir, ich bringe Sie hin. Ich habe ein Meeting im Nebenraum. Vielleicht können wir uns auf dem Weg austauschen.«

»Gerne, haben Sie irgendwelche Neuigkeiten?«, fragte Ansgar in freundlichem Ton.

»Ich dachte eher, dass Sie anfangen«, konterte Bruhns, fügte aber hinzu: »Ihre Kollegen haben gestern einen ganz großen Bock geschossen.«

»Inwiefern?«

»Na, die Verhaftungen gestern, die haben eine Riesenwelle gemacht. Bei der Polizei und bei uns stapeln sich gerade die Anzeigen wegen Freiheitsberaubung. Vor der Polizeizentrale in Köln demonstrieren gerade einige Hundert Menschen gegen diese staatliche Willkür und nächstes Wochenende soll es noch eine richtig große Demo geben. Als wäre das nicht genug, habe ich vorhin erfahren, dass die rechte Szene zur gleichen Zeit eine Demonstration plant. Verstehen Sie jetzt, warum?«, erklärte sie in ihrer trockenen Art.

»Ich wünschte auch, dass das zweite Ermittlungsteam seine Aktionen mit uns abstimmt, aber leider tun sie das nicht. Ich hoffe, gleich Genaueres über dieses Team zu erfahren.«

»Sie wissen, dass es Gerüchte gibt …?«

»Was für Gerüchte?«, fragte Ansgar neugierig.

»Na, wer dieses Ermittlungsteam ist.«

»Und?«, erweiterte Ansgar seine Frage und war wirklich auf die Antwort gespannt.

»GSG 9«, erwiderte sie knapp. Ihre Bemerkung deckte sich mit Ansgars Vermutung. Bereits bei ihrem ersten Aufeinandertreffen hatten sie darüber spekuliert. Anscheinend hatte sich der Verdacht erhärtet. Jetzt ergab es auch einen Sinn, warum das andere Ermittlungsteam sich nicht mit ihnen abstimmte.

Die GSG 9 operierte immer unabhängig von anderen Polizeiorganisationen und er konnte sich nicht daran erinnern, dass er jemals gehört hatte, dass die GSG 9 sich jemals mit dem BKA oder LKA abgestimmt hatte.

Was für die USA die Navy Seals, Delta Force oder die Special Forces waren, waren für Deutschland die GSG 9 oder das KSK. Die GSG 9 gehörte zwar offiziell zur Bundespolizei, aber jeder beim BKA wusste, dass das nur eine Formalie war. Sie operierte unabhängig und bezog ihre Befehle direkt vom Innenministerium.

»Dann hatten wir ja mit unserer Annahme gestern recht.«

»Ja, aber da ist noch etwas«, holte Bruhns aus und blieb stehen. »Es gibt dazu noch Gerüchte, dass die Amerikaner aktiv, sehr aktiv mitmischen.«

»Wie meinen Sie das?«

»Na, dass das Kommando nicht von der deutschen Regierung geleitet wird, sondern von amerikanischen Spezialeinheiten und den Geheimdiensten. Unsere Jungs vom GSG 9 machen nur die Drecksarbeit, damit die Presse nicht erfährt, dass die Amis in der Kommandozentrale sitzen.«

»Sind Sie sicher? Das klingt doch sehr weit hergeholt. Darf ich nach der Quelle fragen?«

»Dürfen Sie. Es wurde mir schon von einigen Informanten erzählt und alle berichten das Gleiche, daher bin ich geneigt, meinen Quellen zu glauben. Wie schaut es mit Ihnen aus?«

»Ich weiß nicht, das klingt mir alles zu sehr nach Verschwörungstheorie, aber das Thema eignet sich leider gut dafür. Wie kommt es, dass Sie an solche Informationen gelangen? Ermittelt das LKA auch?«

»Das sollten Sie doch besser wissen! Wir wurden vom BKA gebeten, unterstützend tätig zu sein. Wir machen die Drecksarbeit für euch«, stellte sie fest und konnte sich ein sarkastisches Lächeln nicht verkneifen. »Sie sollten jetzt aber in den Besprechungsraum gehen, soweit ich weiß, startet Ihr Meeting um 14 Uhr.«

Bruhns zeigte mit der Hand auf die Tür, vor der sie standen.

»Danke«, antwortete Ansgar und wollte gerade die Tür öffnen, als sie noch bemerkte: »Sie schulden mir etwas.«

Als Ansgar den Raum betrat, hörte er schon Geräusche. Nancy saß am Tisch und hatte die Telefonverbindung bereits aufgebaut.

»Hallo, Ansgar, setz dich doch. Wir haben gerade angefangen.«

»Hallo, Ansgar, dann sind wir ja vollzählig«, hörte Ansgar Ulis Stimme aus dem Lautsprecher des Konferenztelefons, welches immer nur »die Telefonspinne« genannt wurde, da seine Form an eine Spinne erinnerte. Es war in der Mitte des Besprechungstisches positioniert.

Ansgar setzte sich neben Nancy und füllte den Becher, der vor ihm stand, mit Kaffee aus der Thermoskanne.

»Hallo, Uli«, antwortete Ansgar, bevor er einen Schluck trank.

»Gut, dann können wir gleich loslegen. Die Agenda für heute sieht folgendermaßen aus: Zunächst gebe ich euch ein Update über die bisherigen Erkenntnisse und was sich auf politischer Ebene tut.«

»Hoffentlich auch etwas über das zweite Ermittlungsteam«, unterbrach ihn Maik.

»Dazu sage ich auch noch etwas. Aber lass mich bitte ausreden. Nach mir kommt Peter und gibt den aktuellen Stand der Spurensicherung bekannt, danach kommt das Team Berlin, dann das Team Frankfurt und danach das Team Köln. Zum Schluss dürft ihr eure Fragen stellen. Als Zeitrahmen habe ich maximal zwei Stunden veranschlagt, da ich um 17 Uhr ein wichtiges Meeting mit dem Innenministerium habe.«

Da keiner der Anwesenden etwas sagte, begann Uli mit seinem Part. Doch Ansgar konnte sich gut vorstellen, dass alle mehr als genug Fragen hatten, die ihnen auf den Nägeln brannten.

»Ach ja, das Protokoll lasse ich euch nach der Besprechung schicken, sobald es meine Assistentin fertig hat. Zusätzlich erhaltet ihr noch weitere nützliche Informationen. So ist gewährleistet, dass alle Teams auf dem gleichen Informationsstand sind. Das funktioniert natürlich nur, wenn ihr mich regelmäßig updatet. Ihr seid an der Front.«

Ein Raunen ging durch den Lautsprecher. Irgendwie hasste es jeder, Protokolle zu schreiben, aber sie waren nun mal ein notwendiges Übel.

»Bevor hier unendliche Diskussionen aufkommen: Ich will jeden Abend spätestens um 22 Uhr ein Tagesprotokoll. Sprecht euch im Team ab, wer das schreiben soll. Nur so kann ich euch auch über jede neue Erkenntnis eine E-Mail zusenden, natürlich über den gesicherten Kanal. Diese Informationen sind wirklich wichtig! Ich möchte, dass eure Handys 24/7 aktiv sind«, betonte Uli und seine Stimme duldete keine Widerrede, so gut kannte ihn jeder der Anwesenden bereits.

»Das sind sie doch sowieso«, unterbrach ihn Gabi.

»Wenn dem so wäre, würde ich es nicht sagen«, erwiderte Uli scharf. »Ich will hier niemanden bloßstellen, aber haltet euch bitte daran. Wenn wir die Anschläge aufgeklärt haben, bekommt jeder von euch eine Woche Sonderurlaub, in der Zeit könnt ihr sehr gerne die Handys aus lassen. Aber bis dahin will ich, dass das nicht noch einmal vorkommt.«

Jeder der Anwesenden wusste, dass die Handys von der IT-Abteilung zu jeder Zeit geortet werden konnten. Die Software, die das BKA benutzte, war auch in der Lage zu bestimmen, ob ein Handy während des Tages auf Flugbetrieb gestellt oder ausgeschaltet wurde, dennoch wusste Ansgar aus eigener Erfahrung, dass Kollegen gerade abends das Handy gerne ausschalteten oder auf Flugbetrieb stellten, um wenigstens einige Stunden Ruhe zu finden.

Er selbst gehörte nicht zu diesen Kollegen. Er hatte sein Handy immer an, abends meistens aber lautlos. Jedoch hatte er einen so leichten Schlaf, dass er bereits beim Vibrieren des Handys aufwachte. Bis jetzt hatte er jedenfalls noch keinen Anruf verpasst, weil er schlief.

»Ich habe gestern eine Rasterfahndung veranlasst. Das LKA wird uns dabei unterstützen, daher bitte ich euch, mit den Kollegen zu kooperieren. Im Gegensatz zum anderen Ermittlungsteam müssen und dürfen wir dem LKA keine wichtigen Informationen vorenthalten, die ihnen bei ihren Ermittlungen nützlich sein könnten.«

»Denkst du, eine Rasterfahndung macht Sinn?«, fragte Steffen.

»Wir müssen es versuchen«, antwortete Uli.

Ansgar musste an Bruhns denken, jetzt verstand er ihre Anspielung. Es war nicht unüblich, dass das BKA das LKA um Unterstützung bat, auch ihre Spezialeinheit hatte sich immer wieder mit dem LKA ausgetauscht. Unter Polizeikollegen war das selbstverständlich, obwohl es immer wieder Kollegen gab, die gegen diese Umgangsform verstießen, was aber auch ermittlungstaktische Gründe haben konnte.

»Wir haben endlich auch die Identitäten der anderen beiden Täter herausgefunden. Dazu wird euch Peter Genaueres erzählen und auch die Teams Berlin und Frankfurt. Ansgar hatte unseren Jungs von der Research-Abteilung gestern noch ein Bild von einer Person zukommen lassen, deren Identität er herausbekommen wollte. Leider haben unsere Jungs keine Daten zu dieser Person gefunden, sodass wir davon ausgehen müssen, dass sie nicht von Bedeutung ist oder aber unsere Datenbank unvollständig. Ich hoffe, dass Nancy diesbezüglich Informationen hat.«

Ansgar warf Nancy einen Blick zu, aber ihr Gesichtsausdruck sagte ihm, dass die NSA auch nichts über den Mann in der grünen Jacke hatte.

»Unsere Politiker stehen mächtig unter Druck, was auch ein Grund für den Einsatz des zweiten Ermittlungsteams ist. Alles, was ich jetzt sage, läuft unter Vorbehalt«, begann Uli, um endlich auf das Thema zu kommen, das Ansgar brennend interessierte.

»Was meinst du mit Vorbehalt? Misstraut das Innenministerium unserer Spezialeinheit?«, fragte Felix.

»Nein, natürlich nicht. Aber die Mission ist streng geheim.«

»Streng geheim? Was soll der Müll?«, erwiderte Gabi ungehalten.

»Ich kann deinen Unmut verstehen. Ich habe mich mit dieser Antwort des Innenministeriums auch nicht zufriedengegeben und ein bisschen meine Verbindungen spielen lassen. Ich kenne das Spiel der Politiker«, erklärte Uli und hielt kurz inne. Ansgar hatte fast das Gefühl, als könne er Ulis zynisches Grinsen wahrnehmen.

»Und ich bin gewillt, es mitzuspielen. Deswegen: Alles, was ich sage, verlässt diesen Raum nicht und ihr habt das auch niemals von mir erfahren.« Uli unterbrach sich kurz, um dann zu ergänzen: »Es gibt klare Indizien dafür, dass das zweite Ermittlungsteam keine Spezialeinheit der Polizei ist, auch nicht der Bundespolizei. Also nicht die GSG 9.«

»Wer dann?«, fragte Heiko überrascht und stellte somit die Frage, die alle schon die ganze Zeit umtrieb.

»Nur Geduld, Heiko. Darauf komme ich jetzt zu sprechen. Alles deutet darauf hin, dass sie vom KSK sind«, kam Uli auf den Punkt und ein ungläubiges Raunen ging durch den Lautsprecher der Telefonspinne.

»Bist du sicher? Das würde ja bedeuten, dass das Militär den Einsatz leitet?«, wandte Maik ein.

Das Kommando Spezialkräfte, KSK, war eine militärische Spezialeinheit und wurde für besonders gefährliche Missionen im Ausland eingesetzt, gerade im Kampf gegen führende Terroristen. Im Mai 2009 war es dem KSK gelungen, den Talibanführer Abdul Razeq im Norden Afghanistans festzunehmen.

»Sicher nicht, aber ich vertraue meinen Quellen.«

»Das würde aber bedeuten, dass das Verteidigungsministerium die Operation befehligt«, gab Sandra zu bedenken.

»Nicht nur das, es würde auch den bisherigen Einsatzbereichen widersprechen. Das KSK ist doch international aktiv, aber nicht in Deutschland«, ergänzte Steffen Sandras Einwand.

»Ich möchte mit euch nicht die über Einsatzfelder des KSK diskutieren, sondern versuchen, ein bisschen Licht ins Dunkel zu bringen.«

»Danke, Uli. Nach dem, was ich gestern erlebt habe, glaube ich das. Wenn dem so ist, dürfen wir von denen keine Hilfe erwarten«, bekräftigte Ansgar.

»Genau darauf wollte ich hinaus. Vergesst das zweite Ermittlungsteam, das ist höchst politisch.«

»Das sagst du so leicht, die gehen vor wie Elefanten im Porzellanladen und machen uns die Arbeit unnötig schwer«, wandte Alex ein.

»Ich weiß, aber wir haben derzeit keine Möglichkeit, die Situation zu unseren Gunsten zu verändern. Und solange das der Fall ist, möchte ich euch bitten, einfach weiterzumachen. Ich hoffe, damit ist das Thema abgeschlossen.«

Das Murmeln der Kollegen bestätigte zwar nicht Ulis Hoffnung, aber alle waren Profi genug, um zu wissen, dass sie nicht weiter nachbohren sollten. Uli hatte ihnen schon großes

Vertrauen erwiesen, indem er ihnen überhaupt davon erzählt hatte. Er hätte seine Mitarbeiter auch einfach übergehen und die Frage nach dem zweiten Ermittlungsteam mit dem Vermerk »streng geheim« zu den Akten legen können.

Und genau das schätzten seine Mitarbeiter an ihm, er versuchte in allem, was er tat, so transparent wie möglich zu sein.

Uli pflegte immer zu sagen, dass das wertvollste Gut, das sie besaßen, die Information war. Daher war es wichtig, dieses wertvolle Gut zu teilen, da hieraus neue Informationen entstanden, die den Kampf gegen die Kriminalität effektiver machten.

Der Erfolg der Abteilung gegen das organisierte Verbrechen war der beste Beweis für diese Denkweise. Und Terrorismus war in Ulis Augen nichts anderes als organisierte Kriminalität.

»Wie ich eingangs erwähnte, wird uns das LKA unterstützen. Sie werden für uns verschiedene Moscheen und deren Gemeinden observieren, die bisher nicht als radikal eingestuft wurden, es aber eventuell sein könnten, denn alle drei Attentäter waren Mitglied in gemäßigten Gemeinden. Sie verkehrten also in Moscheen, die weder seitens des Verfassungsschutzes noch des BND unter Beobachtung stehen.«

»Oder die haben einfach versagt«, unterbrach Steffen.

»Steffen, lass das bitte. Bei 2.200 Moscheen und Gemeinden in Deutschland ist es nahezu unmöglich, alle unter Beobachtung zu stellen«, erklärte Uli.

»Es sei denn, man verfügt über das technische Equipment der NSA«, wandte Heiko ein.

»Die NSA ist nicht unser Thema«, war Ulis scharfe Reaktion und Ansgar überlegte kurz, ob er Uli fragen sollte, ob es Gerüchte gab, die besagten, dass amerikanische Geheimdienste ebenfalls beim zweiten Ermittlungsteam mitmischten. Er ließ es dann aber bei dem Gedanken.

*Wenn das so wäre, hätte er es angesprochen*, dachte er.

»Bis heute ist kein Bekennerschreiben eingegangen, was für uns bedeutet, dass wir weiterhin in alle Richtungen ermitteln müssen. Also sowohl national als auch international.

Hoffentlich bringt die Rasterfahndung diesbezüglich Erkenntnisse oder einer von euch kann Aufschluss geben.«

»Vielleicht ich. Ich hatte heute ein interessantes Gespräch mit einem Informanten, der behauptet, dass es sich bei dem Attentäter in Köln um einen Schläfer handeln könnte, der Mitglied einer autonomen Terrorzelle von internationaler Bedeutung ist«, sagte Ansgar.

»*Internationale Bedeutung* kann doch nur al-Qaida heißen«, unterbrach Sandra ihn.

»Das wollte mein Informant leider nicht bestätigen. Aber ich glaube nicht, dass es al-Qaida ist, dann hätten wir schon längst ein Bekennerschreiben oder eine Videobotschaft. Mein Informant hat ISIS ins Spiel gebracht, aber das glaube ich auch nicht.«

»Genau das ist das Problem. Es wird zu viel spekuliert. Und ISIS ist gerade in aller Munde, also entstehen diese Gerüchte. Ich hoffe, deine Quelle ist seriös, Ansgar«, gab Maik zu bedenken.

»Ich stimme dir zu, Maik. Aber ich vertraue meiner Quelle. Wie gesagt, ich glaube nicht, dass es ISIS oder al-Qaida waren, aber wir stehen noch am Anfang unserer Ermittlungen. Ich hoffe, ihr habt noch mehr Informationen«, verteidigte sich Ansgar.

»Okay, bevor jetzt hier wild spekuliert oder durcheinandergeredet wird, sollten wir uns bitte an die Agenda halten. Ansgar, du kommst nachher noch zum Zug. Wenn keiner von euch konkrete Informationen über die Drahtzieher hat, gebe ich Peter das Wort. Er hat sehr wertvolle Nachrichten für uns.«

»Danke, Uli, in der Tat hat sich seit gestern einiges getan«, begann Peter. »Glücklicherweise konnten wir die Identität des Attentäters aus Köln bereits gestern in Erfahrung bringen. Ich denke, jeder von euch weiß, dass es Hussein Dogan war. Die Kollegen vom LKA unter der Leitung von Anton Vogel haben gestern die Wohnung von Hussein untersucht. Er wohnte in einer kleinen Wohnung in Köln-Ehrenfeld. Dort fanden sich unzählige Hinweise auf seinen islamischen Glauben, allerdings nichts, was darauf hindeutet, dass er ein Extremist war. Das hat uns viel Kopfzerbrechen bereitet, da wir gerade bei der

Durchsuchung von Wohnungen von Islamisten bisher immer Hinweise auf ihr extremes Gedankengut gefunden haben. Das einzig Verwertbare, was die Kollegen finden konnten, war ein Laptop, und ich muss sagen, dass wir Glück hatten.«

»Inwiefern Glück?«, unterbrach ihn Maik.

»Kaum waren die Kollegen fertig, erschien das andere Ermittlungsteam und fragte, ob ein Laptop gefunden worden sei. Anton kam die Frage seltsam vor, zumal sie in einem Ton gestellt wurde, der ihm gar nicht gefiel. Also hat er verneint, sodass wir nach wie vor im Besitz des Laptops sind.«

Ansgar hörte Gelächter und vereinzelten Applaus und schloss sich an. Nur Nancy schwieg wie auch in den anderen Meetings zuvor.

»Wenn die nach dem Laptop gefragt haben, muss ja was Wichtiges auf der Festplatte sein«, sagte Steffen.

»Dazu komme ich noch, aber ich finde es verdächtig, dass die KSK-Jungs von dem Laptop wussten. Das bedeutet doch nichts anderes, als dass sie wissen, was sich auf dem Laptop befindet. Und ich frage mich, woher sie das wissen«, führte Peter fort.

»Wieso hat Anton sie nicht gefragt?«, erkundigte sich Felix.

»So direkt hat er sie natürlich nicht gefragt. Er hat erzählt, dass er sie gefragt habe, woher sie wüssten, dass Hussein Dogan einen Laptop besitzt, da sie selbst doch keinen gefunden hätten. Darauf habe der Ermittlungsleiter nicht mal reagiert. Er habe ihn komisch angeschaut und Befehl gegeben, die Wohnung zu verlassen. So wie die sich aufgeführt haben, war ihm gleich klar, die sind vom Militär, so verhält sich kein Polizist, auch nicht die GSG 9.«

»Na, dann mal raus mit der Sprache. Was ist denn auf dem Laptop?«, fragte Ansgar, der endlich die Antwort wissen wollte.

»Wenn das mal so einfach wäre. Es klingt geradezu unglaublich.«

# 20

Auf einmal war es ganz still, fast als wäre das Mikro der Telefonspinne auf stumm geschaltet, da es den anderen sicherlich wie Ansgar erging. Peter hatte mit seinem Satz nicht gerade dafür gesorgt, Klarheit zu schaffen. Aber er war auch nicht als jemand bekannt, der zu Theatralik neigte. Er war eigentlich ein sehr sachlicher und strukturierter Kollege und solche Sätze passten nicht zu ihm.

»Spann uns nicht auf die Folter«, durchbrach Ansgar die Stille.

»Das ist gar nicht meine Absicht«, erwiderte Peter. »Ich hätte es selbst nicht geglaubt, wenn ich es nicht mit eigenen Augen gesehen hätte. Ich war dabei, als unsere IT-Experten den Laptop untersucht haben und ich zweifle nicht an ihrem Können.«

»Was haben die denn herausgefunden?«, bohrte Felix nach.

»Zunächst nichts. Es waren viele Einträge über Husseins Reisen nach Mekka darin, über seinen tiefen Glauben. Viele Bilder von seinen Pilgerfahrten. Also nichts, was auf Extremisten zurückzuführen wäre.«

»Was ist mit E-Mails?«, fragte Ansgar.

»Wir haben noch nicht alle E-Mails ausgewertet, aber die bisherigen E-Mails waren unauffällig.«

»Und was ist jetzt so unglaublich?«, scherzte Felix.

»Genau darauf wollte ich zu sprechen kommen. Zunächst sah alles danach aus, dass der Inhalt auf dem Laptop harmlos ist, doch dann erschien plötzlich ein zusätzliches Laufwerk auf der Festplatte und genau das bereitete unseren IT-Jungs Kopfzerbrechen.«

»Verstehe ich nicht«, ließ Maik vernehmen, die Kollegen murmelten zustimmend.

»Wir auch nicht. Philipp von der IT sprach von einer digitalen Anomalie. Bevor ihr mich löchert: Das bedeutet in etwa, dass es sich um eine versteckte Partition handeln kann, die erst durch bestimmte Befehle sichtbar wird. Vielleicht hat die IT nur durch eine zufällige Tastenkombination oder so das versteckte Laufwerk sichtbar gemacht. Philipp versucht dem noch auf den Grund zu gehen. Aber ich denke mal, dass wir es überhaupt gefunden haben, ist viel wichtiger als die Frage, wieso dieser versteckte Bereich plötzlich sichtbar wurde oder wie er auf den Laptop gelangt ist.«

Ansgar war nicht sicher, ob er Peters Meinung teilte. Er kannte Philipp und seine Jungs und einige von ihnen waren ehemalige Hacker, also wirkliche Cracks. Wenn die etwas seltsam fanden, dann musste schon etwas dran sein. Er nahm sich vor, Philipp anzurufen.

»Wie auch immer, was befindet sich denn auf dem versteckten Bereich der Festplatte?«, fragte Sandra.

»Das war wie ein Jackpot«, begann Peter und plötzlich wurde es wieder still, da alle gespannt waren, was Peter mit Jackpot meinte. »Auf dem versteckten Bereich waren unzählige Fotos und Dokumente gespeichert. Fotos von Trainingscamps aus dem Nahen Osten, soweit wir das bis jetzt beurteilen können. Und Fotos von Hussein Dogan, wie er zusammen mit anderen Islamisten mit einem Maschinengewehr oder in Trainingscamps posiert. Dokumente, die eindeutig belegen, dass er nicht nur auf Pilgerfahrt in Mekka war, sondern auch Afghanistan, Syrien und Pakistan besucht hat. Nach diesen bisher gesichteten Daten können wir definitiv davon ausgehen, dass Hussein Dogan ein Islamist war, der sich jahrelang in Trainingscamps aufgehalten hat. Wahrscheinlich mit dem Ziel, sich auf sein Attentat vorzubereiten. Einige Dokumente und Fotos deuten auch darauf hin, dass er in Syrien mit den Dschihadisten gekämpft hat.

Noch haben wir nicht alle Fotos und Dokumente gesichtet, aber ich bin optimistisch, dass wir noch jede Menge belastendes

Material finden werden. Wir sind gerade dabei, die Personen, die auch auf den Fotos sichtbar sind, zu identifizieren. Der BND und die NSA unterstützen uns dabei. Wenn wir einige der anderen Personen identifizieren können, wissen wir auch bald, wer die Anschläge zu verantworten hat.«

Trotz der Unsicherheit, auf welche Weise die versteckten Verzeichnisse auf dem Laptop erschienen waren, bedeuteten die Informationen vielleicht einen Durchbruch in ihren Ermittlungen. Auch wenn die gefundenen Bilder und Dokumente dem widersprachen, was Ansgar bisher in Erfahrung gebracht hatte.

Alles sah danach aus, dass Hussein Dogan ein Doppelleben geführt hatte.

»Wie mancher von euch weiß, haben wir heute Morgen auch die Identität der anderen beiden Attentäter erfahren. Ohne dem Team Berlin und dem Team Frankfurt vorzugreifen: Die Spurensicherung ist derzeit dabei, die Wohnungen der beiden anderen Attentäter zu untersuchen. Erste Ergebnisse erwarte ich heute am frühen Abend. Mich würde es nicht wundern, wenn alle drei Attentäter in Verbindung miteinander standen«, führte Peter weiter aus.

»Wie kommst du darauf?«, fragte Sandra.

»Na ja, zum einen weil es schon ein komischer Zufall wäre, wenn drei unabhängige Terrorgruppen zur gleichen Zeit losschlagen, und zum anderen weil der Attentäter aus Frankfurt in Köln geboren wurde. Er heißt Sven Bukal.«

»Also ist einer der Terroristen Deutscher?«, schlussfolgerte Ansgar, da Peter damit nur das bestätigte, was er bereits geahnt hatte, schließlich ließen die blonden Haare am Tatort genau darauf schließen.

»Ja. Er wurde in Köln geboren und lebte lange Zeit in der Stadt. Er ist vor sechs Jahren nach Frankfurt gezogen.«

»Und der andere Attentäter? Wurden in Berlin nicht auch blonde Haare gefunden?«, fragte Sandra.

»Ja, aber da lagen wir falsch. Keine Ahnung, wie die Haare an die Kleidungspartikel gelangt sind. Vielleicht stand die blonde Person in unmittelbarer Nähe zum Attentäter. Der dritte Attentäter aus Berlin heißt Faruk Rasheed, in Deutschland geboren, seine Eltern stammen aus Marokko. Und ratet mal, wo Faruk geboren wurde?«

»Köln«, antworteten einige zur gleichen Zeit.

»Genau. Und er wohnt seit vier Jahren in Berlin.«

»Willst du damit sagen, dass Rasheed und Bukal seit Jahren auf diesen einen Tag gewartet haben?«

»Denkbar wäre es. Es ist doch ein typisches Merkmal der autonomen Zellen, dass sie sich jahrelang unauffällig verhalten, bis der Befehl kommt, zuzuschlagen. Und ich kann mir beim besten Willen nicht vorstellen, dass es Zufall ist, dass alle drei in Köln geboren wurden und dort gelebt haben. Hoffentlich kann ich dazu heute Abend mehr sagen. Wenn ja, bekommt ihr die Infos via E-Mail. Ansonsten war es das von meiner Seite vorerst«, schloss Peter seine Ausführungen.

»Was ist mit der Fernzündung? Gibt es dazu schon News?«, fragte Felix.

»Leider nicht. Aber wir sind dran. Wie bereits erwähnt, die Hintermänner müssen über sehr tiefes Programmierwissen verfügen. Das kann nicht jeder. Sobald ich dazu Informationen habe, seid ihr die Ersten, die das erfahren.«

»Danke, Peter. Die Zeit drängt, ich möchte jetzt das Team Berlin bitten, die Ermittlungsergebnisse mit uns zu teilen«, erklärte Uli und schien die Zügel fester anzuziehen.

»Danke, Uli, danke, Peter, das sind in der Tat sehr gute Neuigkeiten. Von unserer Seite gibt es leider noch nicht wirklich etwas Verwertbares …«, fing Steffen an.

Und tatsächlich standen die Ermittlungen in Berlin noch ganz am Anfang, daher übergab Steffen schnell an das Team Frankfurt, aber auch die Frankfurter hatten nicht mehr zu berichten, sodass sie nach wenigen Minuten an Ansgar übergaben, der über seine Ermittlungen informierte.

Wie es schien, waren alle drei Attentäter bisher unbeschriebene Blätter. Alle waren gläubig und besuchten regelmäßig

Moscheen, aber die Moscheen und deren angeschlossene Gemeinden galten alle als gemäßigt und wurden somit weder vom Verfassungsschutz noch vom BND beobachtet. Der Freundes- und Bekanntenkreis beschrieb die Attentäter als freundlich, hilfsbereit und zuvorkommend, somit also als genau das Gegenteil von dem, was man von Terroristen erwartete.

Ansgars Erläuterungen dauerten nicht lange, sodass er schnell an Uli übergab, der das Meeting kurz nach 16 Uhr beendete. Ansgar und Nancy verließen das Gebäude des LKA.

»Was machen wir jetzt?«, fragte Nancy im Wagen.

Ansgar erzählte ihr von dem kurzen Vorfall auf der Keupstraße und dass er gerne das Café aufsuchen würde, um zu sehen, ob einer der drei Männer dort war oder ob sie jemand kannte. Nancy hatte nichts dagegen einzuwenden, sodass Ansgar den Wagen in Richtung Keupstraße lenkte. Während der Fahrt tauschten sie sich noch über die Gespräche aus, die sie getrennt voneinander geführt hatten.

Ansgar ließ nichts aus. Obwohl er für einen Augenblick überlegte, ob er ihr wirklich erzählen sollte, was Murat bereits vermutet hatte, nämlich dass einer der Attentäter Deutscher sei, obwohl es so nicht in der Presse stand. Genau wie er war auch Nancy neugierig zu erfahren, woher Murat diese Information hatte. Aber Ansgar musste sie enttäuschen, da es vermutlich unmöglich sein würde, die Quelle ausfindig zu machen.

Nancys Gespräch war weniger ertragreich gewesen. Der Islamist, den sie verhört hatte, hatte keinen Hehl aus seiner Sympathie für die Attentäter gemacht. Auch wenn er immer wieder betont hatte, dass er Gewalt ablehne, aber Allahs Wege verschlössen sich nun einmal dem kleinen Verstand der Menschen. Wenn die Attentäter im Namen Allahs gehandelt hätten, dann könne er nicht so tun, als würde er sich gegen Allahs Willen stellen. Schließlich sei auch er nur ein Diener Allahs.

Nancy hatte das Gespräch mit ihm ziemlich schnell beendet und, da noch Zeit war, den nächsten Namen auf der Liste aufgesucht. Aber das Ergebnis war ähnlich enttäuschend.

Abschließend berichtete sie noch, dass das Kamerabild von dem Mann mit der grünen Jacke auch in den Datenbanken der amerikanischen Geheimdienste nichts ergeben hatte, und bestätigte damit Ansgars Vermutung.

So langsam hatte er das Gefühl, dass sie sich die Gespräche mit den Islamisten ersparen konnten, von denen waren keine wertvollen Informationen zu erwarten. Aber er wusste auch, dass er sie trotzdem befragen musste, schließlich konnte man nie wissen.

Ansgar parkte den Wagen in kurzer Distanz zum Café.

Als sie es betraten, war es bereits recht voll. Sie nahmen an einem freien Tisch Platz und wurden von den anwesenden Gästen kritisch beäugt.

Außer Nancy waren keine Frauen in dem Café, sodass Ansgar vermutete, dass es sich um eine traditionelle Teestube handelte, in der Frauen nicht erwünscht waren.

Ein Kellner kam an ihren Tisch.

»Es tut mir leid, aber Frauen haben hier keinen Zutritt«, kam der junge Mann direkt auf den Punkt. Er trug einen kurzen Vollbart, welcher eher an den gerade angesagten Hipster-Style als an einen Islamisten erinnerte.

»Wir sind auch gleich weg. Wir haben nur ein paar Fragen«, antwortete Ansgar und zeigte ihm seinen Ausweis. Der junge Mann erschrak kurz, versuchte aber, sich das nicht anmerken zu lassen.

»Was wollen Sie denn wissen?«, fragte er in akzentfreiem Deutsch.

»Wir haben heute gegen 13.30 Uhr drei Männer Ihr Café verlassen sehen und möchten wissen, wer diese Personen waren«, erklärte Ansgar sein Anliegen.

»Da kann ich Ihnen leider nicht weiterhelfen. Das ist nicht mein Café und ich habe meine Schicht erst um 15 Uhr begonnen«, erklärte er. Ansgar sah ihm allerdings an, dass er sehr nervös war, und glaubte ihm daher nicht.

»Wer hatte denn zu der Zeit Schicht?«, fragte Ansgar.

»Das weiß ich nicht.«

»Das wissen Sie also nicht, weil hier sicherlich sehr viele Angestellte arbeiten, bei der Größe des Cafés«, stellte Ansgar sarkastisch fest. Er wusste genau, dass der Kellner log. Dieser antwortete nicht sofort, sodass Ansgar ergänzte: »Dann bringen Sie mir den, der das weiß, ansonsten werde ich Sie und Ihre Kollegen verhaften. Ich weiß nicht, ob das Ihrem Chef gefallen wird.«

Die Drohung schien Eindruck zu machen, denn der junge Kellner ging zur Bar und sprach dort mit einem älteren Mann. Dieser kam hinter dem Tresen hervor und ging auf Ansgar und Nancy zu.

»Guten Tag, ich bin der Besitzer. Saad meinte, Sie wollen mit mir sprechen.«

Der Mann sprach mit deutlichem Akzent, trug einen Vollbart und war recht füllig.

»Ja, ich hoffe, Sie können mir etwas mehr sagen. Ich suche drei Männer, die heute gegen 13.30 Uhr Ihr Café verlassen haben.«

»Es verlassen viele Männer mein Café. Ich kann Ihnen diese Frage leider nicht beantworten.«

»Ich denke schon, diese Männer trugen traditionelle islamische Kleidung, Vollbärte und einer von ihnen war sehr groß und kräftig.«

»Tut mir leid, aber das ist ein traditionelles Café. Ihre Beschreibung trifft auf viele unserer Gäste zu«, erwiderte der Besitzer.

»Denken Sie bitte noch einmal nach. So ein großer Gast sollte einem schon auffallen.«

»Es tut mir wirklich leid, aber ich kann Ihnen nicht helfen«, blieb der Inhaber bei seiner Meinung. Ansgar wollte gerade eine Drohung aussprechen, als Nancy ihn anstupste und ihm zu verstehen gab, ihrem Blick zu folgen.

Er schaute hin und konnte sein Glück kaum fassen. Ohne einen weiteren Kommentar stand er auf und ging mit schnellen Schritten auf den Tresen zu, denn dahinter erkannte er in einem

Raum einen der drei Männer, den großen kräftigen. Er hatte eine geradezu hünenhafte Erscheinung.

Nancy folgte Ansgar, der Besitzer schaute ihnen nur ungläubig hinterher.

Ansgar und den Hünen trennten nicht einmal zwei Meter, als dieser ihn bemerkte und plötzlich aus dem Raum lief. Ansgar reagierte blitzschnell und lief ihm hinterher. Der Raum war mehr ein Durchgang und somit von mehreren Seiten zugänglich.

Ansgar hatte gesehen, in welche Richtung der Hüne lief. Er behielt ihn im Blick und erhöhte sein Tempo. Ansgar wollte den Hünen auf keinen Fall verlieren und er sah den Vorteil auf seiner Seite. Der Hüne war nicht nur sehr groß, sondern auch sehr kräftig, und daher vermutete er, dass seine Ausdauer nicht die beste war.

Doch die ersten Minuten der Verfolgung straften ihn Lügen. Der Hüne schien gar nicht daran zu denken aufzugeben. Ansgar gelang es nicht, den Abstand zu verkürzen, sodass er das Tempo erhöhte. Das Seitenstechen ignorierte er. Laut atmend erhöhte er nochmals das Tempo und es schien Wirkung zu zeigen, da er den Abstand zu dem Flüchtenden verkürzte.

Ansgar konnte schon seinen Schweiß riechen und sein lautes Keuchen hören. Ein eindeutiges Indiz dafür, dass die Kraft des Hünen zu schwinden begann. Durch geschicktes Wechseln der Straßenseiten versuchte der kräftige Mann, Ansgar abzuschütteln. Doch Ansgar gab nicht auf. Ohne auf den Verkehr zu achten, lief er ihm blindlings hinterher.

Inzwischen befanden sie sich in einer kleinen Seitenstraße, die dem Hünen wenig Möglichkeiten für taktische Spiele bot.

Ansgars Risikobereitschaft sollte sich auszahlen, denn er holte zu einem gewagten Manöver aus: Er setzte zum Sprung an und riss den Hünen zu Boden. Bevor dieser reagieren konnte, hatte Ansgar sich schon über ihn gestellt und hielt seine Waffe auf ihn gerichtet.

»Keine Bewegung«, drohte Ansgar.

»Was wollen Sie von mir?«, schrie der am Boden Liegende laut keuchend.

»Falsche Frage!«, rief Ansgar. »Es sollte eher heißen, was wolltet ihr heute von mir?«

Nur wenige Sekunden später erschien auch Nancy bei ihnen.

»Ich weiß nicht, wovon Sie sprechen, Sie verwechseln mich«, antwortete der Mann.

»Willst du mich verarschen?«, brüllte Ansgar und trat mit dem Fuß gegen den Bauch des Hünen. Dieser schrie kurz auf.

»Sind Sie verrückt?«, wimmerte er und krümmte sich zusammen.

»Hör auf, mich zu verarschen. Entweder du sprichst jetzt oder ich schieß dir ins Knie«, drohte Ansgar.

»Sie sind ein Bulle, das werden Sie nicht tun«, gab der Mann zurück.

»Darauf würde ich mich nicht verlassen. Ich kann bezeugen, dass es Notwehr war«, bekräftigte Nancy Ansgars Absichten. Das schien Wirkung zu zeigen, denn der Mann schien für einen Augenblick verunsichert.

»Sie bluffen«, sagte er. Jedoch lagen weder Wut noch Aggression in seiner Stimme, sondern eher Unsicherheit.

»Wenn du meinst«, antwortete Ansgar. Er hielt die Waffe auf das Knie des Hünen gerichtet und tat gerade so, als wolle er abdrücken, als der Mann schrie: »Stopp, bitte nicht. Was wollen Sie wissen?«

»Warum nicht gleich so? Wer hat euch beauftragt?«, fragte Ansgar, da er sich nicht vorstellen konnte, dass die drei Männer ihm von sich aus gedroht hatten. Der Hüne machte jedenfalls nicht den Eindruck, als sei er ein Befehlsgeber, sondern eher ein Befehlsempfänger.

»Das weiß ich nicht.«

»Willst du mich verarschen?«, schrie Ansgar und hielt die Waffe erneut auf das Knie des Hünen.

Ein Passant, der eben in die Seitenstraße eingebogen war, wurde von Nancy abgefangen und zur anderen Seite eskortiert.

»Nein, nein, wirklich nicht. Ich lüge nicht«, schrie der Hüne ängstlich.

»So blöd könnt ihr doch gar nicht sein. Also, wer hat euch den Auftrag gegeben?«

»Wirklich, ich weiß es nicht. Ich habe den Mann noch nie zuvor gesehen.«

»Was für einen Mann?«, fragte Ansgar.

»Der uns fünfhundert Euro gegeben hat, damit wir Ihnen Angst einjagen.«

»Ich kann dir nicht folgen! Wer gibt euch so viel Geld, um mir zu drohen?«

»Das weiß ich nicht. Er hat uns abgefangen, als wir das Café verlassen haben, und uns gefragt, ob wir schnelles Geld verdienen wollen.«

»Erzähl weiter«, drängte ihn Ansgar.

»Er hat uns vor das Restaurant geführt, wo Sie mit dem Türken gegessen haben und gefragt, ob wir Ihnen nicht Angst machen wollen, wenn Sie das Restaurant verlassen, da Sie Bulle sind und unschuldige Moslems verhaften würden. Er erzählte uns von den Verhaftungen gestern in Ehrenfeld, auch von Erdal *Hodscha*, einem sehr angesehenen Moslem. Und mit den fünfhundert Euro als Belohnung fiel uns die Antwort nicht schwer.«

»Und er hat nicht gesagt, wer er ist und woher er die Informationen hat?«, fragte Ansgar, der seine Erzählung plausibel fand.

»Ehrlich gesagt hat uns das nicht interessiert. Es war eine Frage der Ehre«, erklärte der Hüne.

»Und nicht des Geldes?«, erwiderte Nancy trocken.

»Ja, das auch«, gab der Hüne kleinlaut zu.

»Wie sah der Mann aus?«, fragte Ansgar.

»Ich weiß es nicht, es ging alles so schnell.«

Ohne Vorwarnung trat Ansgar ihm erneut in den Bauch. Der Hüne schrie auf und fluchte auf Arabisch.

»Ich frage dich nicht noch einmal«, sagte Ansgar eindringlich.

»Er war älter …«, stammelte der Hüne.

»Und weiter?«, drängte Ansgar.

»Er trug einen Anzug, war normal gebaut.«

»Was für einen Anzug?«

»Das weiß ich nicht, einen Anzug halt, sah aber teuer aus, hatte eine dunkle Farbe, ich glaube, schwarz.«

»Und wie sah sein Gesicht aus? Hatte er volles Haar, war er Südländer?«, bohrte Ansgar weiter nach.

»Wieso sagen Sie nicht Moslem? Was soll diese politische Scheiße? Natürlich war er Moslem, warum sonst sollte er wollen, dass wir die Ehre von Erdal *Hodscha* verteidigen?«, argumentierte der Hüne trotzig und fügte hinzu: »Ich glaube, er hatte kurzes, volles Haar. Er sah jedenfalls sehr gepflegt aus. Mehr weiß ich nicht.«

»Aufstehen«, befahl Ansgar. Der Hüne schaute verunsichert drein.

»Kann ich gehen?«, fragte er verängstigt, als er wieder auf den Beinen war.

»Sicherlich nicht. Wir nehmen dich mit aufs Revier.«

»Was soll die Scheiße? Ich habe alles erzählt, was Sie wollen«, unterbrach ihn der Hüne wütend. Doch als Ansgar die Waffe vor sein Gesicht hielt, wurde er still.

»Keine Angst, dir passiert nichts. Ich will, dass du uns hilfst, ein Phantombild zu zeichnen.«

»Ich kann nicht zeichnen.«

Ansgar antwortete nicht, sondern wandte sich Nancy zu. »Kannst du bitte den Wagen holen?«, sagte er und reichte ihr die Autoschlüssel. Nancy nickte, nahm sie und ging Richtung Wagen.

»Danke«, sagte der Hüne kleinlaut.

»Wofür?«, fragte Ansgar.

»Dass Sie mich nicht vorführen.«

»Ich will dir nichts tun. Ich will nur den feigen Anschlag aufklären«, erklärte Ansgar, der Nancy nicht ohne Hintergedanken gebeten hatte, den Wagen zu holen. Anderenfalls hätten sie den Hünen in Handschellen bis zur Keupstraße abführen müssen. Es wäre dabei unvermeidbar gewesen, dass Bekannte und Freunde ihn in dieser demütigenden Situation gesehen hätten.

Und wenn Ansgar etwas in den Jahren seiner Ermittlungen gegen kriminelle Moslems gelernt hatte, dann das, dass diese besonders stolz waren. Verletzte man ihren Stolz, war es sehr schwierig, Hilfe von ihnen zu erwarten, und den Hünen schätzte Ansgar als sehr stolzen Moslem ein.

*Etwas naiv und nicht der Intelligenteste,* ergänzte Ansgar insgeheim seine Überlegung.

»Wir Moslems wollen das auch. Nicht alle von uns sind Dschihadisten oder radikale Islamisten. In unserer Gemeinde sind die Anschläge das einzige Thema und ich weiß von Imam Nabil, dass Erdal *Hodscha* alle Imame in Köln für morgen eingeladen hat.«

»Wozu?« fragte Ansgar neugierig.

»Um zu diskutieren, was wir Moslems tun können. Wir wollen nicht warten, bis die Polizei uns einen Täter präsentiert. Wozu das führen kann, haben wir bei der NSU gesehen.«

»Was meinst du damit?«, fragte Ansgar nervös.

»Dass es Beweise gibt, dass es keine Moslems waren.«

# 21

Ansgar wollte seinen Ohren nicht trauen. Hatte der Hüne sich gerade einen Spaß mit ihm erlaubt, oder wusste er doch mehr, als Ansgar zunächst für möglich gehalten hatte? Jedenfalls war es gut, dass er den kräftigen Mann nicht bloßgestellt hatte, ansonsten hätte er ihm diese Information sicher vorenthalten. Was hingegen die Qualität der Information anbelangte, musste er noch abwarten.

»Was meinst du damit?«, fragte Ansgar daher.

»Was wohl, dass es Beweise gibt, dass die Anschläge nicht von meinen Glaubensbrüdern begangen wurden.«

»Ist nicht dein Ernst, oder? Hussein Dogan war Moslem, daran gibt es keinen Zweifel«, erwiderte Ansgar, der bewusst die beiden anderen Täter nicht erwähnte, weil er nicht wusste, ob die Presse schon Kenntnis davon hatte.

»Das mag stimmen, aber die Drahtzieher sind keine.«

»Was meinst du damit?« Ansgar war gespannt, was er zu sagen hatte. Auch wenn deutliche Skepsis in seiner Frage mitschwang.

»Dass er ausgenutzt wurde. Sven Bukal war in Köln in der Naziszene bekannt.«

»Wer ist Sven Bukal?«, fragte Ansgar, der versuchte, sich nicht anmerken zu lassen, dass die Erwähnung von Bukal ihm einen kalten Schauer über den Rücken laufen ließ.

»Na, das sollten Sie aber wissen, der andere Terrorist. Bevor er zum Islam konvertierte, war er ein Nazi. In unserer Gemeinde hat ihm keiner abgenommen, dass er sein Nazigedankengut abgelegt hat. Als er nach Frankfurt zog, hat sich auch keiner von uns mehr Gedanken um ihn gemacht.«

»Und was soll das nun alles bedeuten? Wer ist für die Anschläge verantwortlich?«

»Das waren Neonazis, die Deutschland gegen uns Moslems aufbringen wollen.«

»Klingt sehr unglaubwürdig!«, stellte Ansgar fest und ergänzte: »Gibt es dafür eindeutige Beweise?«

»Als die NSU-Anschläge passierten, haben Sie alle doch auch geglaubt, dass es Türken waren, die für die Anschläge verantwortlich waren. Keiner wollte auch nur einen Gedanken daran verschwenden, dass es Neonazis sein könnten, und genau das Gleiche passiert jetzt auch. Ich weiß nicht, wie es den Nazis gelungen ist, Hussein für ihre Zwecke zu missbrauchen, aber ich glaube meinem Imam, der es mir erzählt hat. Inzwischen erzählen das alle in der Keupstraße. Wahrscheinlich haben sie Husseins Gutmütigkeit und seinen Glauben an Allah ausgenutzt, aber Allah wird das nicht ungestraft lassen. Wir werden die feigen Nazis finden.«

»Und von wem stammt diese These?«, fragte Ansgar, da er dieser Person gerne ein paar Fragen gestellt hätte.

»Das weiß ich nicht«, antwortete der Hüne, bevor ein Fahrzeug, welches auf der Straße hielt, ihre Aufmerksamkeit erweckte.

Nancy saß im Wagen. Ansgar und der Hüne stiegen hinten ein und sie fuhren direkt zum LKA.

Auch wenn Ansgar nicht wusste, wer dieser ominöse Auftraggeber war, der die drei Männer angeheuert hatte, um ihn einzuschüchtern, so hatte der Vorfall auch etwas Positives. Irgendjemand, wahrscheinlich einer der Drahtzieher, hatte Angst, dass Ansgar ihm auf die Schliche kommen könnte, und das bedeutete, dass Ansgars Ermittlungen auf dem richtigen Weg waren.

Beim LKA übergaben sie den Hünen einem Beamten und baten, ihnen das Phantombild gleich zukommen zu lassen, damit sie auch in ihren Datenbanken nach ihm suchen konnten. Ansgar schätzte die Chance, fündig zu werden, allerdings als sehr gering ein, aber sie mussten es versuchen.

Er notierte sich noch die Kontaktdaten des Hünen.

»Wir sollten die Mutter von Hussein besuchen«, schlug Ansgar vor.

»Warum?«, fragte Nancy.

»Ich habe da so eine Vermutung.«

»Was ist mit der Hochschule in Worms?«

»Die habe ich in dem Trubel ganz vergessen. Was hältst du davon, wenn wir die gleich morgen früh besuchen? Ich denke, wenn wir vor Ort sind, bekommen wir die meisten Informationen.«

»Gute Idee. Und jetzt klär mich mal auf, warum wir der Mutter einen Besuch abstatten sollen.«

Ansgar erzählte ihr während der Fahrt von dem Gespräch mit dem Hünen und den Hinweisen auf die Neonaziszene.

»Ich weiß nicht … dass passt nicht, Ansgar. Wir sollten unseren Fokus nicht verlieren«, brachte sie skeptisch hervor.

»Wie, unseren Fokus?«

»Alle Täter waren Moslems, nichts, aber auch wirklich nichts spricht für ein Verbrechen von Neonazis. Warum sollten Moslems mit Neonazis kooperieren? Ich bin zwar mit den NSU-Anschlägen nicht so vertraut, aber wenn ich mich nicht irre, waren es Rechtsextremisten, die die Anschläge verübt haben. Und sie hatten keine Moslems als Unterstützer, oder?«

»Ja, das stimmt. Worauf willst du hinaus?«

»Na, genau deswegen kann man die NSU-Anschläge nicht mit diesen vergleichen. Moslems würden niemals Neonazis bei Anschlägen helfen. Für mich sieht das eher nach einem verzweifelten Versuch aus.«

»Wieso verzweifelt?«, hakte Ansgar nach.

»Na, so ein Anschlag muss die islamische Gemeinde hart treffen und ihr geschundenes Selbstbewusstsein. Bei den NSU-Anschlägen wurden sie zu Unrecht verdächtigt, das hat tiefe

Wunden hinterlassen. Jetzt sind die Verunsicherung und die Angst groß, also sucht man die Schuldigen nicht in den eigenen Reihen«, erklärte Nancy.

»Du magst recht haben, aber irgendetwas passt da noch nicht. Ich weiß nicht, was es ist, aber etwas stimmt hier nicht. Bei dem Anschlag eines Dschihadisten in Brüssel kürzlich gab es ein Video und auch sonst keine Zweifel an dem ideologischen Hintergrund der Tat. Der 29-Jährige war den Behörden auch als Dschihadist bekannt und stand somit unter Beobachtung, aber weder Hussein Dogan noch Sven Bukal oder Faruk Rasheed sind jemals auffällig geworden und das finde ich sehr merkwürdig«, gab Ansgar zu bedenken.

»Ich hatte dir ja bereits gesagt, dass es nur eine Frage der Zeit ist, bis der nächste Anschlag uns kalt erwischen wird. Und vergiss bitte die Fotos nicht, die auf dem Laptop entdeckt wurden.«

Ansgar nickte nachdenklich, denn genau deswegen war es für ihn so wichtig, die Hintermänner schnell zu fassen und vor allem die Sache vorurteilsfrei anzugehen. Nur wenn es ihnen gelang, die wahren Drahtzieher zu fassen, konnten sie in Erfahrung bringen, wie es ihnen gelungen war, die Geheimdienste zu täuschen.

Nancy schien sich ihre Meinung über die Täter schon gebildet zu haben. Nach ihrer Sichtweise konnten es nur Islamisten gewesen sein und aller Wahrscheinlichkeit nach würde sie recht behalten. Dennoch konnte Ansgar nicht aus seiner Haut und erst dann Ruhe finden, wenn die tatsächlichen Hintermänner gefasst waren, egal ob es Islamisten oder Neonazis waren.

Vor der Wohnungstür der Dogans empfing sie wieder die Schwester von Hussein und begleitete sie in die Wohnung, wo die Mutter auf der Couch saß. Sie wirkte gesundheitlich angeschlagen, ihr Gesicht war sehr blass und ihre Augen rot unterlaufen. Die Kinder saßen auf dem Sofa und spielten leise.

Mutter und Tochter waren in Schwarz gekleidet.

»*Anne,* die Polizei hat noch ein paar Fragen«, sagte die Tochter auf Türkisch.

»Bitte, setzen, wollen Sie trinken?«, fragte die Mutter in ihrem gebrochenen Deutsch.

Beide verneinten und setzten sich neben sie auf die Couch.

»Wie ich kann helfen?«, fragte sie. Ihre Worte waren sehr leise und Ansgar fragte sich, was innerhalb eines Tages geschehen war, dass die Frau so gebrochen wirkte.

»Kennen Sie einen Sven Bukal?«, kam Ansgar direkt zu seinem Anliegen.

»Sven?«

»Ja, Sven Bukal«, wiederholte Ansgar.

»Ach ja … Sven, großer, netter Deutscher, ja, ich kennen«, antwortete sie und ihre Augen leuchteten kurz auf, als würde sie eine freundliche Erinnerung aus der Vergangenheit zurückholen.

»Wissen Sie, dass er ein Neonazi war?«, fragte Nancy.

»Nichts Nazi, Freund von Hussein. Guter Junge, immer freundlich«, widersprach die Mutter zum Erstaunen von Ansgar.

»Wie gut waren sie denn befreundet?«, hakte Ansgar nach.

»Ich nichts weiß. Aber er kam her, manchmal«, antwortete die alte Frau und musste plötzlich husten.

Ansgar wartete, bis sie ausgehustet hatte, bevor er dir nächste Frage stellte. »Kennen Sie einen Faruk Rasheed?«

Die alte Frau überlegte eine Weile und antwortete dann: »Nein, nicht kennen.« Und wieder hustete sie. Diesmal länger als zuvor.

»Geht es Ihnen gut, brauchen Sie Hilfe?«, fragte Ansgar, da sie ihm leidtat.

»Nix gut, krank«, antwortete sie und rang sich ein Lächeln ab. »Alte Frau, krank, bald zu Allah, zu meinem Mann und meinem Sohn.« Ihre Augen wurden feucht und sie kämpfte mit den Tränen. Sie nahm ein Taschentuch, putzte sich die Nase und trocknete die Augen.

»Wenn Sie etwas brauchen, lassen Sie es mich bitte wissen. Vielen Dank für Ihre Zeit«, sagte Ansgar und stand auf. Er wollte die alte Frau nicht unnötig belasten, da er nicht glaubte, dass sie ihnen weiterhelfen konnte, und er vermutete, dass die Trauer um ihren Sohn sie so kränklich aussehen ließ.

»Bitte, netter Mann, Sie mir helfen«, sagte sie plötzlich verzweifelt.

»Womit?«, fragte Ansgar und wandte sich ihr erneut zu. Sein Unbehagen wuchs.

»Mein Sohn nach Türkei muss, dort Beerdigung, bitte helfen mir.«

Jetzt verstand Ansgar. Wie der Bruder wollte auch die Mutter die sterblichen Überreste ihres Sohnes beerdigen. Eine allzu menschliche Geste, für die Mütter würden ihre Söhne immer nur die kleinen, unschuldigen Kinder bleiben, egal welche Verbrechen sie begangen hatten.

»Es tut mir leid, Frau Dogan, aber das kann ich leider nicht entscheiden, wenden Sie sich bitte direkt an das BKA in Wiesbaden oder Ihren Sohn. Er ist ja Anwalt«, antwortete Ansgar aufrichtig und sah die Enttäuschung in den Augen der alten Frau. Die Enttäuschung, die sagte, dass sie wusste, dass ihrem Sohn niemals das Recht auf ein anständiges Begräbnis zuteilwerden würde.

Ansgar und Nancy verabschiedeten sich von der Mutter und die Schwester begleitete sie zur Wohnungstür. Im Flur blieb sie kurz stehen und sagte: »Meine Mutter weiß nicht, dass Sven ein Neonazi war.«

»Wie? Also doch? Warum haben Sie es ihr verheimlicht?«

»Weil wir nicht wollten, dass Sie sich Sorgen macht. Als Hussein Sven mit nach Hause brachte, war er bereits strenggläubiger Moslem.«

»Wissen Sie, warum Sven zum Islam konvertierte?«, fragte Nancy.

»Weil Allah zu ihm gesprochen hat.«

»Allah?«, fragte Ansgar ungläubig.

»Ja, er hatte einen Traum, dass er der Gewalt abschwören sollte und nur in Allah und im Koran Frieden finden könnte. Da brach er den Kontakt zu den Neonazis ab und wurde Moslem.«

»Und Sie haben das geglaubt?«, wollte Nancy wissen.

»Ja, er lernte sehr schnell den Koran und die Bräuche des Islam. Er war immer sehr freundlich und hilfsbereit, warum sollte ich ihm nicht glauben?«

»Na ja, er war immerhin ein Neonazi«, argumentierte Nancy.

»Und er hat das nie verschwiegen, nur meiner Mutter gegenüber, und das auch nur, weil wir das so wollten. Ich denke, jeder hat das Recht auf eine zweite Chance. Und Allah war seine zweite Chance.«

»Eine Chance, die Hunderte Menschen das Leben kostete«, konterte Nancy. Ansgar fand diese Äußerung ziemlich unpassend, aber es schien einfach Nancys Art zu sein, jedem zu zeigen, was sie von den Attentätern hielt.

Manchmal hatte Ansgar das Gefühl, dass die Schicksale dahinter sie gar nicht interessierten, sondern allein die Tatsache, dass es Terroristen waren, die Hunderte von Menschenleben auf dem Gewissen hatten.

»Wie geht es Ihrer Mutter? Sie wirkt sehr schwach«, erkundigte sich Ansgar, der Nancys Anspielung nicht weiter thematisieren wollte.

»Ihr geht es nicht gut. Ihre Kollegen haben sie gestern sehr grob behandelt. Ich glaube, sie wollten nicht glauben, dass sie wirklich gehbehindert ist. Meine Mutter schweigt dazu, aber als ich sie heute Morgen gewaschen habe, habe ich blaue Flecken an ihren Beinen gesehen«, antwortete die Schwester und hielt sich die Hand vors Gesicht, als würde sie fürchten, dass sie weinen könnte.

»Blaue Flecken? Und bei Ihnen?«, fragte Ansgar erschrocken, da er ihr glaubte.

»Mir hat man körperlich nichts getan, aber verbal haben sie mich einzuschüchtern versucht. Ich glaube, wir haben es nur meinem Bruder zu verdanken, dass wir entlassen wurden«, erklärte sie.

»Vielleicht sollten Sie Ihre Mutter ins Krankenhaus bringen«, schlug Ansgar vor und versuchte, seine aufsteigende Wut im Zaum zu halten.

Husseins Mutter war ihm sympathisch, sie machte einen ehrlichen und aufrichtigen Eindruck und der Gedanke, dass man dieser kranken, körperlich behinderten Frau Gewalt angetan hatte, widerte ihn an. Unabhängig davon, ob sie die Mutter eines Terroristen war oder nicht.

»Sie will nicht ins Krankenhaus, ich glaube, der Kummer, dass sie ihren Sohn nicht beerdigen kann, macht sie krank. Haben wir gar keine Chance?«, fragte die Schwester.

»Wir können nichts machen, das liegt im Ermessen der Zentrale. Ihr Bruder ist doch Anwalt, versuchen Sie es über ihn«, wiederholte sich Ansgar, denn er hatte wirklich keinen anderen Rat.

»Mein Bruder ist schon dabei.«

»Sagen Sie, wissen Sie, ob die Familie von Sven Bukal noch in Köln wohnt?«, fragte Nancy.

»Leider nicht, so oft habe ich Sven nicht gesehen. Er ist ja, soviel ich weiß, kurze Zeit später nach Frankfurt gezogen.«

»Sollte Ihnen doch noch etwas einfallen, melden Sie sich bitte«, sagte Ansgar und reichte ihr seine Visitenkarte.

Sie verabschiedeten sich von der Schwester und begaben sich zum Wagen.

»Mich würde es nicht wundern, wenn Faruk auch mit Sven und Hussein befreundet war«, äußerte Nancy im Wagen.

»Sehr gut möglich, ich weiß nur nicht so recht, wie ein ehemaliger Neonazi in das ganze Puzzle passt«, gab Ansgar zu bedenken.

»Das bereitet mir ehrlich gesagt kein Kopfzerbrechen. Viele Neonazis sind doch heute nur Mitläufer, die wissen doch gar nicht, was es bedeutet, Nazi zu sein. Genauso verhält es sich doch mit Islamisten. Die beiden Gruppen haben mehr gemein, als man glauben mag. Gerade Menschen ohne Orientierung, die labil und leicht manipulierbar sind, sind doch ein gefundenes Fressen für extreme Gruppen unterschiedlicher Couleur.«

»Ich weiß nicht«, äußerte Ansgar seine Zweifel. »Ich habe irgendwie das Gefühl, als würde ich einen entscheidenden

Hinweis übersehen, der allem ein logisches Muster gibt. Irgendwie fühlt sich das alles noch nicht rund an.«

»Du machst dir einfach zu viele Gedanken, wenn wir die islamistischen Hintermänner finden, wird sich alles aufklären.«

»Magst recht haben. Lass uns noch mal Erdal aufsuchen. Mich würde interessieren, warum er uns verschwiegen hat, dass es morgen ein Treffen mit allen Imamen in Köln geben wird.«

»Das würde mich auch brennend interessieren«, pflichtete Nancy ihm bei.

Als sie den Vorhof der Moschee betraten, sahen sie auch schon Erdal, der sich mit einigen Personen unterhielt.

»Guten Abend«, machte sich Ansgar bemerkbar.

»Oh, guten Abend. Gehen Sie doch bitte schon rein, ich komme gleich. Mustafa, begleite die Herrschaften bitte in den Besprechungsraum und serviere Ihnen *çay*.«

Die beiden folgten dem jungen Mann in den Raum und nahmen am Tisch Platz. Mustafa reichte beiden ein Teeglas. Ansgar tat ein Stück Zucker in seinen Tee und als er den ersten Schluck zu sich nahm, betrat Erdal den Raum.

»Verzeihen Sie, aber das waren besorgte Gemeindemitglieder, die ich beruhigen musste.«

»Alles okay«, beruhigte ihn Ansgar.

»Was verschafft mir die Ehre?«, fragte er. Währenddessen hatte Mustafa ihm ebenfalls einen Tee gereicht und den Raum verlassen.

»Kennen Sie einen Sven Bukal?«, fragte Ansgar entgegen seiner Absicht, ihn zuerst auf das morgige Treffen der Imame anzusprechen.

»Sven Bukal, ja, wieso?«

»Weil er der Attentäter aus Frankfurt ist«, erklärte Ansgar. Er hatte nicht vor, ihn zu belügen. Falls das Innenministerium die Öffentlichkeit noch nicht informiert hatte, so war es eher eine Frage von Stunden als von Tagen, bis die Öffentlichkeit den Namen erfuhr. Außerdem erhoffte er, mit dieser Taktik das Vertrauen von Erdal zu gewinnen. Frei nach dem Motto: Ich gebe dir Informationen, also gib du mir auch welche.

»Sven, sind Sie sicher?«, fragte Erdal und Ansgar sah an seinem Gesichtsausdruck, dass er geschockt war.

»Ganz sicher, es gibt keinen Zweifel. Wie gut kannten Sie ihn?«

»So gut, wie man als Imam eines seiner Gemeindemitglieder kennen kann.«

»Dann wissen Sie auch, dass er ein Neonazi war?«

»Ja, natürlich, er hat nie ein Geheimnis daraus gemacht. Bei euch Christen wäre er der Saulus, der zum Paulus wurde. Er war ein sehr frommer Muslim. Ich kenne keinen, der die arabische Sprache und Schrift so schnell gelernt hat wie er.«

»Und gab es keine Konflikte?«

»Oh, jede Menge. Ein paarmal wurde er zusammengeschlagen, weil einige Unverbesserliche ihm nicht abkauften, dass er kein Neonazi mehr war. Unverbesserliche gibt es überall. Sie sind kein Privileg einer bestimmten Religion oder gesellschaftlichen Schicht.«

»Und warum ist er nach Frankfurt gezogen?«, fragte Nancy.

»Freunde von ihm, aber auch ich, haben ihm dazu geraten.«

»Wie meinen Sie das?«, unterbrach ihn Nancy.

»Da die Übergriffe sich nicht einstellten, aber Sven seinen Glauben nicht leugnen wollte, also weder seinen Bart abschneiden noch in Jeans und T-Shirt herumlaufen wollte, haben wir ihn gedrängt, Köln zu verlassen. In Köln würde er für einige immer ein Neonazi bleiben, aber in einer anderen Stadt könnte er endlich das Leben eines ehrfürchtigen Moslems leben. Glücklicherweise hat er unseren Rat befolgt«, erklärte er und strich mit der rechten Hand über seinen Bart. »Und genau deswegen fällt es mir so schwer zu glauben, dass er neben Hussein einer der Attentäter ist. Das ist alles unlogisch.«

»Was ist daran so unlogisch? Beide waren Islamisten, kannten sich und haben für eine dumme Ideologie unschuldige Menschen getötet«, erwiderte Nancy bissig.

»Genau das ist unlogisch, ich habe sie nicht als Islamisten kennengelernt, sondern als ehrbare Moslems.«

»Sagt Ihnen der Name Faruk Rasheed etwas?«, fragte Ansgar und lenkte bewusst die Diskussion auf ein anderes Thema.

Erdal überlegte einen Augenblick, ehe er antwortete. »Nein, leider nicht. Wer soll das sein?«

»Ist nicht wichtig«, antwortete Ansgar und war sich nicht sicher, ob Erdal die Wahrheit sagte. »Wir sind eigentlich wegen einer anderen Angelegenheit hier.«

»Und die wäre?«

»Wir haben erfahren, dass Sie für morgen eine Versammlung aller Imame in Köln einberufen haben.«

»Ja, das stimmt. Wir möchten nicht untätig sein und helfen, die wahren Täter zu fassen.«

»Und diese vermuten Sie im Neonazilager?«, fragte Nancy.

»Wie kommen Sie darauf?«, antwortete er mit einer Gegenfrage und schien sichtlich überrascht.

»Das hat uns jemand erzählt. Die islamischen Gemeinden machen angeblich Neonazis für die Tat verantwortlich«, erklärte Ansgar, ohne die Quelle preiszugeben.

»Sehen Sie, genau deswegen ist das Treffen morgen so wichtig. Es herrscht große Unruhe in den Gemeinden und Gerüchte nehmen eine Dimension an, die sehr schnell zu unerwünschten Nebenwirkungen führen können. Das Letzte, was wir gemäßigten Imame wollen, ist ein Kampf der Religionen.«

»Wie meinen Sie das?«, fragte Ansgar.

»Die Menschen suchen nach einem Schuldigen und viele fühlen sich an die NSU-Morde erinnert – meiner Meinung nach zu Unrecht. Sie denken, dass die Attentate ein Komplott der Neonazis, der Regierung oder sonst wem waren. Und das ist sehr gefährlich. Menschen mit Wut wollen diese Wut irgendwann herauslassen, meistens ist das Resultat Gewalt und genau das will ich verhindern.«

»Und deswegen das Treffen?«, hakte Ansgar nach.

»Ja, genau deswegen. Die Imame haben einen großen Einfluss auf die Menschen. Wenn wir zum Dialog und zur Besonnenheit aufrufen, dann hoffe ich, dass unsere Glaubensbrüder uns folgen werden. Und ich hoffe natürlich auch, dass wir beim Treffen Hinweise auf die wahren Täter erhalten. Vier Augen und Ohren hören und sehen mehr als zwei. Was meinen Sie, was erst hundert oder tausend tun?«

»Wieso haben Sie uns das gestern nicht erzählt?«, warf ihm Nancy vor.

»Ehrlich gesagt habe ich die Idee zu dem Treffen erst nach unserem Gespräch gehabt. Ich kannte Hussein, er war kein Extremist und jetzt wo ich weiß, dass auch Sven einer der Attentäter war, weiß ich, dass dieses Treffen wichtiger denn je ist. Wer immer diese beiden Menschen zu so abscheulichen Taten verleitet hat, er muss dafür vor Gericht gebracht werden.«

»Können Sie uns bitte über das Ergebnis des Treffens informieren?«, fragte Ansgar.

»Sehr gerne. Wir haben keine Geheimnisse. Wir sind am Dialog interessiert. Ich habe die Bundesregierung kontaktiert und sie über mein Vorhaben unterrichtet.«

»Und was haben sie geantwortet?«, unterbrach ihn Ansgar.

»In meinem Schreiben habe ich Vertreter der Regierung eingeladen, an der Diskussion teilzunehmen. Heute Mittag kam die Antwort, die mich doch sehr überrascht hat. Ich habe damit gerechnet, dass es auch in ihrem Sinne sein müsste, dass die Imame mit der Regierung an einem runden Tisch sitzen, um über das Geschehene zu diskutieren und Wege aus dieser gesellschaftspolitischen Krise zu finden. Denn nichts anderes ist es, eine gesellschaftspolitische Krise, deren Ausmaß ungeahnte Folgen für das Zusammenleben zwischen Christen und Moslems haben kann.«

»Und was war die Antwort unserer Regierung?«, hakte Ansgar nach.

»Nur ein Satz!«

# 22

Erdal hielt inne, strich sich wieder über seinen Bart und schien sehr bedrückt. Dann erzählte er, was die Regierung ihm auf die Einladung zu dem Treffen der Imame geantwortet hatte: »Es kam ein Fax mit nur einem Satz, nämlich dass die Bundesregierung aufgrund der politischen Umstände sich derzeit nicht in der Lage sehe, einen Vertreter zu diesem Treffen zu schicken.«

»Stört es Sie, wenn wir jemanden vom BKA schicken?«, fragte Ansgar, der nicht verstehen konnte, warum kein Regierungsvertreter teilnehmen würde. Das war doch die perfekte Gelegenheit, den Menschen ein Zeichen der Deeskalation und des Miteinanders zu senden.

»Seien Sie mir nicht böse, aber Polizeibeamte würden eher Unbehagen auslösen«, erklärte Erdal seine freundliche Ablehnung.

»Verstehe. Ich werde mal schauen, ob es uns nicht doch noch gelingt, einen Vertreter der Regierung zu überzeugen, an der Veranstaltung teilzunehmen.«

»Das wäre sehr gut. Wir möchten unsere Vorgehensweise mit der Regierung abstimmen. Ich denke, es ist notwendig, bereits jetzt den Schulterschluss zu zeigen, damit diese schlimmen Anschläge nicht zu mehr Gewalt führen.«

»Entschuldigen Sie bitte«, sagte Ansgar, da sein Handy vibrierte. Er nahm es und sah, dass er eine wichtige E-Mail erhalten hatte. Er öffnete den Posteingang. Die E-Mail war von Bruhns. Sie enthielt das Phantombild des ominösen Auftraggebers, das der LKA-Beamte zusammen mit dem Hünen, der Ansgar bedroht hatte, erstellt hatte.

Bruhns hatte die Mail nur weitergeleitet, sie hielt sich nicht mit Förmlichkeiten auf:

*Hallo,*

*anbei das Phantombild. Ich hoffe, es hilft Ihnen weiter. Ich habe bereits unsere Datenbank abgefragt, aber bisher ohne Ergebnis. Vielleicht können ja die Jungs vom BND etwas damit anfangen oder, falls Sie einen guten Draht zur NSA haben, die!*

*VG*

*S. B.*

*PS: Wäre nett, wenn Sie mich im Loop halten!*

Ansgar öffnete den Anhang und betrachtete das Phantombild. In diesem Moment hatte er eine Idee.

»Sagen Sie, kennen Sie diesen Mann?«, fragte er Erdal und reichte ihm sein Handy.

Erdal nahm es und schaute sich das Bild genauer an. Er schien nachzudenken.

»Nein, tut mir leid«, antwortete er und gab das Handy zurück.

»Danke«, antwortete Ansgar, der ehrlicherweise mit dieser Antwort gerechnet hatte, aber einen Versuch war es wert gewesen.

Ansgar und Nancy verabschiedeten sich von Erdal. Da es bereits nach 19.30 Uhr war, fuhr Ansgar seine Kollegin zu ihrer Wohnung und sie verabredeten sich für den nächsten Tag um 7 Uhr früh, um zur Fachhochschule nach Worms zu fahren.

Er versprach, das Protokoll zu schreiben. Als er zu Hause war, duschte er, machte sich ein Müsli und nahm auf der Couch vor dem Fernseher Platz.

Er schaltete den Fernseher ein und schaute sich auf der *ARD* die Sondersendung über die Terroranschläge an. Parallel dazu schrieb er den Tagesbericht am Laptop.

Wirklich neue Erkenntnisse schien die Presse nicht zu haben, aber wie von Ansgar vermutet, kannte sie bereits die Identität sämtlicher Täter und auf Sven Bukal schienen sich die Medien besonders einzulassen.

Die Informationen über ihn waren allerdings nicht wirklich wertvoll. Ansgar warf einen kurzen Blick auf die Uhr. Es war 21.25 Uhr. Er zappte zum *ZDF*, wo die WM lief. Spanien spielte gegen Holland. Obwohl er für einen kleinen Augenblick ein schlechtes Gewissen hatte, entschied er sich, das Spiel anzuschauen.

Wie am gestrigen Tag trugen auch heute die Spieler Trauerflor, um der Opfer der Terroranschläge zu gedenken.

Das Spiel war spannend; die Spanier gingen früh in Führung, als das Summen seines Handys Ansgars Aufmerksamkeit erregte.

Er nahm sein Handy und sah, dass er eine neue SMS erhalten hatte. Er öffnete sie. Sie war von seinem dubiosen Informanten.

*Können wir schreiben?*, war der Inhalt der Nachricht.

Ansgar tippte:

*Ja, bin allein. Sie erwähnten gestern eine Zelle. Können Sie mir mehr darüber erzählen?*

*Das sollten Sie doch wissen, nach dem heutigen Tag.*

*Was sollte ich wissen?*, fragte Ansgar, den ein mulmiges Gefühl beschlich.

*Na, das mit der Zelle. Zweifeln Sie an Ihren eigenen Nachforschungen? Ich hatte Sie für mutiger gehalten …*

Ansgar antwortete nicht sofort, da die Nachricht ihn verunsicherte. Wurde er beobachtet oder war sein Informant nur ein verdammt guter Schlussfolgerer?

*Wer sind Sie?*, schrieb Ansgar daher.

*Das hatten wir doch bereits gestern. Ich will Ihnen helfen. Vertrauen Sie mir immer noch nicht?*

*Es ist schwer, jemandem zu vertrauen, dem man nicht in die Augen schauen kann.*

*Dann lassen Sie mich Ihnen helfen, mir zu vertrauen.*

*Gut, erzählen Sie mir von der Zelle! Keine Spielchen …*, forderte Ansgar. Die Antwort kam nicht sofort, aber als sie kam, las Ansgar sie sehr aufmerksam.

*Dafür brauche ich Zugang zum Laptop von Hussein Dogan.*

Verdammt, woher wusste er von Husseins Laptop? Ansgar bekam eine Gänsehaut.

*Ich bin nicht im Besitz des Laptops!*

*Aber das BKA in Wiesbaden,* war die schnelle Antwort.

*Wer bist du?* Das war die dringendste Frage, die Ansgar gerade hatte, aber auf die er keine Antwort erhalten würde.

*Das ist ein Beweismittel. Ich kann den Laptop nicht einfach mitnehmen.*

*Müssen Sie auch gar nicht. Ich brauche nur Zugriff.*

*Und wie soll das gehen?,* fragte Ansgar, da er noch nicht verstand, worauf der anonyme Schreiber hinauswollte.

*Sie müssen den Laptop für mindestens zwei Minuten aktiv halten. Ich gehe mal davon aus, dass Windows installiert ist und dass der Laptop über WLAN verfügt. Haben Sie Tethering bei Ihrem Smartphone?*

*Nein. Was ist Tethering?*

Ansgar tappte noch immer im Dunkeln, worauf der Informant hinauswollte.

*Das ist die Möglichkeit, das eigene Handy als WLAN-Modem zu nutzen, aktuelle Smartphones bieten diese Option. Anderenfalls müsste ich den Laptop über das BKA-Netz anzapfen, was weitaus komplizierter ist.*

*Wenn ich Sie richtig verstehe, wollen Sie, dass ich Ihnen bei einer Straftat helfe? Sie wollen sich mit meiner Hilfe in den Laptop von Hussein Dogan einhacken?* Ansgar wusste nicht, ob er lachen oder wütend sein sollte. Konnte diese fremde Person ihm wirklich helfen oder versuchte sie, ihn zu manipulieren? Ansgar war kein IT-Spezialist, wer sagte ihm denn, dass diese Person nicht ganz andere Absichten hatte? Vielleicht wollte der anonyme Informant mit Ansgars Hilfe das BKA-Netz hacken? Das durfte auf keinen Fall passieren.

*Ja, das will ich. Nur so kann ich Ihnen beweisen, dass Sie mir vertrauen können,* lautete die Antwort des Unbekannten.

*Was ist so wertvoll an dem Laptop?*

*Da sind Fotos und Dokumente in einem versteckten Bereich auf der Festplatte.*

*Woher weiß er das,* fragte sich Ansgar irritiert. Er wusste, er musste eine Entscheidung treffen. Egal wie groß die Verlockung war, dem Informanten zu glauben, dass er ihm wirklich helfen wollte, das Risiko war einfach zu groß.

*Ich kenne Sie nicht, daher kann ich Ihnen nicht vertrauen. Was Sie verlangen, macht mich zu einem Kriminellen. Ich brauche Sicherheiten, dass ich Ihnen vertrauen kann.*

Ansgar las die Nachricht erneut durch. Er wusste, dass diese Antwort das Ende der Kommunikation bedeuten konnte. Wollte er das wirklich? Er zögerte und gerade als er auf Senden drücken wollte, entschied er sich um, löschte die Nachricht und schrieb:

*Gut, ich helfe Ihnen. Aber was mache ich mit Andrea Schwarz? Sie ist meine Partnerin und ich weiß nicht, ob sie bei einer illegalen Aktion mitmachen wird.*

Ansgar las die Nachricht wieder und schickte sie dann ab. Nancy war in der Tat ein größeres Problem und er wusste nicht, wie sie reagieren würde, wenn er sie einweihte. Immerhin arbeitete sie bei der NSA. Langsam vertraute er ihr zwar, aber konnte man einer Agentin von einem ausländischen Geheimdienst wirklich vertrauen? Er wünschte, er könnte es tun. Kurz nachdem er die Nachricht abgeschickt hatte, bekam er eine überraschende Antwort.

*Machen Sie sich um sie keine Sorgen, sie wird anderweitig verhindert sein.*

*Was meinen Sie damit?*

*Sie wird sich morgen früh bei Ihnen melden und sich mit einer fadenscheinigen Begründung für den morgigen Tag entschuldigen.*

*Warum sollte sie? Wir sind mitten in den Ermittlungen,* antwortete Ansgar, der seinem Informanten diesmal nicht glauben mochte. Oder wusste er etwas über Nancy, was Ansgar nicht wusste? Wenn er etwas wusste, woher wusste er es? Diese Aussage half jedenfalls nicht, Ansgar zu beruhigen.

*Vertrauen Sie mir und seien Sie froh. So können Sie morgen früh ungestört nach Wiesbaden fahren und Ihre Kollegen bitten, Ihnen den Laptop zu zeigen. Fahren Sie den Laptop hoch und schalten Sie an Ihrem Handy die Option Tethering oder »persönlicher Hotspot« an und geben Sie mir dann zwei Minuten. In den zwei Minuten darf Ihr persönlicher Hotspot nicht unterbrochen sein. Denken Sie, Sie bekommen das hin?*

*Ich sagte Ihnen doch, dass mein Handy diese Funktion nicht hat.*

*Dann besorgen Sie sich einen neuen Vertrag mit Handy im Media Markt, aber achten Sie darauf, dass Sie einen LTE-Vertrag unterschreiben. 3G würde länger dauern. Und schicken Sie mir eine Nachricht mit Ihrem neuen Handy, dann kann ich es direkt anpingen.*

*Schicken Sie mir auch eine SMS, falls kein Internetempfang vorhanden ist. Dann muss ich mir etwas anderes einfallen lassen.*

Wer immer dieser Informant war, inzwischen war Ansgar überzeugt, dass er ein verdammt guter Hacker sein musste. Dass er ein Profi war, zeigte allein die Tatsache, dass es ihm gelungen war, ihn über die geheime Telefonnummer zu kontaktieren.

*Nennen Sie mir einen Namen?*

*Was für einen Namen?*

*Wie ich Sie anschreiben soll. Ich möchte wissen, mit wem ich kommuniziere.*

*Nennen Sie mich Alan Smithee.*

*Alan Smithee? Was Originelleres fiel Ihnen wohl nicht ein?* Als Filmfan kannte Ansgar natürlich den Namen Alan Smithee. Er wurde von Regisseuren genutzt, die nicht wollten, dass ihr Name im Abspann eines Films stand.

*Wieso? Ich denke, er passt hervorragend. Sie und ich sind Regisseure eines Filmes, der das Ziel verfolgt, die Menschen um jeden Preis zu manipulieren, aus einem einzigen Grund: Machterhalt! Wenn das mal kein Plot für einen großen Hollywood-Blockbuster ist, dann weiß ich auch nicht.*

*Na gut, Alan, ich habe beschlossen, mich auf Ihr Spiel einzulassen. Ich hoffe, dass ich es nicht bereuen werde.*

Auf die Anspielung mit dem Film, die Ansgar sehr gut verstand, ging er nicht ein. Er wollte nur die Hintermänner fassen, für irgendwelche Verschwörungstheorien hatte er nichts übrig.

*Sie können mir vertrauen. Aber vertrauen Sie niemals Nancy White!*

# 23

## *14. 6. 2014*

Ansgar hatte sehr unruhig geschlafen, die letzte Nachricht von Alan hatte ihm großes Kopfzerbrechen bereitet. Woher kannte Alan die wahre Identität von Nancy?

Konnte und durfte er geheim halten, dass jemand ihre Identität kannte?

Jeder wusste, dass Agenten von ihrer Anonymität lebten. War ihre Identität bekannt, waren sie in großer Gefahr; so eine Information musste sofort gemeldet werden. Aber Ansgar tat genau das nicht, weil er gewillt war zu glauben, dass Alan ihm mit diesem Hinweis einen Gefallen tun wollte. Ein Vertrauensbeweis!? Trotzdem plagten ihn Gewissensbisse.

Wenn es nun doch ein Vertrauensbeweis seitens des Unbekannten war, stellte sich Ansgar die Frage, ob Nancy ein doppeltes Spiel spielte. Dabei fing er doch gerade an, ihr zu vertrauen. Er hatte sogar mit dem Gedanken gespielt, ihr von Alan zu erzählen. Doch diese eine Nachricht hatte alles verändert und ein Anruf, der ihn kurze Zeit später erreichte, bestätigte ihm, dass er richtig gehandelt hatte.

Da er schlecht geschlafen hatte, gönnte er sich noch einige Minuten im Bett, obwohl sein Wecker ihn rechtzeitig geweckt hatte. Zwanzig Minuten vor sieben fuhr er los, um Nancy abzuholen. Während der Fahrt packten ihn wieder Zweifel, ob er richtig gehandelt hatte, da Alan ihm versichert hatte, dass Nancy anderweitig verhindert sein würde. Aber sie hatte sich nicht bei ihm gemeldet, was darauf schließen ließ, dass Alan unrecht hatte.

Ihn trennten nur noch wenige Minuten von Nancys Wohnung, als sein Handy klingelte.

Er nahm den Anruf an, am anderen Ende der Leitung war Nancy.

»Hallo, Andrea, bin gleich bei dir.«

»Oh, Ansgar, ich muss leider absagen. Ich glaube, ich habe mir eine fürchterliche Magenvergiftung zugezogen. Das Sushi gestern war wohl nicht so frisch, wie ich dachte. Ich bin die ganze Zeit auf dem Klo.«

»Damit ist nicht zu scherzen. Du solltest schnellstens zum Arzt. Soll ich dich fahren?«

»Nein, nein, die Ermittlungen gehen vor. Fahr bitte nach Worms. Ich rufe mir ein Taxi.«

»Bist du sicher? Ich bin schon fast bei dir.«

»Ja, ganz sicher. Ist sehr nett von dir. Aber morgen bin ich wieder fit, versprochen«, antwortete sie.

»Na gut, wenn was ist, sag mir Bescheid. Ich melde mich dann heute Abend bei dir.«

»Mach das und viel Erfolg.«

»Danke. Ach, bevor ich's vergesse: Hast du das Phantombild von dem Kerl, der den Auftrag gegeben hat, mich zu bedrohen, auch deinen Jungs geschickt? Vielleicht habt ihr ja etwas in eurer Datenbank«, sagte Ansgar.

»Ja, habe ich gestern Abend noch erledigt, aber noch keine Antwort. Ich habe gesehen, dass du auch fleißig warst und den Bericht geschrieben hast, leider musst du das heute wieder für mich übernehmen. Ich mache das dann die nächsten Tage, versprochen.«

»Klar, kein Thema, werd erst mal gesund. Wenn was ist, ruf mich an.«

»Mach ich«, antwortete sie und beendete das Gespräch.

Ansgar wusste nicht, wie Alan das hatte voraussehen können, aber er hatte recht behalten. *Warum soll er mit den anderen*

*Dingen dann nicht auch recht haben?* Dieser Gedanke war geradezu unheimlich.

Unter anderen Umständen hätte er Nancy geglaubt. Ihre Stimme klang mitgenommen, schwach und betrübt, jedenfalls so, wie man sich die Stimme einer Kranken vorstellte.

*Aber was wundere ich mich, sie ist eine NSA-Agentin, die sind mit allen Wassern gewaschen*, dachte er. Dennoch war er sich nicht sicher, ob es richtig war, die Information, dass Nancys Identität aufgedeckt war, für sich zu behalten.

Ansgar fuhr in die Ehrenstraße, um dort zu frühstücken. Nach dem Frühstück fuhr er zum *Media Markt* und besorgte sich ein iPhone mit einem LTE-Vertrag.

Er teilte Alan seine neue Nummer mit und Alan antwortete, dass er bereit sei und ihm viel Erfolg wünsche.

Ohne Umwege fuhr Ansgar nach Wiesbaden. Kurz vor 12 Uhr kam er in der Zentrale an. Er begab sich gleich in die IT-Abteilung der Spurensicherung.

Auf der Fahrt nach Wiesbaden hatte er sein Kommen bereits angekündigt. Als er den Raum betrat, erwartete ihn Philipp, der die versteckte Partition auf Husseins Laptop gefunden hatte.

»Hallo, Philipp«, grüßte Ansgar seinen Kollegen und gab ihm die Hand. Sie kannten sich bereits seit Jahren und pflegten ein freundschaftliches Verhältnis, auch wenn sie privat eher selten etwas zusammen unternahmen. So ging es Ansgar aber mit vielen Kollegen, mit denen er sich gut verstand. Privat wurde wenig gemeinsam unternommen.

Philipp war vierunddreißig Jahre alt, kräftig gebaut und hatte kurzes braunes Haar. Beim BKA nannten sie ihn nur »Godfather des IT«, weil er alles über das Internet, Programmierung und Computer wusste. Bevor er beim BKA angeheuert hatte, war er aktives Mitglied beim Chaos Computer Club, dem CCC, gewesen. Streng genommen hatte sich das BKA um seine Dienste bemüht, erinnerte sich Ansgar belustigt.

Der CCC war ein deutscher Verein, in dem sich Hacker zusammengeschlossen hatten, um die Öffentlichkeit auf die

Gefahren des Internets aufmerksam zu machen. Oft ging das mit spektakulären Hackerangriffen einher, wie dem NASA- oder dem KGB-Hack, wo es CCC-Mitgliedern gelungen war, in deren interne Netzwerke einzudringen.

»Hallo, Ansgar, setz dich doch. Ich bin gleich fertig«, antwortete Philipp und winkte Ansgar zu sich auf den freien Stuhl, der neben ihm stand.

»Was machst du da?«, fragte Ansgar.

»Ich überprüfe die Daten auf dem Laptop und vor allem, wie ich die versteckte Partition auf der Festplatte übersehen konnte.«

»Verstehe, kann doch mal passieren, deswegen sind sie doch versteckt«, grinste Ansgar.

»Wenn es so einfach wäre. Kannst du etwas für dich behalten?«

»Na klar«, antwortete Ansgar und tat mit der rechten Hand so, als würde er seine Lippen verschließen und den Schlüssel dafür wegwerfen.

»Mir ist so etwas noch nie passiert. Für einen Augenblick hatte ich das Gefühl, als hätte jemand durch Fernzugriff diese versteckte Partition auf den Laptop überspielt.«

»Geht das denn so einfach?«

»Ja, klar, aber dafür braucht man eine Internetverbindung und der Laptop war nicht an das Internet angeschlossen. Die andere Möglichkeit …«, erklärte Philipp und hielt inne. Er blickte kurz über die Schulter, als könne noch jemand im Raum sein, und fuhr dann fort: »… wäre, dass man sich über WLAN mit dem Laptop verbindet.« Ansgar zuckte unwillkürlich zusammen, denn genau das hatte er selbst vor. Er hoffte, dass Philipp seinen Schreck nicht bemerkt hatte. Er kam sich vor wie ein ertappter Schuljunge.

»Aber das WLAN muss doch auch mit dem Internet verbunden sein?«, bemerkte Ansgar daher betont beiläufig. Dieses spezielle IT-Wissen hatte er erst seit dem SMS-Gespräch mit Alan.

»Nicht unbedingt. Profis könnten sich über ein internetfähiges Mobiltelefon Zugang zum WLAN und somit zum Laptop verschaffen. Da ich aber grundsätzlich mein Handy nicht in diesem Raum habe, ist das so gut wie ausgeschlossen. Die andere Möglichkeit wäre das BKA-interne Netzwerk. Aber ich habe keinen erfolgreichen Hackerangriff ausfindig machen können und unsere Watchguard-Software ist verdammt gut.«

»Lass mich raten, du hast sie programmiert?«, lachte Ansgar und klopfte Philipp auf die Schultern, erleichtert, dass er mit einer solchen Bemerkung seine Anspannung etwas lösen konnte. Philipps Nicken und Lächeln bestätigten seine Annahme.

»Dennoch ist das sehr merkwürdig. Ich lasse gerade ein selbst geschriebenes Programm laufen, das auf Bit- und Clusterebene erkennt, ob die versteckten Partitionen wirklich schon auf dem Laptop waren oder erst später hinzugefügt wurden.«

»Aber ist das am Ende nicht egal? Wichtig sind doch die Daten.«

»Für euch vielleicht. Aber für mich nicht. Wenn es einen Fernzugriff gab, heißt das nichts anderes, als dass das BKA-Netzwerk geknackt wurde und somit nicht mehr sicher ist. Das wäre eine Katastrophe und es würde auch bedeuten, dass sämtliche Bilder und Daten ursprünglich eben *nicht* auf dem Laptop waren.«

Philipps erste Sorge war schon schlimm genug. Wenn das Netzwerk gehackt worden war, konnte wer weiß wer auf die sensiblen Daten des BKA zugreifen. Philipp würde sicherlich sehr schnell dafür Sorge tragen, dass das Sicherheitsloch geschlossen wurde, trotzdem war der Schaden kaum in kurzer Zeit abzugrenzen, schon gar nicht bei diesen brisanten Ermittlungen! Aber die zweite Aussage bereitete ihm eine Gänsehaut, bedeutete das doch nichts anderes, als dass all diese eindeutigen Beweisbilder, dass Hussein ein ausgebildeter Terrorist war, als Beweise vor Gericht keinen Bestand hatten oder vielleicht gefälscht waren. Schließlich musste man davon ausgehen, dass er selbst sie nie auf dem Laptop gespeichert hatte.

Und jetzt verstand Ansgar, oder glaubte es zumindest, warum Alan diesen Fernzugriff auf den Laptop haben wollte. Zu gern hätte er gewusst, woher Alan seine Informationen bezog. War er am Ende derjenige, der die versteckte Partition auf den Laptop übertragen hatte?

Ansgar glaubte das nicht, warum sollte er dann einen erneuten Zugriff anstreben und vor allem mit seiner Unterstützung? Aber ein Restzweifel blieb.

»Was denkst du, Philipp? Wenn es diesen Zugriff gab, waren es irgendwelche Hacker, die sich einen Spaß erlauben, oder Profis?«

»Das können nur Profis gewesen sein. Profis, die sehr gut unterrichtet waren, weil sie wussten, dass wir im Besitz des Laptops sind. Mich würde es nicht wundern, wenn es die gleichen Profis waren, die auch die Fernzündung programmiert haben.«

»Aber denkst du, dass Terroristen über solch tiefes IT-Wissen verfügen?«, gab Ansgar zu bedenken.

»Schwer zu sagen, aber wenn sie Geld haben, können sie sich das Wissen kaufen.«

»Von Hackern? Ich weiß nicht«, erwiderte Ansgar.

»Nicht von Hackern, von der Mafia, dem organisierten Cybercrime«, erklärte Philipp und Ansgar hoffte, dass diese Annahme ins Leere lief, würde das doch eine weitere offene Baustelle bedeuten und die Ermittlungen noch aufwendiger machen.

»Wollen wir nicht hoffen, dass die Islamisten jetzt gemeinsame Sache mit der Mafia machen.«

»Die Welt geht vor die Hunde – und was machen wir? Wir machen so weiter, als sei nichts geschehen. Na gut, du kannst an den Laptop, aber bitte nichts löschen oder verändern. Ich habe dir den Ordner mit den Bildern geöffnet. Wäre mir sehr lieb, wenn du dich nur in dem bewegst.«

»Mach ich. Danke«, bedankte sich Ansgar.

Philipp stand auf und setzte sich an einen anderen Computer, welcher in der linken Ecke des Raumes stand. Ansgars Puls ging hoch. Er nahm sein iPhone, aktivierte den »persönlichen Hotspot« und legte das iPhone auf den Tisch. Dann tat er, als würde er die Bilder anschauen.

Als sein iPhone vibrierte, zuckte er kurz zusammen. Er hatte eine SMS bekommen. Schweißperlen traten ihm auf die

Stirn. Nervös drehte er sich wie zufällig um, aber Philipp schien ihn nicht zu beachten. Er öffnete die SMS und las sie.

*Das WLAN am Laptop ist aus,* stand in der Nachricht. *Scheiße,* dachte er und hoffte, dass es ihm gelang, das WLAN zu aktivieren. Mit jedem Klick ins Menü des Betriebssystems stieg seine Nervosität, dass Philipp ihn erwischen könnte. Das Klickgeräusch der Maus half dabei nicht gerade.

»Alles klar?«, hörte er eine Stimme und erschrak.

Er drehte sich um. Ein Kollege von Philipp hatte den Raum betreten. Für einen Augenblick hatte er gedacht, dass die Frage ihm galt, da die Stimme so nah war.

Der Kollege schien Ansgar gar nicht zu registrieren, was ihm ausgesprochen recht war. Philipp und der Mann unterhielten sich angeregt. Ansgar hörte Philipp noch sagen: »Das kann nicht sein, warte, ich komme mit.«

Dann sah er aus dem Augenwinkel, dass Philipp von seinem Stuhl aufstand.

»Ansgar, ich muss kurz was checken. Bin gleich wieder zurück, mach keinen Unfug bitte. Das sind hier alles sehr sensible Daten«, bat Philipp ihn eindringlich und Ansgar hoffte, dass er keinen Blick auf den Laptop warf, denn dann hätte er gesehen, dass er den Systemordner geöffnet hatte, was sicherlich unangenehme Fragen zur Folge gehabt hätte.

»Ich bin ganz brav«, antwortete Ansgar und rang sich ein unbeschwertes Lächeln ab. Philipp lachte nur und verließ den Raum. Erleichtert atmete Ansgar aus und wischte sich den kalten Schweiß von der Stirn.

*Wie kann ich das WLAN aktivieren?,* schrieb Ansgar hastig eine SMS an Alan.

*Was für eine Windows-Version?,* war Alans Gegenfrage.

*Windows 7,* antwortete Ansgar. Da er auch beruflich mit Windows 7 arbeitete, wusste er das sofort. Nur wenige Sekunden später bekam er eine SMS, wie er das WLAN des Laptops aktivieren konnte. Ansgar befolgte die Anweisungen und hörte, wie die Tür sich öffnete.

*Philipp ist zu früh*, dachte Ansgar, wollte jetzt aber nicht abbrechen, da er nur noch die Aktivierung des WLAN bestätigen musste. Also klickte er schnell auf das Symbol und hoffte, dass das Fenster auf dem Bildschirm verschwand und Philipp nichts bemerkte.

»Und, kommst du gut voran?«, fragte ihn Philipp, der jetzt genau hinter ihm stand. Ansgar erstarrte und sein Mund wurde plötzlich trocken, da er überzeugt war, dass Philipp das Fenster gesehen hatte. Dennoch antwortete er so normal wie möglich: »Ja, ich brauche auch nicht mehr lange.«

Ansgar öffnete ein weiteres Bild in dem Ordner und tat so, als würde er es konzentriert begutachten.

»Das freut mich. Wenn was ist, sag mir Bescheid«, antwortete Philipp und ging zurück an den Rechner.

*Das war knapp*, dachte Ansgar erleichtert und tat so, als würde er weitere Bilder anschauen. Die Bilder ließen keinen Zweifel zu, Hussein Dogan war ein Terrorist. Er hatte sie alle genarrt, seine Familie, seine Kollegen, seine Bekannten und den Imam Erdal.

Und nachdem er einige Bilder gesehen hatte, konnte er sich kaum vorstellen, dass Hussein nicht dieser Terrorist sein sollte. Das, was er bis jetzt über ihn gehört hatte, deckte sich überhaupt nicht mit dem, was er hier gerade sah. Doch es handelte sich bei den Bildern dieses Mannes unzweifelhaft um Hussein Dogan. Zu hören, dass es solche Bilder von ihm gab, und sie dann persönlich zu sehen, das waren schon zwei verschiedene Paar Schuhe.

Hätte er gestern die Bilder gesehen, wäre er vielleicht nicht auf das Angebot von Alan eingegangen. Die Bilder schockierten ihn zutiefst. Aber für einen Rückzieher war es nun zu spät. Er würde bei Uli die Einsicht aller Bilder und Daten anfordern.

Nur wenige Minuten später vibrierte sein iPhone. Eine weitere SMS von Alan.

Er öffnete sie und war sehr erfreut über die Nachricht, denn Alan schrieb ihm, dass die Übertragung geklappt habe.

Die Nervosität verschwand und er wollte gerade sein iPhone in die Tasche stecken, als er Philipp sagen hörte: »Was ist das?«

# 24

Ansgar erstarrte. Er hatte keine Ahnung, wie lange Philipp schon hinter ihm stand, aber er war sicher, dass er etwas bemerkt hatte. Denn als er sich umdrehte, war Philipps Gesichtsausdruck alles andere als freundlich.

»Was meinst du?«, fragte er kleinlaut.

»Das mit dem Handy«, antwortete Philipp und jetzt gab es keinen Zweifel mehr, er war aufgeflogen. Philipp würde es mit Sicherheit Uli und seinen Vorgesetzten melden und wenn sie die Wahrheit erfuhren, war es aus für ihn. Er hatte sich strafbar gemacht, daran bestand kein Zweifel.

Blitzschnell versuchte er, seine möglichen Optionen abzuwägen. Sein Verstand arbeitete auf Hochtouren.

»Was soll damit sein?«, fragte er gleichgültig.

»Na, das iPhone«, bohrte Philipp nach.

»Ach, das? Das ist mein privates. Ganz ehrlich, mit diesem alten Blackberry kann man doch nur telefonieren.«

»Ist das das neue 5S mit Fingerprint?«, fragte Philipp und seine Stimmung schien sich aufzuhellen.

»Ja, wieso?«, antwortete Ansgar, der nicht ganz verstand.

»Cool, darf ich mal sehen? Will mir vielleicht auch eins holen, aber die Kosten schrecken mich noch ab.«

»Klar«, antwortete Ansgar und gab ihm das Handy. Philipp versuchte, den Fingerprint zu umgehen, aber das iPhone startete nicht. Er gab es Ansgar.

»Zeig mal«, bat er ihn.

Ansgar drückte seinen Daumen auf den Sensor und das iPhone entsperrte sich. Philipp grinste und Ansgar wusste nicht, wie ihm geschah.

»Echt geil, was Steve Jobs da erfunden hat. Ich glaube, ich werde mir auch eins holen. Bist du zufrieden?«

»Ja, sehr sogar. Macht viel mehr Spaß als mit dem Blackberry. Vor allem muss ich mir keine Sorgen machen, wenn ich es mal verlieren sollte oder so, da ja keine sensiblen Daten drauf sind. Echt schade, dass das BKA keine iPhones als Firmenhandy erlaubt.«

»Ja, leider, aber die Dinger sind einfach unsicher. Blackberry hat das beste Sicherheitspaket und man kann es individuell anpassen. Aber das iPhone ist schon sehr chic. Und, hast du gefunden, was du gesucht hast?«, fragte Philipp und erst jetzt konnte sich Ansgar ein ehrliches Lächeln entlocken. Philipp hatte ihn nicht bei einer Straftat ertappt, sondern war nur am iPhone interessiert.

Glücklicherweise hatte er in der Aufregung einen klaren Kopf behalten. Er öffnete ein Foto und sagte: »Ja, siehst du, das ist Hussein Dogan. Uli hat zwar gestern in der Telefonkonferenz von den Bildern erzählt, aber ich wollte sie selber sehen. Sie jetzt hier vor Augen zu haben, lässt erst recht keinen Zweifel daran, dass er ein eiskalter Mörder ist.«

»Ganz schlimm, ich verstehe nicht, wie Menschen bereit sind, für so etwas Dummes wie den Glauben zu sterben. Wissen die nicht, dass es am Ende nur um Macht geht und der Glaube damit nichts zu tun hat?«

Philipp glaubte weder an Gott noch an irgendeine Religion, das hatte Ansgar bereits in Erfahrung gebracht.

»Verblendung, Philipp. Die Menschen sind leicht manipulierbar, vor allem die, die nichts mit sich anzufangen wissen oder von unserer Gesellschaft enttäuscht sind. Schau dir doch an, in welchen Zeiten wir leben. Die Menschen stehen für nichts mehr ein. Es ist eine orientierungslose Generation, jeder für sich und alle für den Kapitalismus. Solche Zeiten sind der ideale Nährboden für Fundamentalisten aller Art.«

»Da magst du recht haben. Ich hoffe, wir finden die Hintermänner schnell, bevor noch ein weiteres Unglück passiert.«

»Wollen wir hoffen«, bestätigte Ansgar und klickte auf weitere Bilder, ohne ihnen wirklich Beachtung zu schenken.

»Ich muss dann …«, begann er gerade seinen Satz, als er plötzlich mittendrin innehielt. Etwas auf dem Monitor hatte seine Aufmerksamkeit geweckt. Nicht etwas, sondern jemand. Er schaute intensiver auf den Bildschirm und wollte seinen Augen nicht trauen. Auf einem Foto, auf dem Hussein Dogan mit einem Maschinengewehr posierte, standen hinter ihm noch zwei andere Personen und eine davon kam ihm sehr vertraut vor.

»Alles klar?«, fragte Philipp, dem Ansgars seltsames Verhalten nicht entgangen war.

»Das weiß ich noch nicht«, antwortete er. Seine Konzentration war ganz auf das Foto gerichtet. Er vergrößerte es und betrachtete es genauer. Jetzt gab es keinen Zweifel mehr, Ansgar kannte den Mann.

»Was ist mit dem Mann?«, fragte Philipp.

»Ich kenne ihn.«

»Woher?«

»Ich habe ihn vor zwei Tagen verfolgt. Er hat mir in einem Döner-Imbiss etwas gesagt, was ich nicht verstanden habe, und ist dann weggelaufen. Kann ich das Foto ausgedruckt bekommen?«

»Klar, ich kann dir das auch mailen. Willst du nur die Vergrößerung ausgedruckt haben?«

»Wäre super. Sag mal, kannst du in unseren Datenbanken checken, ob er bekannt ist?«

»Kann ich machen, kann aber ein bisschen dauern. Wieso wurde er noch nicht durchgecheckt?«

»Wurde er, aber nur aufgrund eines schlechten Bildes aus einer Kameraaufzeichnung vom Ehrenfelder Bahnhof. Vielleicht spuckt die Datenbank bei dieser Qualität mehr aus.«

»Ich will's versuchen, aber du solltest dir nicht so viele Hoffnungen machen. Die Bildqualität ist nicht so wichtig, wie du hoffst. Unsere Fotoerkennungssoftware arbeitet auf Matrixebene, die kann auch Videokamerabilder sehr gut identifizieren«, bereitete Philipp ihn schon auf das mögliche negative Ergebnis vor.

»Mag sein, aber wir müssen es versuchen.«

»Ich jag es gleich durch die Datenbank«, beruhigte Philipp ihn.

»Du bist der Beste. Ich muss unbedingt Uli anrufen.«

»Warum?«

»Weil ich sämtliche Bilder und Daten brauche, es sei denn, du brennst mir die schnell«, grinste Ansgar.

»Du kennst die Regeln, Ansgar, das darf ich leider nicht. Sämtliche digitale Kopien aus der Spurensicherung werden getrackt, allein um jeglichen Missbrauch auszuschließen.«

»Schade, aber als IT-Experte kennst du doch bestimmt Wege …«, versuchte Ansgar sein Glück, weil er nicht warten wollte, bis Uli die Bilder für ihn freigab. Er konnte nicht einmal einschätzen, ob Uli es überhaupt tun würde.

»Das habe ich gerade überhört, mein Lieber, auch wenn es mich ehrt, dass du denkst, ich wäre ein Hackergenie«, antwortete Philipp und lachte kurz auf, »aber ich bin jetzt beim BKA, da kann ich nichts machen. Zumal diese Kontrollsoftware von mir selber geschrieben wurde.«

»Hast du dir quasi selbst Handschellen angelegt«, schlussfolgerte Ansgar.

»So in etwa«, grinste Philipp. »Aber immerhin konntest du doch die Bilder vorab sehen und ich schicke dir das eine. Ich denke, das kann ich verantworten, ohne Anschiss befürchten zu müssen. Alles andere bitte über Uli oder Peter.«

»Na gut. Ich will dich dann nicht länger stören. Danke noch mal«, antwortete Ansgar, stand auf und verabschiedete sich. Philipp gab ihm noch den Ausdruck mit.

Er begab sich zu seinem Wagen, um nach Worms zu fahren.

Während der Fahrt checkte er seinen E-Mail-Eingang und sah, dass Philipp ihm das Foto bereits gemailt hatte. Er überlegte kurz, ob er es Nancy schicken sollte, verwarf diesen Gedanken aber, da er seine Einstellung zu ihr neu überdenken musste.

Da noch reichlich Zeit vorhanden war, rief er Uli an und bat ihn um Zusendung der Bilder und Daten. Uli war zunächst sauer, da er sich, ohne ihn zu informieren, Einsicht in die Bilder verschafft hatte. Als er aber erfuhr, dass auf einem der Bilder der ominöse Mann mit der grünen Jacke zu sehen war, legte sich seine Wut und er versprach, ihm die Daten zukommen zu lassen.

Ansgar hoffte, dass die Identität dieses Mannes einen entscheidenden Beitrag zu den Ermittlungen leisten konnte.

Wer immer dieser Mann war, er kannte nicht nur Hussein, er war mit ihm gemeinsam in einem der Trainingscamps gewesen. Wenn Philipp recht behielt, war er aller Wahrscheinlichkeit nach kein Islamist und somit auch kein Dschihadist, denn dann hätte man bereits anhand des Kamerabildes seine Identität feststellen können. Schließlich hatten unzählige Dschihadisten in der BND-Datenbank ein Profil, da sie überwacht wurden.

Somit musste er wohl wie Hussein als gemäßigter Moslem eingestuft werden. War er vielleicht auch Teil dieser autonomen Zelle? Aber wieso reiste man zu einem Trainingscamp für Terroristen, wenn man gemäßigter Moslem war?

Und die wichtigste Frage, auf die er noch immer keine Antwort fand: Warum hatte dieser Mann ihn angesprochen?

Er musste ihn finden, egal wie, und dann hatte er noch eine Idee. Er sandte das Bild an Bruhns und bat sie, eine Fahndung nach dem Mann einzuleiten, aber nur intern. Ansgar wollte die Presse noch nicht informieren, da er Sorge hatte, dass er untertauchen könnte.

Er ärgerte sich, dass er ihn nicht abgefangen hatte, weil ihm auf diese Weise sicher wertvolle Informationen abhandengekommen waren. Inzwischen hatte er die Autobahn verlassen und befand sich auf der Landstraße Richtung Worms. In der Ferne sah er bereits den Wormser Dom. Unweigerlich musste er daran denken, wie sich wohl die Menschen vor Hunderten von Jahren gefühlt hatten, wenn sie als einfache Landarbeiter oder

Bauern, die lediglich ärmliche Hütten ihr eigen nannten, den Dom von Weitem erblickten.

*Kein Wunder, dass die Kirche so mächtig war*, dachte er und bog, wie vom Navigationsgerät gefordert, in die Alzeyer Straße ein und nach hundert Metern rechts in die Zielstraße.

Nun sah er die Fachhochschule, die auf mehrere Gebäude verteilt war, und suchte einen freien Parkplatz. Nachdem er den Wagen geparkt hatte, begab er sich sogleich ins Sekretariat. Nach einigen Irrläufen und Nachfragen fand er schließlich das Büro von Elke Müller. Er klopfte an die Tür und trat ein.

»Guten Tag, sind Sie Frau Müller?«, fragte er.

»Guten Tag, ja, wie kann ich Ihnen helfen?«, antwortete sie im Sitzen.

»Frau Müller, wir hatten bereits gestern telefoniert. Mein Name ist Ansgar David vom BKA«, stellte sich Ansgar vor und zeigte ihr seinen Ausweis.

Sie warf dem Ausweis einen kurzen Blick zu und antwortete: »Ich erinnere mich. Setzen Sie sich doch bitte. Wie kann ich Ihnen helfen?«

Ansgar setzte sich an den Tisch.

»Es geht um zwei ehemalige Studenten von Ihnen. Hussein Dogan und Sam Eyob. Ich brauche alle Informationen, die Sie über sie haben.«

»Die gesamte Fachhochschule ist geschockt und tief bekümmert, dass gerade ein Student aus unserer Hochschule so eine schreckliche Tat verübt hat.«

»Und genau deswegen brauche ich alle Informationen«, erklärte Ansgar.

»Ich habe sie Ihnen bereits ausgedruckt«, antwortete sie zu seiner Überraschung, griff nach einem Papphefter und reichte ihn Ansgar.

»Wie kommt's?«, fragte Ansgar, da er doch der festen Meinung war, dass sie nach ihrem gestrigen Telefonat nichts ohne schriftliche Anforderung oder persönliches Erscheinen unternehmen würde.

»Ich habe mir schon gedacht, dass Sie vorbeikommen würden«, antwortete die Sekretärin vielsagend. »Einige der Professoren unterrichten noch hier. Ich habe sie alle befragt, aber leider konnte sich keiner mehr an die beiden Studenten erinnern. Es ist einfach zu viel Zeit vergangen.«

»Oh, das ist aber sehr freundlich. Wissen Sie, ob jemand anderer mir behilflich sein könnte?«

»Ich fürchte nein. Wenn Sie wollen, kann ich Ihnen auch die manuellen Unterlagen zur Einsicht vorlegen. Aber die muss ich wiederhaben«, erklärte Elke Müller mit strengem Unterton.

»Ja, das wäre sehr freundlich.«

»Wieso habe ich mir das nur gedacht«, antwortete sie ironisch, stand auf und griff nach zwei Ordnern. »Bitte schön. Jetzt haben Sie wirklich alle Informationen.«

»Danke, Sie sind großartig. Wo kann ich mir das alles in Ruhe anschauen?«, fragte Ansgar.

»Am besten, Sie gehen in die Bibliothek, dort ist auch ein Kopierer, falls Sie etwas kopieren wollen.«

»Und wo ist das?«

»Gebäude A, wenn Sie dieses Gebäude verlassen, einfach dem Weg folgen, dann kommen Sie direkt darauf zu.«

»Danke«, antwortete Ansgar, stand auf und wollte das Büro verlassen, als Elke Müller noch sagte: »Bitte bis spätestens 17 Uhr die beiden Ordner zurückbringen.«

»Das sollte ich hinbekommen«, sagte Ansgar lächelnd und begab sich zur Bibliothek.

Auf dem Weg dorthin kamen ihm Studentinnen und Studenten entgegen und unweigerlich fühlte er sich in seine Zeit als Student zurückversetzt. Er war gerne Student gewesen und manchmal wünschte er sich diese vergleichsweise unbeschwerte Zeit zurück. Aber so war das im Leben, gewisse Dinge würden auf ewig nur noch als Erinnerung Bestand haben.

Er betrat die Bibliothek und suchte einen freien Platz. Einige der Studenten schienen ihn kritisch zu beobachten.

*Die denken bestimmt, was will der alte Knacker hier*, dachte Ansgar schmunzelnd und öffnete den Papphefter. Er enthielt jede Menge Informationen über Hussein und Sam. Wann sie ihr Studium aufgenommen, welche Fächer sie belegt und ob sie ihr Studium beendet hatten. In den Unterlagen befand sich auch eine digitale Kopie der Anmeldung für die Hochschule mitsamt einem Passfoto. Auch wenn die Bilder schon einige Jahre alt waren, Ansgar erkannte Sam und Hussein sofort wieder.

In dem Papphefter waren keine neuen Informationen, dennoch wollte er den Hefter der Spurensicherung übergeben, da sie vielleicht etwas fanden. Aber wenn er ehrlich war, machte er sich wenig Hoffnungen.

Jedenfalls gab es nun keinen Zweifel mehr, dass Eyob Student der Fachhochschule gewesen war und er ihnen in diesem Punkt die Wahrheit gesagt hatte. Und es gab keinen Zweifel daran, dass Hussein das Studium erst kurz vor Beendigung des Diploms geschmissen hatte.

Somit stellte sich die Frage, warum Ulis Informationen besagten, Hussein hätte nur ein Semester studiert?

Ansgar rieb sich die Stirn, als hoffte er, dass ihm dadurch etwas einfiel, was er bis jetzt übersehen hatte. Auf dem letzten Zettel stand die Adresse des Studentenwohnheims, in dem Hussein und Sam gewohnt hatten. Er überlegte, ob er dem Studentenwohnheim nicht einen Besuch abstatten sollte, aber was wollte er dort vorfinden? Keiner würde sich mehr an die beiden Studenten erinnern, dafür war die Fluktuation einfach zu groß.

Er nahm die beiden Ordner, die die manuellen Informationen enthielten. Viele Informationen waren identisch. Er fand im ersten Ordner die Anmeldung von Hussein, es war die gleiche, die auch im Papphefter war. Ein Beleg dafür, dass die Hochschule irgendwann damit begonnen hatte, die manuellen Informationen zu digitalisieren.

Er blätterte den Ordner durch und fand einige Anmerkungen der Dozenten und des Dekans, die seine Neugierde weckten. In einem Vermerk notierte der Dekan, dass Husseins

Bruder ihn kontaktiert habe, damit die Fachhochschule alles versuche, damit er sein Studium beende. Der Dekan konnte Hakan Dogan verständlich machen, dass der Fachhochschule die Hände gebunden seien, da es Husseins Entscheidung sei, die Diplomarbeit nicht zu schreiben und das Studium abzubrechen. Die Fachhochschule hoffte dies natürlich nicht.

Somit hatte Eyob recht gehabt, was Ansgar wieder auf Nicole Brown brachte. Sie war der Schlüssel, warum Hussein sein Studium so kurz vor der Zielgeraden abgebrochen hatte.

*Hoffentlich hat Nancy Informationen über diese Nicole Brown*, dachte Ansgar und blätterte weiter in dem Ordner.

Nachdem er alles gesichtet hatte, musste er erneut feststellen, dass keine neuen Informationen vorhanden waren. Die Ordner konnte er nicht zurückgeben, es waren Beweismittel. Egal wie sehr Elke Müller ihn drängen würde, er würde sie mitnehmen in der Hoffnung, dass die Spurensicherung vielleicht doch etwas fand.

Er nahm den zweiten Ordner zur Hand, erwartete aber auch dort nichts Neues. Das zweite Blatt war die Anmeldung von Sam Eyob an der Fachhochschule, und wie bei Husseins Anmeldung war es exakt die gleiche Version, die bereits digitalisiert in dem Papphefter vorlag. Er schaute nur flüchtig darauf und blätterte weiter, um sich den nächsten Zettel anzuschauen, als er erschrak. Er blätterte wieder zurück und war ziemlich verunsichert.

»Das kann nicht sein«, sagte er zu sich selbst, nahm aber den Papphefter zur Hand und suchte dort nach dem Zettel mit der digitalisierten Anmeldung von Sam Eyob und verglich die beiden Anmeldungen.

»Das kann nicht sein«, wiederholte er fassungslos über das, was er sah.

# 25

Nun gab es keinen Zweifel mehr. Auf der Originalanmeldung von Sam Eyob klebte ein anderes Passfoto als auf der Anmeldung, welche digitalisiert wurde. Beide Personen waren zwar dunkelhäutig, aber definitiv waren es zwei unterschiedliche Personen.

»Wie kann es sein, dass auf der digitalisierten Anmeldung ein anderes Foto ist?«, fragte sich Ansgar, da das eigentlich unmöglich war. Schließlich wurden doch die Zettel als Ganzes digitalisiert und das Foto von Sam Eyob klebte noch auf der Originalanmeldung.

Er untersuchte das Foto und war sich sicher, dass es echt war. Es gab keine Anzeichen dafür, dass es nachträglich auf der Anmeldung angebracht worden war. Somit konnte nur das Foto auf der digitalisierten Version unecht sein, und dieses Foto zeigte den Mann, den er zusammen mit Nancy verhört hatte.

Aber warum? Konnte es sein, dass beim Digitalisieren etwas schiefgelaufen war? Das konnte er sich nicht vorstellen. Aber wer war dann der Mann, mit dem Nancy und er sich unterhalten hatten, und warum hatte er sich als Sam Eyob ausgegeben?

Auf einmal war Ansgar hellwach. Er blätterte den Ordner weiter durch, aber bis auf das Foto gab es nichts, was seine Aufmerksamkeit erregte.

Er nahm alle Unterlagen und ging zurück ins Sekretariat. Als er vor dem Büro von Elke Müller angekommen war, klopfte er an die Tür und betrat den Raum.

»Schön, dass Sie mir die Ordner zurückbringen, ich hatte schon befürchtet, Sie würden damit abhauen«, begrüßte sie ihn auf ihre eigene Art.

»Keine Sorge, so einer bin ich nicht«, erwiderte Ansgar.

»Ich hoffe, die Dokumente helfen Ihnen, diese schlimmen Anschläge aufzuklären.«

»Das kann ich jetzt noch nicht beurteilen. Aber es gibt da etwas, das mir Kopfzerbrechen bereitet«, holte Ansgar aus.

»Und das wäre?«, fragte die Sekretärin und Neugierde lag in ihrer Stimme.

Ansgar nahm den Ordner und reichte ihr das Blatt mit der Anmeldung.

»Es geht um diese Anmeldung«, sagte er.

»Was ist damit?«

»Sie wurde digitalisiert.«

»Ja, wie alle Anmeldungen. Wir haben vor einigen Jahren damit angefangen. Inzwischen liegen die Anmeldungen nur noch in digitaler Form vor.«

Ansgar gab keine Antwort, sondern holte aus dem Papphefter die digitalisierte Anmeldung.

»Das ist die digitalisierte«, sagte er und reichte ihr den Zettel.

»Ja, stimmt. Ich weiß nicht, worauf Sie hinauswollen.«

»Schauen Sie sich bitte die Passfotos an.«

Die Sekretärin folgte der Bitte und konnte zunächst nichts finden, bis sich ihre Gesichtszüge plötzlich veränderten.

»Haben Sie es gesehen?«, fragte Ansgar.

»Ja, das sind unterschiedliche Passfotos.«

»Genau! Mich würde interessieren, wie das möglich ist. Wie wurden die Originaldokumente eingescannt?«, wollte Ansgar wissen.

»Das haben Studenten gemacht. Wir haben damals einige große Scannergeräte gekauft. Im Prinzip funktionieren sie wie ein Kopierer, nur schneller. Man nimmt einige Blätter, legt sie in die Maschine und sie werden automatisch eingescannt. Nichts Kompliziertes, nur zeitaufwendig«, erklärte sie den Scanvorgang.

»Dann ist es doch ausgeschlossen, dass sich ein anderes Foto über das Original schiebt und eingescannt wird?«

»Das wäre schon ein sehr dummer Zufall. Nein, das kann ich mir beim besten Willen nicht vorstellen.«

»Und wie kann das dann passieren?«, hakte Ansgar nach.

»Ich weiß es nicht. So einen Fall habe ich noch nicht gehabt. Ich kann gerne die IT-Abteilung und unsere Dozenten fragen, schließlich wird hier auch Informatik unterrichtet.«

»Danke, tun Sie das bitte, und wenn Sie eine Antwort haben, benachrichtigen Sie mich«, bat Ansgar und reichte ihr seine Visitenkarte.

»Gibt es noch andere Bilder von Sam Eyob?«

»Leider nicht.«

»Schade. Ich muss Ihnen leider mitteilen, dass ich beide Ordner mitnehmen muss, da sie wichtige Beweismittel in laufenden Ermittlungen sind«, erklärte Ansgar.

»Wie Sie meinen, dann lassen Sie mich eine Kopie von der Originalanmeldung machen«, antwortete Elke Müller zu seiner Überraschung.

Er hatte damit gerechnet, dass sie ihm widersprechen würde, und reichte ihr den Zettel. Sie nahm ihn, stand auf und begab sich zum Kopierer. Danach gab sie ihn Ansgar wieder zurück, der ihn in den Ordner heftete, sich von ihr verabschiedete und sich auf den Weg zu seinem Wagen machte.

Während der Rückfahrt nach Köln versuchte er, eine plausible Erklärung für die unterschiedlichen Fotos zu finden. Er war fast überzeugt, dass das Foto auf dem Scan nicht Eyob war. Somit war die Person, die sich als Sam Eyob ausgegeben hatte, auch nicht Eyob.

Um das zu bestätigen, gab es nur eine Möglichkeit: Er musste die aktuelle Adresse von Eyob ausfindig machen und er kannte auch jemanden, der ihm dabei helfen konnte.

Er rief beim LKA an und ließ sich zu Bruhns durchstellen.

»Hallo, was kann ich für Sie tun?«, meldete sie sich.

»Ich müsste die aktuelle Anschrift eines möglichen Zeugen ausfindig machen«, kam Ansgar auf den Punkt.

»Das sollte kein Problem sein, wer ist es und welche Anschrift haben Sie?«

»Sein Name ist Sam Eyob. Er hat vor einigen Jahren in Worms gewohnt, wo er danach gewohnt hat, weiß ich nicht. Ich habe nur die zwei Anschriften aus Worms.«

»Hmmm … hoffentlich reicht das. Nennen Sie mir doch die Adressen, ich versuche mal mein Glück.«

»Danke«, sagte Ansgar und gab ihr beide Adressen durch.

»Ach, falls Sie es noch nicht wissen: Mein Chef Manfred Wolke teilte mir mit, dass ich ab jetzt Ihr offizieller Kontakt für diesen Fall beim LKA bin.«

»Ich weiß, mein Chef hatte bereits angedeutet, dass das LKA uns unterstützt.«

»Wenn es Ihnen recht ist, würde ich gern zum Du übergehen. Ich hasse es, Kollegen, mit denen ich zusammenarbeite, siezen zu müssen.«

»Gerne, ich bin Ansgar.«

»Und ich Sabine. Auf eine erfolgreiche Zusammenarbeit! Ach ja, deine E-Mail mit dem neuen Bild von dem Mann in der grünen Jacke habe ich bereits an die Research-Abteilung weitergeleitet. Habe bis jetzt noch keine Antwort erhalten. Sobald ich was habe, melde ich mich bei dir.«

»Danke, das würde mir enorm weiterhelfen.«

»Jetzt, wo wir offiziell Kollegen sind, was hat es mit diesem Bild auf sich?«

Ansgar lachte kurz, da er eigentlich nicht über den Fall sprechen wollte. Sabine hatte es auf clevere Art geschafft, ihn doch dazu zu bewegen. Er klärte sie kurz auf.

»Jetzt verstehe ich so einiges. Ich melde mich bei dir, wenn ich etwas gefunden habe«, antwortete sie.

»Danke«, erwiderte Ansgar und beendete das Gespräch.

Als er Köln erreichte, fuhr er direkt zu der Adresse in Deutz, wo sie vorgestern mit Sam Eyob gesprochen hatten. Er parkte seinen Wagen und begab sich zur Haustür. Er wollte gerade die Klingel betätigen, als er plötzlich innehielt.

»Was zum …«, platzte es aus ihm heraus, als er den Namen auf dem Klingelschild las. Dort stand nicht S. Eyob, sondern S. Amir.

Er betätigte die Klingel und hörte kurz danach aus dem Lautsprecher: »Hallo.«

»Guten Abend, sind Sie Herr Amir?«, fragte Ansgar.

»Ja, wieso?«, war die Antwort aus der Gegensprechanlage.

»Mein Name ist Ansgar David vom BKA. Ich müsste kurz mit Ihnen sprechen.«

»Ja, gut. Kommen Sie doch bitte rein«, war die Antwort und der Türöffner summte.

Ansgar ging die Stufen hinauf und sah bereits die geöffnete Tür, wo Amir auf ihn wartete. Er hatte überhaupt keine Ähnlichkeit mit dem Sam Eyob, den sie vorgestern hier getroffen hatten.

»Guten Abend, verzeihen Sie, dass ich störe, aber es geht um einen Mann, den wir vorgestern Abend hier in Ihrer Wohnung getroffen haben«, erklärte Ansgar.

»Darf ich Ihren Ausweis sehen?«, bat Amir.

»Natürlich«, antwortete Ansgar, der noch immer nicht glauben konnte, dass noch vor zwei Tagen eine ganz andere Person hier vor ihm gestanden hatte.

»Um was für einen Mann geht es denn?«, fragte Amir.

»Meine Kollegin und ich waren vorgestern hier und hatten mit einem Sam Eyob ein Gespräch. Haben Sie Untermieter?«

»Ach … ja, jetzt verstehe ich. Nein, ich habe keinen Untermieter, aber ich vermiete die Wohnung manchmal tage- oder wochenweise, da ich beruflich viel unterwegs bin.«

»Und haben Sie die Wohnung vorgestern an Sam Eyob vermietet?«, fragte Ansgar, der langsam ahnte, worauf das Ganze hinauslief.

»Ich vermiete die Wohnung über eine Agentur. Sie heißt *Roomshare* und funktioniert wie *Airbnb*. Sam Eyob hat die Wohnung angefragt, ja, und ich war froh, doch noch einen Kurzmieter gefunden zu haben.«

»*Airbnb, Roomshare*, klären Sie mich doch bitte kurz auf«, bat Ansgar, da er die neue Form von Übernachtungsmöglichkeiten nicht kannte. Wenn Ansgar irgendwo übernachtete, dann in Hotels oder Ferienwohnungen, aber in Wohnungen, die bewohnt waren, so etwas käme ihm nie in den Sinn.

»Ganz einfach, Sie vermieten Ihre Wohnung, wenn Sie nicht zu Hause sind und dafür bekommen Sie eine Prämie. In meinem Fall sind das vierzig Euro die Nacht. Wenn man wie ich oft unterwegs ist, kommen so schnell einige Hundert Euro im Monat zusammen.«

»Haben Sie denn keine Angst, dass etwas geklaut wird oder etwas kaputtgehen könnte?«

»Nein, dafür gibt es ja eine Kaution und außerdem auch Bewertungen und soweit ich mich erinnere, hatte Sam sehr viele positive Bewertungen. Ich hatte bis jetzt mit keinem Mieter Probleme«, erklärte er und Ansgar versuchte sich nicht anmerken zu lassen, dass er nicht wirklich viel übrighatte für diese Form der Vermietungen.

Allein der Gedanke, dass fremde Menschen in seinem Bett schliefen, war für ihn unvorstellbar.

»Können Sie mir bitte den E-Mail-Kontakt mit Sam Eyob zeigen?«

»Klar, kommen Sie doch bitte rein«, bat Amir ihn in die Wohnung.

Ansgar folgte ihm ins Wohnzimmer. Amirs Laptop lag auf dem Wohnzimmertisch. Beide setzten sich auf die Couch und Amir öffnete seinen Account und den Nachrichtenverlauf mit Sam Eyob.

»Hier«, sagte er und reichte den Laptop Ansgar.

Er las sich den Chatverlauf durch, schaute sich Sam Eyobs Profil an und alles wirkte sehr authentisch. Die Bewertungen waren alle positiv, nichts deutete auf einen Zechpreller hin. So jemanden hätte Ansgar auch in seine Wohnung gelassen.

»Darf ich Sie was fragen?«

»Ja, klar«, antwortete Ansgar.

»Hat das hier etwas mit dem Attentat im Dom zu tun?«

»Kann sein, ich darf darüber nicht sprechen. Ich muss den Laptop mitnehmen.«

»Wieso das?«, fragte Amir aufgebracht.

»Beweismaterial in einer laufenden Ermittlung. Außerdem muss ich Sie bitten, mir Ihre Zugangsdaten zu nennen.«

»Dürfen Sie das einfach?«

»Ja, gerade wenn es um die nationale Sicherheit geht. Ansonsten muss ich Sie mit aufs Revier nehmen.«

»Sie wollen mich verhaften? Ich habe doch nur meine Wohnung vermietet!« Amir wirkte sichtlich schockiert.

»Das kann ich leider nicht beurteilen, aber dieser Mann ist nicht Sam Eyob.«

»Ist ja gut, nehmen Sie meinen Laptop, aber bitte versuchen sie, ihn heil zu lassen. Das Ding war sehr teuer. Hier sind meine Zugangsdaten«, gab Amir kleinlaut von sich, schrieb die Daten auf einen Zettel und reichte ihn Ansgar.

»Seien Sie unbesorgt, wir versuchen nur, die wahre Identität von diesem Sam herauszufinden. Danach bekommen Sie Ihren Laptop unversehrt zurück«, versuchte Ansgar, seine Zweifel zu zerstreuen.

»Hoffentlich«, antwortete Amir, aber sein verkrampftes Lächeln sagte etwas ganz anderes.

Ansgar nahm den Laptop, verabschiedete sich von Amir und begab sich zum Wagen.

Sein ungutes Gefühl wurde immer stärker. Wer immer dieser Sam Eyob war, er hatte sich große Mühe gemacht, dass sie ihm glaubten, dass er Sam Eyob war. Ansgar fragte sich, wie die Adresse von Amir auf Ulis Liste mit den zu verhörenden Personen gelangt sein konnte. Schließlich galt diese Adresse als die offizielle Adresse von Sam Eyob.

Er fand keine Antwort darauf, erinnerte sich aber an einen Satz von Nancy. Hatte sie ihm nicht gesagt, dass sie es komisch finde, den Namen Sam Eyob auf Ulis Liste zu sehen, und dass sie den Namen bei ihrer ersten Durchsicht der Unterlagen nicht gelesen habe?

Waren die Unterlagen gehackt? Wenn ja, war jemand in der Lage, streng geheime Dokumente des BKA zu fälschen, ohne dass es jemand bemerkte. Ansgar wollte sich das gar nicht erst vorstellen, es schien zu weit hergeholt.

Kaum war er im Wagen angekommen, klingelte sein Telefon. Es war Sabine Bruhns und sie hatte die Adresse von Sam Eyob ausfindig gemacht. Er wohnte wirklich in Köln, aber nicht in Deutz, sondern in Bayenthal, in der Klopstockstraße. Ansgar bedankte sich bei ihr, gab die Adresse ins Navigationssystem ein und ließ sich ans Ziel führen.

Er parkte den Wagen vor der Haustür. Sam Eyob wohnte in einem Einfamilienhaus, das vermuten ließ, dass er gut verdiente.

Er ging zur Haustür und drückte auf die Klingel, auf der auch der Name stand. Kurze Zeit später wurde die Tür geöffnet.

Ein großer, sportlicher Mann mit schwarzer Hautfarbe öffnete die Tür und Ansgar erkannte an seinem Gesicht, dass dies der wahre Sam Eyob war.

»Guten Abend«, grüßte Eyob ihn.

»Guten Abend, Herr Eyob. Mein Name ist Ansgar David. Ich komme vom BKA.«

»Vom BKA? Ist etwas passiert?«, fragte er vorsichtig und Unsicherheit lag in seiner Stimme.

Ansgar zeigte ihm seinen Ausweis und antwortete: »Ich müsste mich kurz mit Ihnen unterhalten.«

»Ja, klar, kommen Sie doch bitte rein«, bat Eyob ihn in die Wohnung, schien aber sehr angespannt. Ansgar folgte ihm ins Wohnzimmer und war von dem, was er sah, schwer angetan. Der Flur und das Wohnzimmer waren sehr modern eingerichtet. Alles wirkte wie eine Lounge und zeigte, dass Eyob einen guten Geschmack hatte und viel Geld verdienen musste.

»Schöne Wohnung und guter Geschmack«, versuchte er, die Atmosphäre aufzulockern.

»Danke, ich werde das Lob gerne an meine Frau weitergeben. Das meiste war ihre Idee.«

»Ist Ihre Frau anwesend?«, fragte Ansgar.

»Nein, sie ist mit den Kindern bei ihren Eltern.«

»Herr Eyob, kennen Sie einen Hussein Dogan?«

»Ja, ich habe schon vermutet, dass sie seinetwegen hier sind. Am Abend des Attentats war bereits ein Kollege von Ihnen bei mir.«

»Ein Kollege, vom BKA?«

»Ja«, antwortete Eyob und Ansgar konnte sich nicht vorstellen, wer dieser Kollege gewesen sein konnte. Daher vermutete er, dass es sich um jemanden aus dem anderen Ermittlungsteam handeln musste. Wieder waren sie ihm einen Schritt voraus.

*Woher haben die nur ihre Informationen?*, dachte er verärgert, ließ sich aber nichts anmerken.

»Erzählen Sie mir bitte von ihm«, sagte Ansgar stattdessen.

»Gerne, setzen Sie sich doch«, bat Eyob und zeigte auf die Couch. Ansgar nahm Platz. »Möchten Sie etwas trinken?«

»Ein Wasser wäre sehr freundlich«, antwortete Ansgar.

»Kein Problem«, sagte Eyob und verschwand kurz, um mit zwei Gläsern Wasser und zwei Flaschen Kölsch zurückzukommen.

»Kölsch?«, fragte Ansgar.

»Dann bin ich nicht so nervös«, erklärte Eyob, als er die Flasche öffnete.

»Macht es was aus, wenn ich mir auch eine nehme?«

»Nein«, grinste Eyob, öffnete die zweite Flasche und reichte sie ihm. Ansgar nahm sie, beide stießen an und er gönnte sich einen Schluck. Das kalte Kölsch war wie Balsam für seine Kehle und gegen ein Feierabendbier hatte er nichts einzuwenden.

»Ich weiß, dass Sie mit Hussein Dogan studiert haben und wohl auch gemeinsam in einer WG gewohnt haben.«

»Ja, das stimmt …«, begann Eyob seine Erzählung. »Wir haben zwei Jahre zusammengewohnt. Er war zwar sehr schüchtern gegenüber Fremden und Frauen. Freunden gegenüber war er aber immer sehr freundlich und hilfsbereit. Ich habe eigentlich überwiegend gute Erinnerungen an ihn. Ich konnte es nicht glauben, als ich erfuhr, dass er der Attentäter ist. Schwer vorstellbar.«

»Leider stimmt es aber. Gab es damals keine Anzeichen, dass er radikale Ansichten hatte?«

»Nein, überhaupt nicht. Er wollte immer wie sein älterer Bruder sein, der Anwalt. Er war sehr modern.«

Beide tranken einen Schluck Kölsch. Bis zu diesem Punkt deckte sich seine Aussage mit der des falschen Sam Eyob.

»Und wie war er im Studium?«

»Er war sehr fleißig, auch wenn es ihm zunächst schwerfiel, vor allem das Programmieren lag ihm gar nicht. Manchmal habe ich gedacht, es wäre besser, wenn er etwas anderes studiert hätte.«

»Und wieso hat er das nicht?«

»Ein Studienabbruch kam für ihn nicht infrage. Diese Schmach wollte er sich seinem Bruder gegenüber nicht antun, schließlich hatte er das Studium finanziert.«

»Aber wieso hat er dann überhaupt Informatik studiert, wenn er es nicht mochte?«

»Ich glaube, er hat keinen anderen Platz gefunden, aber so genau weiß ich das nicht. Vielleicht dachte er, er könnte schnell viel Geld verdienen. Hat immer von einer eigenen Internetfirma geträumt. Er wollte unbedingt nach Amerika auswandern und seine Mutter und Schwester mitnehmen.«

»Wie war sein Verhältnis zu seiner Mutter und seinen Schwestern?«

»Sehr gut, ich glaube, er hat sie sehr geliebt.«

»Wie kommen Sie darauf?«, hakte Ansgar nach.

»Na ja, weil er immer gesagt hat, dass sich beide finanziell keine Sorgen mehr machen bräuchten, wenn er reich wäre. Zu seiner älteren Schwester hatte er immer ein sehr inniges Verhältnis. Sie haben mehrmals die Woche telefoniert.«

Das waren interessante Neuigkeiten. Bisher hatte Ansgar geglaubt, dass das Verhältnis zum Bruder intensiver gewesen wäre als zur Schwester. Er fragte sich, warum sie nichts davon erwähnt hatte.

»Was ist eigentlich mit dem Mann der älteren Schwester?«, fragte Ansgar. Schließlich hatte sie zwei Kinder und er konnte sich kaum vorstellen, dass diese unehelich waren.

»Er starb als Dschihadist in Syrien.«

# 26

Ansgar konnte nicht glauben, was er gerade gehört hatte, und hätte sich fast an seinem Kölsch verschluckt.

»Wie bitte? Husseins Schwager war Dschihadist?«, hakte er nach.

»Ja, er ist 2012 in Syrien gefallen. Er hat auf der Seite der Rebellen gekämpft.«

»Sind Sie sicher? Woher haben Sie diese Informationen?«, bohrte Ansgar nach, da er sich das ganz und gar nicht vorstellen konnte.

Wie konnte es angehen, dass keiner beim BKA wusste, dass der Schwager von Hussein Dogan ein Dschihadist war? Jedenfalls waren in den Unterlagen, die Uli ihnen zur Verfügung gestellt hatte, keine Informationen über den Schwager enthalten gewesen.

»Na ja, ich habe es natürlich nicht selbst gesehen, aber Hussein hat mir das erzählt«, erklärte Eyob und ihm durfte dabei Ansgars überraschter Gesichtsausdruck nicht entgangen sein. »Aber ich habe das alles bereits Ihrem Kollegen erzählt.«

*Der Kollege …* Die vom anderen Ermittlungsteam waren für Ansgar keine Kollegen. Kollegen tauschten sich aus und arbeiteten miteinander, nicht gegeneinander. Und wenn Uli richtiglag, waren sie vom KSK und somit vom Militär und nicht von einer Polizeibehörde. Nein, das waren für Ansgar keine Kollegen, ansonsten hätte er schon erfahren, was es mit Sam Eyob, dem Schwager von Hussein Dogan und anderen offenen Fragen auf sich hatte. So aber war er gezwungen, diese Informationen mühevoll eigenständig zusammenzutragen. Über Sinn und Unsinn dieser zwei Ermittlungsteams wollte er erst gar nicht nachdenken.

»Hussein Dogan hat Ihnen das erzählt? Hatten Sie noch Kontakt miteinander?«

»Ja, ich bin Moslem und bete in der Moschee, in der auch Hussein regelmäßig war.«

»In Ehrenfeld?«

»Ja, wieso?«

Eyob rückte eine Hammerinformation nach der anderen heraus. Ansgar konnte zu diesem Zeitpunkt nicht verstehen, warum das andere Ermittlungsteam ihn nicht verhaftet, sondern nur verhört hatte.

*Wenn man die schwerbehinderte Mutter verhaftet, warum dann nicht auch Eyob?* Er hatte immerhin mit Hussein studiert, betete in der gleichen Moschee und schien wertvolle Informationen zu besitzen.

*Vielleicht weil er ihnen alles erzählt und mit ihnen kooperiert hat,* überlegte Ansgar und eine andere Vorahnung nahm Gestalt an.

Was, wenn das andere Ermittlungsteam ihm und seinen Kollegen absichtlich eine falsche Spur gelegt hatte? Was, wenn der falsche Sam Eyob kein Geringerer war als ein Helfer des anderen Ermittlungsteams, ein KSK-Soldat oder einer, der für sie arbeitete?

Denn so konnten sie sichergehen, dass er und Nancy niemals den echten Sam Eyob zu Gesicht bekamen und damit auch nicht die Wahrheit erfuhren.

War das wirklich möglich? Dass die KSK-Truppe gegen sie arbeitete? Aber wenn dem so war, warum taten sie das? Schließlich wollten doch beide Ermittlungsteams die Hintermänner fassen. Oder war dieser Fall viel politischer, als Ansgar bereit war zu glauben? Er hatte keine vernünftigen Antworten parat.

»Ich dachte, Sie hätten nur zwei Jahre zusammengewohnt.«

»Stimmt auch, aber der Kontakt ist nie abgerissen.«

Und eine weitere Information, die sich nicht mit der deckte, die der falsche Eyob sie hatte glauben machen wollen.

»Und wie kommt es dann, dass Sie nie den Verdacht gehegt haben, er könnte auch ein Islamist sein? Vielleicht wollte er seinem Schwager nacheifern?«

»Nein, nein, das konnte ich mir einfach nicht vorstellen. Er war total aufgelöst, als er vom Tod seines Schwagers erfuhr. Er dachte, dass er im Nordirak sei, als Ingenieur.«

»Der Schwager war Ingenieur?«

»Ja, sogar ein richtig guter. Hussein und seine Familie dachten, er arbeite für ein deutsches Unternehmen in einer Ölraffinerie im Nordirak.«

»Also wusste die Familie nichts davon?«

»Nein, das durften sie wohl nicht. Husseins Vater starb als Dschihadist im Irak und das Letzte, was die Familie ertragen hätte, war, noch jemanden in so einem sinnlosen Krieg zu verlieren. Vor allem die Mutter hatte nichts für Fanatismus übrig.«

Diese Aussage deckte sich mit Ansgars Meinung über Husseins Mutter. Sie machte einen sehr herzlichen und liebenswürdigen Eindruck. Sie war keine Frau, die blindem Fanatismus oder einer falschen Ideologie folgte. Am Ende war sie wohl eine Mutter, der man nicht alles erzählte und deren Rat man auch nicht befolgte.

Diese angeblich gemäßigte Familie schien viel radikaler zu sein, als es die Mutter wahrscheinlich glauben wollte.

»Finden Sie das nicht merkwürdig, dass der Schwager einfach in den Syrienkrieg zieht und seine Frau und Kinder im Ungewissen lässt? Gerade als Ingenieur?«, gab Ansgar zu bedenken.

»Das weiß ich nicht, ich kann Ihnen nur erzählen, was mir Hussein erzählt hat. Warum der Schwager so gehandelt hat, obwohl er gebildet war und einen sehr guten Job und eine Familie hatte, weiß ich nicht.«

»Und seit wann wusste Hussein, dass er wirklich ein Dschihadist war?«

»Als sie den Leichnam aus Syrien geholt haben. Sein Bruder hat sämtliche Kosten übernommen, weder seine Mutter noch seine Schwester durften das erfahren. Für sie war der Schwager bei einem Arbeitsunfall ums Leben gekommen«, erklärte Eyob und jetzt machte es auch wieder Sinn, warum die Schwester und die Mutter nichts Genaues über den Tod des Schwagers erzählt hatten.

Was aber, wenn die ganze Geschichte erfunden und der Schwager wirklich bei einem Arbeitsunfall gestorben war? Schließlich gab es triftige Gründe dafür, dass die Geschichte nicht der Wahrheit entsprach. Der Schwager war hochgebildet, schien einen guten Job gehabt zu haben und musste eine junge Familie ernähren. Riskierte man da wirklich, das alles zu verlieren für einen Krieg, der Tausende Kilometer weit entfernt war? Warum sollte er dieses Risiko eingehen?

Auf der anderen Seite erreichten das BKA immer wieder Informationen über gebildete Migranten, die sogar einen deutschen Pass besaßen und die dennoch nach Syrien oder neuerdings auch in den Irak zogen, um dort auf der Seite der Rebellen oder von ISIS als Dschihadisten zu kämpfen. Für viele von diesen »Hobbykriegern« war es ein Abenteuer. In ihrer Naivität erkannten die meisten nicht, dass es ein Abenteuer ohne Rückfahrschein war.

»Sagen Sie, der Schwager war in der gleichen Moschee in Ehrenfeld?«

»Ich glaube, ja, ich habe ihn ab und zu dort gesehen«, antwortete Eyob und Ansgar überlegte kurz, wie es sein konnte, dass drei radikale Islamisten Mitglied einer gemäßigten Moschee waren.

War vielleicht die Moschee gar nicht so gemäßigt, wie sie tat? Glücklicherweise würde sie jetzt unter Beobachtung stehen und so wie er Uli kannte, würde er V-Leute einschleusen. Schließlich hatte Ansgar ihn bereits per E-Mail über das anstehende Treffen der Imame informiert. Schon bald würden sie erfahren, was der Imam der Moschee wirklich predigte.

»Wie hieß der Schwager?«

»Abdul Traoui«, antwortete Eyob. Ansgar notierte sich den Namen, da er ihn natürlich überprüfen wollte.

»Traoui? War er kein Türke?«

»Nein, soviel ich weiß, Tunesier«, antwortete Eyob.

»Hatte Hussein eine Freundin?«, fragte Ansgar weiter.

»Nein, nicht dass ich wüsste. Er war ja schon immer sehr schüchtern. Aber so oft habe ich ihn auch nicht gesehen, um ihn jedes Mal danach zu fragen. Ich meine, der Glaube war ihm wichtiger als eine Freundin. Aber vielleicht lag das auch daran, dass er einfach keine fand. Ich weiß es nicht. Aber ich glaube, er fand eine seiner Kolleginnen sehr nett.«

»Und welche?«

»So eine Hübsche, Schlanke, sehr groß. Ich glaube, sie hieß Seynab oder so …«

»Vielleicht Sibel?«, berichtigte Ansgar ihn.

»Ja, genau, Sibel.«

»Und hat sie seine Gefühle erwidert?«

»Keine Ahnung, aber ich glaube, sie sind ein paarmal weggegangen. Kann mir aber nicht vorstellen, dass mehr zwischen ihnen lief.«

*Warum hat Sibel gelogen*, dachte Ansgar und machte sich in Gedanken eine Notiz mit dem Vermerk, sie eventuell noch einmal aufzusuchen.

»Möchten Sie noch ein Kölsch?«, fragte Eyob, der bemerkt hatte, dass Ansgars Bierflasche leer war.

»Nein danke. Ich muss noch Auto fahren. Käme schlecht, als BKA-Beamter erwischt zu werden«, grinste Ansgar. »Sagen Sie, als was arbeiten Sie eigentlich?«

»Ich habe eine IT-Security-Firma«, antwortete Eyob.

»Nach den Snowden-Enthüllungen müssen Ihnen die Aufträge ja nur so zufliegen«, versuchte Ansgar einen lockeren Spruch zu machen.

»Geht so. Jedes Unternehmen spricht zwar davon, die Sicherheit zu erhöhen, aber viele scheuen die Investitionskosten. Sie lassen es lieber zu, dass die NSA ihre Daten mitliest und wertvolles Know-how klaut, als sich dagegen zu rüsten.«

»Kann man das überhaupt?«

»Na klar, es gibt jede Menge Möglichkeiten, kostet halt nur Geld. Firmen denken an Umsatz- und Gewinnmaximierung, da passen hohe IT-Security-Kosten weniger ins Bild.«

»Verstehe. Wie groß ist denn Ihre Firma?«

»Nicht so groß, knapp zwanzig Mitarbeiter.«

»Na, ist doch schon nicht so schlecht«, antwortete Ansgar und wusste nun auch, warum Eyob sich dieses schöne Haus leisten konnte. Das Geschäft lief offensichtlich ziemlich gut.

»Sagen Sie, warum hat Hussein Dogan sein Studium nicht beendet?«

»Gute Frage, so genau weiß ich das auch nicht. Ich habe ihn ein paarmal danach gefragt. Er meinte, dass er irgendwann erkannt habe, dass das Studium nichts für ihn sei. Ich hatte ja eingangs erwähnt, dass er nie gerne studiert hat. Und nach den zwei Jahren, in denen wir zusammenwohnten, hatten wir auch nicht mehr den engsten Kontakt. Wir haben uns zwar noch in der Fachhochschule gesehen, aber wirklich privat etwas unternommen haben wir nicht.«

»Verstehe. Sagt Ihnen der Name Nicole Brown etwas?«

»Nicole Brown? Nein, noch nie gehört.« Für Ansgars Geschmack kam die Antwort zu schnell.

»Sind Sie sicher?«, hakte er nach.

»Ja, sagt mir nichts. Wer sollte das sein?«

»Nicht wichtig. Danke, dass Sie sich für mich Zeit genommen haben«, antwortete Ansgar, verabschiedete sich und gab ihm seine Karte für den Fall, dass ihm noch etwas einfiele.

Bis zum Schluss hatte Ansgar geglaubt, dass Eyob ihm gegenüber offen war, aber die letzte Antwort nahm er ihm nicht ab. Er wusste etwas, dessen war er sich ziemlich sicher. Wenn er aber log, was bewegte ihn dazu? Oder hatte er doch die Wahrheit gesagt? Wenn dem so war, hätte der andere Eyob gelogen, was wahrscheinlicher war. Doch dann fiel Ansgar ein, dass auch Hakan Dogan Nicole erwähnt hatte.

Warum sollte Dogan sich diesen Namen ausdenken? Es war doch sehr unwahrscheinlich, dass Hakan Dogan und der falsche

Eyob sich kannten. Vor allem dann, wenn Ansgar davon ausging, dass der falsche Eyob von dem anderen Ermittlungsteam gestellt worden war.

Egal wie er es drehte und wendete, er bekam keine zufriedenstellende Antwort, somit musste er sich gedulden, bis die Identität von Nicole Brown und ihr aktueller Aufenthaltsort festgestellt waren.

Doch zunächst musste er mehr über den Schwager von Hussein herausfinden.

Er schrieb eine E-Mail mit sämtlichen Angaben an das BKA-Research-Team. Zusätzlich schrieb er auch eine E-Mail an Bruhns. Es konnte nicht schaden, die Datenbank des BKA und des LKA anzuzapfen, auch wenn sie oft auf die gleichen Informationen zurückgriffen. Doch eines hatte er während dieser Ermittlungen sehr schnell begriffen: wie wichtig Informationen waren, vor allem aus unterschiedlichen Quellen. Je mehr Quellen die gleiche Information hergaben, desto wahrscheinlicher war, dass ihr Wahrheitsgehalt hoch war. Leider konnte er vielen Informationen bisher nicht vertrauen.

Nachdem er geprüft hatte, ob noch wichtige Nachrichten in seinem E-Mail-Postfach eingegangen waren, steckte er sein Handy wieder in die Tasche und fuhr in die Ehrenstraße, um etwas zu essen.

Er setzte sich auf die Terrasse des *4cani*, das gut besucht war. Trotz der Anschläge, die noch Gesprächsthema Nummer eins waren, schien sich so etwas wie Normalität einzustellen. Neben den Anschlägen sprachen die Gäste über Fußball.

Der Besitzer hatte einen LCD-Fernseher aufgestellt, über den die aktuellen Spiele live verfolgt werden konnten. Bei dem milden Sommerabend bot sich das regelrecht an.

Die Anschläge waren zwar erst drei Tage her, aber auf die Frage, wann es angemessen war, wieder zur Tagesordnung überzugehen, fand auch Ansgar keine befriedigende Antwort. Auf der anderen Seite fragte er sich, ob man sich von Terroristen den Alltag diktieren lassen durfte.

Er bestellte einen Salat und ein Kölsch. Während er aß, verfolgte er die aktuelle Berichterstattung. Das Spiel sollte erst um 21 Uhr angepfiffen werden.

Kaum hatte er seinen Salat aufgegessen, bekam er eine SMS. Er nahm sein Handy und öffnete sie. Sie war von Nancy:

*Müssen sprechen!*

*Klar. Was ist los? Wie geht's dir?*, antwortete Ansgar auf diese kurze, für ihn merkwürdige Nachricht.

*Erzähl ich dir alles nachher. Wo können wir ungestört reden? An einem öffentlichen Platz!*

Nancys Antwort beunruhigte ihn. Was war geschehen? Warum wollte sie an einem öffentlichen Platz mit ihm sprechen? Hatte sie Angst? Ansgar machte sich unbewusst Sorgen und antwortete ihr dann.

*Kennst du das 4cani in der Ehrenstraße?*

*Ja, das kenne ich. Bist du da?*

*Ja, bin da.*

*Gut, ich komme.*

*Okay, bis gleich,* antwortete Ansgar und seine Nervosität nahm zu, da er sich nicht erklären konnte, was Nancy von ihm wollte. Er bestellte noch ein Kölsch.

Keine zwanzig Minuten später setzte sich Nancy zu ihm an den Tisch.

»Hi«, sagte sie leise und Ansgar sah ihr an, dass sie verunsichert schien. Ihr Blick wanderte über die Terrasse, als würde sie jemanden suchen.

*Sie hat Angst,* dachte Ansgar.

»Hi, möchtest du was essen?«

»Nein, bin satt, danke. Aber ein Bier wäre gut.«

»Klar, was macht der Magen?«, fragte Ansgar und rief die Kellnerin mit einem Handzeichen zu sich.

»Hör zu …«, fing sie an, brach aber ab, als die Kellnerin zu ihnen kam, um die Bestellung aufzunehmen.

»Hör zu«, setzte sie wieder an, als die Kellnerin im Restaurant verschwand, »ich war nicht krank.«

»Wie, nicht krank?«, fragte Ansgar, dabei war ihm das schon klar gewesen. Alan hatte so etwas bereits angekündigt. Was immer geschehen war, es musste etwas mit Alan zu tun haben.

»Halt nicht krank, ich hatte andere Verpflichtungen.«

»Ich kann dir gerade nicht ganz folgen«, war seine ehrliche Antwort. Welche anderen Verpflichtungen als die Aufklärung dieser Anschläge konnte sie haben?

»Ich habe heute Morgen eine Nachricht erhalten, dass ich mich unverzüglich im Dagger Complex melden solle. Es wurden keine Angaben gemacht warum. Ich habe meinen Vorgesetzten angerufen und um Verschiebung gebeten, wegen der laufenden Ermittlungen, aber sie haben keinen Aufschub gewährt.«

Ansgar antwortete nicht, sondern nickte nur. Es musste schon etwas Schwerwiegendes vorgefallen sein, wenn man sie direkt nach Darmstadt beordert hatte.

Die Kellnerin brachte das Bier und Nancy gönnte sich gleich einen kräftigen Schluck.

»Sicher, dass du nichts essen willst?«, fragte Ansgar höflich.

»Nein, nein. Aber das Bier tut gut«, antwortete sie und schaute wieder nach rechts und links.

»Wollen wir woanders hingehen?«, schlug Ansgar vor.

»Nein, hier ist gut. Hier kann uns keiner hören«, erklärte sie.

»Uns keiner hören?« Ansgars Blick zeigte deutlich, dass er ihr gerade nicht folgen konnte.

»Ja, dazu komme ich noch, aber zurück nach Darmstadt. Als ich im Dagger Complex war, wurde mir kurz und schmerzlos mitgeteilt, dass sie mich von den Ermittlungen abziehen.«

»Wie bitte?«, fragte Ansgar fassungslos.

»Du hast richtig gehört. Ich werde schon morgen zurück nach Washington fliegen.«

»Wieso das?«

»Offiziell, weil meine Tarnung aufgeflogen ist.«

»Offiziell? Wie konnte das geschehen? Aber du glaubst nicht daran, oder?« Ansgar versuchte, seine Nervosität im Zaum zu halten, da er schon längst wusste, dass Nancys

Tarnung nicht mehr sicher war, zumindest was diesen Alan Smithee betraf.

Nancy massierte ihre Stirn. »Ich weiß es nicht. Ich wüsste nicht, wie meine Tarnung aufgeflogen sein könnte. Sie sollen mir eine neue geben, habe ich meinen Vorgesetzten gebeten. Er hat das aber kategorisch abgelehnt, was mich erst recht stutzig gemacht hat.«

»Wäre so eine neue Tarnung nicht gefährlich, wenn du tatsächlich aufgeflogen bist?«, hakte Ansgar nach. Beim BKA und anderen deutschen Behörden war es die übliche Vorgehensweise, verdeckte Ermittler abzuziehen, sobald ihre Tarnung aufflog.

»Bei anderen Behörden vielleicht. Aber für die NSA ist es ein Kinderspiel, dir eine komplett neue Identität zu verschaffen, samt Ausweis, Lebenslauf und allem Drum und Dran. Was denkst du, wie oft eine Tarnung auffliegt?«

»Keine Ahnung«, antwortete Ansgar wahrheitsgemäß, dabei war ihm bewusst, dass es nicht wirklich als Frage gemeint war.

»Viel öfter, als du und die Öffentlichkeit glauben. Denkst du, diese Agenten werden alle zurückbeordert und bekommen einen Bürojob? Nein, natürlich nicht«, lieferte sie die Antwort. »Das macht auch keinen Sinn. Gerade Agenten, die im Ausland tätig sind, verfügen über Wissen und Netzwerke, die sich nicht so leicht ersetzen lassen. Also werden sie entweder in einer anderen Region in diesem Land eingesetzt, mit neuer Identität, oder die Gefahrenquelle wird ausgelöscht.«

Ansgar nickte nur, er konnte ihren Andeutungen nicht nur folgen, sondern sie auch verstehen. Es machte Sinn, was sie erzählte.

»Und wieso musst du dann zurück? Deutschland ist ja nicht gerade als gefährliches Land bekannt?«

»Genau, das frage ich mich auch. Aber diese Frage wurde nicht beantwortet. Ich frage mich nur, wie meine Identität aufgedeckt werden konnte?« Als sie das sagte, warf sie Ansgar einen Blick zu, der ihn irritierte.

»Du denkst doch nicht …«, sagte er, ohne das Offensichtliche auszusprechen.

»Nein, jetzt nicht mehr. Ich wollte nur deine Reaktion sehen«, beruhigte sie ihn.

Er antwortete nicht, sondern zog die Stirn in Falten. Er überlegte kurz, ob er ihr erzählen sollte, wen er im Verdacht hatte, beließ es aber bei der Absicht.

Was hätte das letzten Endes auch gebracht? Sie würde morgen abreisen und wenn Alan tatsächlich dafür verantwortlich war, dass Nancy abgezogen wurde, hatte das vielleicht seine Gründe. Dann war es besser, wenn Ansgar die Identität von Alan für sich behielt.

Jedoch wurde es Zeit, dass er Alan kennenlernte.

»Heißt das, dass dich ein anderer Agent vertreten wird?«

»Das weiß ich nicht, mir wurde nichts dergleichen mitgeteilt. Da solltest du bitte Uli fragen.«

»Werde ich machen«, antwortete Ansgar und fügte hinzu: »Hast du eigentlich etwas über Nicole Brown in Erfahrung gebracht?«

»Nein, und das ist die nächste Merkwürdigkeit.«

»Wieso?« Ansgar war gespannt, was kommen würde. Schließlich war Nicole Brown beim US-Militär beschäftigt. Somit musste es eine Akte von ihr geben.

»Weil es keine Nicole Brown gibt und gab, die in Kaiserslautern stationiert war oder ist.«

»Wie, in Kaiserslautern gibt es keine Person, die Nicole Brown heißt?«, fragte Ansgar ungläubig.

»Sieht ganz danach aus. Und genau das macht mich stutzig. Nicole Brown ist ein sehr geläufiger Name. Das KMC in Kaiserslautern hat 50.000 Militärangehörige und Zivilisten. Dass dort keine einzige Person ist, die Nicole Brown heißt, kann ich mir einfach nicht vorstellen.«

Das KMC in Kaiserslautern war mit seinen 50.000 Militärangehörigen und Zivilisten der größte US-Militärstützpunkt außerhalb der USA. Es lag nur 60 Kilometer von Worms entfernt.

»Das würde heißen, dass jemand nicht will, dass wir sie finden«, schlussfolgerte Ansgar.

»Oder dass es keine Nicole Brown gibt, dass sie eine Erfindung von Sam Eyob ist«, gab Nancy zu bedenken.

»Das kann ich mir nicht vorstellen, schließlich hat auch Hakan Dogan ihre Existenz bestätigt.«

»Das ist mir auch durch den Kopf gegangen. Was, wenn Eyob und Dogan sich das ausgedacht haben?«

»Wieso sollten sie das?«

»Du hast doch Dogan gehört, der hat behauptet, dass er von US-Agenten verhört wurde.«

»Soweit ich mich erinnere, meinte er, dass die Operation von Amerikanern geleitet werde.«

»Ist doch am Ende das Gleiche. Es wäre also denkbar, dass Eyob und Dogan uns auf eine falsche Fährte bringen wollen. Wie war denn dein Gespräch mit der Fachhochschule? Was sagen die über Hussein und Sam Eyob?«

»Nichts Ertragreiches. In der Fachhochschule kann sich niemand mehr an die beiden erinnern. Aber es steht außer Frage, dass sie dort studiert haben«, antwortete Ansgar und ließ bewusst einige Informationen weg. Vor allem dass der Sam Eyob, den sie getroffen hatten, nicht der echte Sam Eyob gewesen war.

Er hatte zwar Schuldgefühle deshalb, beruhigte sich aber damit, dass sie ab morgen nicht mehr seine Kollegin sein würde. Diese Informationen waren somit für sie wertlos.

Er warf einen Blick auf den LCD-Fernseher, wo gerade zur Halbzeit gepfiffen wurde. Uruguay führte 1 : 0 gegen Costa Rica. Die Moderatoren wechselten einige Worte, ehe der Sender zur Tagesschau wechselte.

»Schade, hier sind einfach einige Dinge, die nicht zusammenpassen. Nicole Brown, der Mann in der grünen Jacke, der nicht aufzufinden ist, und natürlich Hussein Dogan, der gemäßigte Moslem, der sich in die Luft sprengt«, äußerte Nancy und zog ihre Lippen nach unten, als würde sie nicht den roten Faden finden, der alle miteinander verband.

»Das denke ich auch, aber ich hoffe, dass sich das bald ändern wird«, sagte Ansgar und hätte noch ein paar andere offene Fragen hinzufügen können: Wer war der falsche Sam Eyob oder was hatte es mit dem Schwager auf sich?

»Ich wünsche es dir, Ansgar. Ich glaube, du bist einer der Guten. Aber ab morgen bist du auf dich allein gestellt. Ich kann dir nur einen Rat geben: Vertraue niemandem. Und schau immer, ob dir jemand folgt.«

»Wieso sollte mir jemand folgen?«

»Ich weiß nicht, ist nur ein Gefühl von mir. Und noch einen Rat möchte ich dir mitgeben.«

»Und der wäre?«

»Halt dich aus allem Politischen raus. Du kannst gegen die da oben nicht gewinnen«, antwortete sie und blickte ihm dabei tief in die Augen, als wollte sie ihn auf etwas aufmerksam machen, was sie mit Worten nicht durfte.

»Danke«, nickte Ansgar.

»Ich muss jetzt. Ich wünsche dir viel Erfolg und denk an meine Worte! Das sind nicht bloß irgendwelche Auf-Wiedersehen-Floskeln«, betonte sie, stand auf und verabschiedete sich von Ansgar. Mit diesen Worten verschwand sie aus seinem Leben, ließ dabei aber jede Menge unbeantworteter Fragen zurück.

In Gedanken versunken warf er einen Blick zum LCD-Fernseher, wo die Tagesschau-Sprecherin über die aktuellen Ermittlungen informierte. Er schenkte den Nachrichten kaum Beachtung, da er noch über Nancys Worte grübelte, als plötzlich eine Nachricht seine volle Aufmerksamkeit erweckte.

# 27

Ansgar war geschockt und tief bestürzt, als er realisierte, was die Nachrichtensprecherin gerade berichtet hatte.

Dr. Hakan Dogan, der Bruder von Hussein Dogan, war im Krankenhaus seinen schweren Verletzungen erlegen.

*Dogan tot? Wie kann das sein*, fragte sich Ansgar und hörte aufmerksam zu. Dogan war bei einem Autounfall schwer verunglückt. Ein Beitrag vom Unfallort wurde eingeblendet. Der Reporter vor Ort berichtete, dass die Polizei davon ausgehe, dass Dogan mit seinem Porsche eine Kurve auf der Landstraße zu schnell genommen habe, dabei ins Schleudern geraten und von der Fahrbahn abgekommen sei. Dabei habe sich der Wagen unglücklich überschlagen und sei erst durch Kollision mit einem Baum zum Stehen gekommen.

Die Feuerwehr sei schnell vor Ort gewesen und es sei ihnen gelungen, Dogan aus dem Wagen zu befreien. Ein Krankenwagen habe ihn ins nächste Hospital gebracht, wo man in einer Not-OP versucht habe, seine Überlebenschancen zu erhöhen. Aber kurz nach der OP sei er seinen schweren Verletzungen erlegen.

Ansgar konnte noch immer nicht glauben, was er hörte und sah. Noch gestern hatte er mit ihm gesprochen und heute war er tot. So langsam wollte Ansgar an keinen dummen Zufall glauben, schon gar nicht nach dem Gespräch mit dem echten Sam Eyob, der Nicole Brown angeblich nicht kannte.

Aber Hakan Dogan hatte Nicoles Existenz bestätigt und der falsche Sam Eyob auch. Jedoch hatte er bisher angenommen, dass der falsche Sam vielleicht ein fingierter Zeuge des anderen Ermittlungsteams war, um ihn davon abzubringen, nach dem wahren Sam Eyob zu suchen.

»Das passt nicht«, sagte er zu sich selbst. Er musste diese Nicole Brown finden und es gab nur eine Person, die ihm dabei helfen konnte: der falsche Sam Eyob. Doch den zu finden, war wohl nahezu ausgeschlossen, also kam nur eine andere Person infrage, die ihm helfen konnte. Er hoffte es zumindest.

Er nahm sein Handy und öffnete den SMS-Ordner, dann schrieb er:

*Müssen dringend reden!*

Der Empfänger war Alan Smithee. Wenn Alan dafür verantwortlich war, dass Nancy zurück in die Heimat musste, dann konnte er ihm sicherlich auch helfen herauszufinden, wer Nicole Brown war, und wahrscheinlich sogar, wer der Mann in der grünen Jacke war.

Während er die zweite Halbzeit des Fußballspiels anschaute, warf er immer wieder einen Blick auf sein Handy in der Hoffnung, dass Alan geantwortet hatte, doch es kam keine Antwort, was ihn ziemlich beunruhigte.

*Ist er aufgeflogen? Ist es ihm zu heiß geworden?* Viele Fragen gingen ihm durch den Kopf, sodass er nicht wirklich viel vom Spiel mitbekam.

Nach einiger Zeit hielt er es nicht mehr aus. Er nahm sein Handy und suchte die Nummer, an die er die SMS geschickt hatte. Er wählte sie an, doch als er dann hörte, dass es unter dieser Nummer keinen Anschluss gab, war er sichtlich irritiert.

»Scheiße«, fluchte er leise und verärgert. Ein Pärchen, welches am Tisch neben ihm saß, warf ihm einen kurzen, verstörten Blick zu, was Ansgar aber nicht wahrnahm.

Er schaute sich das Spiel zu Ende an und trank noch einige Kölsch. Costa Rica gewann. In der Zwischenzeit hatte es keine Antwort von Alan gegeben.

Da Ansgar schon recht angetrunken war, entschied er sich, ein Taxi zu nehmen. Er zahlte die Rechnung und ging Richtung Rudolfplatz, wo ein Taxistand war.

Zu Hause überlegte er kurz, ob er noch den Bericht für Uli schreiben sollte, ließ es dann aber sein und begab sich schnurstracks zu Bett. Er warf noch einen letzten Blick aufs Handy. Keine Nachricht von Alan Smithee.

Er legte das Handy auf den Nachttisch, löschte das Licht und legte sich ins Bett, als er plötzlich ein Geräusch hörte. Sein Handy leuchtete auf.

»Endlich«, sagte er, nahm das Handy und öffnete die SMS. Allerdings war sie nicht von Alan, sondern von Nancy.

*Bist du noch wach?*

*Ja,* antwortete Ansgar und kurz darauf kam auch schon die Antwort.

*Hast du das mit Hakan Dogan gehört?*

*Ja, habe es vorhin in den Nachrichten gesehen!*

*Glaubst du an einen Unfall?*

*Ehrlich gesagt nicht,* war Ansgars ehrliche Antwort.

*Ich auch nicht. Finde Nicole Brown!*

*Wieso?,* fragte Ansgar, dabei kannte er die Antwort bereits.

*Ich denke, es hat etwas mit ihr zu tun, dass Dogan sterben musste. Das bedeutet aber auch, dass du unbedingt Sam Eyob warnen musst!*

*Denkst du, er ist der Nächste?*

*Wenn Dogan nicht durch einen Unfall starb, sondern ermordet wurde, dann liegt es nahe, dass Sam Eyob ebenfalls auf der Liste steht.*

*Aber warum?*

*Das weiß ich nicht, das musst du herausfinden!*

*Ich versuch's. Willst du mir noch was anderes sagen?*

*Ja, sei vorsichtig und traue niemandem. Nicht immer ist das Offensichtliche auch wirklich das Offensichtliche!*

*Danke, werde ich machen. Schlaf gut und gute Heimreise!*

*Danke, schlaf du auch gut!*

Ansgar legte das Handy wieder auf den Nachttisch und ließ sich zurücksinken. Nancys Worte brachten ihn zum Nachdenken, denn wieder hatte er das Gefühl, dass sie ihm etwas mitteilen wollte. Er sollte niemandem vertrauen, das war offensichtlich, aber was meinte sie mit *Nicht immer ist das Offensichtliche auch wirklich das Offensichtliche?*

Was verschwieg sie ihm? Wusste sie vielleicht viel mehr, als sie ihm offenbarte? Und war das vielleicht der wirkliche Grund, warum sie abgezogen wurde? Befürchteten ihre Vorgesetzten, sie könnte etwas ausplaudern?

Er wusste darauf keine Antworten und hoffte, dass Alan ihm welche liefern konnte, aber Alan hatte sich noch nicht gemeldet. Den Kopf voll offener Fragen schlief er irgendwann ein und wurde morgens von seinem Handywecker geweckt.

# 28

## *15. 6. 2014*

Kaum war Ansgar wach, warf er einen Blick auf sein Handy und prüfte, ob er eine SMS erhalten hatte, aber es zeigte keine neuen Nachrichten an, was ihn beunruhigte. Das Letzte, was er jetzt gebrauchen konnte, war, seinen Informanten zu verlieren. Wobei sich auch ein anderer Gedanke in sein Bewusstsein schlich: Was, wenn Alan ihn nur ausgenutzt hatte, um an die Informationen auf dem Laptop zu gelangen?

Bei diesem Gedanken krampfte sich sein Magen zusammen. Er wollte gar nicht daran denken und begab sich ins Bad, um sich frisch zu machen.

Danach machte er sich einen Kaffee und schmierte sich ein Brot. Während er frühstückte, schaute er nach seinen E-Mails. Es waren einige vorhanden, die er durchlas, auch eine von Uli. Er forderte ihn auf, ihm den gestrigen Bericht unverzüglich zu schicken. Ansonsten gab es von den anderen Kollegen, die in Frankfurt und Berlin ermittelten, auch keine wirklichen Neuigkeiten.

Ansgar nahm seinen Laptop und schrieb den Bericht, erwähnte aber das Gespräch mit Sam Eyob vorerst nicht, da er nicht wusste, was es mit dem anderen Sam Eyob auf sich hatte. Er teilte aber mit, dass Nancy nicht mehr zum Team gehörte, weil ihre Vorgesetzten sie abberufen hatten, da ihre Identität aufgeflogen war.

Noch während er das schrieb, fragte er sich, ob Uli ihm einen anderen US-Agenten zur Seite stellen würde. Schließlich waren die Täter noch nicht gefasst.

Er schaltete den Fernseher ein, um auf dem Laufenden zu bleiben, was die Medien wussten. Das *ZDF* berichtete in einer Sondermeldung über die Terroranschläge und den tödlichen Autounfall von Hakan Dogan. Bis dahin keine interessanten Neuigkeiten.

Nach diesem Bericht folgte eine Live-Berichterstattung aus Berlin, wo die Vorbereitungen für den Live-Gottesdienst und die anschließende Demo auf Hochtouren liefen. Es wurden bis zu 250.000 Menschen erwartet. Sämtliche Politiker aus Regierung und Opposition hatten sich angekündigt.

Ebenfalls sollte es öffentliche Gottesdienste in Köln und Frankfurt geben, zu denen ebenfalls Tausende Menschen erwartet wurden.

Am 22.6.2014 wollten in Berlin Staats- und Regierungschefs aus 145 Nationen in einem Staatsakt mit der deutschen Regierung gemeinsam der Opfer gedenken. Das bedeutete natürlich gleichzeitig höchste Alarmbereitschaft für die Polizei. Sie hatte laut dem Reporter mit den bisherigen Aufgaben »schon alle Hände voll zu tun«.

Mit keinem Wort wurde das geplante Treffen der Imame in Köln erwähnt, anscheinend war das für die Reporter nicht spannend genug. Auch die geplante Demo der gemäßigten Moslems für ein friedliches Miteinander am 22.6. fand keine Beachtung.

Inzwischen war die Zahl der Toten auf 1.034 gestiegen, was der Reporter mit bedrückter Stimme herauspresste. Gleich nach der Zahl der Toten erwähnte er die Ohnmacht der Bevölkerung und stellte die Frage in den Raum, warum es noch keine Aufklärung der Attentate gebe.

Ansgar konnte sich ein abfälliges Grinsen nicht verkneifen. Schließlich waren gerade einmal vier Tage seit den Anschlägen vergangen und die Ermittler konnten auch nicht hexen. Manchmal konnten solche Ermittlungen Jahre dauern, bis die wahren Hintermänner gefasst waren, und wenn es sich um internationalen Terrorismus handelte, sogar Jahrzehnte.

»Hauptsache, Quote«, sagte Ansgar zu sich selbst, verärgert über den Reporter, der dann auch einen Vergleich mit dem 11. September 2001 herstellte. Das FBI habe damals der Öffentlichkeit bereits am 14. September eine Liste mit achtzehn Verdächtigen vorgestellt und es habe schon sehr früh festgestanden, dass Osama Bin Laden und somit al-Qaida für die Anschläge verantwortlich war.

»Wer sind die Hintermänner dieser feigen Anschläge und warum kann uns unsere Regierung noch keine Angaben dazu machen?«, fragte der Reporter in die Kamera und gab mit diesen Worten wieder zurück ins Studio nach Berlin.

Ansgar schaltete verärgert den Fernseher aus. Die Journalisten hatten leicht reden. Diese Anschläge waren hochprofessionell durchgeführt worden. Es gab bisher keine Hinweise auf die Identität der Hintermänner, die national oder international agieren konnten.

Und es war nicht auszuschließen, dass es vielleicht gar keine Hintermänner gab. Und auch wenn diese Option sehr unwahrscheinlich war, musste er doch auch in diese Richtung ermitteln.

Das Klingeln seines Handys holte ihn aus seinen Gedanken zurück.

»Hallo«, meldete sich Ansgar.

»Bruhns«, antwortete die Anruferin.

»Guten Morgen, ich hoffe, du hast ein paar News.«

»Denke schon. Die Datenbank hat einiges über Abdul Traoui ausgespuckt.«

»Da bin ich aber gespannt«, antwortete Ansgar und hoffte, dass er wirklich neue Erkenntnisse erlangen würde.

»Traoui war Ingenieur, hat in Dortmund an der Uni Maschinenbau studiert und nach dem Studium einen Job beim BP-Konzern in Bochum angetreten, für die er auch bis zu seinem Tod gearbeitet hat. Laut unseren Informationen war er viel im Ausland tätig, vorwiegend im Nahen Osten, da er Araber war und die Sprache somit sehr gut beherrschte.«

»Das deckt sich mit dem, was ich auch erfahren habe. Und was war im Jahr 2012, war er da im Nordirak?«, unterbrach Ansgar sie.

»Nun, nach unseren Informationen war er nicht beruflich im Nordirak. Er hat im Januar 2012 eine sechsmonatige Auszeit bei seinem Arbeitgeber beantragt, welche auch bewilligt wurde.«

»Und mit welcher Begründung?«, hakte Ansgar nach.

»Offiziell wollte er in der Heimat Familienangelegenheiten klären.«

»Und die Firma hat ihm einfach sechs Monate freigegeben?«

»Ja, da er ein sehr guter Mitarbeiter war und man ihn nicht verlieren wollte. Er war für BP anscheinend unentbehrlich. Sie haben ihn nicht nur freigestellt, sie haben ihm sogar während der Auszeit weiterhin ein Gehalt bezahlt.«

»Da stelle ich mir zwangsläufig die Frage, warum so einer sein Leben riskiert, um als Dschihadist nach Syrien zu gehen«, teilte Ansgar seine Bedenken mit.

»Genau das habe ich mich auch gefragt. Vielleicht solltest du noch mal mit seiner Familie reden.«

»Keine gute Idee«, erwiderte Ansgar, da er weder der Witwe noch der Mutter von Hussein den wahren Todesgrund mitteilen wollte.

»Warum nicht?«, fragte Bruhns und ihre Stimme drückte Verwunderung aus.

»Weder die Witwe noch die Mutter von Hussein wissen etwas davon. Die denken, er war beruflich im Nordirak unterwegs. Ich kann mir nicht vorstellen, dass sie uns hilfreich sein könnten.«

»Sympathie hat in unserem Job nichts zu suchen, Ansgar«, ermahnte Bruhns ihn. »Aber wenn du sagst, dass eine Befragung ohne Ergebnis verlaufen würde, sollten wir uns diese Zeit sparen«, fügte sie hinzu und Ansgar konnte ihr Lächeln geradezu hören.

»Danke«, antwortete er, da sie die Befragung auch in Eigenregie hätte durchführen können.

»Kein Thema, wir sitzen ja in einem Boot.«

»Kannst du mir noch einen Gefallen tun?«

»Klar, schieß los.«

»Kannst du bitte Sam Eyob mal durchchecken?«

»Den, von dem ich dir die Adresse durchgegeben habe?«

»Ja, genau den.«

»Warum?«

»Ich weiß nicht, irgendwas ist da faul. Er ist auch Moslem, hat mit Hussein zusammen studiert. Ich würde gerne etwas mehr über ihn erfahren.«

»Was sagen denn deine Jungs von der Research-Abteilung?«

»Noch nicht viel. Vielleicht habt ihr ja etwas Zusätzliches. Ach ja, wir wissen jetzt auch, wer das andere Ermittlungsteam ist.«

»Und das wäre?«

»Nicht die GSG 9, sondern das KSK«, antwortete Ansgar und hatte für einen kleinen Augenblick das Gefühl, als könnte er das überraschte Gesicht von Bruhns vor seinem geistigen Auge sehen.

»Wie passt das denn zusammen? Ich dachte immer, das KSK wäre eine militärische Einheit und nur im Ausland tätig?«, fragte Bruhns und Zweifel klang in ihrer Stimme mit.

»Das dachte ich auch. Wie dem auch sei, wir dürfen von denen keine Unterstützung erwarten. Gibt es eigentlich Neuigkeiten wegen der Fahndungen nach dem Phantombild und dem Mann in der grünen Jacke?«

»Bis jetzt nicht. Aber wir haben noch nicht alle Kanäle ausgeschöpft. Ihr habt doch einen guten Draht zum BND?«, entgegnete Bruhns.

»Ja, aber die haben auch noch nichts.«

»Und die Jungs von der NSA, der CIA oder dem britischen Geheimdienst?«

»An denen sind wir dran, aber bis jetzt gar nichts«, antwortete Ansgar und seine Gedanken waren bei Nancy, die leider nicht mehr zu seinem Team gehörte. Mit ihr war ihm gleichzeitig ein schneller Zugang zu den Informationen der NSA abhandengekommen. Auch wenn er ihr gegenüber nie frei von Zweifeln gewesen war, war er dennoch zum Ende hin geneigt, ihr sein Vertrauen auszusprechen.

»Sabine, ich würde dir gerne eine Liste mit Namen schicken, könntest du die bitte für mich durchchecken?«, fragte Ansgar, der noch immer die Liste mit den Namen, die Uli ihm und Nancy gegeben hatte, abarbeiten musste und hoffte, durch Bruhns Entlastung zu finden.

»Klar, schick rüber.«

»Super, danke. Mach ich gleich. Wir hören uns«, antwortete Ansgar und beendete das Gespräch.

Gleich darauf öffnete er die E-Mail von Uli mit den potenziellen Verdächtigen, kopierte einige Namen, von denen er das Gefühl hatte, dass sie für die Ermittlungen eher zweitrangig waren, und fügte sie in eine E-Mail, die er Bruhns schickte. Kaum hatte er sie abgeschickt, hatte er eine neue E-Mail im Posteingang, sie war von Uli.

Er öffnete sie und war überrascht zu lesen, dass vorerst kein Ersatz für Nancy angedacht war. Ansgar überlegte, ob er Uli nach dem Grund fragen sollte, beließ es dann aber bei dem Gedanken.

Dennoch zerbrach er sich den Kopf, was der Grund dafür sein konnte, dass die US-Geheimdienste keinen Agenten schickten. Bestätigte das am Ende die Annahme, dass das andere Ermittlungsteam unter der Kontrolle der Amerikaner stand? Dies würde erklären, warum sie keinen weiteren Agenten abstellten.

Ansgar klappte seinen Laptop zu und steckte sein Handy in die Hosentasche, da er sich gerade auf den Weg machen wollte, um mit Erdal zu sprechen. Den Laptop von Amir, welcher ebenfalls auf dem Tisch lag, wollte er am nächsten Tag der Spurensicherung in Wiesbaden übergeben, da er Dringenderes zu tun hatte und nicht wirklich glaubte, dass auf dem Laptop verwertbare Spuren waren. Somit wollte er nicht unnötig Zeit damit verschwenden.

Von Erdal erhoffte er sich weitere Informationen über Sam Eyob und den Schwager von Hussein. Gerade als er die Hand an der Türklinke hatte, gab sein Handy ein Geräusch von sich.

»Alan?«

# 29

Entgegen seiner Hoffnung war die SMS nicht von Alan, aber ihr Inhalt war nicht minder interessant. Es war Murat, der ihm geschrieben hatte und um ein Treffen bat, so schnell wie möglich. Ansgar bot ihm an, sich jetzt zu treffen, wo immer er wollte.

Murat bat ihn, ins Restaurant in der Keupstraße zu kommen. Ansgar versprach, so schnell wie möglich dort zu erscheinen. Keine zwanzig Minuten später parkte er seinen Wagen vor dem Restaurant und betrat es.

Murat saß wieder auf dem gleichen Platz, auf dem er auch bei ihrer letzten Begegnung gesessen hatte. Als er Ansgar sah, stand er auf und begrüßte ihn. Ansgar konnte seine Anspannung deutlich sehen und spüren.

Der Kellner kam und Murat bestellte für beide einen türkischen *çay*.

»Hast du Hunger?«, fragte Murat und sein Blick wanderte überallhin, nur nicht zu Ansgar.

»Schau mal auf die Uhr! Ich habe eben erst gefrühstückt«, antwortete Ansgar und grinste dabei in der Hoffnung, Murats Nervosität damit ein bisschen abzumildern.

»Das Frühstück hier ist aber super«, erwiderte Murat.

»Was ist los, mein Lieber? Du wirkst sehr angespannt«, versuchte Ansgar, auf das eigentliche Anliegen ihres Treffens zu sprechen zu kommen.

»Hast du das mit dem Autounfall von Dogan gehört?«

»Ja, schreckliche Sache. Wieso?«

Bevor Murat antwortete, brachte der Kellner die zwei *çay*. Beide gaben ein Stück Zucker in ihren Tee und nahmen einen Schluck.

»Das war kein Unfall«, antwortete Murat, wobei seine Stimme fast zu einem Flüstern wurde.

»Wie kommst du darauf?«, fragte Ansgar neugierig, weil es sich mit seinem Verdacht deckte. Er konnte sich auch kaum vorstellen, dass Dogan so kurz nach dem Attentat seines Bruders einen tödlichen Autounfall gehabt haben sollte.

»Weil ich nicht an Zufälle glaube.«

»Was für Zufälle?«, hakte Ansgar nach.

»Na komm, Hakans Bruder sprengt sich in die Luft, reißt etliche Menschen mit in den Tod und nur wenig später stirbt Hakan bei einem Autounfall. Wenn das mal kein dummer Zufall ist«, antwortete Murat sarkastisch.

»Wenn das deine einzige Argumentation ist, lässt sich deine Behauptung leider durch nichts beweisen.«

»Nein, ist es nicht«, antwortete Murat und schaute sich wieder um. Ansgar bekam eine Gänsehaut, hoffte er doch, dass das nicht bloß hohle Phrasen waren.

»Na, dann klär mich doch auf«, forderte Ansgar ihn auf.

»Hakan Dogan hat mir das persönlich erzählt«, antwortete Murat und ihm entging sicherlich nicht Ansgars überraschter Gesichtsausdruck.

»Du kennst Hakan Dogan?«, fragte Ansgar ungläubig.

»Ja, schon lange.«

»Woher?«, unterbrach ihn Ansgar, der das alles sehr verwirrend fand. Irgendwie kannten sich alle, die er bisher vernommen hatte oder mit denen er in Kontakt stand. Konnte es so viele Zufälle geben?

»Ich kenne ihn schon lange. Er hat meinen Bruder vor einigen Jahren in einer Angelegenheit verteidigt. Außerdem bin ich Mitglied in dem türkischen Verband, dem er vorsteht.«

»Wieso hast du mir das nicht erzählt?«, fragte Ansgar vorwurfsvoll.

»Ich habe nicht gedacht, dass das wichtig wäre«, entgegnete Murat.

»Du machst wohl Witze! Du kennst Hakan Dogan, den Bruder von Hussein Dogan, und denkst, das wäre nicht wichtig? Ich dachte, wir sind Freunde?« Ansgar hatte inzwischen erhebliche Zweifel an dieser Annahme.

»Sind wir auch, Bruder, es war … ach, ist ja jetzt auch scheißegal, er ist eh tot. Ich habe das nicht gesagt, weil ich meinen Informanten schützen wollte«, erklärte Murat, dabei fuhr er sich mit seinen Händen durch die Haare und rieb sich mit seiner rechten Hand die Stirn, auf der kleine Schweißperlen glänzten.

Ansgar hätte mit allem gerechnet, aber nicht damit. Dabei ergab das Sinn. Schließlich war Murat top informiert und wer konnte bessere Infos haben als Hakan Dogan? Oder lag Ansgar damit falsch?

»Und Hakan Dogan hat dir erzählt, dass er in Gefahr ist?«

»Ja«, war Murats knappe Antwort.

»Wie kam er darauf, dass er in Gefahr war? Wurde er verfolgt? Gab es Drohungen gegen ihn?«

»Er wurde verfolgt, beschattet und bedroht. Gleich nach dem Attentat bekam er Drohanrufe, dass er seinen Mund halten solle, ansonsten würde er es bereuen.«

»Und von wem sollten die Anrufe gewesen sein?«

»Das wusste er nicht so genau. Aber es mussten sehr gut informierte Kreise sein. Zu dem Zeitpunkt, als er die ersten Drohanrufe bekam, wusste die Öffentlichkeit noch gar nicht, wer der Täter war.«

»Also ein Insider? Jemand von der Zelle?«

»Gut möglich.«

»Das würde bedeuten, dass die Zelle noch aktiv ist«, schlussfolgerte Ansgar.

»Ja, aber schon sehr bald vermutete er ausländische Geheimdienste dahinter.«

»Warum?«

»Er wurde einen Tag nach den Anschlägen von einer Sondereinheit verhaftet und erzählte mir, dass die Verhörmethoden keine deutschen Verhörmethoden gewesen seien. Es mussten somit die von ausländischen Geheimdiensten gewesen sein, davon war er überzeugt«, erklärte Murat und Ansgar erinnerte sich an das Gespräch mit Dogan, in dem dieser genau diese These aufgestellt hatte. Hatte er damit Ansgar eine Nachricht hinterlassen wollen?

»Hatte er Beweise dafür?«

»Nein, aber wer sonst sollte dazu in der Lage sein?«

»Das reicht nicht, Murat. Ich brauche Beweise. Es ist einfach, hinter allem eine Verschwörung zu sehen, hinter der die NSA oder andere Geheimdienste stecken«, versuchte Ansgar ihm klarzumachen, dass der reine Verdacht nicht ausreichte. Kein Richter in Deutschland würde eine Anklage aufgrund von Vermutungen zulassen, ganz zu schweigen von Uli.

Ansgar hielt Murats Annahmen für wahrscheinlich, aber er brauchte etwas Handfestes.

»Ich bin mir sicher, dass er Beweise hatte. Er wollte sich gestern Abend mit mir treffen, weil ich ihm einmal erzählt hatte, dass ich jemanden beim BKA kenne, der uns helfen kann.«

»Und warum genau wollte er sich mit dir treffen?«, fragte Ansgar.

»Das weiß ich nicht, aber er meinte, es wäre wichtig und er hätte Informationen wegen der Anschläge, die dich interessieren könnten. Zum Ende unseres Telefonats meinte er, dass er hoffe, dass du wirklich helfen kannst, weil er große Sorge um seine Familie habe.«

»Ich glaube dir, aber das ist zu wenig. Wenn wir seine Informationen hätten, aber so …«, sagte Ansgar und ärgerte sich, dass Dogan Murat nicht mehr anvertraut hatte. Was immer es war, es musste sehr brisant gewesen sein. Am Ende hatte es ihn wahrscheinlich das Leben gekostet.

»Überprüft doch seinen Wagen, ob etwas manipuliert wurde«, schlug Murat vor.

»Das machen wir bereits«, antwortete Ansgar und machte sich eine Gedankennotiz, bei der Spurensicherung in Wiesbaden anzurufen.

»Dann solltet ihr doch schnell herausfinden können, ob an dem Wagen etwas manipuliert wurde. Ich mache mir große Sorgen um seine Familie.«

»Ich schau mal, was ich tun kann«, antwortete Ansgar und hatte auch schon jemanden in Gedanken, den er bitten konnte, bei der Familie mal nach dem Rechten zu sehen. »Aber das ist doch nicht alles, weswegen du mich sprechen wolltest, oder?«

»Nein, ich fürchte, die haben mich auch auf dem Kieker.«

»Wieso?«

»Na ja, Hakan wollte sich doch gestern Abend mit mir treffen. Als ich am verabredeten Ort ankam, war er nicht dort ... wie auch, er war ja bereits verunglückt«, begann Murat seine Erzählung und unterbrach sich kurz, um tief ein- und auszuatmen. »Nachdem ich ihn auch telefonisch nicht erreichen konnte und mehr als dreißig Minuten gewartet hatte, verließ ich das Restaurant.«

»Wo hast du auf ihn gewartet?«, unterbrach ihn Ansgar.

»Hier. Hier fühle ich mich am sichersten«, erklärte Murat und Ansgar überlegte, ob das nicht ein Fehler war. Aber statt etwas zu sagen, nickte er nur und war auf die weitere Schilderung gespannt.

»Kaum war ich an meiner Wohnung angekommen und wollte die Tür aufschließen, spürte ich etwas Hartes an meinem Rücken.«

»Hast du denn nicht bemerkt, dass dir jemand folgt?«

»Nein, es war ja Fußball und auf der Straße jede Menge los. Ich habe leider niemanden bemerkt, erst als ich etwas Hartes an meinem Rücken spürte. Kannst dir sicher denken, dass ich ganz schön erschrocken war.«

»Was ist dann passiert?«

»Dann ging alles ganz schnell, die Person warnte mich, etwas Unüberlegtes zu tun, und ehe ich reagieren konnte, war mir schwarz vor Augen und ich verlor das Bewusstsein.«

»Hat er dir eine runtergehauen?«

»Nein, nein. Keine Ahnung, was es war. Mir war plötzlich schwarz vor Augen. Als ich wieder zu mir kam, lag ich auf dem Boden und über mir stand ein junges Pärchen und fragte, ob es mir gut gehe. Ich konnte sie beruhigen, sodass sie weitergezogen sind.«

»Wie lange warst du ohnmächtig?«

»So genau weiß ich das nicht, aber das kann nicht lange gewesen. Vielleicht fünf bis zehn Minuten.«

»Das ist in der Tat merkwürdig. Wer immer das war, das solltest du nicht auf die leichte Schulter nehmen. Ich empfehle dir, für einige Zeit nicht nach Hause zu gehen«, schlug Ansgar vor. Er machte sich ernsthafte Sorgen um Murat. Wer immer ihn bedrohte, schien zu vermuten, dass Murat auch im Besitz von Informationen war, die für ihn gefährlich waren. Er machte sich eine Gedankennotiz, in der Rechtsmedizin nachzufragen, welches Mittel jemanden so schnell k. o. setzen konnte.

»Ich werde zu einem Kumpel nach Mannheim fahren.«

»Gute Idee, erzähl niemandem davon. Und nimm die Bahn.«

»Danke, werde ich tun.«

»Nimm das bitte wirklich nicht auf die leichte Schulter. Polizeischutz wird leider schwer zu organisieren sein.«

»Hey, Bruder. Ich brauche keinen Polizeischutz. Ich mach mich ein bisschen rar, bis die Luft wieder rein ist.«

»Sehr gut. Ich muss leider weiter. Sollte dir noch etwas einfallen, meld dich bei mir.«

»Mach ich«, antwortete Murat. Ansgar verabschiedete sich von ihm und verließ das Restaurant.

Draußen griff er zu seinem Handy und wählte die Nummer von Peter. Das Gespräch bestätigte nur den Verdacht von Murat. Der Porsche von Hakan Dogan war nicht bei der Spurensicherung des BKA in Wiesbaden. Als die Jungs von Peter am Unfallort angekommen waren, war der Porsche schon nicht mehr dort gewesen.

Die Feuerwehr hatte ihnen mitgeteilt, dass ein Spezialkommando der Bundesregierung den Wagen bereits abgeschleppt habe.

*Das andere Ermittlungsteam*, schoss es durch Ansgars Gedanken und Wut überkam ihn, denn wieder waren die anderen ihnen zuvorgekommen. Wie konnten sie das, wenn sie keine Informanten hatten, die sie auf dem Laufenden hielten? Eine andere Möglichkeit kam für Ansgar nicht in Betracht.

Peter teilte ihm mit, dass auch Uli nicht wusste, wer den Porsche abgeschleppt hatte. Alle vermuteten, dass es das andere Ermittlungsteam gewesen war.

Ansgar bedankte sich bei Peter und beendete das Gespräch. Als er sich wieder beruhigt hatte, kam er noch auf einen anderen Gedanken.

Vielleicht hatte das Ermittlungsteam einen Wissensvorsprung, weil es großflächig alle Personen, die irgendwie in Zusammenhang mit den Attentätern standen, überwachte und belauschte.

Und wenn Hakan Dogans Vermutung, dass die amerikanischen Behörden mit im Boot saßen, richtig war, machte dieser Gedankengang auch Sinn. Jeder wusste, dass die NSA die Möglichkeiten einer flächendeckenden Überwachung und Belauschung besaß.

Mehr als eintausend Tote gaben ihr die Legitimation, über Gesetze hinwegzusehen. Dennoch gab es ihnen nicht das Recht, seine Ermittlungen zu behindern oder ihm die Unterstützung zu verweigern.

Leider hatte Ansgar niemanden, den er diesbezüglich fragen konnte. Sie waren wie ein Geist. Sie erschienen überall, wo auch er war, aber ehe er sie packen konnte, waren sie wieder verschwunden und keiner konnte ihm sagen, wer sie waren. Wie sollte er da jemanden zur Verantwortung ziehen können?

Mit Murat hatte er einen weiteren wichtigen Informanten verloren, sein anderer Informant Alan meldete sich nicht, was er als ganz schlechtes Zeichen interpretierte.

Ansgar rief einen alten Freund an, der bei der Polizei in Köln arbeitete, und bat ihn, ab und zu bei der Familie von Dogan nach dem Rechten zu sehen. Der Freund willigte ein und fragte auch nicht näher nach den Gründen.

Ansgar überlegte, ob er Ali Dawud einen Besuch abstatten sollte, hatte dann aber eine bessere Idee. Er fuhr ohne Umwege direkt zur Kanzlei von Dogan.

Er wusste zwar, dass es Sonntag war, aber nach dem plötzlichen Tod des Anwalts hoffte er, dass seine loyale Sekretärin im Büro war.

Als er den Gebäudekomplex betrat, war er sich nicht mehr so sicher, ob es eine gute Idee war.

*Welcher normale Mensch ist sonntags im Büro*, überlegte er. Dennoch betätigte er die Kanzleiklingel, da die Tür verschlossen war und zu bestätigen schien, dass niemand im Büro war.

Kurze Zeit später hörte er jedoch, wie jemand die Tür öffnete, und vor ihm stand Dogans Sekretärin Rita Böse, ganz in Schwarz gekleidet.

»Guten Morgen, wie kann ich Ihnen helfen?«, fragte sie und Ansgar sah, dass sie geweint hatte.

»Darf ich eintreten?«, fragte Ansgar höflich.

Sie schaute skeptisch, ließ ihn dann aber doch hinein. Warum er ausgerechnet sonntags klingelte, fragte sie nicht. Und Ansgar fragte nicht, warum sie heute, einen Tag nach dem Tod ihres Arbeitgebers, im Büro war. Vielleicht war aber genau in dieser Frage die Antwort bereits enthalten.

»Sind Sie allein?«

»Ja. Sonntags haben wir nicht geöffnet. Was wollen Sie hier?«, fragte Rita Böse tonlos.

»Und was ist mit Ihnen?«

»Nach dem Tod von Herrn Rechtsanwalt Dr. Dogan wollte ich einige Dinge vorbereiten. Morgen wird hier die Hölle los sein«, erklärte sie und zog die Nase hoch. Ihre Augen waren feucht, aber sie versuchte, die Tränen zu unterdrücken.

»Mein Beileid«, antwortete Ansgar, da sie ihm leidtat.

»Danke, aber deswegen sind Sie sicherlich nicht hier, oder?«

»Nein, da haben Sie recht. Ich würde mich gerne im Büro von Herrn Dogan kurz umsehen, wenn es Ihnen recht ist«, bat Ansgar.

Sie schaute ihn skeptisch an und schien abzuwägen, ob sie es ihm erlauben sollte oder nicht. Für einen Moment hatte Ansgar das Gefühl, dass sie Nein sagen würde. Allerdings konnte er ein Nein nicht akzeptieren. Er musste in den Raum, schließlich konnten sich dort wertvolle Informationen befinden, die Aufschluss über die Personen gaben, die Dogan bedrohten.

»Gehen Sie ruhig rein. Sie sind wenigstens freundlicher als Ihre Kollegen, die die Kanzlei auseinandergenommen haben.«

»Wann das?«, fragte Ansgar erstaunt.

»Heute Morgen, noch bevor ich in der Kanzlei war, waren hier einige Männer, die alles durchsuchten.«

»Hatten sie einen Dursuchungsbefehl?«, fragte Ansgar.

»Ja, den hatten sie. Und ich vermute, die haben bereits gestern Abend mit der Durchsuchung begonnen, da sie ganz erschrocken waren, mich zu sehen. An einem Sonntag hatten sie natürlich nicht mit mir gerechnet. Nicht mal im Tod lässt man den armen Kerl in Ruhe.«

»Haben Sie gestern Abend bereits von Herrn Dogans Tod erfahren?«

»Nein, erst heute früh, als ich aufgestanden bin.«

Ansgar glaubte ihr, da ihre Körpersprache, die Stimmlage und ihr Gesicht noch frisches Entsetzen widerspiegelten. Diese Nachricht beunruhigte ihn, schließlich hatte er gehofft, im Büro Informationen vorzufinden. Wenn welche vorgelegen hatten, war das andere Ermittlungsteam bereits in ihrem Besitz.

»Wissen Sie noch, wie die aussahen?«, fragte Ansgar und griff nach einem kleinen, sehr kleinen Strohhalm.

»Leider nicht. Sie waren alle maskiert.«

»Und haben sie etwas mitgenommen?«

»Ja, einige Akten und sämtliche Computer.«

*Mist,* dachte Ansgar, da sich die Idee, etwas Verwertbares zu finden, damit vollends in Luft aufgelöst hatte.

»Kann ich Ihnen vertrauen?«, fragte Rita.

»Ja, wieso?«

»Versprechen Sie mir erst, dass Sie mit dieser anderen Truppe nichts zu tun haben«, forderte sie Ansgar auf, ohne ihren Blick von ihm abzuwenden.

»Nein, habe ich nicht. Ehrlich gesagt ist mir deren Vorgehensweise ein Dorn im Auge«, gestand Ansgar und hoffte, dass seine Ehrlichkeit bei ihr Vertrauen weckte.

»Ich will Ihnen glauben. Ich weiß, warum die hier waren!«

# 30

»Jetzt machen Sie mich aber neugierig«, antwortete Ansgar ehrlich, da er mit allem gerechnet hatte, aber nicht damit. Dennoch nahm er sich vor, nicht zu viel zu erwarten.

»Ich glaube, es ging ihnen um das hier«, erklärte Dogans Sekretärin und holte aus ihrer Hosentasche einen USB-Stick hervor.

»Was ist das?«, fragte Ansgar gespannt.

»Das weiß ich nicht. Aber Herr Dr. Dogan hat mir das gestern gegeben, für den Fall, dass ihm etwas zustoßen sollte.«

»Und hat er Ihnen gesagt, was Sie damit machen sollen?«, fragte Ansgar, der außerordentlich gespannt war, was sich auf dem USB-Stick befand.

»Ja, ich sollte ihn Ihnen geben«, antwortete sie zu seiner Überraschung.

Er fragte sich, warum Dogan gewollt hatte, dass gerade er den USB-Stick bekam. Schließlich kannten sie sich doch kaum.

»Ich werde sehr sorgsam damit umgehen«, sagte Ansgar, um ihre Restzweifel zu zerstreuen.

»Ich weiß nicht, warum mein Chef Ihnen vertraut, aber wie könnte ich ihm seine letzte Bitte abschlagen. Obwohl ich ernsthaft überlegt habe, den Stick an die Presse weiterzugeben. Enttäuschen Sie Herrn Dr. Dogan bitte nicht«, sagte sie, als sie ihm den Stick gab.

»Vielen Dank«, antwortete Ansgar nervös und verabschiedete sich von ihr. Er wollte so schnell wie möglich den Inhalt des Sticks überprüfen, bevor er entschied, ob es sinnvoll war, ihn der Spurensicherung zu übergeben.

Also fuhr er direkt nach Hause. Als Ansgar seine Wohnungstür aufschloss, erweckte etwas seine Aufmerksamkeit. Die Tür war nicht abgeschlossen, dabei schloss er sie immer ab.

Sein Puls erhöhte sich und ihm wurde warm. Er griff nach seiner Waffe, die er immer bei sich trug. Er entsicherte sie und öffnete vorsichtig die Wohnungstür. Seine Wohnung lag im ersten Stock und war modern und für einen Mann sehr geschmackvoll eingerichtet. Sie hatte drei Zimmer. Zum Schlaf- und Wohnzimmer gehörte jeweils ein Balkon, wobei der Balkon vom Schlafzimmer auf den Hinterhof gerichtet war.

Im Flur warf Ansgar zögernd einen Blick in den Flurspiegel in der Hoffnung, etwas zu sehen. Je nachdem, von welchem Winkel man in den Spiegel schaute, bekam man auch einen Teil des Wohnzimmers zu sehen, das direkt an den Flur grenzte.

Im Spiegel konnte er nichts Verdächtiges erkennen. Mit leisen Schritten näherte er sich dem Wohnzimmer. Sein Herz schlug wie verrückt, sodass er schon fürchtete, sein Herzschlag könnte ihn verraten.

Irgendjemand war in seiner Wohnung, daran bestand für ihn kein Zweifel. Die große Frage war: War dieser Jemand bewaffnet oder wollte er ihm lediglich Angst einjagen? Er musste an Nancys Worte denken, die ihn gewarnt und gebeten hatte, vorsichtig zu sein.

An der Wand entlang schlich er ins Wohnzimmer. Er warf einen kurzen Blick hinein, die Waffe in der Hand und jederzeit bereit, das Feuer zu erwidern. Da er ein großes offenes Wohnzimmer hatte, konnte er es komplett überblicken. Er sah niemanden. Aufgrund der Tageszeit war es sehr hell in der Wohnung.

*Vielleicht im Schlafzimmer*, dachte er und versuchte, so unbemerkt wie möglich dorthin zu gelangen, was aufgrund der offenen Bauweise der Wohnung schwierig war. Es gab im Wohnzimmer nicht wirklich etwas, wo er sich verstecken konnte, höchstens hinter der Couch. Aber von dort könnte er niemals unbemerkt ins Schlafzimmer gelangen.

Er konnte nur volles Risiko gehen und vom Wohnzimmer versuchen, mit schnellen Schritten die Wand zu erreichen, die ans Schlafzimmer grenzte.

Wenn der Eindringling allerdings vor dem Esstisch auf ihn wartete, war er verloren. Ansgar überlegte kurz, sah aber keine andere Möglichkeit, als dieses Risiko in Kauf zu nehmen.

Die Waffe nach vorne gerichtet, machte er einige schnelle Schritte zur Wand, die ans Schlafzimmer grenzte, als er vor Schreck erstarrte und fast einen Schuss abgefeuert hätte.

»Nicht schießen«, hörte er noch jemanden sagen.

Der Schreckmoment dauerte nur den Bruchteil einer Sekunde, kam Ansgar aber wie eine Ewigkeit vor. Eine Ewigkeit, die ausreichte, damit sein Gegenüber ihn erschießen konnte.

»Hände hoch«, schrie Ansgar den fremden Mann an.

Der Fremde reagierte und hob die Hände.

»Machen Sie keine Dummheiten, ich will Sie nicht töten. Wenn ich das gewollt hätte, wären Sie schon längst tot«, antwortete der Mann, der einen erstaunlich ruhigen Eindruck machte.

»Wer sind Sie?«, fragte Ansgar unbeeindruckt. Schließlich hatte er die Waffe auf den Fremden gerichtet und nicht andersherum. Sollte der Fremde einen dummen Fehler begehen, würde Ansgar von der Waffe Gebrauch machen.

»Ein Freund«, war die kurze und knappe Antwort des Mannes, der seine Hände herabsinken lassen wollte.

»Ich sagte: Hände hoch«, forderte Ansgar ihn erneut auf und näherte sich dem Fremden. Irgendetwas an ihm kam ihm sehr vertraut vor.

»Ganz ruhig, ich will Ihnen nur helfen. Ich bin ein Freund«, wiederholte der Fremde.

»Seit wann brechen Freunde ein?«, fragte Ansgar, der noch immer angespannt war.

Inzwischen trennte ihn nur noch der Tisch von dem Unbekannten.

»Weil wir hier ungestört reden können«, erklärte der Mann.

»Dann sagen Sie mir, wer Sie sind«, forderte Ansgar ihn unmissverständlich auf.

»Ich bin Alan Smithee«, antwortete er und Ansgar konnte seine Verblüffung nicht verbergen.

»Wieso sollte ich Ihnen glauben?«, fragte er dennoch, schließlich konnte es eine Falle sein.

»Weil ich es bin«, antwortete er, noch immer sehr geduldig.

»Dann beweisen Sie es mir«, verlangte Ansgar, der nicht bereit war, irgendein Risiko einzugehen. Schon gar nicht nach dem, was Murat ihm erzählt hatte.

»Nun gut, wenn es sein muss. Ich habe Sie kontaktiert. Sie haben mir gestern Abend eine Nachricht geschickt, dass Sie mich treffen wollen. Hier bin ich.«

Ansgar zögerte noch. Konnte er wirklich Alan Smithee sein oder war das eine Falle? Wurden seine Nachrichten abgehört? Aber irgendwoher kannte er diesen Mann. Sein Gesicht kam ihm sehr vertraut vor und dann war sie da, die Erinnerung, woher er den Mann kannte. Aber konnte das wirklich sein?

»Sind Sie nicht der Reporter, dem ich in der Kanzlei von Dogan begegnet bin?«, fragte Ansgar, aber Unsicherheit lag in seiner Stimme, obwohl er versuchte, das nicht zu zeigen.

»Sie haben ein sehr gutes Gedächtnis.«

»Aber Sie hatten doch blonde Haare?«

»Gefärbt. Aber wir haben uns schon früher gesehen«, antwortete er zu Ansgars Überraschung.

»Früher?«

»Ja, schon am Tag des Attentats.«

»Am Tag des Attentats?« Ansgar dachte nach und dann fiel es ihm wie Schuppen von den Augen. »Sie waren der *RTL*-Reporter«, erinnerte er sich. Er hatte noch immer die Waffe auf Alan gerichtet.

»Genau. Ich war die ganze Zeit in Ihrer Nähe.«

»Warum?«

»Legen Sie die Waffe weg, dann werde ich Ihnen alles erzählen, was Sie wissen wollen. Uns rennt die Zeit davon«, ermahnte ihn Alan.

Ansgar überlegte kurz, war dann aber bereit, das Risiko einzugehen. Er senkte die Waffe und steckte sie wieder weg.

»Wollen Sie etwas trinken?«, fragte er, dabei dachte er eigentlich mehr an sich selbst. Auf den Schreck brauchte er dringend etwas zu trinken, da seine Kehle ganz trocken war.

»Gerne«, antwortete Alan und Ansgar nahm zwei Kölsch aus dem Kühlschrank. Er öffnete sie, reichte eines Alan und setzte sich ihm gegenüber an den Tisch.

»Jetzt können wir reden«, sagte Alan, nachdem sie angestoßen und jeder einen Schluck aus der Flasche genommen hatte.

»Wieso haben Sie gestern nicht geantwortet?«, fragte Ansgar.

»Wieso hätte ich. Ich dachte, es ist besser, wenn ich Sie direkt aufsuche, auch wenn das bedeutet, dass ich dadurch meine Tarnung aufgeben muss. Aber es wird Zeit, dass Sie mir vertrauen.«

»Woher wussten Sie, dass ich jetzt schon nach Hause kommen würde?«

»Ich sagte doch, dass ich Sie seit den Anschlägen im Auge habe«, antwortete Alan. Ein kurzes Lächeln huschte über sein Gesicht.

»Gut, dann sagen Sie mir, wer Sie sind«, forderte Ansgar ihn auf. Gleichzeitig war er in Sorge. Wenn es Alan gelungen war, ihm zu folgen, ohne dass es ihm auffiel, wieso sollte es dann anderen nicht auch gelungen sein?

Als erfahrener BKA-Beamter hatte er immer in dem Glauben gelebt, dass er stets wachsam war und mitbekommen würde, wenn ihn jemand beschattete. Er hatte verschiedene Lehrgänge absolviert, um genau solche Situationen zu durchschauen. Anscheinend waren die Lehrgänge nicht so effektiv, wie sie ihn und seine Kollegen immer glauben lassen wollten.

Ansgar ärgerte diese Erkenntnis. Er nahm einen Schluck Kölsch, um den Ärger herunterzuspülen.

Alan antwortete nicht gleich, sondern schien seine Antwort genau abzuwägen.

»Ich habe früher für einen speziellen, vielen unbekannten Geheimdienst gearbeitet. Leider kann ich Ihnen nicht mehr erzählen, da ich ansonsten geliebte Menschen in Gefahr bringe.«

»Woher weiß ich, dass Sie nicht noch immer für diesen Geheimdienst arbeiten und mich täuschen wollen, um an Informationen zu gelangen?«

Nach dem zu urteilen, was er sagte, hatte Ansgar das Gefühl, dass dieser Mann Amerikaner war. In Deutschland gab es mit Sicherheit keinen unbekannten Geheimdienst, sonst hätte er etwas davon gewusst. Der Flurfunk war sehr verlässlich.

Auf der anderen Seite sprach Alan perfekt Deutsch. Aber auch Nancy sprach perfekt Deutsch, das hatte also nichts zu bedeuten. Ansgars Gedanken drehten sich im Kreis.

»Das glauben Sie doch selber nicht. Welche Informationen haben Sie, die für mich wertvoll wären? Sie sind von meinen Informationen abhängig«, widersprach ihm Alan und Ansgar sah sich gezwungen, ihm recht zu geben. »Glauben Sie mir, wenn ich Sie ausnutzen wollte, hätte ich mich Ihnen nicht gezeigt. Sie können sich gar nicht vorstellen, welches Risiko ich damit eingehe. Sie werden nicht nur von mir beschattet.«

Und da war sie, die Bestätigung für seine und Nancys Vermutung. Er wurde beschattet. Er, ein BKA-Beamter, wurde selbst zur Zielscheibe, aber den Grund dafür kannte er nicht.

»Wer beschattet mich und warum? Islamisten?«

»Die, die nicht wollen, dass Sie die Wahrheit herausfinden«, antwortete Alan.

»Aber alles spricht doch für Islamisten«, hakte Ansgar nach.

»Es ist viel komplizierter.«

»Was heißt komplizierter?« Ansgar wurde langsam ungeduldig.

»Das bedeutet nichts Geringeres, als dass ich noch nicht über genügend Wissen verfüge, um die Komplexität hinter diesen Attentaten zu verstehen.«

»Dann lassen Sie mich bitte an dem teilhaben, was Sie wissen«, forderte Ansgar ihn auf und hielt ihn in diesem Moment für überheblich.

»Ich gehe davon aus, dass die Zelle noch aktiv ist«, sagte Alan.

»Also doch Islamisten?«, schlussfolgerte Ansgar.

»Die Zelle ja, aber ich weiß nicht, wer die Zelle gegründet hat«, brachte er Ansgars Annahme ins Wanken.

»Aber soweit ich weiß, ist doch eine Zelle eine autonome Einheit, die Bestandteil einer Terrororganisation wie al-Qaida ist.«

»Grundsätzlich stimmt das, aber genau das ist das Problem. Es gab bis heute kein Bekennerschreiben und das passt zu keiner mir bekannten und international operierenden Terrorgruppe, schon gar nicht zu al-Qaida. Die haben nichts mit diesen Anschlägen zu tun«, legte sich Alan fest.

»Es gibt ja nicht nur al-Qaida, was ist mit ISIS oder der Hamas?«

»Sicherlich nicht die. Es gibt viele Dschihadisten, die mit ISIS sympathisieren, gerade in Frankreich und Spanien, aber ihnen fehlt das notwendige IT-Wissen, um so einen Anschlag durchzuführen. ISIS ist eher ein Hirngespinst der Presse.«

»Denken Sie, es waren die Geheimdienste?«

»Gut möglich. Gerade die amerikanischen verfügen über die notwendige IT-Infrastruktur.«

»Meinen Sie PRISM und XKeyscore?«, fragte Ansgar und fürchtete, dass es tatsächlich darauf hinauslaufen könnte, dass die Geheimdienste diese Anschläge zu verantworten hatten. Sein Verstand sagte ihm aber, dass das undenkbar war. Welcher westliche Geheimdienst würde das Leben unzähliger Europäer aufs Spiel setzen, um bestimmte machtpolitische Ziele zu verfolgen? Vor allem, welche Ziele sollten das sein?

»PRISM und XKeyscore sind nur einige Programme der NSA und der Geheimdienste in den USA. Es gibt noch viel mächtigere. Im Gegensatz zu den meisten anderen Geheimdiensten haben die amerikanischen rechtzeitig verstanden, welche Bedeutung die Kontrolle der weltweiten IT-Landschaft für sie haben könnte.«

»Was meinen Sie damit?«

»Schon lange vor der Verbreitung des Internets haben vor allem die NSA und die CIA Milliarden US-Dollar in ihre

IT-Infrastruktur investiert. Vor allem in Möglichkeiten, den Kommunikations- und Datenverkehr mitlesen und speichern zu können. Inzwischen verfügen sie über Serverlandschaften, die den weltweiten Internet- und Kommunikationsverkehr speichern können.

Wissen bedeutet einen Wettbewerbsvorteil, aber das Internet zu kontrollieren, bedeutet wahre Macht. Sie können sich gar nicht vorstellen, über welche Macht diese Leute verfügen. Die NSA und die CIA sind so mächtig, dass ganze Regierungen vor ihnen in die Knie gehen, weil die Geheimdienste kompromittierende Informationen über sie haben wie beispielsweise Bilder von Prostituierten beim Schäferstündchen mit Regierungschefs.«

Und da war sie wieder, die Erklärung, warum die amerikanischen Geheimdienste die Fäden in der Hand hielten. Vielleicht war es an der Zeit, dass Ansgar das endlich akzeptierte.

Aber würde das nicht bedeuten, dass er vieles, an das er glaubte, infrage stellen musste? Er hatte keine Antwort darauf, hoffte aber, sie von Alan zu erhalten.

»Das würde auch erklären, warum von der NSA kaum Unterstützung kam«, versuchte Ansgar die Ausführungen von Alan weiterzuspinnen.

»Vielleicht, vielleicht auch nicht.«

»Wieso?«

»Die NSA könnte ein eigenes Interesse daran haben, die Attentäter als Erste zu finden«, deutete Alan an.

»Wieso das? Die Anschläge sind in Deutschland geschehen, hier gilt deutsches Recht«, verteidigte sich Ansgar.

»Seien Sie doch nicht so naiv, Ansgar. Sie sollten das besser wissen. Was denken Sie, wer das andere Ermittlungsteam leitet?«, konterte Alan.

Ansgar antwortete nicht, sondern verzog nur das Gesicht.

»Richtig, die CIA. Sie können sich gar nicht vorstellen, welcher Machtkampf hinter den Kulissen tobt. Der Präsident der Vereinigten Staaten hat sich persönlich eingeschaltet. Aufgrund der großen Erfahrung der US-Geheimdienste mit Terroristen hat die Bundesregierung nachgegeben und das streng geheime Ermittlungsteam autorisiert.«

»Ich dachte, das wird vom Militär geleitet, das sind doch KSK-Jungs«, bemerkte Ansgar. Allerdings überzeugten ihn Alans Worte immer mehr, weil das genau zu dem passen würde, was Hakan Dogan berichtet hatte.

»Es sind auch KSK-Jungs dabei, aber ebenso verdeckte CIA-Agenten und einige von der NSA. Das ist auch der Grund, warum Ihre Ermittlungsabteilung nicht von deren Wissen profitiert.«

»Und deswegen sind sie uns immer einen Schritt voraus. Können wir nichts dagegen tun?« Ansgar fühlte sich geradezu machtlos gegenüber dieser gesichtslosen und schwer fassbaren Konkurrenz bei den Ermittlungen.

»Wenn Ihnen Ihr Job lieb ist, ignorieren Sie sie einfach und machen Ihren Job wie bisher.«

»Mein Job ist mir egal, ich will die Hintermänner.«

»Das ist sehr edel von Ihnen. Aber mal im Ernst, keiner wird Ihnen glauben. Nehmen Sie diesen politischen Kampf nicht auf. Sie werden verlieren und ich brauche Sie«, versuchte Alan, Ansgar ins Gewissen zu reden.

»Warum? Sie scheinen alles zu wissen. Warum brauchen Sie mich?«

»Weil ich nicht aktiv ins Geschehen eingreifen kann.«

»Warum nicht?«

»Ich sagte Ihnen doch, dass ich Menschen um mich habe, die ich nicht in Gefahr bringen möchte«, erklärte Alan.

»Und es macht Ihnen nichts aus, dass ich die Lorbeeren einkassiere?«, fragte Ansgar, der aus Alan noch immer nicht schlau wurde.

»Netter Versuch, aber ich glaube, weder Ihnen noch mir bedeuten diese Lorbeeren etwas. Wir sind uns ähnlicher, als Sie denken. Und genau deswegen habe ich mich entschieden, Ihnen zu helfen.«

»Das ist aber nett«, antwortete Ansgar ironisch. Alan lächelte kurz.

»Woher wissen Sie das alles?«, fragte Ansgar.

»Ich sagte Ihnen ja, wer das Internet kontrolliert, beherrscht die Welt. Sagen wir mal so, ich habe Möglichkeiten, an diese Informationen heranzukommen.«

»Haben Sie einen Informanten?«

»Nein.«

»Sind Sie Hacker?«, bohrte Ansgar nach, konnte sich Alan aber kaum als Hacker vorstellen. Er war groß, durchtrainiert und sah eher wie ein Topagent als wie ein Hacker aus.

»Sie lassen nicht locker, oder?«

»Nein! Sie wollen, dass ich Ihnen vertraue, aber ich weiß noch immer nichts über Sie. Ich habe verstanden, dass Sie Ihre Identität geheim halten wollen, weil Sie wahrscheinlich eine Familie haben, die Sie schützen müssen. Aber Sie müssen auch mich verstehen, ich brauche mehr als nur diese Informationen. Im schlimmsten Fall begehe ich Hochverrat und glauben Sie mir, ich möchte nicht als Verräter ins Gefängnis gehen«, erklärte Ansgar seine Skepsis und redete sich dabei richtig in Rage.

»Gut, Ansgar, ich habe noch einen Freund, der mir hilft«, antwortete Alan.

Ansgar überlegte, ob er ihm das glauben sollte oder ob dieser Freund auch wieder nur eine Tarnung war, eine weitere Lüge. Es sprach doch alles eher dafür, dass Alan einen Informanten bei den US-Geheimdiensten hatte. Ansgar atmete tief ein und aus.

»Was für ein Freund soll das sein?«, fragte er leicht gereizt.

»Der beste Hacker, den ich kenne.«

»Und warum sollte so jemand mit Ihnen zusammenarbeiten?«

»Weil er die gleichen Interessen hat wie ich.«

»Und deswegen riskiert er es, sich mit den Geheimdiensten anzulegen?«, unterbrach ihn Ansgar und jede Menge Skepsis lag in seinen Worten.

»Ja, weil er ein sehr guter Freund von mir ist«, erwiderte Alan.

»Und wo ist dieser angebliche Freund?«, fragte Ansgar wenig überzeugt.

»Drehen Sie sich um.«

# 31

»Hi«, hörte Ansgar jemanden hinter sich sagen. Als er sich umdrehte, sah er einen kräftigen farbigen Mann, den er auf knapp einen Meter siebzig schätzte.

»Sam Eyob?«, platzte es aus Ansgar heraus.

»Freut mich«, antwortete Sam und reichte dem sichtlich irritierten Ansgar die Hand.

Es dauerte einige Sekunden, bis er sich gefasst hatte und den Gruß erwiderte. Er überlegte kurz, wo Eyob sich versteckt haben könnte, da eigentlich nur das Schlafzimmer infrage kam. Letzten Endes war es egal. Denn beiden war es gelungen, Ansgar gehörig zu narren.

»Das ist der Freund, von dem ich sprach«, sagte Alan und der falsche Sam setzte sich neben Alan.

»Wie heißen Sie denn? Bestimmt nicht Sam Eyob«, schlussfolgerte Ansgar, schließlich hatte er den echten Sam Eyob inzwischen kennengelernt.

»Nennen Sie mich John«, antwortete er und lächelte dabei.

»Ein weiteres Geheimnis?«, mutmaßte Ansgar.

»Was für mich gilt, gilt auch für ihn«, erklärte Alan.

»Verstehe, und Sie sind der Hacker, der sich in die NSA-Datenbank einhackt?«

»So in etwa. Ich versuche nur, deren Wissensvorsprung auszugleichen.«

»Verstehe«, antwortete Ansgar und fügte hinzu: »Also hat die NSA wirklich diese feigen Attentate zu verantworten.« Der Gedanke, dass westliche Geheimdienste bereit waren,

Menschenleben aufs Spiel zu setzen, um ihre Interessen zu vertreten, widerte ihn an.

Bevor einer von ihnen antworten konnte, fügte er noch hinzu: »Aber warum? Welches Interesse hat die NSA, solch ein Risiko einzugehen? Warum in Deutschland? Wir sind doch Partner, Freunde. Als Nächstes wollen Sie mir noch weismachen, dass die Anschläge vom elften September auch von amerikanischen Geheimdiensten geplant wurden. Ist das so? Muss ich glauben, was uns die ganzen Verschwörungstheoretiker seit Jahren erzählen? Warum?« Ansgars Stimme erhob sich und all seine Wut und Ohnmacht brachen aus ihm heraus. Er konnte es nicht kontrollieren. Plötzlich waren seine Worte wie ein Ventil, welches er nutzte, um der Welt seine Zweifel kundzutun.

Er liebte seinen Job und als BKA-Beamter kannte er auch viele Interna von Geheimdiensten, doch bis jetzt war er stets davon überzeugt gewesen, dass die in den Medien verbreiteten Verschwörungstheorien nichts weiter als Hirngespinste waren. Und jetzt, da er selbst ermittelte, stellte er seine eigene Überzeugung infrage.

In diesem Moment war alles für ihn wie ein schrecklicher Albtraum, aus dem er hoffte aufzuwachen, damit sich diese Theorien nicht als Wahrheit herausstellten.

»Beruhigen Sie sich, noch steht nicht fest, dass die Geheimdienste wirklich in die Anschläge verwickelt sind«, versuchte er Ansgar ganz offensichtlich zu beruhigen.

»Warum nicht? Wer sollte noch infrage kommen? Wer verfügt denn über solche Möglichkeiten?«, widersprach Ansgar.

»Regierungen«, antwortete John.

»Regierungen?«, fragte Ansgar ungläubig.

»Ja, es gibt genug Regierungen, vor allem im Nahen Osten, in Afrika oder auch Russland, die ein großes Interesse an der Destabilisierung Europas haben«, gab Alan zu bedenken.

Für Ansgar wurden diese Ermittlungen immer verwirrender. Geheimdienste oder Regierungen, die mit Terroristen zusammenarbeiteten, um politische Interessen durchzusetzen, zeigten ihm, in welch kranker Welt er lebte.

Am Ende waren Menschen nichts anderes als Spekulationsobjekte von Organisationen, die bereit waren, diese Objekte zu nutzen, egal wie, solange sie ihnen nur Nutzen brachten.

Doch wie passte er selbst in dieses Spiel? Er wusste es nicht, aber er würde sich nicht einschüchtern lassen. Wer immer die Hintermänner waren, er würde sie zur Verantwortung ziehen, auch wenn das bedeutete, dass er seinen Job verlöre. Ansgar glaubte an die Wahrheit und würde diese Überzeugung nicht über Bord werfen.

Seine Gedanken waren bei Nancy. Als NSA-Agentin hätte sie ihm noch nützlich sein können. Doch dann kam ihm ein Gedanke, den er schon verdrängt hatte.

»Woher wussten Sie, dass Andrea Schwarz mir absagen würde?«

»Sie meinen Nancy White?«, fragte Alan.

»Ja, genau, woher kannten Sie ihren Namen?«, erweiterte Ansgar seine Frage.

»Auch wenn Sie das jetzt nicht gerne hören werden. Aber Nancy White arbeitete nicht für die NSA.«

»Nicht für die NSA?«, unterbrach Ansgar ihn.

»Nein, sie ist eine CIA-Agentin.«

»Ich verstehe das nicht, warum diese Geheimnistuerei?«

»Das müssen Sie die Geheimdienste fragen, das weiß ich nicht. Sie ist jedenfalls eine CIA-Agentin. Ihr Name ist auch nicht Nancy White. Ihre Aufgabe war es, Ihre Ermittlungen zu melden.«

»Warum das? Warum meine? Was ist mit den Teams aus Frankfurt und Berlin?«

»Weil Köln eine herausragende Rolle einnimmt.«

»Ich kann Ihnen nicht folgen«, antwortete Ansgar, der sich erst einmal beruhigen musste, da er Nancy schon fast in sein Herz geschlossen hatte.

»Alle drei Attentäter stammen aus Köln, es ist also davon auszugehen, dass die Zelle ihren Ursprung in Köln hat. Wenn sie noch aktiv ist, findet sich die Antwort hier. Und Nancys Job war es, alle Informationen an die CIA weiterzugeben. Es war nie ihre Aufgabe, Ihnen zu helfen. Deswegen gab es auch keine Resultate wegen der Fotos.«

*Nancy hat mich also hintergangen, die ganze Zeit,* stellte Ansgar enttäuscht und wütend zugleich fest. »Also haben Sie dafür gesorgt, dass sie abgezogen wird?«

»Genau. Wir haben ihre Identität preisgegeben, weil wir fürchteten, dass sie Ihre Ermittlungen in die falschen Bahnen lenken könnte. Sie fingen an, sie zu mögen.«

»Wie kommen Sie auf diesen Unsinn?«

»Ist doch offensichtlich«, kommentierte Alan Ansgars scharfe Bemerkung, der nun beschämt zur Seite schaute, weil sie eben doch der Wahrheit entsprach.

»Nach den schlechten Nachrichten sollten wir vielleicht zu den guten übergehen«, schlug John vor, der seinem Satz ein herzliches Lachen folgen ließ.

»Die gibt es auch?«, fragte Ansgar ironisch.

»Ja, jede Menge. Wir haben die beiden Männer identifiziert, die angeblich nicht in den Datenbanken der US-Behörden vorhanden waren«, antwortete John.

»Sie meinen den Mann in der grünen Jacke und den, der den Auftrag gab, mich zu bedrohen?«

»Genau die beiden«, bestätigte John.

»Das sind gute Nachrichten«, bemerkte Ansgar und zum ersten Mal hatte er bei diesem Gespräch das Gefühl, dass er sich wieder auf die Ermittlungen konzentrieren konnte statt auf irgendwelche politischen Spielchen, von denen er nichts verstand und verstehen wollte.

»Das haben wir auch den versteckten Daten auf dem Laptop von Hussein Dogan zu verdanken.«

»Wie meinen Sie das?«, fragte Ansgar.

»Die Daten wurden nachträglich auf Husseins Laptop gespielt, ohne dass es Ihre Spurensicherung bemerkt hätte. Ich bin der Überzeugung, dass sie nur aus einem einzigen Grund aufgespielt wurden.«

»Und der wäre?«, wollte Ansgar wissen.

»Damit es keinen Zweifel gibt, dass Hussein ein radikaler Islamist ist, ein Dschihadist.«

»Aber wir haben dem anderen Ermittlungsteam den Laptop weggeschnappt«, erwiderte Ansgar und erzählte kurz den Sachverhalt.

»Und damit haben Sie genau das erreicht, was die wollten. Der Laptop war in Ihrem Besitz. Jetzt mussten nur noch die belastenden Dokumente und Bilder aufgespielt werden. Ein Kinderspiel«, erklärte Alan.

»Aber das hieße, dass es am Ende doch wieder die NSA war?«

»Das mit dem Laptop sicherlich. Sie haben natürlich ein Interesse daran, dass Ihre Ermittlungen in die Richtung laufen, in die sie sie haben wollen. Es darf keinen Zweifel daran geben, dass Islamisten diese Anschläge verübt haben, gesteuert von einer internationalen Terrorgruppe.«

»Damit sagen Sie doch nichts anderes, als dass der Ausgang der Ermittlungen bereits feststeht«, schlussfolgerte Ansgar.

»Das mag für das erste Ermittlungsteam gelten, aber nicht für Sie, oder?«, beantwortete Alan die Frage mit einer Gegenfrage.

»Ich will die Hintermänner.«

»Sehr gut, deswegen müssen wir die beiden Männer so schnell wie möglich finden«, erklärte Alan.

»Und die Fotos auf dem Laptop können uns dabei helfen?«

»Ja«, bestätigte Alan.

»Inwieweit?«, hakte Ansgar nach.

»Weil sie nicht alle wirklich das zeigen, was man sieht«, erklärte Alan kryptisch.

»Wurden die Bilder manipuliert?«, fragte Ansgar gespannt.

»Ja, Husseins Körper und Gesicht wurden hochprofessionell in die Bilder integriert und dafür andere Personen herausgenommen.«

»Das würde aber unserer Spurensicherung auffallen, wir haben sehr gute Jungs in der IT sitzen«, widersprach Ansgar und musste an Philipp denken, dem er zutraute, diese Manipulation zu erkennen.

»Gut möglich, aber nicht dann, wenn sie sich nicht mit den Bildern und Dokumenten auseinandersetzen. Schließlich gibt es keinen Grund dafür, alle gehen davon aus, dass Hussein ein Islamist ist, auch wenn Ihre Erkenntnisse bis jetzt eher dagegensprechen.«

»Wollen Sie damit sagen, dass er gar nicht in Syrien oder einem Ausbildungscamp war?«, hakte Ansgar nach.

»Nein, einige Fotos sind echt, aber eben nicht alle. Und genau das wirft Fragen auf. Hussein galt als gemäßigter Moslem, war aber in Trainingscamps für Terroristen. Warum? Und vor allem: Warum wurden zusätzlich fingierte Bilder in die versteckten Ordner kopiert?«

»Vielleicht war er wegen seines Schwagers dort?«, überlegte Ansgar.

»Nein, das glaube ich nicht. Sein Schwager war sehr leichtgläubig und umgab sich in den letzten Monaten vor seinem Tod mit den falschen Leuten. Er dachte, der Kampf in Syrien wäre ein Abenteuerurlaub. Hussein wusste nichts davon«, antwortete Alan.

»Woher wissen Sie das?«

»Er stand unter Beobachtung bei der NSA und der CIA.«

»Und Hussein?«

»Der nicht und das ist sehr merkwürdig. Es gibt bei der NSA Akten über jeden Moslem in Europa, der mindestens einmal eine Moschee besucht hat. Aber über Hussein gibt es keine Informationen, auch nicht über die anderen Attentäter.«

»Vielleicht weil er es verstanden hat, seine Tarnung perfekt aufrechtzuerhalten.«

»Nein, das ist unmöglich. Die Datensammlung der NSA funktioniert hochprofessionell. Es ist undenkbar, dass über alle drei Attentäter, die zwar gemäßigt schienen, aber regelmäßig die Moschee besuchten, keine Akten vorliegen. Selbst über die anderen Moscheebesucher gibt es Akten«, erklärte John und Ansgar ahnte, dass er sich mit der IT-Landschaft der NSA sehr gut auszukennen schien.

»Welchen Grund sollte es dann haben? Werden sie von der NSA gedeckt?«

»Sehr gute Frage. John ist dabei, genau diese fehlenden Puzzleteile für uns zu finden.«

»Ich brauche noch ein bisschen. Seit meiner Zeit dort haben sie ein paar Modifikationen vorgenommen«, antwortete John und lachte dabei. Für Ansgar war diese Aussage Beweis genug. John war ein ehemaliger NSA-Agent, sicherlich jemand wie Philipp aus der IT-Abteilung.

»Gut, beeil dich, uns läuft die Zeit davon.«

»Sie meinen doch nicht, dass ein weiterer Anschlag bevorsteht?«, fragte Ansgar erschrocken, da er sich an die Worte zu Beginn des Gesprächs erinnerte, nämlich dass die Zelle noch aktiv sein könnte.

»Wir sind uns noch nicht sicher, aber es gibt Anzeichen dafür, dass etwas geplant ist.«

»Und was?«

»Das wissen wir nicht, aber es wird während einer großen Veranstaltung stattfinden. Und im Moment gibt es jede Menge großer Veranstaltungen. Allein heute gibt es in fast jeder großen Stadt eine Demo. Genug Ziele für einen Anschlag.«

»Das muss ich melden. Die Polizei muss überall in Alarmbereitschaft versetzt werden.«

»Nein, das dürfen Sie nicht.«

»Warum? Wollen Sie noch einen erfolgreichen Anschlag?«, fragte Ansgar und erhob seine Stimme.

»Nein, sicherlich nicht. Aber wir dürfen keine Unruhe erzeugen. Das würde die Zelle alarmieren und wir würden nie dahinterkommen, ob sie wirklich aktiv ist, wer noch Teil der Zelle ist und wer die Hintermänner sind.«

Ansgar überlegte kurz und musste ihm recht geben. Es war ein gewagtes Spiel, aber wenn sie die Zelle schnappen wollten, mussten sie im Geheimen operieren.

»Ich könnte aber eine stille Nachricht an die Polizeibehörden weitergeben«, schlug Ansgar vor.

»Nein, auch das nicht. Sie dürfen unser Gespräch und die Erkenntnisse daraus mit niemandem teilen. Nicht einmal mit Ihren Kollegen oder Ihrem Vorgesetzten, da wir davon ausgehen müssen, dass Ihre Kommunikation abgehört wird.«

»Wie sollen wir dann reagieren? Denken Sie, wir drei können die Zelle auffliegen lassen? Und wieso sollte jemand unsere Kommunikation unterwandern können? Das BKA hat viele Millionen Euro in die Sicherheitstechnologie investiert«, erwiderte Ansgar, dem es ganz und gar nicht gefiel, seine Kollegen und das BKA außen vor zu lassen.

»Na ja, mir ist es auch gelungen, Ihre Kommunikation zu manipulieren«, widersprach John.

»Aber Sie haben mich doch auch über diese angeblich unsichere Leitung kontaktiert.«

»Das stimmt nicht ganz«, sagte John und konnte sich ein breites Grinsen nicht verkneifen.

»Wie meinen Sie das?«

»In dem Moment, in dem Sie auf meine Nachricht geantwortet haben, habe ich Ihnen ein kleines Programm geschickt, welches sich automatisch auf Ihrem Handy installiert hat. Auch wenn Ihr Handy eigentlich als sicher gilt, ist es das leider nicht. Wenn man die Security Holes kennt, ist es ein Kinderspiel, auf jedem Betriebssystem und Handy der Welt ein Programm zu installieren. Die NSA macht das die ganze Zeit, auch Cyberkriminelle. Aber das Programm, das ich auf Ihrem Blackberry und iPhone installiert habe, ist kein Schadprogramm. Es dient lediglich dazu, dass wir sicher kommunizieren können.«

»Haben Sie einen VPN-Tunnel gelegt, den keiner abhören kann?«, schlussfolgerte Ansgar und konnte sich ein kleines Lächeln nicht verkneifen, da ihm der überraschte Gesichtsausdruck von John nicht entging.

»Genau, weil ich immer mit dem Schlimmsten rechne. Und der Tunnel, den ich angelegt habe, ist abhörsicher. Ich habe ihn selber programmiert«, erzählte John nicht ohne Stolz in der Stimme.

»Ich habe versucht, die Nummer anzurufen, aber da war kein Anschluss«, äußerte sich Ansgar.

»Das ist auch gut so. Hinter der Nummer, von der die SMS versendet werden, verbirgt sich ein Server. Dieser ist dezentral und virtuell. Das bedeutet, dass er irgendwo auf der Welt steht und nicht getrackt werden kann. Die Informationen, die wir austauschen, werden in kleine Datenpakete verpackt und quer durchs Web geschickt, bis ein spezielles Programm, welches ich entwickelt habe, sie wieder zu einem Inhalt zusammenfügt.

Und ich bin mir ziemlich sicher, dass nicht mal die NSA das hacken kann, wenn man bedenkt, dass sie bereits das neue, hochsichere Handy von Bundeskanzlerin Merkel gehackt haben«, erklärte John seine Programmierfähigkeiten.

Die meisten Informationen aus ihrem Gespräch hatte Ansgar einfach so hingenommen, aber dass das neueste Handy der Bundeskanzlerin, das eigentlich die höchsten Sicherheitsstandards aufwies, bereits gehackt wurde, beunruhigte ihn. Es zeigte, wie mächtig die NSA war und dass John wirklich Ahnung von dem zu haben schien, was er erzählte.

»Genug geprahlt, mein Lieber. Wird Zeit, dass wir uns um die beiden Personen kümmern«, bemerkte Alan.

»Sie meinten, Sie haben Informationen über die beiden Männer?«, fragte Ansgar.

»Ja!«

# 32

»Der Mann, von dem Sie das Phantombild erstellt haben, heißt Madjid Daleb. Er ist Algerier und ein V-Mann des BND.«

»Ein V-Mann?«, fragte Ansgar ungläubig. Wenn er einer war, wieso hatten sie dann keine Informationen über ihn in ihrer Datenbank? Und warum war Alan in der Lage, ihm sagen zu können, wer dieser Mann war? War das nicht Beweis genug, endlich zu glauben, dass Nancy wirklich ein doppeltes Spiel mit ihm gespielt hatte und dass er noch vorsichtiger agieren musste?

»Ja, aber er hat ein doppeltes Spiel getrieben. Er war genauso Informant der NSA. Mit dem Unterschied, dass die NSA von seiner Doppeltätigkeit wusste.«

»Aber warum hat er die Männer angeheuert, um mir zu drohen?«

»Das wissen wir auch nicht. Es sei denn, die NSA hat wirklich etwas mit der Zelle zu tun. Solange wir das nicht beweisen können, müssen wir davon ausgehen, dass er noch für eine dritte Partei arbeitet, über die weder die NSA noch der BND Informationen haben. Sie sollten ihn aufsuchen und fragen.«

»Wo finde ich ihn?«

»Er dürfte sich heute in der Moschee von Imam Ali Dawud in Kalk aufhalten.«

»Ali Dawud? Jeder weiß, dass er bekennender Islamist ist. Er hat im Irak, in Afghanistan und Syrien gekämpft. Er genießt hohes Ansehen bei den radikalen Islamisten.«

»Genau. Und es ist gut denkbar, dass Daleb die NSA und den BND getäuscht hat und für Ali arbeitet.«

»Gibt es eigentlich etwas, das Sie nicht wissen?«, fragte Ansgar, wobei es eher eine rhetorische Frage war.

»Dank John nicht wirklich«, antwortete Alan und John grinste.

»Was ist mit dem anderen, dem Mann mit der grünen Jacke aus dem türkischen Imbiss?«

»Laut unseren Recherchen ist sein Name Karim Mokhtar. Es gibt kaum Informationen über ihn. Er ist Marokkaner, hat in Köln Informatik studiert und unseren Daten zufolge noch nie eine Moschee besucht.«

»Und in welcher Verbindung sollte er dann zu den Anschlägen stehen?«, gab Ansgar zu bedenken.

»Das weiß ich nicht. Aber ich glaube nicht an Zufälle. Vielleicht wollte er Ihnen einen Tipp geben.«

»Warum ist er dann weggelaufen?«

»Das müssen Sie herausfinden.«

»Wo finde ich ihn?«

»Das ist schwieriger. Er wohnt in Nippes, ist aber seit Ihrem kurzen Intermezzo untergetaucht.«

»Dann sollte ich zunächst Daleb einen Besuch abstatten. Vielleicht macht es Sinn, nach Mokhtar eine Fahndung auszurufen.«

»Lieber nicht, sonst haut er uns ins Ausland ab. Früher oder später wird er einen Fehler machen. Vielleicht im Supermarkt, an der Tankstelle oder im Restaurant und mit seiner Karte zahlen, dann haben wir ihn.«

»Was ist mit seinem Handy? Können wir das nicht tracken?«, schlug Ansgar vor.

»Haben wir schon versucht, ergebnislos. Er ist wie ein Geist. Da er erst zum Studium nach Deutschland kam, hat er auch keine Familienangehörigen und in der Uni soll er ein Einzelgänger gewesen sein«, klärte Alan ihn auf.

»Muss ich sonst noch was wissen?«

»Im Augenblick nicht. Können wir Ihnen vertrauen?«, fragte Alan und warf Ansgar einen prüfenden Blick zu.

»Sollte es nicht eigentlich heißen, ob ich Ihnen vertrauen kann? Sie stellen sich mir als ehemaliger Topagent vor, Ihr Freund ist wahrscheinlich der beste Hacker der Welt und Sie beide bieten mir ganz uneigennützig Ihre Hilfe an. Erklären mir dabei aber, dass ich mit niemandem diese Informationen teilen darf, dass ich meine Vorgesetzten belügen soll und mich dabei wahrscheinlich strafbar machen werde. Und Sie fragen mich, ob Sie mir vertrauen können?«, widersprach Ansgar und versuchte ruhig zu bleiben.

»Das klingt verrückt, ich weiß. Aber ich kann Sie verstehen, also müssen wir einander vertrauen.«

Ansgar antwortete nicht, sondern nickte nur, weil er wusste, dass er keine andere Wahl hatte. Das Ganze war verrückt. Aber alles, was Alan und John ihm erzählt hatten, machte Sinn. Wenn die Zelle noch aktiv war und weitere Anschläge plante, konnte und durfte er nicht zimperlich sein, daher war er gewillt, Alan zu vertrauen. Vorerst.

Zu dritt verließen sie die Wohnung und Ansgar fuhr direkt zur Moschee nach Kalk. Vorher hatten sie noch die Vorgehensweise abgestimmt, wie sie Madjid Daleb zum Sprechen bringen wollten. Wie immer gab es einen Plan A und B. Ansgar hoffte, dass Plan A zum Ziel führen würde, bei Plan B hatte er erhebliche Bauchschmerzen.

Während der Fahrt zur Moschee rief er Bruhns an und teilte ihr mit, dass er mit Daleb beim LKA erscheinen werde, dass sie das aber streng vertraulich behandeln solle. Bruhns schien sichtlich überrascht, willigte aber ein unter der Bedingung, dass er sie aufklärte.

Er parkte den Wagen auf einem freien Platz vor der Moschee. Im Radio lief gerade eine Ansage, dass bestimmte Straßen in der Innenstadt wegen einer Demonstration gesperrt waren.

Ansgar steckte den Autoschlüssel in die Hosentasche und bemerkte dabei den USB-Stick, der ebenfalls noch darin war.

*Mist, den habe ich ganz vergessen*, dachte er. Schließlich war das doch der eigentliche Grund gewesen, warum er überhaupt nach Hause gefahren war. Er hatte den Inhalt des USB-Sticks überprüfen wollen. Doch nun hatte er keine Wahl mehr, er musste sich zunächst um Daleb kümmern.

Er betrat das Gelände, auf dem ein reges Treiben herrschte, und versuchte, unter den Personen Daleb ausfindig zu machen, konnte ihn aber nicht sehen. Ansgar hoffte, dass seine Erinnerungen an das Phantombild ihn nicht trogen und er Daleb einfach nur übersah.

Die Personen vor der Moschee und dem türkischen Laden sahen ihn kritisch an, sagten aber nichts. Und dann sah er ihn. Daleb! Er unterhielt sich mit mehreren Personen, eine von ihnen war Ali Dawud. Langsam näherte sich Ansgar der kleinen Gruppe. Seine rechte Hand hielt er ganz nah an seiner Waffe, man konnte nie wissen.

Es trennten ihn vielleicht nur noch zwei Meter von Daleb, als er sah, wie Dawud ihm etwas zuflüsterte. Danach kreuzten sich die Blicke von Ansgar und Daleb. Daleb drehte sich um und fing an zu laufen.

Als Ansgar begriff, was geschah, hatte Daleb das Gelände bereits verlassen. Ansgar zögerte keinen Augenblick länger und nahm die Verfolgung auf. Die kleine Gruppe schrie ihm irgendetwas hinterher, was er aber nicht verstand, doch er konnte sich vorstellen, dass es Flüche waren.

Wenige Meter vor ihm lief Daleb die Kalk-Mülheimer-Straße entlang, eine recht breite Einkaufsstraße in Kalk. Ansgar erhöhte das Tempo, er wollte ihn nicht verlieren.

Sein Herz pochte, er wich Passanten aus und verkürzte den Abstand, doch Daleb gab sich nicht geschlagen. Obwohl er deutlich älter und fülliger war als Ansgar, schien seine Kondition gut zu sein. Von der Kalk-Mülheimer-Straße bog Daleb links in die Kapitelstraße ab. Er achtete nicht auf den Verkehr und wäre fast von einem Wagen erwischt worden.

Das brachte Ansgar wertvolle Sekunden. Der Abstand wurde nochmals kleiner und Ansgar erhöhte das Tempo. Er sah, dass seinem Gegenüber langsam die Kraft ausging. Das spornte Ansgar noch mehr an, sodass er die letzten Kraftreserven mobilisierte und Daleb mit einem gekonnten Sprung zu Fall brachte.

Bevor dieser reagieren konnte, stand Ansgar bereits über ihm, hatte die Waffe gezückt und richtete sie auf ihn.

»Was wollen Sie von mir?«, fragte Daleb verängstigt und mit starkem Akzent.

»Dass Sie mir erklären, warum Sie mir drohen«, kam Ansgar auf den Punkt.

»Ich kenne Sie gar nicht. Sie müssen mich verwechseln.«

»Ganz sicher nicht. Aufstehen«, befahl Ansgar, die Waffe auf ihn gerichtet.

Daleb stand langsam auf. Sein schwerer Atem verriet, dass er erschöpft war. Er war einen ganzen Kopf kleiner als Ansgar und sehr füllig. Ansgar schätzte ihn auf Ende vierzig.

»Hören Sie, ich kenne Sie nicht. Was wollen Sie von mir? Geld?«

»Lassen Sie das! Ich bin vom BKA, das wissen Sie genau. Ich muss Sie verhaften«, klärte Ansgar ihn auf.

»Wieso? Ich habe nichts getan«, versuchte Daleb, sich aus der Schlinge zu ziehen.

»Sie haben drei Menschen zu einer Straftat angestiftet, das reicht für eine Verhaftung. Und jetzt gehen Sie voraus, zurück zur Moschee«, forderte Ansgar ihn auf und trieb ihn mit der Waffe vor sich her.

»Nehmen Sie doch bitte die Waffe herunter, was sollen die Leute denken«, bat Daleb.

»Mir ist das so egal. Ich kann Sie auch in Handschellen abführen«, erklärte Ansgar ruhig.

»Hören Sie, ich darf das zwar nicht sagen, aber Sie sollten mich nicht verhaften.«

»Warum nicht?«, fragte Ansgar.

Beide folgten der Kalk-Mülheimer-Straße und Ansgar hatte unauffällig die Waffe auf ihn gerichtet. Einige Passanten schauten komisch, was ihm aber herzlich egal war. Er überlegte, ob er nicht doch die Handschellen benutzen sollte, beließ es aber bei dem Gedanken.

»Ich bin einer von Ihnen«, sagte Daleb und grinste dabei. Sein Hemd war vom Schweiß durchtränkt.

»Was meinen Sie damit?«, hakte Ansgar nach.

»Ich arbeite für den BND«, antwortete er.

Genau diese Antwort hatte Ansgar erwartet. Es zeigte ihm, dass Alan wieder recht hatte.

»Wenn Sie für den BND arbeiten, warum haben Sie die drei Männer beauftragt, mir zu drohen?«

»Das stimmt nicht, glauben Sie mir. Die haben sich das ausgedacht. Warum sollte ich das tun? Ich kenne Sie doch gar nicht«, verteidigte sich Daleb.

»Einer der Männer hat Sie aber eindeutig identifiziert.«

»Er lügt, bei Allah, ich schwöre Ihnen, ich habe niemanden beauftragt.«

»Das werden wir noch früh genug erfahren. Steigen Sie ein«, befahl Ansgar, da sie an seinem Wagen angekommen waren. Auf der anderen Seite der Straße sah er Ali Dawud, der sie zu beobachten schien. Er sprach mit zwei anderen Männern.

Ansgar ignorierte sie. Als Daleb auf dem Beifahrersitz Platz nahm, griff Ansgar nach seinen Handschellen und legte sie Daleb an, der dies zähneknirschend akzeptierte.

»Wohin bringen Sie mich?«, fragte Daleb.

»Das werden Sie noch früh genug erfahren«, war Ansgars kurze Antwort. Er fuhr direkt zum LKA. Kaum hatte er das Gebäude betreten, traf er auf Bruhns.

»Sag nicht, du hast die ganze Zeit gewartet«, versuchte Ansgar die angespannte Stimmung aufzulockern.

»Nein, ganz sicher nicht. Das ist Daleb?«, fragte sie in ihrer trockenen Art.

»Hören Sie, ich bin zu Unrecht hier«, unterbrach Daleb das Gespräch.

»Ja, ich brauche einen Raum«, erklärte Ansgar ruhig. Auf Dalebs Einwand ging er gar nicht erst ein.

»Kein Problem, folge mir«, antwortete Bruhns und zusammen gingen sie den Flur entlang und betraten einen Raum.

»Danke«, sagte Ansgar. Bruhns schien für einen kleinen Augenblick zu zögern, als erwarte sie, dass Ansgar sie bitten würde, im Raum zu bleiben. Aber er machte keine Anstalten, das zu tun.

»Sag Bescheid, wenn du mich brauchst«, sagte sie und verließ den Raum.

»Danke«, antwortete Ansgar und bat Daleb, sich zu setzen. Die Handschellen befestigte er an der dafür vorgesehenen Vorrichtung am Tisch.

»Ich will meinen Anwalt sprechen.«

»Der Einzige, mit dem Sie sprechen dürfen, bin ich. Je eher Sie mir meine Fragen beantworten, desto eher können wir das Ganze hier beenden.«

»Ich sage nichts ohne meinen Anwalt.«

»Was meinen Sie, was Ali Dawud machen wird, wenn er erfährt, dass Sie in Wirklichkeit ein V-Mann sind und ihn die ganze Zeit getäuscht haben?«

»Wollen Sie mich erpressen?«

»Nein, ich zeige Ihnen nur Ihre Optionen auf. Wir wissen, dass Sie für die NSA und für den BND als V-Mann aktiv sind. Glauben Sie mir, ich werde nicht davor zurückschrecken, das Gerücht in die Welt zu setzen, dass Sie Dawud hintergangen haben.«

»Ich habe mit Dawud nichts zu schaffen.«

»Dann haben Sie auch nichts zu befürchten«, antwortete Ansgar und hoffte, dass sein Täuschungsmanöver auf fruchtbaren Boden fiel. Alan hatte zwar vermutet, dass Daleb ebenfalls für Dawud arbeitete und dieser somit von seiner V-Mann-Tätigkeit wusste. Aber der Blick, den Dawud ihm zugeworfen hatte, als er mit Daleb das Auto bestiegen hatte, hatte Unsicherheit gezeigt.

Warum sollte Dawud unsicher sein, wenn er wusste, dass Daleb ein V-Mann war? Konnte es nicht eher sein, dass Dawud verunsichert war, da er den Grund für Dalebs Verhaftung nicht kannte?

»Ich weiß wirklich nicht, was Sie von mir wollen«, beharrte Daleb auf seiner Unschuld.

»Warum haben Sie die Männer beauftragt?«, hakte Ansgar nach.

»Ich habe niemanden beauftragt«, pochte Daleb auf seine Version der Geschichte.

»Mir reicht's. Ich werde Dawud verhaften lassen und ihm in Ihrer Anwesenheit mitteilen, dass Sie ein V-Mann sind.«

»Das können Sie nicht. Sie machen sich strafbar«, drohte Daleb.

»Mir egal. Ich kann auch den Zeugen rufen, der Sie eindeutig identifiziert hat. Dann landen Sie für einige Zeit im Gefängnis. Aber daran habe ich kein Interesse. Ich will wissen, wer Sie beauftragt hat, und dafür ist mir jedes Mittel recht. Wenn Dawud erfährt, wer Sie wirklich sind, verlieren Sie Ihr Gesicht und können sich in der Gemeinde nicht mehr blicken lassen. Und wer weiß, was die mit Verrätern machen. Ihre Entscheidung«, zeigte Ansgar ihm seine Optionen auf und griff zum Telefon, das auf dem Tisch stand. Er hob den Hörer hoch und hielt ihn auffordernd in der Hand.

»Warten Sie«, sagte Daleb kleinlaut.

»Ich höre«, sagte Ansgar fordernd. Anscheinend hatte er richtiggelegen, dass Dawud nicht wusste, dass Daleb ein V-Mann war. Was aber am Ende etwas bedeuten konnte, was Ansgar noch weniger gefallen würde. Er hoffte auf Antworten.

»Ich weiß nicht, von wem der Auftrag kam. Ich weiß das nie.«

»Was heißt das?«, unterbrach Ansgar ihn.

»Ich habe ein Handy, über das ich immer kontaktiert werde. Von der NSA.«

»Die NSA?« Ansgars Befürchtung schien Realität zu werden.

»Ja, wer sonst? Sie haben mir das Handy gegeben und kontaktieren mich darüber.«

»Wie ist die NSA überhaupt auf Sie aufmerksam geworden? Sie arbeiten doch für den BND?«

»Das weiß ich nicht, hat mich auch nicht interessiert. Sie haben gut gezahlt.«

*Geld ist also wie so oft das Motiv*, dachte Ansgar und konnte seine Antipathie Daleb gegenüber schwer verbergen.

»Und jemand hat Ihnen einen Auftrag gegeben, mir zu drohen?«, fragte Ansgar weiter.

»Ja. Ich bekomme die Aufträge und versuche sie so gut wie möglich zu erledigen. Danach werde ich bezahlt.«

»Wie viel haben Sie für diesen Auftrag erhalten?«

»Zwanzigtausend Euro.«

»Zwanzigtausend Euro? Was genau sollten Sie tun?«, hakte Ansgar nach, der über den Betrag erschrak. Das BKA griff auch ab und zu auf V-Leute zurück, aber da ging es um ganz andere Summen.

»Nichts, außer Ihnen zu drohen.«

»Und woher wussten Sie, wo ich bin?«

»Das stand in der E-Mail von denen.«

»Zeigen Sie mir bitte das Handy«, sagte Ansgar freundlich, aber bestimmt.

»Das kann ich nicht. Das bringt mich in große Schwierigkeiten.«

»Wissen Sie, wie egal mir das ist«, antwortete Ansgar, der durch diese Aussage gleich die Antwort geliefert bekam, dass Daleb wirklich im Besitz des Handys war.

»Ich habe es nicht hier«, sagte Daleb kleinlaut. Seine Stimme war unsicher. Ansgar war davon überzeugt, dass er log.

»Muss ich Sie durchsuchen?« Er stand auf und ließ keinen Zweifel daran, dass er Daleb wirklich durchsuchen würde, was Daleb unangenehm zu sein schien.

»Ist ja gut, hier. Aber Sie wissen nicht, welcher Gefahr Sie mich damit aussetzen.«

»Wenn Sie in Gefahr sind, werden wir Sie beschützen«, antwortete Ansgar und versuchte, ihn zu beruhigen.

Daleb lachte. »Sie und mich beschützen – vor der NSA und der CIA? Sie machen wohl Witze.«

»Ich mache niemals Witze. Sie sind hier sicher, wenn Sie mit uns kooperieren.«

»Wenn Sie meinen«, war die sarkastische Antwort.

Ansgar betrachtete das Handy. Es war ein Blackberry. Er versuchte das Handy zu entsperren, was ihm misslang, da es passwortgeschützt war.

»Wie ist die PIN?«, fragte Ansgar.

»1324.«

Ansgar gab die PIN ein, aber nichts geschah.

»Verarschen Sie mich nicht«, warnte er Daleb scharf.

»Na gut, 5612«, antwortete dieser missgelaunt.

Ansgar gab die Zahl ein und die Sperre hob sich auf. Er öffnete den E-Mail-Ordner und auf einmal wurde alles schwarz und das Handy schaltete sich von selbst aus.

Ansgar drückte auf den An-Knopf des Handys, aber es ließ sich nicht mehr hochfahren.

»Haben Sie mir wieder die falsche PIN genannt?«, fragte Ansgar verärgert, da er einen üblen Verdacht hatte.

»Ich hatte keine Wahl! Wenn Sie den Inhalt gelesen hätten, wäre ich ein toter Mann«, verteidigte sich Daleb und Ansgar begriff, was geschehen war. Die PIN war ein Sicherheitscode, der den Selbstzerstörungsmechanismus des Handys aktivierte. Da das Handy sicherlich über Internet verfügte, wurden die Daten über das Internet automatisch unbrauchbar gemacht.

Er hatte von dieser Technologie gehört. Vor Jahren hatten sie einen USB-Datenspeicher im Einsatz gehabt, der auf die gleiche Weise funktionierte. Gab man eine bestimmte PIN ein, erkannte der USB-Stick, dass ein Unbefugter im Besitz des Sticks war, und löschte automatisch nach Eingabe der PIN sämtliche Daten und zerstörte die Startsequenzen zur Nutzung des USB-Sticks.

Ansgar ärgerte sich, weil er an diese Möglichkeit nicht gedacht hatte. Für so clever hatte er Daleb nicht gehalten.

Dennoch wollte er das Handy nicht aufgeben. Er würde es John geben, vielleicht konnte er noch irgendwelche Daten retten.

»Das war ein ganz großer Fehler von Ihnen. Ich hoffe, Sie wissen das.«

»Sie haben keine Ahnung, was hier vor sich geht. Was denken Sie, warum ich Ihnen Angst machen sollte?«, fragte Daleb und blickte Ansgar durchdringend an.

Ansgar erwiderte den Blick, ohne ihm auszuweichen. Er nahm auch keine Stellung zu Dalebs rhetorischer Frage, obwohl ihn genau das brennend interessierte. Aber er hatte das Gefühl, dass Daleb ihm die Antwort gleich selbst geben würde.

»Weil die US-Geheimdienste Angst haben, dass Sie der Wahrheit auf die Spur kommen. Jeder in unserer Gemeinde spricht darüber, dass NSA und CIA an den Attentaten beteiligt waren.«

Ansgar versuchte noch, diese Informationen zu verarbeiten, als die Tür aufgerissen wurde und er Bruhns sagen hörte: »Ich konnte sie nicht aufhalten.«

# 33

Noch ehe Ansgar reagieren konnte, standen vier Männer im Raum. Alle bewaffnet und vermummt. Sie nahmen Daleb in die Zange, dem die Angst ins Gesicht geschrieben stand.

»Was soll das?«, fragte Ansgar und versuchte dazwischenzugehen.

»Wir nehmen den Verdächtigen mit«, erklärte ein fünfter Mann, der nun den Raum betrat. Ebenfalls schwer bewaffnet und mit Gesichtsmaske.

»Auf welchen Befehl? Er ist mein Verdächtiger. Ich habe ihn gerade verhaftet.«

»Das zählt nicht mehr. Ich habe hier einen Haftbefehl.« Der Mann zeigte ihm einen Zettel. Es war eine Generalvollmacht. Der Haftbefehl war rechtskräftig, daran gab es keinen Zweifel.

»Sie können ihn nicht mitnehmen. Er ist ein wichtiger Zeuge in laufenden Ermittlungen«, sagte Ansgar, aber seine Stimme war schwach, da er wusste, dass diese Männer nicht mit sich reden ließen.

»Wir tun nur unseren Job. Beschweren Sie sich beim Generalbundesanwalt oder der Bundesregierung«, antwortete er überheblich und wandte sich den vier anderen Männern zu, die Daleb bereits in Schach hielten. »Mitnehmen!«

Ansgar blieb nichts anderes übrig, als die Rolle des Zuschauers einzunehmen. Die Männer nahmen Daleb und ließen eine ratlose Bruhns und einen hilflosen Ansgar zurück.

»Was ist hier los?«, fragte Bruhns, als die Männer verschwunden waren.

Ansgar klärte sie kurz auf. Er erzählte ihr auch, dass die Identität des Mannes in der grünen Jacke endlich aufgedeckt und dass sein Name Karim Mokhtar war. Sein Gespräch mit Alan und John verschwieg er ihr aber. Bruhns hörte aufmerksam zu und stellte hier und da einige Fragen. Am Ende hatte Ansgar das Gefühl, dass er Bruhns mit seiner Version der Geschichte überzeugen konnte.

Was ihn aber viel mehr beschäftigte, war die Frage, wie das andere Ermittlungsteam so schnell beim LKA hatte sein können, und vor allem, warum sie eine Generalvollmacht besaßen. Diese ermöglichte ihnen, jeden aus ihrer Sicht Verdächtigen ohne Angabe von Gründen zu verhaften. Die Terrorbekämpfung hebelte sämtliche Menschenrechte aus. Und was hatte die NSA mit den Anschlägen zu tun? Die Verhaftung von Daleb durch das andere Ermittlungsteam ließ keine andere Frage zu.

Glücklicherweise war Ansgar noch im Besitz von Dalebs Handy. Es ließ sich zwar nicht mehr aktivieren, aber vielleicht gelang es John, die Daten wiederherzustellen.

Ansgar überlegte, ob er nicht auch Philipp darum bitten sollte, entschied sich aber dagegen. *Besser, wenn keiner aus dem Kollegenkreis von diesem Handy weiß.*

»Was machen wir jetzt?«, fragte Bruhns.

»Ich muss Uli informieren. Wir brauchen Zugriff auf Daleb«, antwortete Ansgar, dem alles andere als wohl bei dem Gedanken war, mit Uli über Daleb zu sprechen. Er würde ihn sicherlich tadeln, da er ihn in die Aktion nicht eingeweiht hatte.

Und so kam es dann auch. Uli war außer sich vor Wut, dass Ansgar eigenmächtig gehandelt hatte.

Er hatte wenig Hoffnung, dass sie an Daleb herankamen, da das andere Ermittlungsteam bisher null Kooperationswillen gezeigt hatte und dies sicherlich bei Daleb nicht ändern würde. Dennoch wollte Uli versuchen, was möglich war, schließlich war dieser Zeuge genauso ihr Zeuge und Verdächtiger.

Ansgar musste Uli versprechen, dass er alle zukünftigen Aktionen vorab mit ihm besprechen und keine Alleingänge mehr unternehmen würde. Ansgar verabschiedete sich von Bruhns und bat sie, weiterhin die Liste der Verdächtigen wie besprochen abzuarbeiten und ihn zu informieren, sobald die Informationen über den wahren Sam Eyob vorlagen. Er überlegte, welche nächsten Schritte er einleiten sollte. Sollte er Ali Dawud einen Besuch abstatten und ihn mit der Verhaftung von Daleb konfrontieren, um zu sehen, wie er reagierte, oder sollte er nach Hause fahren, um zu prüfen, was auf dem USB-Stick war?

Er entschied sich, zur Moschee zu fahren. Er parkte den Wagen und als er ausstieg und den Vorhof der Moschee betrat, sah er auch schon Dawud, der sich mit einigen Personen unterhielt.

»Guten Tag, was kann ich für Sie tun?«, fragte Dawud.

»Ich müsste kurz mit Ihnen sprechen, allein«, erklärte Ansgar.

»Dann lassen Sie uns reingehen«, schlug Dawud vor und Ansgar folgte ihm.

Beide nahmen in einem separaten Raum an einem Tisch Platz. Einige Personen, die noch zuvor im Raum gewesen waren, verließen ihn, als Dawud etwas auf Arabisch zu ihnen sagte.

»Wie kann ich Ihnen helfen?«, fragte Dawud freundlich.

»Wir haben Madjid Daleb verhaftet.«

»Das habe ich schon befürchtet, als Sie ihn mitgenommen haben. Was hat er verbrochen? Er ist ein ehrenwertes Mitglied unserer Gemeinde.«

»Ein ehrenwertes Mitglied? Er hat drei Menschen zu einer Straftat animiert«, antwortete Ansgar und achtete genauestens auf die Körpersprache von Dawud. Dieser zeigte jedoch keine Reaktion.

»Sind Sie sicher?«, erkundigte sich Dawud.

»Ganz sicher! In welchem Verhältnis stehen Sie zu Daleb?«, bohrte Ansgar unbeeindruckt weiter nach.

»Verdächtigen Sie mich?«

»Ich stelle Ihnen nur Fragen. Wie ist Ihr Verhältnis zu Daleb?«

»Ich bin der Imam dieser Moschee. Es ist mein Bestreben und Allahs Wille, dass ich alle Gläubigen frei von Vorurteilen behandle.«

»Das beantwortet nicht meine Frage. Arbeitet Daleb für Sie?«, konkretisierte Ansgar seine Frage.

»Nein, ich bin Imam. Daleb arbeitet nicht für die Moschee.«

»Wie bestreitet er seinen Lebensunterhalt?«

»Er betreibt einen kleinen Kiosk hier in Kalk.«

Ansgar nickte und überlegte kurz, ob er Dawud mit der Erkenntnis konfrontieren sollte, dass Daleb ein Spion war, um seine Reaktion abzuwarten. Da Daleb allerdings auch für den BND spionierte, ließ er es bei dem Gedanken. Schließlich wollte er nicht die Identität eines V-Mannes offenlegen, obwohl es ihn schon interessierte, wie Dawud reagieren würde.

Wusste Dawud, dass Daleb ein V-Mann war oder nicht? Nach dem Verhör mit Daleb zu urteilen, wusste er es nicht. Aber sicher sein konnte Ansgar nicht.

»Nehmen Sie auch an der Einladung von Imam Erdal teil?«

»Ich werde mir das anhören, auch wenn ich den Sinn dieser Veranstaltung nicht ganz verstehen kann«, antwortete Dawud und Ansgar hörte aus seiner Stimme Abneigung heraus.

*Sicherlich nimmt er nur teil, weil es die islamische Etikette von ihm verlangt*, dachte er.

»Wieso das nicht? Es ist doch erstrebenswert, dass die Moslems gemeinsam Aktionen durchführen, um die schrecklichen Anschläge zu verurteilen.«

»Wir hatten dazu ja bereits eine Diskussion«, antwortete Dawud und konnte sich einen abfälligen Blick nicht verkneifen.

Ansgar ignorierte das, aber er spürte, dass er von Dawud keine wertvollen Informationen erwarten konnte, als ihm plötzlich ein Satz einfiel, den Dawud bei ihrer ersten Begegnung gesagt hatte.

»Bei unserem letzten Gespräch haben Sie gesagt, wir sollten an die Untersuchungen zum Fall Beate Zschäpe denken. Was genau meinten Sie damit?«

Dawud warf Ansgar einen anerkennenden Blick zu und nickte, danach strich er mit der rechten Hand über seinen Bart. »Nicht mehr und nicht weniger als das, was ich gesagt habe.«

»Herr Dawud, was soll das? Wieso kommen Sie nicht auf den Punkt?«, fragte Ansgar verärgert. Wortspielereien und Andeutungen konnte er gar nicht gebrauchen. »Wenn Sie etwas wissen, erzählen Sie mir das bitte. Sie wissen, dass Sie sich andernfalls strafbar machen.«

»Ich weiß nicht mehr als bei unserem ersten Gespräch. Aber glauben Sie mir, ich wüsste es, wenn eine unserer islamischen Gemeinden in diese Attentate verwickelt wäre«, antwortete Dawud und schien verärgert über Ansgars Drohung.

»Wie kommt es, dass Sie dann nichts von der Zelle wissen?«

»Welche Zelle?«, fragte er und zog die Stirn in Falten.

»Es ist anzunehmen, dass es eine autonome terroristische Zelle gibt, die diese Anschläge verübt hat. Wir gehen davon aus, dass diese Zelle noch aktiv ist und von Köln aus operiert.« Ansgar ließ Dawud während seiner Ausführung keine Sekunde aus den Augen. Dawud zuckte einige Male mit den Lippen und schaute kurz weg, außerdem bewegte er sich unruhig auf seinem Stuhl.

Ansgar wollte nicht an Zufälle glauben, Dawud wusste irgendetwas.

»Ich weiß davon nichts, aber ich gebe Ihnen einen Tipp und dann möchte ich Sie bitten zu gehen.«

»Welchen?«, fragte Ansgar und die Spannung zwischen den beiden Männern war hochexplosiv.

»Fragen Sie Madjid Daleb und denken Sie an die NSU-Zelle. Das waren jetzt sogar zwei Tipps. Unser Gespräch ist hiermit beendet.«

Während der Fahrt nach Hause grübelte Ansgar, was Dawud damit gemeint haben konnte. Wusste er wirklich nichts oder versuchte er, Ansgar auf eine falsche Fährte zu bringen? Daleb konnte er leider nicht mehr befragen, da er sicher war, dass das andere Ermittlungsteam eine Befragung durch ihn nicht genehmigen würde. Aber eine Verbindung zu den NSU-Anschlägen konnte er nicht herstellen. Oder war das eher symbolisch gemeint? Wenn ja, wofür standen dann die NSU-Anschläge?

Während der Fahrt hatte er sich dazu entschieden, Alan um Hilfe zu bitten, und schickte ihm eine SMS. Kurz bevor er seine Wohnung erreicht hatte, klingelte sein Telefon.

»David«, nahm Ansgar das Gespräch an.

»Guten Tag, Herr David. Wir möchten Sie bitten, uns das Handy von Madjid Daleb auszuhändigen«, forderte ihn die Stimme unfreundlich auf.

»Was für ein Handy?«, tat Ansgar ahnungslos und fügte hinzu: »Wer sind Sie überhaupt?«

»Wir ermitteln wegen der Terroranschläge. Das Handy ist ein Beweismittel. Wir wissen, dass Sie es haben.« Die Stimme war sehr fordernd und für Ansgar hörte sich das verdammt nach Militär an – KSK!

»Sie machen wohl Witze? Ich ermittle auch in diesem Fall. Und Sie haben mir meinen Zeugen entführt.«

»Ich möchte Sie erneut bitten, das Handy bei der nächstgelegenen Polizeibehörde oder dem LKA abzugeben, bevor wir gezwungen sind, andere Maßnahmen zu ergreifen«, drohte der Mann ihm ganz offen.

»Ich habe das Handy nicht und nochmals: Wer sind Sie?«

»Ich bin gezwungen, Sie in Kenntnis zu setzen, dass Sie sich strafbar machen, wenn Sie uns Beweismittel vorenthalten. Bitte geben Sie das Handy bei der nächstgelegenen Polizeibehörde oder dem LKA ab.«

»Hören Sie, Sie brauchen das nicht zu wiederholen. Ich bin nicht dumm! Ich arbeite beim BKA! Wieso arbeiten wir nicht zusammen? Stellen Sie mich zu Ihrem Vorgesetzten durch. Lassen Sie uns Informationen austauschen. Davon haben wir doch mehr als von irgendwelchen idiotischen Drohungen. Wir sitzen im gleichen Boot und wollen die Anschläge so schnell wie möglich aufklären.«

»Darüber kann ich nicht entscheiden. Ich möchte Sie nur bitten, uns das Beweismittel zu übergeben.«

»Sagen Sie Ihrem Vorgesetzten, dass ich kein Handy habe und dass ich mit ihm sprechen will. Klar?«

»Dazu bin ich nicht befugt. Übergeben Sie uns bitte das Beweismittel.«

»Das ist mir echt zu blöd mit Ihnen«, antwortete Ansgar verärgert und beendete das Gespräch.

Kurz darauf klingelte sein Handy erneut, aber er ignorierte den Anruf und stellte es auf lautlos.

*Was denken die, wer die sind*, dachte Ansgar wütend, als er seine Wohnung betrat.

Jedoch hatten sie ihm unbeabsichtigt einen guten Dienst damit erwiesen. Was immer auf dem Handy war, es schien von so hoher Bedeutung zu sein, dass das andere Ermittlungsteam unbedingt in seinen Besitz gelangen wollte.

Zu gerne hätte Ansgar gewusst, was Daleb ihnen erzählt hatte. Seine letzte Hoffnung war John. Wenn er wirklich ein Computer-Crack war, gab es eine minimale Chance, dass er die Daten retten konnte.

Aber Alan hatte sich noch nicht gemeldet, allerdings waren auch erst knapp zwanzig Minuten seit der Übersendung seiner SMS vergangen. Er betrat seine Wohnung, nahm seinen Laptop und setzte sich an den Esstisch.

Er stecke den USB-Stick in einen freien USB-Slot und wartete, bis der Stick erkannt wurde und der Explorer ihn als externe Festplatte anzeigte. Ansgar klickte auf das Laufwerk, um sich die Daten auf dem Stick anzuschauen. In diesem Moment hörte er ein Geräusch. Es war leise und kurz, aber er war sich sicher, dass es aus dem Schlafzimmer kam.

*Der Balkon*, dachte er erschrocken. Instinktiv griff er nach der Waffe. Und dann hörte er wieder das Geräusch. Jetzt gab es keinen Zweifel mehr. Jemand machte sich am Balkon zu schaffen und versuchte, in das Schlafzimmer zu gelangen.

*War der Anruf eine Warnung*, dachte er. *Und nachdem ich die Warnung ignoriert habe, kommen sie, um mir das Handy persönlich abzunehmen.* Sein Herzschlag erhöhte sich.

Langsam stand er auf, nahm die Waffe in die rechte Hand, entsicherte sie und ging vorsichtig Richtung Schlafzimmer.

Kurz davor blieb er an der Wand stehen und versuchte, einen kleinen Blick zu erhaschen, was dort vor sich ging.

*Vielleicht sollte ich die Wohnung schnellstmöglich verlassen*, überlegte er. Schließlich wusste er nicht, wer sich hier Zugang verschaffen wollte und ob es eine Person oder mehrere waren. Und vor allem, ob sie bewaffnet waren. Auch wenn er glaubte, dass es Männer von dem anderen Ermittlungsteam waren.

Dennoch entschied er sich gegen eine Flucht und warf einen kurzen Blick ins Schlafzimmer. Er sah nichts, da die Balkontür ein wenig nach links versetzt war und somit von der Schlafzimmertür aus nicht sofort einsehbar.

Er musste das Risiko eingehen und versuchen, einen umfassenderen Blick in das Schlafzimmer zu werfen. Ansgar atmete tief ein, machte einen Schritt durch die Tür und dann sah er ihn. Jemand hantierte an der Balkontür.

Kleine Schweißperlen bildeten sich auf seiner Stirn, er war bereit, die Waffe jederzeit abzufeuern.

»Hände hoch«, schrie er in der Hoffnung, dass die Person keine Dummheiten machen würde. Doch kaum hatte er den Satz ausgesprochen, sah er, wer da auf dem Balkon war. Es waren zwei Personen: Alan und John.

Erleichtert senkte Ansgar die Waffe und ging zur Balkontür.

»Wieso haben Sie nicht geklingelt?«

»Nicht so laut, lassen Sie uns bitte rein«, antwortete Alan und schlüpfte hastig in die Wohnung.

»Ich hätte Sie fast über den Haufen geschossen«, sagte Ansgar, der ausgesprochen erleichtert war, dass er die Waffe nicht hatte benutzen müssen.

»Sorry, aber die Haustür war zu gefährlich. Ich glaube, Sie werden überwacht«, sagte John und reichte Ansgar die Hand zu Begrüßung.

»Echt? Ich habe niemanden bemerkt«, antwortete Ansgar, der eigentlich sicher war, dass ihm keiner gefolgt war. Schließlich hatte er während der Fahrt immer in den Rückspiegel geschaut.

»Glauben Sie mir, Ihnen folgt jemand. Wenn Sie vorsichtig aus dem Wohnzimmerfenster schauen, werden Sie am Ende der Straße einen schwarzen Golf sehen«, erklärte Alan.

Als sie im Wohnzimmer waren, warf Ansgar vorsichtig einen Blick aus einem der Fenster. Tatsächlich sah er am Ende der Straße einen schwarzen Golf und er glaubte, eine Person darin ausmachen zu können, war sich aber nicht ganz sicher, da der Golf ein ganzes Stück entfernt parkte.

Er nahm sich fest vor, zukünftig noch mehr darauf zu achten, ob ein Wagen ihn verfolgte oder nicht.

»Sie wollten uns sprechen?«, kam Alan direkt zur Sache, als er am Tisch Platz nahm.

»Ja, ich habe hier das Handy von Madjid Daleb. Leider lässt es sich nicht mehr starten.«

Er gab das Handy John, der es anzuschalten versuchte.

»Was hat Daleb gesagt?«, fragte Alan neugierig.

»Nicht viel. Das andere Ermittlungsteam hat ihn einfach aus dem Verhörzimmer mitgenommen.«

»Einfach so? Haben Sie nichts dagegen unternommen?«

»Das ging nicht. Sie waren zu fünft und hatten eine Generalvollmacht«, verteidigte sich Ansgar.

»Ich habe Ihnen ja angeboten, dass ich ihn verhören kann«, sagte Alan und schaute dabei leicht überheblich. Ansgar konnte den Vorwurf in seiner Stimme deutlich heraushören.

»Plan B, ich weiß. Aber das konnte ich nicht machen.«

»Glauben Sie mir, Ansgar, wenn Sie allzu loyal gegenüber Ihren Gesetzen sind, werden Sie die Täter niemals fassen.«

»Es muss gehen«, erwiderte Ansgar, der für seinen Geschmack schon viel zu sehr die deutschen Gesetze beugte und nicht einschätzen konnte, was Alan mit Daleb gemacht hätte, wenn er ihm das Verhör überlassen hätte.

Auch beim BKA gab es Informationen darüber, dass US-Agenten, vor allem von der CIA, Terrorverdächtige misshandelten und folterten. Mit solchen Verhörmethoden wollte Ansgar nichts zu tun haben.

Alan hatte ihm vorgeschlagen, Daleb zu verhaften und an einen von Alan vorgeschlagenen Ort zu bringen, wo er ihn verhören und zum Sprechen bringen würde.

Obwohl das andere Ermittlungsteam Daleb in seiner Obhut hatte, bereute Ansgar seine Entscheidung nicht.

»Was ist mit dem Handy? Können Sie es reaktivieren?«, fragte Ansgar an John gewandt.

»Das ist leider nicht so einfach. Die Smartcard und der Autoboot wurden zerstört. Ich gehe mal davon aus, dass die Daten per Fernwartung gelöscht wurden. Das ist gründliche NSA-Arbeit gewesen«, erklärte John, lächelte dennoch und fügte hinzu: »Aber versuchen kann man es. Darf ich es mitnehmen?«

»Ja, klar.«

»Was ist das?«, fragte John, dem der aufgeklappte Laptop nicht entgangen war.

»Oh, das ist ein USB-Stick, den mir die Sekretärin von Hakan Dogan übergeben hat.«

»Hakan Dogan hatte einen USB-Stick für Sie?«, fragte Alan ungläubig.

»Ja, ich war auch erstaunt. Die Sekretärin meinte, dass sie ihn mir übergeben solle, wenn ihm etwas zustoße.«

»Na, dann lassen Sie uns mal sehen, was drauf ist«, schlug Alan vor.

Ansgar holte den Laptop aus dem Stand-by-Modus und öffnete das Laufwerk des USB-Sticks.

»Darf ich?«, fragte John und ein kurzes Funkeln blitzte in seinen Augen auf.

»Klar«, war Ansgars kurze Antwort und er reichte ihm den Laptop. Alan nahm seinen Stuhl und setzte sich neben John. Auf dem Bildschirm erschien ein Ordner mit dem Namen: Hussein_Bruder.

John klickte darauf. Einige Dateien und Bilder wurden angezeigt.

Zunächst öffnete er die Bilder, sie zeigten Hussein an unterschiedlichen Orten. Einige der Bilder kamen Ansgar vertraut vor, da er glaubte, sie bereits auf dem Laptop von Hussein gesehen zu haben. Die meisten von ihnen waren uninteressant, soweit er das beurteilen konnte.

Als John auf das letzte Bild klickte, konnten weder Ansgar noch die anderen ihre Überraschung verbergen. Es war kein Foto.

# 34

»Was ist das?«, fragte Ansgar.

»Sieht nach einem Scan aus«, antwortete John und vergrößerte das Bild. In der Tat war es ein Scan von einem Zettel. Jemand hatte handschriftlich etwas darauf notiert.

»Das ist Arabisch«, stellte Ansgar fest.

»Ja, stimmt«, bestätigte Alan, der einen genaueren Blick auf den Bildschirm warf.

»Kannst du das lesen?«, hakte Ansgar nach.

»Ja«, antwortete Alan und begann, den Zettel laut vorzulesen.

*Allahu akbar, Hakan abi,*

*wenn du diese Zeilen liest, dann werde ich in der Dschanna, im Paradies, auf dich warten. Verurteile mich nicht, abi. Was ich getan habe, habe ich getan, weil es Allahs Wille ist. Ich habe viel Sünde auf mich geladen in den Jahren zuvor.*

*Ich habe auf die falschen Menschen gehört und mich von ihnen viel zu sehr täuschen lassen. Du hast schon damals erkannt, wer mir Gutes oder Schlechtes wollte. Aber ich wollte dir nicht glauben. Meine Liebe zu Nicole war echt und bei Allah, ich habe mir gewünscht, dass sie die Mutter meiner Kinder würde. Aber der große und allmächtige Allah, gesegnet sei sein Name, al-hamdu lillah, hatte ein anderes Ziel für mich ausersehen, welches ich jahrelang nicht erkannt habe.*

*Doch das Training mit meinen Brüdern, ihre Worte und ihre Tapferkeit haben mir nach und nach die Augen geöffnet. Ich wünschte, du wärst dabei gewesen, dann würdest du mich viel besser verstehen.*

*Für Allah zu kämpfen und zu sterben, ist die höchste Ehre, die einem Moslem zuteilwerden kann.*
*Der Westen wird das niemals verstehen, viel zu sehr sind die Augen der Menschen geblendet durch die Gier nach Macht und Geld. Ihre Herzen sind geschrumpft, weil keine Liebe mehr in ihnen Platz hat. Der Westen ist eine Gesellschaft von Egoisten und Heuchlern, die sich abschirmen und das Elend dieser Welt billigend in Kauf nehmen. Schau dir nur das Flüchtlingselend in Lampedusa oder unsere Brüder in Palästina an. Ach, was sage ich, schau dir unser Köln an. Unsere Brüder und Schwestern werden wegen ihres Glaubens diskriminiert und wie Menschen zweiter Klasse behandelt.*
*Und genau das wollen und können meine Brüder und ich nicht mehr tolerieren. Wir haben einen Plan, der nicht fehlschlagen kann. Wir werden die Weltmacht mit ihren eigenen Waffen schlagen und bei Allah dem Allmächtigen, ich habe keine Zweifel, dass dieser Plan aufgehen wird. Um dich zu schützen, werde ich nicht zu viel verraten, aber ich hoffe, dass uns nach unserem erfolgreichen Erstschlag noch andere Glaubensbrüder folgen werden. Dass unsere Zelle irgendwann nicht nur aus wenigen tapferen Männern besteht, sondern sich bald Hunderte oder Tausende Gleichgesinnte ihr anschließen.*
*Denn nur im Islam und im Koran kann die Menschheit den dunklen Pfad verlassen, den sie betreten hat, inschallah.*
*Sag meiner Mutter, dass sie sich keine Sorgen um mich zu machen braucht, ich habe nur das getan, was Allah mir aufgetragen hat.*

*Ma'a as-salama*
*Hussein*

Ansgar war überrascht, wie perfekt Alan die arabische Sprache beherrschte, jedenfalls danach zu urteilen, wie schnell er den Text ins Deutsche übersetzte. Zu gern hätte er gewusst, wer dieser Alan wirklich war. Jedoch zweifelte er, ob er ihm das jemals anvertrauen würde.

»Wer ist Nicole Brown? Das wollte ich Sie schon letztes Mal fragen. Sie haben mir doch den Namen nicht ohne Grund genannt«, fragte Ansgar an John gerichtet. »Der echte Sam Eyob kannte die Frau nicht, der Bruder von Hussein hingegen schon.«

»Nicole Brown ist eine ehemalige CIA-Agentin.«

»Eine CIA-Agentin?«, unterbrach ihn Ansgar verblüfft.

»Ja. Sie war zuständig für die Rekrutierung von V-Personen für die US-Geheimdienste, vor allem von Moslems.«

»Und was hatte sie mit Hussein zu schaffen? Sie meinen doch nicht …?«, fragte Ansgar und wollte seinen eigenen Gedanken nicht glauben, daher zögerte er.

»Es ist anzunehmen, dass Nicole Brown Hussein rekrutiert hat. Er war ein Spitzel der CIA.«

»Nehmen Sie das an oder ist das beweisbar?«

»Alles spricht dafür. Nur so lässt sich erklären, warum wir bis jetzt kaum Informationen über ihn finden konnten. Gut möglich, dass diese gelöscht wurden. Wir vermuten, dass er zunächst ein Informant für die NSA war und später auch für die CIA gespitzelt hat. Soweit wir die Daten und Bilder auswerten konnten, die auf dem Laptop von Hussein enthalten waren, spricht vieles dafür.«

»Aber ich dachte, die Bilder seien nachträglich aufgespielt worden«, gab Ansgar zu bedenken.

»Das stimmt. Die Bilder und Daten sollten uns glauben lassen, dass Hussein ein Extremist war und sich in diesen Trainingscamps auf den Anschlag vorbereitet hat. Nachdem ich einen Abgleich mit den Daten auf NSA-Servern gemacht habe, bin ich auf interessante Parallelen gestoßen.

Hussein hat in regelmäßigen Abständen Geld bezogen. Es wurde von einem Schweizer Konto überwiesen und dieses Nummernkonto ist wiederum mit anderen Konten weltweit vernetzt, sodass die wahre Herkunft des Geldes sehr gut verschleiert wurde. Aber ich konnte es auf ein Ursprungskonto auf den Cayman Islands zurückführen und dieses Konto wird von der CIA genutzt.«

»Also haben die Hussein für seine Aufträge bezahlt?«

»Das ist anzunehmen. Es stellt sich nur die Frage, warum er sich in Köln in die Luft gejagt hat, wenn er ein Spitzel der CIA war«, hinterfragte Alan die eigene Theorie.

»Was, wenn er ein doppeltes Spiel gespielt hat?«, warf Ansgar in den Raum.

»Ich weiß nicht, die CIA oder NSA wären sehr schnell dahintergekommen. Seine Kommunikation wurde doch überwacht.«

»Ich denke, wir sollten mit Nicole Brown reden. Vielleicht hat sie Antworten.«

»Das wird leider nicht gehen. Sie ist letztes Jahr gestorben, angeblich bei einem Autounfall in Boston. Ich konnte mich in einige streng geheime Akten auf versteckten Servern der CIA einhacken. In denen stand, dass eine besondere Überwachung von Nicole Brown angeordnet wurde, da man sie für *nicht mehr verlässlich* hielt.«

»War sie eine Doppelagentin?«

»Das wohl nicht, aber sie schien sich in einen Araber verliebt zu haben, den sie als V-Mann für die CIA gewonnen hatte, und somit galt sie nicht mehr als integer.«

»Und deswegen musste sie sterben«, stellte Ansgar angewidert fest.

»Laut Bericht war es ein Autounfall«, korrigierte Alan.

»Hören Sie doch auf. Sie glauben doch nicht an solche schwachsinnigen Zufälle!« Ansgars Stimme erhob sich, da er langsam das ganze Ausmaß dieser Anschläge begriff und den dreckigen machtpolitischen Müll dahinter sah.

»Wie auch immer. Wir müssen unbedingt Karim Mokhtar finden. Er ist der Einzige, der uns Antworten liefern und uns sagen kann, ob ein weiterer Anschlag geplant ist.«

»Was ist mit der Fernzündung? Unsere Jungs von der Spurensicherung meinten, dass man über tiefes PKI-Wissen verfügen müsse, um diese Technologie zu nutzen.«

»Ja, das stimmt. Ich habe das näher analysiert. Ihre Kollegen von der Spurensicherung waren sehr akribisch bei ihrer Dokumentation.«

»Sie haben sich ins BKA-Netz eingehackt?«, unterbrach ihn Ansgar.

»Tun Sie nicht so erschrocken, natürlich«, grinste John. »Es gibt so viele Backdoors, dass das ein Kinderspiel ist … aber egal, wer immer die Fernzündung programmiert hat, muss über sehr tiefes Kryptowissen verfügen, da die gesamte Kommunikation auf Zertifikaten basiert. Die haben quasi einen Tunnel ins Internet gelegt, den keiner mitlesen konnte, und somit blieben sie unsichtbar für die NSA oder andere Geheimdienste.«

»Also quasi das, was Sie mit meinem Handy gemacht haben«, stellte Ansgar fest.

»Ja, ungefähr. Und ich gehe davon aus, dass hier ein eigener Algorithmus genutzt und auch eigene Zertifikate erstellt wurden, denn die öffentlich bekannten wie Windows oder Verisign wären von der NSA leicht erkannt worden. Ich konnte leider noch nicht tracken, von welchem Rechner die Befehle für die Zündung der Körperbomben gegeben wurden. Aber ich bin dran. Gut möglich, dass das Hirn dieser Aktion irgendwo im Ausland sitzt. Und wie schwer es dann wird, ihn zu finden, können Sie sich sicherlich vorstellen.«

»Läuft alles darauf hinaus, dass wir Mokhtar finden müssen, aber der ist untergetaucht«, stellte Ansgar wenig begeistert fest, da er es hasste, wenn er keine Optionen hatte. Klar, er konnte noch sämtliche Verdächtige auf seiner Liste abarbeiten, aber wozu?

Wenn diese Zelle autonom agierte, war das vergeudete Zeit, dann hatten die Islamisten, die er verhören sollte, nichts mit diesen Anschlägen zu tun. Die Rolle der amerikanischen Geheimdienste hatte er noch nicht ganz durchschaut, auch wenn sein Bauchgefühl ihn nichts Gutes ahnen ließ.

»Wir werden ihn finden, Ansgar. Früher oder später macht er einen Fehler und vielleicht finden wir auch noch die anderen Mitglieder dieser Zelle.«

»Wenn es denn welche gibt«, antwortete Ansgar, »schließlich schreibt Hussein, dass ihrer Zelle nur wenige Personen angehören.«

»Ja, aber das sagt nichts über ihre Zahl aus.«

»Sagt mal, was ist mit den anderen beiden Attentätern aus Frankfurt und Berlin? Waren sie auch V-Männer der CIA?«, kam Ansgar auf einen neuen Gedanken.

»Soweit unsere Recherchen das belegen können, war Sven Bukal auch ein V-Mann der CIA«, bestätigte Alan Ansgars Vermutung.

»Und Faruk Rasheed?«

»Er nicht, über ihn gibt es keine verwertbaren Informationen. Nichts spricht dafür, dass er ein radikaler Islamist war«, erklärte Alan bedauernd.

»Unsere Informationen über ihn sind auch sehr dünn. Außer dass er in Köln geboren wurde, gibt es keine Gemeinsamkeiten mit Sven Bukal oder Hussein.«

»Doch, eine weitere gibt es.«

»Und die wäre?«, fragte Ansgar überrascht.

»Er hat ebenfalls in Worms Informatik studiert«, antwortete Alan.

Ansgar hätte sich am liebsten geohrfeigt, dass er nicht selber auf die Idee gekommen war und in der Fachhochschule nachgefragt hatte, ob Bukal oder Rasheed ebenfalls dort studiert hatten.

»Was ist mit Bukal?«

»Der hat nicht in Worms studiert.«

»Haben wir keine andere Möglichkeit, an Mokhtar oder die anderen Mitglieder der Zelle ranzukommen?«, fragte Ansgar. Der Mann in der grünen Jacke, Karim Mokhtar, war ihr einziger noch einigermaßen greifbarer Anhaltspunkt.

»Leider nicht. John wertet noch die Informationen auf der Festplatte aus. Vielleicht können wir aus Dalebs Handy Informationen gewinnen. Ansonsten würde ich vorschlagen, dass Sie Ihre Ermittlungen wie gewohnt fortführen. Vielleicht stoßen Sie oder Ihre Kollegen auf neue Erkenntnisse.

Alles spricht dafür, dass die Zelle autonom agiert und in keiner Verbindung zu den Islamisten in Deutschland steht. Dass zwei der drei Selbstmordattentäter V-Männer der CIA waren, beunruhigt mich, würde aber erklären, warum sie sich ungestört und unbemerkt bewegen konnten.«

»Benachrichtigen Sie mich bitte, sobald Sie wissen, wo Mokhtar sich aufhält. Ich fürchte, uns läuft die Zeit davon«, bat Ansgar die beiden Männer.

»Dem stimme ich zu. Wir bleiben in Kontakt und denken Sie bitte daran, hierüber mit keinem ein Wort zu verlieren.«

»Sie können mir vertrauen, obwohl Sie, im Gegensatz zu mir, nicht mit offenen Karten spielen«, antwortete Ansgar. Er wollte sie spüren lassen, dass in Wirklichkeit er es war, der ein großes Risiko einging, und nicht sie.

»Ich weiß, dafür haben Sie meinen größten Respekt«, antwortete Alan und reichte Ansgar zum Abschied die Hand. Ansgar konnte es in seinen Augen sehen, dass die Worte nicht bloß eine Floskel waren, sondern ernst gemeint.

Welche Vergangenheit Alan auch hatte, wen immer er zu schützen suchte, es musste ihm sehr viel bedeuten, dass er sich nicht offenbarte, und dennoch half er Ansgar.

Trotz seiner Skepsis fing er an, beide zu mögen. Sie standen auf und begaben sich zum Schlafzimmer.

»Wieder über den Balkon?«

John nickte lachend und beide verließen über den Balkon Ansgars Wohnung. John hatte auch den USB-Stick von Dogan mitgenommen, um alle Daten prüfen zu können.

Ansgar ließ das Gespräch Revue passieren und ihm war, als würde er ein wichtiges Puzzleteil übersehen, obwohl es genau vor seinen Augen lag. Sosehr er sich auch bemühte, es zu sehen, er konnte es nicht. Dennoch war dieses starke Gefühl da und er wollte nicht daran glauben, dass es nur ein Hirngespinst war.

In Gedanken versuchte er, all seine Informationen zu sortieren. Er setzte sich an den Tisch, nahm Stift und Papier und schrieb alles nieder, was er wusste. Notierte Namen, machte Verweise und schrieb Notizen auf. Aus einem Zettel wurden schnell mehrere.

Er holte Tesafilm und klebte die Zettel zusammen, um den Überblick nicht zu verlieren. Am Ende hatte er den ganzen Tisch mit Zetteln belegt. Mehrere Zettel waren zusammengeklebt, weil er auf ihnen die Verbindungen der bisher beteiligten und verdächtigen Personen aufgeschrieben und mit verschiedenfarbigen Linien verbunden hatte.

Dann betrachtete er nochmals alle Verbindungen, aber er fand nichts Ungewöhnliches, nichts, was ihm unklar war.

*Vielleicht gibt es dieses Puzzleteil gar nicht*, dachte er fast resigniert.

Er stand auf, nahm die zusammengeklebten Zettel und befestigte sie an der Wand, die ans Schlafzimmer grenzte. Er entfernte sich knapp zwei Meter von der Wand und betrachtete erneut die Verbindungen und Abhängigkeiten der unterschiedlichen Akteure und plötzlich war es da. Das fehlende Puzzleteil.

Im selben Moment klingelte sein Handy.

# 35

Ansgar nahm den Anruf an, war in Gedanken aber ganz woanders.

»Hallo«, sagte er fast abwesend.

»Ansgar, ich habe gute Neuigkeiten«, antwortete Bruhns.

»Ich auch, du zuerst.«

»Wir haben den Mann in der grünen Jacke« Ihre Stimme verriet Freude.

»Echt? Wie das?«

»Ich habe doch eine stille interne Fahndung durchgegeben. Kollegen von der Polizei haben ihn heute Morgen in Chorweiler während einer normalen Streifenfahrt festgenommen.«

»Auf Streife?«, fragte Ansgar ungläubig.

»Ja, die Kollegen fuhren durch Chorweiler, als sie plötzlich bemerkten, wie Mokhtar weglief. Sie hatten zunächst Drogen vermutet, da sie ihn ja nicht kannten. Also sind sie ihm hinterhergefahren und konnten ihn stellen.«

Konnte das wirklich möglich sein, dass Mokhtar von einer Streife festgenommen wurde? Es klang banal, zu banal. Aber manchmal waren es die einfachen Dinge, die zum Erfolg führten, und es wurde auch einmal Zeit, dass Ansgar Glück hatte.

Dennoch trieb ihn eine Sorge um.

»Wo ist er?«

»Bei uns im Revier.«

»Ich bin gleich da. Hör zu, es ist wahrscheinlich, dass das andere Ermittlungsteam auch weiß, dass ihr ihn habt. Bring ihn in einen Raum, wo sie keinen Zugriff haben, und erzähl niemandem davon.«

»Übertreibst du nicht ein bisschen?«, erwiderte Bruhns.

»Ganz sicher nicht. Ich will nicht, dass sie ihn uns wegschnappen wie Daleb. Ich bin in zehn Minuten bei dir«, antwortete Ansgar und beendete das Gespräch.

Langsam sah er Licht am Ende des Tunnels. Er hoffte, dass Bruhns seine Anweisungen befolgte. Mokhtar an das andere Ermittlungsteam zu verlieren, käme einer Katastrophe gleich. Wenn sie einer zu den anderen Attentätern führen konnte, dann Mokhtar. Er konnte sicherlich auch aufklären, inwieweit die amerikanischen Geheimdienste in diese Anschläge verstrickt waren.

Das zumindest hoffte Ansgar. Während der Fahrt rief er erneut bei Bruhns an, die erstaunt war, aber davon ließ er sich nicht ablenken. Er bat sie, eine bestimmte Person zu verhaften, da er überzeugt war, dass diese Person ebenfalls in die Anschläge verstrickt war. Das fehlende Puzzleteil!

Er bat Bruhns, nur Kollegen damit zu beauftragen, denen sie hundertprozentig vertraute, da er nicht wollte, dass das andere Ermittlungsteam seinen Plan torpedierte. Bruhns willigte ein.

»Wo ist er?«, fragte Ansgar, als er im LKA ankam. Bruhns wartete am Eingang auf ihn.

»Sicher aufgehoben«, antwortete sie ruhig.

»War das andere Team schon da?«

»Nein, noch nicht. Ich habe einen Kollegen informiert. Er warnt uns, wenn sie kommen sollten.«

»Sehr gut, dann lass uns mal zu ihm.«

Ansgar folgte Bruhns. Einige Flure, Treppen und Verwinkelungen später betraten sie einen Raum, der alles andere als ein Verhörraum war.

»Eine Toilette?«, fragte Ansgar irritiert.

»Eine Damentoilette. Hier werden sie bestimmt nicht suchen«, korrigierte Bruhns mit einem ironischen Anklang in der Stimme. Ansgar lachte, da die Idee sowohl einfach als auch genial war.

»Ich habe nichts …«, hörte Ansgar Mokhtar gerade sagen, als dieser seinen Satz unterbrach und Ansgar einen verstörten Blick zuwarf.

»Herr Mokhtar, meinen Kollegen Ansgar David sollten Sie ja kennen. Wir wollen nur mit Ihnen reden. Ihnen helfen«, versuchte Bruhns ihn zu beruhigen.

Mokhtar saß an einem Tisch, welcher allem Anschein nach extra in den Waschraum der Damentoilette gebracht worden war. Bruhns und Ansgar nahmen auf den zwei freien Stühlen Platz. Mokhtar war schlank, knapp einen Meter siebzig groß, trug keinen Bart und eine Brille. Vom Aussehen her schien eher unverdächtig. Ansgar schätzte ihn auf Ende zwanzig.

»Meine Kollegin hat recht, Herr Mokhtar. Ich bin Ansgar David vom BKA und will Ihnen helfen.«

»Ich brauche keine Hilfe. Sie verwechseln mich mit jemand anderem. Bitte lassen Sie mich gehen«, antwortete Mokhtar. Ansgar sah in seinen Augen, dass er offensichtlich Angst hatte.

»Ich irre mich bestimmt nicht. Sie waren doch im türkischen Imbiss und haben mir etwas auf Arabisch gesagt. Was war das?«

»Nein, nein. Ich habe nichts gesagt. Sie verwechseln mich, bitte lassen Sie mich gehen«, flehte er regelrecht. Er sprach ohne Akzent. Seine Augen wanderten von rechts nach links und Ansgar konnte an den zarten Vibrationen des Fußbodens spüren, dass er unter dem Tisch eines seiner Beine heftig bewegte.

*Er hat Angst, das steht fest*, dachte Ansgar. Er wollte sich mit Mokhtars Antwort nicht zufriedengeben.

»Was immer Ihnen Angst macht, Sie sind hier sicher. Wir wollen Ihnen helfen«, versuchte Bruhns ihn nochmals zu beruhigen, anscheinend war ihr seine Nervosität auch nicht entgangen.

Mokhtar grinste verängstigt, sagte aber nichts.

»Bitte, Sie müssen uns helfen. Wir wissen, dass die Zelle noch aktiv ist. War es das, was Sie mir erzählen wollten?«

Wieder antwortete er nicht, sondern schaute nur weg. Er schien noch schneller mit dem Bein unter dem Tisch zu wippen.

»Herr Mokhtar, wollen Sie, dass noch mehr Menschen sterben? Wir haben Informationen erhalten, dass ein weiterer Anschlag vorbereitet wird.«

»Ich weiß nichts, bitte lassen Sie mich gehen«, beharrte er auf seiner Unkenntnis.

»Wenn Sie uns nicht helfen, werden Sie für lange Zeit ins Gefängnis gehen. Es gibt Fotos von Ihnen, die Sie mit den anderen Attentätern zeigen – in einem Terroristen-Trainingscamp. Und es sieht alles danach aus, dass die Amerikaner Ihre Auslieferung verlangen werden. Ist es das, wovor Sie sich fürchten?«

Wieder antwortete er nicht, aber die steigende Nervosität war ihm deutlich anzusehen.

»Wir können Sie nur schützen, wenn Sie mit uns reden. Wurden Sie eingeschüchtert?«

»Nein, nein … mich kann keiner beschützen«, platzte es aus ihm heraus. »Ich bin tot.«

»Das sind Sie nicht. Wir haben Kronzeugenprogramme. Sie bekommen eine neue Identität und ein neues Leben«, zeigte ihm Bruhns seine Alternativen auf.

»Und was soll das nützen? Die hören doch alles mit.«

»Wer ist die? Die NSA, die CIA?«

»Wer sonst?«, fragte Mokhtar, wobei die Frage eher eine Antwort war. Seine Augen wurden feucht und er schien mit sich selbst zu kämpfen, ob er seinen Emotionen freien Lauf lassen sollte.

Obwohl Ansgar die Antwort bereits geahnt hatte, musste er sich eingestehen, dass er jetzt doch geschockt war, sie zu hören. Etwas zu vermuten und es dann bewiesen zu bekommen, waren oft sehr unterschiedliche Dinge. Jeder wusste, dass die US-Geheimdienste in Deutschland spionierten, und zwar weit intensiver, als die Akten von Snowden oder irgendwelche Berichte in den Medien das erahnen ließen.

Selbst das BKA wusste das, aber dennoch nahm man gemeinhin an, dass dies alles in Absprache mit der Bundesregierung geschah und unter Einhaltung der deutschen Gesetze. Erst Snowdens Enthüllungen ließen daran Zweifel zu. Wobei einige Dinge ein offenes Geheimnis beim BKA oder BND waren, wie beispielsweise, dass das alte Handy der Bundeskanzlerin abgehört worden war, weil jeder wusste, dass die Technik veraltet war und für ausländische Geheimdienste keine Hürde darstellte. Dass allerdings ihr neues Handy bereits geknackt wurde, kam einer mittleren Katastrophe gleich und zeigte nur, wie sehr die amerikanischen Geheimdienste außer Kontrolle waren. Aber dass sie in Deutschland mit Islamisten kollaborierten, war etwas, das Ansgar niemals für möglich gehalten hätte.

Denn das bedeutete am Ende nichts anderes, als dass die Geheimdienste mit denen zusammenarbeiteten, die sie eigentlich bekämpfen wollten. Und warum? Um Deutschland zu schädigen!? Der Gedanke daran jagte Ansgar Angst ein.

Auch Bruhns schien ziemlich durcheinander wegen Mokhtars Aussage, was Ansgar nur zu gut verstehen konnte, zumal sie nicht über die Informationen verfügte, die er hatte. Aber es machte Sinn. Nur wenn man für die Geheimdienste arbeitete, blieb man unsichtbar und konnte Straftaten vorbereiten, ohne Gefahr laufen zu müssen, gleich gefasst zu werden.

Ansgars Kehle wurde trocken.

»Waren Sie ein V-Mann der US-Geheimdienstbehörden?«, fragte Ansgar.

Mokhtar nickte nur.

»Von welcher?«, bohrte er weiter nach.

»Von der NSA«, antwortete Mokhtar.

*Also nicht von der CIA*, dachte Ansgar. Hussein Dogan und Sven Bukal waren dagegen V-Männer der CIA gewesen.

»Was war Ihre Aufgabe?«, fragte Bruhns.

»Informationen beschaffen.«

»Nichts weiter? Keine operativen Tätigkeiten?«, hakte Bruhns nach.

»Nein, ich sollte nur Informationen beschaffen.«

»Und von wem?«

»Von den extremen Gruppen: Salafisten, Muslimbruderschaft, Hamas und einigen anderen«, erklärte Mokhtar resigniert.

»Wie kommt es, dass wir Sie nicht in unserer Datenbank finden konnten?«, fragte Bruhns, die an seinen Worten zu zweifeln schien.

»Weil ich nicht in den Moscheen war, um die Informationen zu bekommen. Ich habe ihre Bewegungen im Internet analysiert und ausgewertet. Mich in Foren eingehackt oder angemeldet, um zu prüfen, was sie kommunizieren.«

»Haben Sie Informatik studiert?«, fragte Ansgar, der die Antwort bereits ahnte.

»Ja.«

»Und wo?«

»In Worms.«

»Kannten Sie Hussein von dort?«

»Ja, wir haben uns auf einer Semesterparty kennengelernt«, bestätigte Mokhtar.

»Hat er Sie als V-Mann angeworben?«, fragte Ansgar.

»Nein, es war seine Freundin Nicole.«

»Nicole? Sie hat doch bei der CIA gearbeitet?«

»Das weiß ich nicht. Sie hat mich mit Leuten bekannt gemacht, die mich aufgrund meiner Informatikkenntnisse bei der NSA haben wollten«, erklärte er.

Ansgar dachte kurz nach. Vielleicht arbeiteten die CIA und die NSA bei der Rekrutierung von V-Leuten viel enger zusammen, als er annahm. Eine andere Erklärung hatte er nicht.

»Wusste Hussein davon?«

»Zunächst nicht. Aber dann habe ich es ihm erzählt.«

»Hatten Sie eine Affäre mit Nicole Brown?«, hakte Ansgar nach.

»Ja, aber Hussein wusste nichts davon. Jeder stand auf sie. Sie war einfach verdammt sexy und keiner von uns hat verstanden, was sie von Hussein wollte. Am Ende hat sie mit uns allen nur gespielt, aber Hussein wollte das lange nicht wahrhaben«, erklärte Mokhtar und Ansgar konnte sich das bildlich vorstellen. Genau zu diesem Zweck hatte man sicherlich auch eine bildhübsche Frau eingestellt, damit sie mit ihren Reizen junge, naive Studenten für den Geheimdienst rekrutieren konnte. Eine Femme fatale. Wie es schien, war die Taktik aufgegangen, so lange jedenfalls, bis sich Nicole Brown selbst verliebte und dieser Liebe zum Opfer fiel.

»Wenn Sie nur die digitale Welt ausspionieren und analysieren sollten, was haben Sie dann im Trainingscamp gemacht?«

»Ich war nur ein Mal in so einem Camp. Ich sollte die Integrität und Loyalität von Hussein und Sven überprüfen.«

»Wieso das? Zweifelten Ihre Vorgesetzten an deren Loyalität?«, fragte Bruhns.

»Ja, weil sie angeblich kaum verwertbare Informationen aus den Camps mitbrachten. Die beiden waren über Jahre in verschiedenen Camps, weil sie herausfinden sollten, ob Anschläge geplant waren oder ob Dschihadisten, die nach Europa zurückkehrten, Anschläge planten.«

»In Europa?«, wollte Bruhns wissen.

»Europa war von untergeordneter Bedeutung. Wichtig war zu erfahren, ob sie planten, in die USA zu reisen, und ob sie sich in Europa diesbezüglich vorbereiteten. Die Geheimdienste wollten nicht die gleichen Fehler wie bei *Nine Eleven* machen, wo sich alle Terroristen in der Hamburger Zelle auf die Anschläge vorbereiten konnten und jahrelang nicht beachtet wurden«, erklärte Mokhtar.

»Also war es ihnen egal, ob in Europa Anschläge ausgeführt wurden?«

»Das weiß ich nicht, gut möglich. Ich sollte nur US-relevante Informationen zusammentragen. In die Strategie haben die mich nie eingeweiht.«

»Und waren Hussein Dogan und Sven Bukal noch loyal?«

»Nein, schon lange nicht mehr«, antwortete Mokhtar und schien ein wenig seiner Nervosität zu verlieren.

»Können Sie das bitte etwas genauer ausführen?«, bat Ansgar ihn und spürte, dass endlich alles einen Sinn ergab, auch wenn die Erkenntnis erschreckend war.

»Anfangs waren sie noch loyal. Sie waren gemäßigte Moslems wie ich auch. Wir wollten am Fortschritt der westlichen Welt teilhaben und haben nie verstanden, warum Menschen sich radikalisieren. Durch die Zusammenarbeit mit der CIA und der NSA dachten wir, dass wir helfen könnten, die Welt ein Stück besser zu machen. Wir waren halt sehr naiv«, begann Mokhtar die Vergangenheit hervorzuholen. Seine Augen waren in die Ferne gerichtet, die Anspannung hatte nachgelassen und Ansgar konnte regelrecht die Worte, die er sprach, in Bildern vor sich sehen. Weder Bruhns noch er sagten etwas, sie gaben ihm alle Zeit der Welt.

»Hussein und Sven sollten sich bei den Islamisten einschleusen, um Informationen zu bekommen, ob Anschläge geplant waren. Die Amis hatten vor allem vor den Dschihadisten große Angst. Sie lernten im Nahen Osten, Menschen zu töten, und daher war ihre größte Sorge, dass es ihnen nun leichter fallen würde, auch in den USA Selbstmordanschläge vorzubereiten. Da viele von ihnen einen europäischen oder amerikanischen Pass hatten, konnten sie auch leichter in die USA einreisen.«

»Aber was ist mit den Extremisten? Die werden doch beschattet und überwacht, die können nicht einfach in die USA einreisen, auch nicht mit einem europäischen Pass«, fragte Bruhns.

»Das stimmt. Aber die meisten Dschihadisten sind keine Extremisten. Viele von ihnen kommen aus gutbürgerlichen Verhältnissen, haben Abitur oder studieren. Für die meisten sind der Krieg und der Islam nur ein Abenteuer. Aber wenn sie vor Ort sind, spüren sie die wahre Kraft Allahs. Und irgendwann merken sie, dass sie Teil von etwas Großem sind. Sie werden nie wieder dieselben Menschen.«

»Ist das auch mit Hussein Dogan, Faruk Rasheed und Sven Bukal geschehen?«, unterbrach ihn Ansgar.

»Ja. Ich weiß nicht wann, aber irgendwann, als wir uns in Kassel persönlich austauschten, spürte ich, dass etwas anders war. Sie waren inzwischen schon einige Male im Nahen Osten gewesen, in Trainingscamps im Nordirak, in Pakistan und Afghanistan und zuletzt bei ISIS.«

»Was war anders?«, hakte Ansgar nach.

»Sie wirkten entspannt und glücklich, als hätten sie die Wahrheit hinter allem gesehen. Ich fragte, was geschehen sei, und dann erzählten sie mir, dass wir zu naiv seien, dass die Geheimdienste uns nur ausnutzen würden und sie endlich wüssten, was wirklich im Leben zählte: die Liebe zu Allah und ein Leben nach der Scharia. Ich war zunächst verwirrt und dachte, dass es den Extremisten in den Trainingscamps gelungen war, sie zu manipulieren, etwas, wovor uns die Geheimdienste immer gewarnt hatten. Es gab ein gezieltes Training durch die Geheimdienste, damit genau das nicht mit uns geschah.

Aber sie schworen bei Allah, dass sie nicht manipuliert worden seien, sondern dass sie endlich die Wahrheit gesehen hätten und dass es an der Zeit sei, dass auch ich die Wahrheit erkenne, was ich aber ablehnte.«

»Wieso haben Sie das nicht Ihren Vorgesetzten gemeldet?«, fragte Bruhns.

»Ich war hin- und hergerissen. Es waren meine Freunde. Ich bin kein Verräter«, versuchte er eine Erklärung zu finden, wobei ihm Bruhns' verzogene Miene nicht entgangen war. »Schauen Sie nicht so abfällig«, sagte er, »als V-Mann habe ich mich nie wie ein Verräter gefühlt. Ich dachte wirklich, dass ich durch meine Tätigkeit helfen kann, Anschläge zu verhindern. Aber das Gespräch mit meinen Freunden machte mich nachdenklich. Obwohl es nicht mehr der Wahrheit entsprach, berichtete ich der NSA, dass sie nach wie vor loyal seien, aber vorsichtiger agieren müssten, weil sie Angst hätten, dass jemand Verdacht schöpfen könnte. Zumal sie in Kürze wieder in den Nordirak aufbrechen wollten, um sich von ISIS in einem Trainingscamp ausbilden zu lassen. Für die große Schlacht.«

»Was für eine Schlacht?«, unterbrach ihn Ansgar.

»ISIS plante die Errichtung eines Kalifats.«

»Ein Kalifat? Mit welcher rechtlichen Handhabe?«, fragte Ansgar, der von ISIS erst aus den Medien erfahren hatte. Angeblich hatten die westlichen Geheimdienste nicht mitbekommen, dass sie bereits seit Jahren eine Armee auf die Beine stellten. Ansgar hatte diese Behauptung immer angezweifelt und Mokhtar hatte sie als richtig bewiesen.

»Mit Allahs Segen. Vor Allah zählen die weltlichen, korrumpierten Gerichte nicht«, rechtfertigte er die Handlung von ISIS und zum ersten Mal blitzte sein extremistisches Denken auf.

»Und was haben die Geheimdienste darüber gedacht?«, fragte Bruhns.

»Das weiß ich nicht. Aber sie haben meine Freunde in das Trainingscamp geschickt, um sich über dieses Vorhaben genauestens zu informieren. Ich glaube, NSA und CIA waren in Sorge, dass es ISIS wirklich gelingen könnte, das Kalifat auszurufen und die Ölfelder unter ihre Kontrolle zu bringen.«

»Also wussten die NSA und die CIA von ISIS?«, erweiterte Bruhns ihre Frage.

»Na klar. Sie waren schon lange im Bilde, sie wussten von den Truppenbewegungen. Oder was glauben Sie, wer ISIS die Waffen geliefert und ihnen erlaubt hat, sich frei zwischen den Grenzen der Türkei, Syriens und des Nordiraks zu bewegen?«

Weder Ansgar noch Bruhns antworteten zunächst auf die Frage, da sie die Antwort bereits mit sich brachte. Die Geschichte hatte immer wieder gezeigt, wie Geheimdienste aus Eigeninteresse Regierungen stürzten und dadurch ein noch größeres Chaos anrichteten. Was den Geheimdiensten oft gar nicht mal so ungelegen kam.

Der Putsch in Chile im Jahr 1973 zum Beispiel, bei dem die demokratische Regierung mithilfe der CIA gestürzt und mit Pinochet eine loyale Person als Diktator installiert wurde. Oder die CIA-Operation Ajax, die 1953 zum Sturz der demokratisch gewählten iranischen Regierung führte, und nicht zuletzt die finanzielle Unterstützung der Taliban in den 1990er-Jahren während des Afghanischen Bürgerkriegs. Nicht wenige behaupteten, dass die Taliban erst durch die Unterstützung der USA zu der Bedrohung hatten werden können, die sie heute für die Welt darstellten. Es waren nur einige wenige Beispiele aus der Geschichte für dieses perfide Spiel der Macht, welches die US-Geheimdienste perfekt zu beherrschen schienen.

»Gibt es Beweise dafür?«, hakte Bruhns dann doch nach.

»Beweise? Was brauchen Sie für Beweise? Nirgends sind mehr Drohnen positioniert als im Nahen Osten. Unzählige Militärsatelliten der USA überprüfen jeden Zentimeter dort. Glauben Sie im Ernst, eine radikale Gruppe könnte eine Armee von mehreren Tausend Mann aufstellen, ohne dass die USA dies wüsste?«, antwortete er und seine Stimme erhob sich. Es lag viel Verachtung in seinen Worten. »Die Türkei und die USA haben geglaubt, mit ISIS Assad stürzen zu können, aber sie haben verkannt, dass ISIS Allah näher steht als der Doktrin der Amis. Deswegen kann auch nur durch sie die Ausrufung eines Kalifats erfolgen, denn Abu Bakr al-Bagdadi ist der einzig würdige Erbe unseres gesegneten Propheten, *sallallahu alayhi wa sallam*, und er wird alle Moslems dieser Welt vereinigen«, erklärte Mokhtar und Stolz schwang in seiner Stimme mit.

Ansgar wusste, dass strenggläubige Moslems bei der Nennung des Propheten immer einen Segensspruch sagten. Da Ansgar kein Arabisch konnte, hatte ihm Murat erzählt, dass dieser Satz so viel bedeutete wie: Der Segen Allahs sei mit ihm und seiner Familie und Frieden.

Ansgar konnte Mokhtar nicht einschätzen. Auf der einen Seite schien er Angst zu haben, aber auf der anderen Seite schien er sich mit seinem Schicksal abzufinden. Warum sonst erzählte er ihnen all das?

»Erzählen Sie mir von dem Trainingscamp. Was ist da passiert?«, versuchte Ansgar das Gespräch wieder auf das Wesentliche zu konzentrieren.

»Das Camp änderte alles. Meine Vorgesetzten wollten, dass ich mit meinen Freunden an dem Camp teilnehme. Ich war zunächst dagegen, da ich wusste, dass dort mit scharfen Waffen trainiert wurde, und ich mich bis dahin nur in der digitalen Welt aufgehalten hatte.«

»Hatten Sie Angst?«, schlussfolgerte Bruhns trocken.

»Ja, ich hatte Angst. Ist das schlimm?«, antwortete Mokhtar und da keiner der beiden antwortete, fuhr er fort: »Ich kannte diese Terroristen-Trainingscamps nur aus dem Fernsehen. Ich wollte nicht dorthin. Als ich meinen Freunden meine Sorge mitteilte, beruhigten sie mich, dass mir nichts passieren würde, egal ob ich mich am Ende für oder gegen sie entschied. Also fuhr ich mit, offiziell mit dem Auftrag zu überprüfen, ob meine Freunde weiterhin im Sinne der USA agierten, und auch um zu berichten, was ISIS in den Camps trieb.«

Mokhtar unterbrach sich kurz. Sein Mund schien trocken, denn er fuhr sich mit der Zunge über die Lippen.

»Und was ich in dem Camp erlebte, krempelte mein ganzes Leben um. Zum ersten Mal hatte ich das Gefühl, angekommen zu sein. Ich war vom ersten Augenblick an kein Fremder, sondern ein Freund, nein ein Familienmitglied. Der Zusammenhalt war sehr intensiv und die Worte unserer Trainer berührten mich sehr. In den vier Wochen, in denen ich bei ihnen verweilen durfte, verstand ich, was meine Brüder damit gemeint hatten, dass die Geheimdienste uns nur ausnutzten. Und dann hatten wir einen Plan, wie wir die Welt auf uns aufmerksam machen könnten.«

»Was für einen Plan?«, fragte Ansgar, dessen Anspannung stieg. Er war überrascht, wie leicht es Extremisten gelang, junge Menschen für ihre radikalen Ansichten zu gewinnen. Und was für die Islamisten im Nahen Osten galt, galt nicht minder für die Hassprediger in Deutschland, die auf ihren Kundgebungen zur Konvertierung zum Islam aufforderten – mit Erfolg, was der BND und der Verfassungsschutz mit Sorge beobachteten.

Dabei suchten diese Konvertierten doch nur Bestätigung, Zusammenhalt und ein Wirgefühl, daran glaubte Ansgar jedenfalls. Diese Menschen waren orientierungslos, weil sich niemand um ihre Ängste, Wünsche und Hoffnungen kümmerte. Und so waren sie leichte Opfer für jede extremistische Gruppierung.

Mokhtars Antwort auf seine Frage holte Ansgar aus seinen Gedanken zurück.

»Der Plan, der eine neue Zeit einläuten sollte. Die bevorstehende offizielle Verkündung des Kalifats brauchte doch Aufmerksamkeit.«

»Aufmerksamkeit dadurch, dass unzählige unschuldige Menschen sterben? Erreichen Sie damit nicht eher das Gegenteil?«, fragte Bruhns fassungslos.

»Ja, nur so sehen doch unsere Glaubensbrüder auf der ganzen Welt, dass die USA und ihre imperialistischen Verbündeten verwundbar sind und dass nur im Islam die wahre Lösung für den Frieden auf der Welt liegt.«

»Erzählen Sie mir von dem Plan?«, bat Ansgar, um Emotionen erst gar nicht hochkommen zu lassen.

»Der Plan war einfach und genial. Wir wollten in Deutschland Anschläge durchführen. Da wir alle die deutsche Staatsbürgerschaft hatten, war Deutschland das perfekte Ziel. Die Frage war nur: Wie konnten wir das tun, ohne dass die NSA oder die CIA davon Wind bekamen? Den BND fürchteten wir ehrlich gesagt nicht. Als V-Männer wussten wir, dass der BND oder der Verfassungsschutz veraltete Technologien einsetzen, die wir leicht umgehen konnten.«

»Und wie haben Sie die NSA und die CIA umgangen?«, fragte Ansgar.

»Wir haben ihnen erzählt, dass Anschläge in England geplant seien, diese aber in Deutschland vorbereitet würden.«

»Und das haben die Ihnen einfach geglaubt?«, fragte Bruhns.

»Ja, wir waren doch ihre Informanten. Außerdem ist England der engste Verbündete der USA und eines der ganz wenigen Länder, die nicht ausspioniert werden. Ich glaube, die US-Geheimdienste haben Deutschland bis heute nicht verziehen, dass sämtliche Terroristen vom 11. September jahrelang in Deutschland gelebt und sich auf ihre Anschläge vorbereitet haben, ohne dass die deutschen Behörden irgendetwas ahnten.«

»Wie sind Sie dann vorgegangen?«

»Nachdem wir unsere Vorgesetzten davon überzeugen konnten, dass Anschläge bevorstünden und die Zelle, die diese Anschläge angeblich durchführen werde, aber vermute, dass die Geheimdienste sämtliche Kommunikationskanäle abhörten, konnten wir erreichen, dass wir ungestört unsere Vorbereitungen treffen konnten. Natürlich gab es diese Zelle, wie wir sie den Amerikanern beschrieben, so nicht. Aber die NSA half uns nun sogar, ein Programm auf die Beine zu stellen, mit dem es möglich war, die Bomben aus der Ferne zu steuern und zu zünden. Sie wussten natürlich nicht, dass wir das Programm modifizierten, damit die NSA es nicht mehr tracken konnte«, führte Mokhtar aus.

»Und Sam Eyob hat das Programm modifiziert? Schließlich besitzt er ein IT-Security-Unternehmen und verfügt somit über das notwendige Know-how«, fragte Ansgar.

# 36

Ansgar wusste, dass er mit seiner Schlussfolgerung richtiglag, das erstaunte Gesicht von Mokhtar verriet es ihm sofort. Sam Eyob, der »richtige« Sam Eyob, den Ansgar in seinem Haus in Bayenthal besucht hatte, war das fehlende Puzzleteil in diesem perversen Spiel. Er hoffte, dass es dem LKA gelang, ihn festzunehmen, da er ihm dringend ein paar Fragen stellen wollte. Er musste wissen, ob ein weiterer Anschlag geplant war und wer noch Mitglied dieser Zelle um Hussein, Rasheed und Bukal war.

»Ja, Sam war auch Teil dieses Plans. Er wurde extra für diesen Zweck von der NSA rekrutiert. Die Idioten haben gedacht, er wolle der NSA helfen, dabei war er unser Gehirn. Er hat alles umprogrammiert, die ganzen Backdoors der NSA entfernt, damit wir ihr Programm nutzen konnten, ohne dass die NSA etwas davon erfuhr. Gleichzeitig hat er sie mit falschen Informationen gefüttert. Die haben nie bemerkt, dass wir sie täuschen«, erklärte Mokhtar und wieder lag Stolz in seiner Stimme.

»Und so konnten Sie ungehindert die Anschläge vorbereiten und auch per Fernzündung die Bomben hochgehen lassen, ohne dass die NSA Verdacht geschöpft hat, das leuchtet mir ein. Aber woher haben Sie den Sprengstoff bekommen?«, schlussfolgerte Ansgar und wollte auch diese Wissenslücke geschlossen sehen.

»Den Sprengstoff hat uns die CIA besorgt. Mit dem Sprengstoff wollten wir das Vertrauen der Zelle gewinnen, so dachte jedenfalls die CIA. Dass wir selbst die Zelle waren, haben sie zu keinem Zeitpunkt gewusst. Ansonsten hätten sie uns sicherlich gestoppt.«

Ansgar konnte nur den Kopf schütteln. Da war es ihnen gelungen, die größten Geheimdienste der Welt nicht nur zu hintergehen, sondern sogar für ihre Zwecke zu missbrauchen. Das zeigte einmal mehr, wie unberechenbar Terrorismus war und dass auch Geheimdienste nicht alle Antworten darauf parat hatten.

»Sollten noch andere Ziele angegriffen werden?«, fragte Ansgar.

»Ja, ich sollte mich auf der Reeperbahn in Hamburg in die Luft sprengen. Wir wollten mit jedem unserer Ziele ein Zeichen setzen.«

»Was für ein Zeichen?«, hakte Bruhns nach.

»Das ist doch offensichtlich. Der Dom steht für einen falschen Glauben, Frankfurt für den Kapitalismus und die Sklaverei durch das Geld, Berlin für die Falschheit der Politiker und Hamburg für die Verderbtheit der Menschen.«

*Vier der sieben Todsünden*, dachte Ansgar und stellte erstaunt fest, dass keiner von ihnen auf diese Symbolik gekommen war, was sicherlich an der Brutalität dieser Anschläge lag. Wenn man über Terrorismus nachdachte, leitete man davon nicht die Todsünden aus der Bibel ab. Dabei waren sich der Islam und das Christentum viel ähnlicher, als die meisten wussten.

»Und wieso haben Sie sich nicht in die Luft gesprengt?«, fragte Bruhns, die auf die Symbolik der Anschläge gar nicht einging.

»Ich konnte nicht. Plötzlich bekam ich Angst. Ich weiß nicht warum, aber ich konnte die Weste mit dem Sprengstoff nicht über meinen Oberkörper ziehen. Auf einmal habe ich alles infrage gestellt. Konnte man so wirklich etwas verändern? Unschuldige sollten durch meine Tat sterben. Wahrscheinlich Frauen und Kinder. Ich habe die Bombe entschärft«, erklärte er und seine Augen füllten sich mit Tränen, denen er nun freien Lauf ließ. »Und als ich die Bilder aus Köln, Frankfurt und Berlin gesehen habe, die vielen toten Kinder, da wusste ich, dass wir nicht richtig gehandelt hatten. Dass Allah nicht wollen kann, dass für seine Sache Kinder sterben.«

Mokhtar hielt inne, da er seine Emotionen nicht mehr kontrollieren konnte. Bruhns reichte ihm ein Taschentuch. Für Ansgar war er voller Widersprüche. Gerade eben noch lobte er den Kampf für Allah, die ISIS und ihren Plan, ein Kalifat auszurufen, und jetzt? Jetzt weinte er, weil er nicht den Mut gehabt hatte, sich selbst in die Luft zu sprengen.

Spielte er mit ihnen oder entsprach das wirklich seiner Gefühlswelt und seinem Denken? Sehnte er sich in Wirklichkeit nach Halt, Liebe und Führung – Dingen, die ihm die Islamisten gaben?

War er deswegen bereit gewesen, sich auf dieses »Abenteuer« einzulassen? Und als er sah, dass es Konsequenzen mit sich brachte, die zu viele unschuldige Opfer forderten, sogar sein eigenes Leben, kniff er, weil er tief in seinem Herzen kein Mörder war.

Ansgar hatte keine Antwort darauf und er wusste, dass er auch keine Antwort darauf erhalten würde. So war das Leben, viele Dinge geschahen und waren schwer erklärbar, aber dennoch geschahen sie.

»Ist die Zelle noch aktiv?«, fragte Ansgar, nachdem Mokhtar sich einigermaßen beruhigt hatte.

»Ja, genau deswegen habe ich Sie im Imbiss angesprochen, weil ich mit Ihnen darüber reden wollte.«

»Wieso mit mir?«, fragte Ansgar irritiert.

»Weil ich Angst um mein Leben habe. Ich hoffte, dass Sie mir eine neue Identität geben könnten, wenn ich Ihnen alles über die Zelle erzähle. Ich sah, wie Sie aus der Wohnung von Husseins Mutter kamen.«

»Und warum sind Sie dann weggelaufen?«, fragte Ansgar. Die Antwort überzeugte ihn zwar nicht, jedoch wollte er nicht weiter darauf eingehen.

»Weil Sie beobachtet wurden. Ich wollte nicht in eine Falle laufen. Ich hatte Angst.«

Ansgar sagte nichts, sondern nickte nur. Noch immer wusste er nicht, ob er ihm glauben sollte oder nicht.

»Ich verstehe Sie nicht, warum haben Sie dann während des Verhörs nicht gleich kooperiert?«, fragte Bruhns hingegen und kam damit auf Mokhtars defensives Verhalten zu Beginn des Gespräches zurück.

»Das ist nicht leicht für mich. Das sind meine Freunde, die ich hier verrate. Aber ich will leben und ich hoffe, mit dieser Aktion auch das Leben meiner Freunde zu schützen. Wenn die Amerikaner sie bekommen, landen sie entweder in Guantánamo oder auf dem elektrischen Stuhl.«

»Aber ist das nicht eine Ehre, für Allah zu sterben?«, reagierte Bruhns bissig.

»Sie verstehen nichts«, war die knappe Antwort von Mokhtar. Sein Blick war verachtend.

»Wie viele Leute sind in der Zelle noch aktiv?«, fragte Ansgar und lenkte damit das Gespräch weg von der persönlichen Ebene.

»Zwei.«

»Sam Eyob. Und wer ist der Zweite?«, fragte Ansgar.

»Boris Radi.«

»Boris Radi? Ein Deutsch-Araber?«, hakte Ansgar nach. Der Name sagte ihm nichts. Er war nicht auf der Liste der Namen, die er aufsuchen sollte. Allerdings wunderte es ihn nicht, da keiner der Attentäter jemals als Verdächtiger geführt worden war.

»Ja, seine Mutter ist eine Deutsche. Sein Vater starb, als er vier Jahre alt war.«

»Lassen Sie mich raten, er hat auch in Worms studiert?«, wollte Ansgar wissen.

»Ja, er war ein Kommilitone von uns.«

*Das Studium scheint die beste Voraussetzung für die Bildung solcher Gruppen zu sein*, dachte Ansgar. »Und warum hat er nicht den Anschlag mit Ihnen verübt?«

»Das weiß ich nicht«, antwortete Mokhtar zögerlich.

»Was heißt das? Lügen Sie uns nicht an«, forderte Bruhns ihn auf. Ihre Worte verrieten, dass sie allmählich die Geduld verlor.

»Herr Mokhtar, wenn Sie ins Zeugenschutzprogramm aufgenommen werden wollen, müssen Sie uns die Wahrheit sagen.

Wenn wir herausfinden, dass Sie lügen, dann wird man Ihnen dieses Privileg nicht gewähren«, erklärte Ansgar.

»Es war nie geplant.«

»Was war nie geplant?«, unterbrach ihn Bruhns.

»Dass er mit uns zusammen den Anschlag verübt.«

»Und was war stattdessen geplant?«

»Wir wollten abwarten, was nach den Anschlägen passiert, und dann zuschlagen, wenn wir die größte Weltaufmerksamkeit erlangen konnten«, führte Mokhtar weiter aus.

»Geht das auch genauer?«, hakte Bruhns forsch nach.

»Ich weiß es nicht. Wirklich nicht. Ich hätte doch schon längst tot sein müssen. Fragen Sie Sam. Er hat die Pläne gemacht«, wurde Mokhtar laut.

»Wo finden wir Boris Radi?«, fragte Ansgar.

»Ich weiß nicht. Aber ich glaube, in Mannheim. Was wird jetzt aus mir?«

»Wir werden Sie ins Zeugenschutzprogramm aufnehmen. Wenn wir Radi erwischen und damit einen Anschlag verhindern, dann sehe ich sehr gute Chancen, dass Sie ein Leben unter einer neuen Identität bekommen werden«, erklärte Ansgar.

»Ich brauche Sicherheiten. Sie dürfen mich nicht den Amis ausliefern«, flehte Mokhtar.

»Seien Sie unbesorgt, es gibt keinen Anlass dafür, dass die Amerikaner Sie bekommen. Noch gilt in Deutschland deutsches Recht«, erklärte Bruhns und gab Ansgar ein Zeichen, ihr nach draußen zu folgen.

Beide standen auf und gingen vor die Tür.

»Was denkst du?«, fragte Bruhns.

»Gut möglich, dass er die Wahrheit sagt, auch wenn einiges sehr widersprüchlich ist. Wenn wir Radi finden, werden wir wissen, ob er die Wahrheit sagt.«

»Ich gebe eine Fahndung raus.«

»Nein, das sollten wir nicht. Wenn er recht hat und die NSA alles mithört, dann sollten wir vorsichtig agieren. Ich will nicht, dass uns jemand zuvorkommt.«

»Na gut. Ich kümmere mich persönlich darum. Sobald ich Genaueres über ihn habe, melde ich es dir. Vielleicht finden wir auch ein Foto in unserer Datenbank.«

»Sehr gut. Und ich fahre gleich nach Mannheim. Hoffentlich findest du bis dahin etwas in der Datenbank. Und sorg bitte dafür, dass Mokhtar in Gewahrsam kommt. Es darf niemand wissen, wer er ist. Gib ihm eine andere Identität und besorg einen Haftbefehl. Irgendetwas, das uns davor schützt, dass das andere Ermittlungsteam ihn uns wegschnappt.«

»Denkst du wirklich, dass das andere Team von den US-Behörden gelenkt wird?«

»Wir müssen von allem ausgehen. Sag mir bitte auch Bescheid, wenn ihr Eyob habt«, antwortete Ansgar und verabschiedete sich von Bruhns, um sich auf direktem Weg nach Mannheim zu begeben.

Kaum im Wagen, schrieb Ansgar Alan eine SMS, dass sie Boris Radi suchten. Alan antwortete sofort, dass er sich um nähere Informationen über ihn kümmern werde. Ansgar hatte *SWR 3* eingeschaltet, wo die Direktübertragung der Trauerfeier in Berlin lief, außerdem Berichte von den großen Demos, die in ganz Deutschland veranstaltet wurden. Bisher schien alles sehr friedlich zu bleiben.

Als er Koblenz hinter sich gelassen hatte, rief Bruhns bei ihm an. Sie hatte gleich zwei schlechte Nachrichten für ihn. Sam Eyob schien spurlos verschwunden zu sein. Keiner konnte ihr sagen, wo er sich aufhielt. Nicht einmal seine Angestellten wussten, wo er war.

Bruhns hatte bereits eine stille Fahndung nach ihm ausgerufen, vielleicht hatten sie Glück wie bei der Verhaftung von Mokhtar. Ansgar wollte nicht so recht daran glauben.

Danach teilte Bruhns ihm mit, dass die letzte gemeldete Adresse von Boris Radi ein Studentenwohnheim in Worms sei. Ansgar ließ sich die Adresse durchgeben und tippte sie gleich in sein Navi ein, um die neue Route zu berechnen. Glücklicherweise hatte Bruhns ein älteres Foto von der Führerscheinmeldestelle erhalten, welches sie ihm zusammen mit den anderen Informationen mailte.

Ansgar bat sie zu überprüfen, wo die Mutter von Radi wohnte. Vielleicht hatte sie Informationen über ihren Sohn.

Trotz der schlechten Nachrichten hoffte Ansgar, dass sich jemand im Studentenwohnheim an Radi erinnerte. Kurz bevor er die Abfahrt Worms nehmen wollte, bekam er einen Anruf von einer ihm unbekannten Nummer.

Er nahm den Anruf an. Es war Alan.

»Von wo rufst du an?«

»Offiziell von den Fidschi-Inseln. Diese Nummer kann keiner zurückverfolgen«, erklärte Alan lachend.

Ansgar konnte sich gut vorstellen, dass die Nummer wie Skype übers Internet funktionierte, und so, wie er John einschätzte, wäre selbst die NSA nicht in der Lage, den Anruf zurückzuverfolgen.

»Hast du News?«, fragte Ansgar angespannt.

»Ja, ich glaube, ich weiß, wo du ihn findest.«

»Wo?«, hakte Ansgar interessiert nach.

»In der Yavuz-Sultan-Selim-Moschee am Luisenring in Mannheim.«

»Bist du sicher?«

»Ziemlich. Der Name stand auf dem USB-Stick, den du uns gegeben hast. Den Rest hat John herausgefunden.«

»Echt?«, fragte Ansgar ungläubig und tippte sein neues Ziel in das Navi ein.

»Ja, wir waren auch erstaunt. Aber eine seiner Aufgaben war es, die Islamistenszene in Mannheim zu überwachen und zu unterwandern.«

Ansgar klärte Alan kurz über das Verhör mit Mokhtar auf.

»Wir müssen Radi finden. Wenn er noch aktiv ist, kann er jederzeit zuschlagen. Vor allem macht mir Sorgen, dass Sam Eyob untergetaucht ist. Ein Beleg mehr dafür, dass bald ein nächster Anschlag ansteht«, mahnte Alan.

»Aber mit welchem Ziel?«

»Gute Frage, es muss etwas Großes sein«, schlussfolgerte er.

»Mist, ich glaube, ich weiß, was es ist«, platzte es plötzlich aus Ansgar heraus. Und noch bevor Alan reagieren konnte, fuhr er fort: »Berlin, nächstes Wochenende, wenn die Staats- und Regierungschefs aus 145 Nationen der Opfer gedenken. Ein besseres Angriffsziel kann es nicht geben.«

»Wir müssen ihn finden«, antwortete Alan und seine Stimme verriet, dass er Ansgar recht gab.

Ansgar verabschiedete sich und kurze Zeit später erreichte er sein Ziel.

Bevor er die Moschee betrat, warf er noch einen kurzen Blick auf das Foto von Radi, das Bruhns ihm geschickt hatte. Instinktiv wanderte seine rechte Hand zur Waffe. Er war auf das Schlimmste gefasst. Er hoffte, dass Alan recht behielt und Radi sich in der Moschee aufhielt.

Vor der Moschee standen ein paar junge Männer.

»Kennt ihr einen Boris Radi?«, fragte Ansgar.

»Nein«, antwortete einer von ihnen. Ihr misstrauischer Blick war ihm nicht entgangen, aber er ignorierte ihn. Er wollte gerade den kleinen Lebensmittelmarkt betreten, welcher an die Moschee angeschlossen war, als sich sein Blick mit dem Blick eines Fremden kreuzte. Radi!

Ansgar versuchte sich nicht anmerken zu lassen, dass er ihn erkannt hatte. Schließlich konnte Radi nicht wissen, wer er in Wirklichkeit war. Daher tat er so, als wolle er lediglich im Lebensmittelmarkt einkaufen. Doch Radi entfernte sich prompt durch den hinteren Bereich des Ladens.

»Mist«, fluchte Ansgar leise und eilte mit schnellen Schritten hinterher, als er auch schon angehalten wurde.

»Sie können hier nicht weiter«, sagte ein älterer Mann mit starkem Akzent.

»BKA, ich muss da leider durch«, antwortete Ansgar, zeigte ihm seine Marke und ließ den verdutzt dreinblickenden Verkäufer einfach stehen.

Wenige Meter vor ihm stand Radi, neben ihm ein paar junge Männer. Wieder kreuzten sich ihre Blicke.

»Herr Radi, warten Sie bitte. Ich muss mit Ihnen sprechen«, versuchte Ansgar sein Glück. Aber Radi schien gar nicht daran zu denken, mit ihm reden zu wollen, er flüchtete.

»Warum müssen alle immer weglaufen«, fluchte Ansgar und nahm die Verfolgung auf, wurde aber abrupt von der Gruppe gestoppt – einer der jungen Männer stellte ihm ein Bein und Ansgar ging zu Boden.

»Verpiss dich, *gavur*«, brüllte ihn einer der Männer an. Ansgar wollte gerade aufstehen, als ein anderer ihm einen Tritt in die Magengegend verpasste. Ansgar krümmte sich vor Schmerzen. Er wollte etwas sagen, als der Mann erneut auf ihn eintrat.

»Lass dich hier nie wieder blicken«, schrie er und trat mit voller Wucht in Ansgars Bauch. Doch er konnte blitzschnell reagieren und den Tritt mit der Hand stoppen. Mit einer schnellen Bewegung drehte er den Fuß des Mannes zur Seite, sodass dieser das Gleichgewicht verlor und zu Boden ging. Diese Sekunden der Unachtsamkeit nutzte Ansgar, um wieder auf die Beine zu kommen.

»Du bist tot, du Hund«, schrie der am Boden Liegende. Er war zwar einen Kopf kleiner als Ansgar, aber dafür umso breiter. Ansgar schätzte ihn auf Ende zwanzig.

»Machen Sie keine Dummheiten, ich bin vom …«, versuchte Ansgar die Situation zu deeskalieren, doch bevor er es aussprechen konnte, schrie der Mann, der sich inzwischen wieder aufgerappelt hatte: »Schnappt ihn!«

Zwei Männer, deutlich größer als er, aber viel schmächtiger, versuchten Ansgar in die Zange zu nehmen. Ansgar wich gekonnt aus und wusste sich nicht anders zu helfen, als zu radikalen Maßnahmen zu greifen. Blitzschnell griff er nach seiner Waffe und zielte auf den durchtrainierten Mann.

»Ruhig, Bruder. Mach keinen Scheiß«, antwortete der und Ansgar sah, dass er Angst hatte.

»Verdammt, was soll das! Ich bin vom BKA«, brüllte er.

»Wieso sagst du das nicht gleich?«, antwortete der Mann. Seine Augen waren aber immer noch auf die Waffe gerichtet.

Ansgar senkte die Waffe und erst jetzt schien der Mann sich zu entspannen.

»Hören Sie, wir wollten Ihnen keinen Ärger machen. Wir dachten, Sie wollen Boris *abi* Stress machen.«

»Wo ist er hin?«, unterbrach ihn Ansgar.

»Keine Ahnung. Vielleicht zum Containerhafen. Was hat er denn getan?«

»Das kann ich Ihnen nicht sagen«, antwortete Ansgar. »Wo ist der Containerhafen?«

»Einfach die Straße runter, dann sind Sie direkt am Rhein, und dann links. Können Sie gar nicht verfehlen. Sind Sie sicher, dass Sie sich nicht irren?«

Ansgar antwortete nicht, sondern begann zu laufen. Er hörte noch, wie die Männer ihm »Scheißbulle« nachriefen.

Ansgar erreichte den Containerhafen, aber von Radi fehlte jede Spur. Es war auch gut möglich, dass die jungen Männer ihn auf eine falsche Fährte geschickt hatten, dennoch sah er sich auf dem Gelände um.

»Haben Sie diesen Mann hier gesehen?«, fragte er einen Hafenarbeiter, der ihm entgegenkam. Der Hafenarbeiter warf einen Blick auf das Foto.

»Ja, eben gerade, hätte mich fast über den Haufen gerannt.«

»Wohin ist er gelaufen?«, unterbrach ihn Ansgar.

»Die Richtung«, antwortete der Mann und zeigte nach links.

Ansgar nahm seine Waffe, entsicherte sie und ging in die Richtung, die der Mann gezeigt hatte. Der Hafenarbeiter schaute ihm verwundert nach.

Von der Holzstraße bog er in den Salzkai ab. Von Radi war jedoch nichts zu sehen. Wieder kam ihm ein Hafenarbeiter entgegen, als dieser die Waffe sah, wollte er ängstlich kehrtmachen.

»Keine Angst, ich bin vom BKA«, beruhigte Ansgar den älteren Mann und zeigte ihm seinen Ausweis. Dann hatte er eine Idee.

»Geben Sie bitte allen Mitarbeitern eine Warnung durch, dass sich auf dem Gelände hier ein Krimineller aufhält. Die

Mitarbeiter sollen nicht nach draußen gehen und auch niemanden reinlassen. Kriegen Sie das hin?«

Ansgar zeigte dem Mann das Foto, damit er zusammen mit der Warnung die Personenbeschreibung durchgeben konnte. Leider hatte der Mann Radi nicht gesehen.

Gerade als er das Gespräch beendet hatte, sah er Radi, wie dieser zwischen zwei Containern verschwand. Ohne weitere Worte eilte Ansgar hinterher. Er erreichte die Container, zwischen denen Radi verschwunden war, und verlangsamte das Tempo. Vorsichtig ging er zwischen die Container, als plötzlich ein lauter Knall ertönte. Instinktiv warf er sich gegen die Containerwand, denn er wusste, was dieser Knall zu bedeuten hatte.

Radi war bewaffnet! Und dieser Schuss galt ihm. Glücklicherweise hatte er ihn verfehlt. Aber das bedeutete auch, dass Radi nicht weit sein konnte.

»Herr Radi, machen Sie keine Dummheiten. Das Gelände ist umzingelt. Sie haben keine Chance. Kommen Sie mit erhobenen Händen heraus«, forderte Ansgar ihn auf und hoffte, dass sein Bluff funktionierte.

Doch es kam keine Antwort, stattdessen noch ein Schuss, der knapp über ihm einschlug.

*Hier bin ich ein leichtes Ziel*, dachte Ansgar, der versuchte, anhand des Geräusches die Richtung zu erraten, aus der Radi schoss.

In knapp zehn Meter Entfernung sah er einen Container, der offen war. Ansgar wusste, dass er es riskieren musste. Anderenfalls konnte ihn bereits der nächste Schuss treffen. Da er keine anderen Optionen hatte, lief er auf den offenen Container zu. Kurz bevor er ihn erreichte, hörte er wieder einen Schuss und er war sich sicher, dass die Kugel ihn nur um Zentimeter verfehlt hatte. Der Luftzug der Kugel war deutlich zu spüren gewesen.

Mit einem gewagten Sprung hechtete er in den Container. An der Innenwand fand er Deckung. Vorsichtig suchte er mit den Augen die Umgebung ab und sah in kurzer Entfernung einen weiteren Container, der offen stand.

*Da ist er*, dachte Ansgar und überlegte, wie er Radi dingfest machen konnte. Die Option, die Polizei, das LKA oder das BKA anzurufen, verwarf er zunächst. Er wollte kein Risiko eingehen, dass das andere Ermittlungsteam ihn wegschnappte.

»Geben Sie auf. Sie haben keine Chance. Das Gelände ist umstellt. Kommen Sie mit erhobenen Händen heraus, bevor wir gezwungen sind, von der Schusswaffe Gebrauch zu machen.«

Radi antwortete nicht. Entweder hatte er den Bluff erkannt oder ihn interessierten Ansgars Worte nicht.

So langsam gingen ihm die Alternativen aus. Er schaute sich im Container um, ob darin etwas Brauchbares zu finden war. Wonach er genau suchte, wusste er nicht, aber er hoffte, es zu wissen, wenn er es sah.

Im Container standen verschiedene Sachen, Behälter aus Plastik, einige Pappkartons, einige Tonnen samt Deckel und dann war sie da: die Idee!

Sie war gewagt und gefährlich, aber er sah keine andere Möglichkeit, sich Radi zu nähern. Er sah sich die Tonnendeckel genauer an. Sie waren aus Metall. Ansgar hob einen auf, prüfte das Material, klopfte dagegen und wog das Risiko ab.

Er nahm einen zweiten Deckel und legte diesen auf den ersten. Dann klopfte er wieder dagegen und hob die beiden Deckel hoch. Sie waren schwer, aber das Risiko, es nur mit einem Deckel zu versuchen, war deutlich zu hoch.

Vorsichtig warf er einen Blick zu dem offenen Container, in dem er Radi vermutete. Wenn er sich beeilte, brauchte er maximal zehn Sekunden für diese Entfernung.

*Mit einem gezielten Beinschuss kann das klappen*, dachte Ansgar, der Radi unbedingt lebendig fassen wollte.

»Das ist Ihre letzte Chance, entweder Sie kommen raus oder ich muss den Kollegen vom SEK freie Hand lassen. Kommen Sie bitte raus, in Ihrem eigenen Interesse«, forderte Ansgar ihn auf.

»*Allahu akbar*«, hörte Ansgar als Antwort und diesen Worten folgte ein Schuss, der in der Tür des Containers stecken blieb.

Ansgar konnte die Einschussstelle sehen. Vorsichtig bewegte er sich auf die Stelle zu, um sie näher zu untersuchen. Er wollte sehen, was für eine Kugel benutzt wurde, um daraus Rückschlüsse auf die Waffe zu ziehen. Doch gerade als er den Kopf herausstreckte, hörte er wieder einen Knall. Im selben Moment sprang Ansgar zurück in den Container und war heilfroh, dass die Kugel ihn nicht getroffen hatte.

Es gab für ihn keine andere Möglichkeit, als volles Risiko einzugehen. Er hob die beiden Tonnendeckel auf, die auf dem Boden gelandet waren.

Mit beiden Händen drückte er sie zusammen und hielt sie als Schutzschild vor seinen Oberkörper. Und ohne weiter nachzudenken, lief er los. Kaum hatte er den Container verlassen, hörte er erst einen, dann mehrere Schüsse. Einer davon knallte gegen die Tonnendeckel, seinen Schutzschild.

Fast war ihm, als hörte er jemanden sagen: »Zurück.«

Aber alles geschah so schnell, dass Ansgar keine Zeit hatte, sich über irgendwelche Worte, die er zu hören glaubte, Gedanken zu machen. Er musste zum Container von Radi gelangen und bis dahin musste der Schild halten.

Wieder hörte er einen Knall und den Bruchteil einer Sekunde später spürte er noch etwas anderes. Er schrie auf und ließ dabei die beiden Tonnendeckel fallen. Dennoch lief er auf den Container zu. Ihn trennte etwas mehr als ein Meter von dem Container. Etwas Warmes floss von seiner rechten Brust herunter. Sein Instinkt sagte ihm, dass er getroffen war, aber das Adrenalin in ihm kannte kein Aufgeben.

Getrieben von dem Willen, Radi trotz allem zu fassen, hechtete er vorwärts und eröffnete das Feuer in der Hoffnung, dass eine der Kugeln Radi treffen würde. Dann hörte er noch einige Schüsse und wieder traf ihn eine Kugel. Er schrie auf. Schwer verletzt lag er auf dem Boden und hatte keine Kraft mehr aufzustehen. Dabei sagte ihm sein immer schwächer werdender Verstand, dass er aufstehen musste, ansonsten würde er sterben.

»Steh auf, beweg dich weg«, flüsterte er sich selbst zu, aber er hatte keine Kraft mehr. Sein Blick wanderte an seinem Körper herunter. Das Hemd war blutdurchtränkt und er wusste, dass er an mehreren Stellen getroffen war. Er würde sterben und damit wäre er gescheitert. Er war ein zu großes Risiko eingegangen, mit dieser Gewissheit schloss er die Augen. Wieder war ihm, als würde er jemanden etwas flüstern hören.

Doch es gab diesen Jemand nicht. Als er die Augen schloss, dachte er, dass er das Licht sehe. Das Licht, von dem Menschen mit Nahtoderfahrung berichteten. Dann wurde alles schwarz und Ansgar David starb.

# 37

## *Einige Tage später*

Ein anonymer Anruf hatte zur Verhaftung von Boris Radi geführt. Als die Mannheimer Polizei am Containerhafen ankam, fanden Sie Radi schwer verletzt in dem offenen Container.

Er wurde sofort in die Mannheimer Klinik gebracht, in einen abgesperrten Bereich, wo er unter Polizeischutz gestellt wurde. Und es war Bruhns zu verdanken, dass bereits ein Haftbefehl erwirkt worden war. Allerdings bestätigte sich ihre Befürchtung nicht, dass das andere Ermittlungsteam Radi unter seine Aufsicht stellen würde.

Von Sam Eyob fehlte nach wie vor jede Spur. Obwohl Ansgar darum gebeten hatte, keine offene Fahndung herauszugeben, blieb Bruhns keine andere Wahl. Ihr Vorgesetzter Manfred Wolke und Uli ordneten es an. Sam Eyob wurde bundesweit zur Fahndung ausgeschrieben, gleichzeitig erging ein internationaler Haftbefehl.

Somit hofften Sie, dass es nur eine Frage der Zeit wäre, bis sie ihn verhaften konnten. Uli war außer sich vor Wut, als Bruhns ihn über den Alleingang von Ansgar informierte. Als er jedoch hörte, dass Ansgar schwer verletzt war, wurde er ganz still und fuhr sofort ins Mannheimer Krankenhaus.

Dort angekommen, teilte ihm die Krankenhausleitung mit, dass Ansgar Glück im Unglück gehabt habe. Die Kugeln hätten das Herz und andere lebenswichtige Organe nur um Zentimeter verfehlt. Einer vollen Genesung stünde somit nichts im Wege, allerdings müsse er noch einige Zeit im Krankenhaus bleiben.

Uli atmete erleichtert auf und ging zu Ansgars Zimmer auf der Intensivstation. Als er das Zimmer betrat, sah er seinen Mitarbeiter an Maschinen angeschlossen. Er war nicht bei Bewusstsein, der Chefarzt meinte, dass es noch einige Tage dauern werde, bis er ansprechbar wäre.

Aber er lebte, das war das Einzige, was zählte. Egal wie lange es dauern würde, bis er wieder fit wurde, Uli würde ihm die Zeit geben.

»Guter Job, Ansgar«, flüsterte er ihm zu und berührte seine Schulter, bevor er das Zimmer wieder verließ. Seine Augen waren feucht, da er wusste, dass die Sache auch ganz anders hätte ausgehen können. Ansgar hatte mehr Glück gehabt, als ihm vielleicht bewusst war.

Die Spurensicherung teilte Uli mit, dass die Metalltonnendeckel die Wucht der Kugeln abgemildert hatten. Peter betonte, dass es ausgesprochen dämlich gewesen sei, die Deckel als Schutzschild zu nutzen. Ansgar könne Gott danken, dass er noch lebte.

Uli wusste das, aber er bat Peter, das nicht in den Bericht aufzunehmen. Schließlich hatten sie es ihm zu verdanken, dass sie Radi verhaften konnten. Peter verstand Uli und erwähnte es mit keiner Silbe. Stattdessen führte er auf, dass Ansgar nach Auswertung der Spurensicherung ein kalkuliertes Risiko eingegangen sei und dass es diesem Risiko zu verdanken war, dass sie Radi verhaften konnten.

Wie die Klinikleitung vorausgesagt hatte, öffnete Ansgar nach drei Tagen die Augen und war wieder ansprechbar. Sämtliche Kollegen besuchten ihn und hofften, dass er bald entlassen würde.

Seine Eltern waren außer sich vor Sorge, als sie erfuhren, dass er im Krankenhaus war. Als sie ihren Sohn sah, brach die Mutter in Tränen aus. Die Ärzte konnten sie erst beruhigen, als sie ihr schworen, dass Ansgar wieder zu hundert Prozent genesen werde. Die Heilung schritt schneller voran, als die Ärzte es selbst erhofft hatten. Bereits nach einer Woche konnte sich

Ansgar selbstständig ernähren und wurde von der Intensivstation auf die normale Station verlegt.

»Hallo«, sagte Bruhns, als sie nach kurzem Klopfen ins Zimmer trat. Ansgar lag leicht erhöht im Bett und schaute fern.

»Hallo«, grüßte er freundlich zurück. »Blumen?«, fragte er überrascht.

»Schlimm?«, fragte Bruhns. Sie schien ein bisschen verunsichert.

»Nein«, lachte Ansgar und zeigte auf einen Blumenstrauß, der bereits langsam verwelkte. »Zeit, den auszutauschen.«

Bruhns tauschte den Blumenstrauß, entsorgte den alten im Mülleimer und setzte sich auf einen Stuhl.

»Und, wie geht's?«

»Den Umständen entsprechend«, antwortete er.

»Radi hat alles gestanden. Dank dir sind die Anschläge aufgeklärt.«

»Dank uns«, korrigierte Ansgar. »Ohne deine Hilfe und dein Vertrauen hätte ich das nie geschafft«, fügte er hinzu und musste an Alan und John denken, da sie ebenfalls einen erheblichen Anteil an dem erfolgreichen Ausgang dieses Falles hatten.

Er fürchtete, dass er sie nie wieder sehen würde. Jeden Tag warf er einen Blick auf sein Handy, ob Alan ihm eine Nachricht geschickt hatte, aber nichts geschah.

»Wenn ich gewusst hätte, welcher Gefahr du dich aussetzt, hätte ich dich nicht allein gehen lassen.«

»Ich hatte keine Wahl. Er war bewaffnet und ich musste schnell reagieren. Ich wollte nicht, dass das andere Team ihn mir vor der Nase wegschnappt.«

»Und da dachtest du, du könntest die Metalltonnendeckel als Schutzschild nehmen?«, fragte Bruhns mit vorwurfsvoller Miene.

»Hat doch geklappt«, antwortete er mit einem gezwungenen Lächeln, da er im Nachhinein selber wusste, wie gefährlich die Aktion gewesen war und welches Glück er gehabt hatte, dass er noch lebte. Der Chefarzt sprach von einem kleinen Wunder.

Ansgar wollte natürlich nicht an ein Wunder glauben, sondern sah es als das »Glück des Tüchtigen« an. Er war BKA-Beamter, wenn er Sicherheit gewollt hätte, wäre er Sachbearbeiter geworden. Sein Job brachte es nun einmal mit sich, dass er Gefahren ausgesetzt war. Dennoch verstand er die Sorgen seiner Kollegen und freute sich auch ein bisschen, dass er ihnen anscheinend nicht egal war.

»Ja, zum Glück«, bestätigte Bruhns.

»Was ist mit Mokhtar? Haben wir ihn noch oder hat ihn das andere Team?«

»Wir haben ihn. Was das andere Team anbelangt, die haben sich nicht mehr gemeldet. Mein Chef Manfred Wolke denkt, dass sie aufgelöst wurden, da der Fall aufgeklärt und die Zelle aufgehoben ist, somit gibt es keinen Grund mehr für ihre Existenz. Aber genau weiß er es nicht.«

»Wäre wünschenswert. Dann steht ja einer juristischen Aufklärung der Anschläge nichts mehr im Wege. Hat Radi gestanden, welches das nächste Ziel war?«

»Ja, er wollte sich in Berlin in die Luft sprengen, an dem Tag, an dem die Staats- und Regierungschefs aus aller Herren Länder der Opfer gedenken wollten. Wir können von Glück sagen, dass du ihn vorher unschädlich gemacht hast. Der Plan war sehr weit ausgereift. Einen Tag später wäre er schon in Berlin gewesen und somit außer Reichweite für uns.«

Ansgar nickte nur, zeigte das doch einmal mehr die Unfähigkeit der Geheimdienste, denen es nicht gelungen war, an Informationen über dieses Attentat zu gelangen. Obwohl der Fall gelöst war, fühlte es sich nicht wie ein Erfolg an. Noch immer war die Geschichte nicht rund.

»Können wir sicher sein, dass die Zelle nicht mehr existiert? Handelte es sich um eine autonome Einheit, die aus dem Ausland gesteuert wurde?«, fragte Ansgar, mehr um sein Gewissen zu beruhigen als aus echter Neugier. Die Antwort kannte er bereits von Uli, aber er wollte sie noch einmal von Bruhns hören.

»Alles spricht dafür. Radi und auch Mokhtar haben bestätigt, dass die Zelle unabhängig agierte und es ihre Idee gewesen sei. Die bisherigen Untersuchungen bestätigen das. Die Zelle war somit kein autonomer Ableger einer internationalen Islamistengruppe wie al-Qaida oder ISIS. Aber da ist noch etwas.«

»Und das wäre?«, fragte Ansgar.

»Die Bundesregierung hat uns einen Maulkorb verpasst.«

»Das ist doch nichts Neues«, erwiderte Ansgar.

»Na ja, für mich schon, wenn es darum geht, dass aus sämtlichen Berichten die Verwicklung der amerikanischen Geheimdienste in die ganze Sache gestrichen wurde.«

»Wie bitte?« Ansgars Gesicht verzog sich.

»Ja, leider. Offiziell war keiner der Attentäter ein V-Mann der CIA oder der NSA. Es waren Islamisten, die vom rechten Pfad abgekommen sind und im Alleingang für die schlimmste Tragödie in Deutschland nach dem Ende des Zweiten Weltkriegs verantwortlich sind«, spottete Bruhns. Ansgar sah an ihrem Gesichtsausdruck, dass ihr das genauso wenig schmeckte wie ihm.

Wieder einmal entschieden politische Machtspiele über die Wahrheit. Auch wenn es ihm zuwider war, er würde diesen Maulkorb akzeptieren müssen. Er wusste, dass ansonsten die Presse nicht nur den BND und den Verfassungsschutz, sondern auch das BKA und alle anderen Behörden infrage stellen würde.

Dabei waren sie es, die tagtäglich unter Einsatz ihres Lebens sicherstellten, dass die Menschen in Deutschland ein unbeschwertes und sicheres Leben führen konnten. Und wie andere Menschen machten auch sie ab und an Fehler. Das war nur menschlich, aber die Presse würde das natürlich ausweiden. Sie würden auf ihnen herumtrampeln und sie als Kindergartenverein darstellen.

»Vielleicht ist das auch gut so. Wer weiß, was sonst wieder auf uns zugekommen wäre«, antwortete Ansgar.

»Vielleicht hast du recht«, sagte Bruhns. »Wenn du etwas brauchst, sag Bescheid.«

»Mach ich. Danke, dass du hier warst.«

»Kein Thema«, antwortete Bruhns und verabschiedete sich von Ansgar.

Glücklicherweise lief gerade die WM, sodass Ansgar die Zeit im Krankenhaus nicht noch langweiliger vorkam. Am liebsten hätte er sich selbst entlassen, aber die Ärzte rieten dringend davon ab und Uli duldete keinen Widerspruch. Ansgar musste so lange im Krankenhaus bleiben, bis die Ärzte erlaubten, dass er entlassen wurde.

# 38

## *26. 6. 2014*

Inzwischen waren einige Tage vergangen. Ansgars Genesung schritt so gut voran, dass er schon am nächsten Tag aus dem Krankenhaus entlassen werden würde. Er schaute gerade das Spiel USA gegen Deutschland und konnte seine Ungeduld kaum im Zaum halten, endlich rauszukommen. Einige Tage zuvor hatte er Alan eine Nachricht geschrieben und ihm und John für ihre Hilfe gedankt.

Wie er es erwartet hatte, bekam er keine Antwort. Manchmal fragte er sich, ob Alan und John nicht noch immer für den amerikanischen Geheimdienst arbeiteten. Schließlich hatten sie ihn mit wertvollen Informationen versorgt. Aber wirklich rund war auch diese Überlegung nicht. Warum sollten die Amerikaner Nancy abziehen und durch Alan und John ersetzen?

*Damit die Täuschung perfekt ist*, war ein flüchtiger Gedanke.

Am Ende war es ihm auch egal, ob er Teil eines perfiden Spiels gewesen war, so wollte er sich das jedenfalls einreden. Die WM lenkte ihn ab und er hoffte, dass er in wenigen Monaten genug Abstand von den Ereignissen haben und sich weniger Gedanken wegen der Anschläge machen würde.

Müller hatte gerade das 1 : 0 für Deutschland geschossen, als er einen leichten Windstoß spürte. Jemand hatte leise die Tür geöffnet, daran gab es keinen Zweifel, denn er hatte auch ein kaum hörbares Geräusch von der Tür her vernommen.

Um diese Zeit durfte ihn eigentlich niemand mehr besuchen, da die offizielle Besuchszeit vorüber war. Viele Gäste hielten sich allerdings nicht daran, was er immer wieder im Flur gesehen hatte. Dennoch war er leicht besorgt.

*Normalerweise klopft man an, wenn man reinwill*, dachte er.

Kaum merklich wandte er den Kopf zur Seite und überlegte, wo er sich verstecken konnte. Die Tür schien nur einen winzigen Spalt geöffnet, er konnte niemanden im Zimmer entdecken.

Er bereute jetzt, das Licht ausgeschaltet zu haben, um in Ruhe das Spiel zu genießen, denn die Dunkelheit bot nun die idealen Voraussetzungen für ein Attentat. Aber wer konnte ihm etwas anhaben wollen?

Die Zelle war aufgeflogen, alle Mitglieder verhaftet oder tot – oder vielleicht doch nicht? Hatten Mokhtar und Radi gelogen? War die Zelle noch aktiv und wollten sie sich jetzt an ihm rächen? Angstschweiß trat auf Ansgars Stirn.

Er prüfte seine Optionen. Leider gab es kaum welche. Also ließ er sich so lautlos wie möglich vom Bett gleiten und versteckte sich dort. Er wusste selbst, wie naiv das war. Sie würden ihn in jedem Fall finden und erschießen.

*Soll ich die Krankenschwester benachrichtigen*, überlegte er und suchte in der Dunkelheit nach dem Knopf, mit dem er die Schwester, die nachts Dienst hatte, rufen konnte.

Sein Herz pochte. So kurz vor seiner Entlassung wollte er nicht sterben. Er musste so tun, als sei er gar nicht im Zimmer, das wäre der beste Schutz, überlegte er.

*Der Fernseher*, erschrak er. *Würde jemand den Fernseher laufen lassen, wenn er das Zimmer verließ?*

*Nein!*

Somit konnte es sich nur noch um Sekunden handeln, bevor sie ihn sehen und erschießen würden.

*Dann kann ich mich ihnen auch stellen*, dachte er und verließ sein Versteck unter dem Bett. Im gleichen Augenblick ging das Licht an.

»Was machen Sie da?«, hörte Ansgar eine Stimme sagen und als er sah, wem die Stimme gehörte, wäre er fast in lautes Gelächter ausgebrochen. Es war John!

»Nichts«, antwortete Ansgar, der sich jetzt fürchterlich schämte und mit der Hand an seinen Haaren spielte, weil ihm die Situation ausgesprochen peinlich war.

John lachte. Neben ihm stand Alan, der ihn etwas merkwürdig anschaute, sich aber ein Grinsen nicht verkneifen konnte.

»Dachten Sie, wir wollen Sie umbringen?«, fragte John mit einem breiten Grinsen. Allem Anschein nach war der Spaß seine Idee gewesen.

»Quatsch. Wollte nur die Beine strecken«, rechtfertigte sich Ansgar.

»Im Dunkeln«, lachte John immer lauter. Sein Lachen war so ansteckend, dass auch Ansgar und Alan mit einstimmten.

»Na gut, ich dachte wirklich, Sie wollen mir an den Kragen. Zu so später Stunde kommt normalerweise kein Besuch«, gestand Ansgar und hoffte, damit die Posse zu beenden. »Setzen Sie sich doch bitte. Können wir zusammen Fußball schauen? Übrigens, die Amis liegen eins zu null zurück«, gab Ansgar von sich und Ironie lag in seiner Stimme.

»Das drehen wir noch«, sagte John überzeugt und warf einen Blick auf den Fernseher, »… oder auch nicht«, fügte er kleinlaut hinzu.

»Wie geht's?«, fragte Alan.

»So gut, dass ich morgen endlich entlassen werde.«

»Das sind doch gute Nachrichten«, sagte Alan und schien ehrlich erleichtert zu sein. Ansgar freute sich über ihren Besuch mehr, als er zeigen wollte. Irgendwie mochte er die beiden und er vertraute ihnen, obwohl sie ihm ihre wahre Identität noch immer verschwiegen. Dass sie wirklich noch aktive Agenten eines US-Geheimdienstes waren, daran wollte er in diesem Augenblick nicht glauben. Welchen Grund sollte es dann für sie geben, ihn jetzt aufzusuchen?

Und es gab noch etwas anderes, warum er sich ihnen verbunden fühlte. Es war nur ein Gefühl, aber dieses Gefühl ließ ihn all die Tage, die er bis jetzt im Krankenhaus verbracht hatte, nicht los und wurde immer stärker. Er hatte mit niemandem über diese Vermutung gesprochen.

»Habe ich dir mein Leben zu verdanken?«, fragte er Alan daher ganz direkt und war dabei unbewusst zum Du übergegangen.

»Wie kommst du darauf?«, bemerkte Alan, der ihn nun auch duzte.

»Ich habe gesehen, wie jemand über mir stand und sagte: *Halte durch, Hilfe kommt!* Das warst du«, erklärte Ansgar. Er konnte sich nicht wirklich an diese Worte oder an Alan erinnern, gab es aber nicht zu, da er hoffte, durch diese kleine Notlüge die Wahrheit zu erfahren.

»Ist das wichtig?«, gab Alan von sich.

»Für mich schon.«

»Sag's ihm«, bat John ihn.

»Ja, ich war es. Aber ich habe nicht *Halte durch* gesagt, sondern *Du darfst nicht sterben*«, korrigierte Alan.

»Danke«, antwortete Ansgar, da es ihm sehr viel bedeutete. Endlich hatte er Gewissheit und er stand Alan gegenüber in der Schuld. Ohne sein beherztes Eingreifen wäre er jetzt vermutlich tot.

»Nicht dass du denkst, du stehst deshalb in meiner Schuld. Das, was du getan hast, war tausendmal mutiger als das, was ich getan habe«, versuchte Alan, Ansgar jegliche Verpflichtung zu nehmen.

»Aber eine Einladung zum Essen werdet ihr nicht abschlagen?«, sagte Ansgar lächelnd.

»Nein. Essen sicherlich nicht«, antwortete John und kam Alan zuvor.

»Du denkst auch immer nur ans Essen«, sagte Alan mit einer ironischen Anspielung auf Johns kräftige Statur.

»Woher wusstest du, dass ich im Hafen war?«, wollte Ansgar wissen. Das WM-Spiel geriet zur Nebensächlichkeit.

»Du vergisst, dass ich dir den Tipp mit Radi und Mannheim gegeben hatte. Wir wussten die ganze Zeit, wo du warst. Wir hatten dein Auto verwanzt.«

»Was?«

»War nicht schwierig«, erklärte John. »So wusste ich immer, wo du bist, und Alan hat sich an deine Fersen geheftet. Als er sah, dass du in Gefahr bist, ist er eingeschritten und hat Radi ausgeschaltet.«

»Er hat Radi ausgeschaltet? Haben meine Kugeln ihn nicht getroffen?«, fragte Ansgar verwirrt. Alan warf John einen bösen Blick zu, sodass selbst Ansgar wusste, was das bedeutete. John hätte das nicht sagen sollen.

»Ups«, flüsterte John kleinlaut.

»Sag mir die Wahrheit, Alan. Hast du Radi unschädlich gemacht?«

»Ja. Du hast ihn am Bein getroffen, als er dich in die Brust traf und du zu Boden gingst. Ich habe nur schnell reagiert und auf ihn geschossen. Ohne deine Vorarbeit wäre das nicht möglich gewesen.«

»Aber dann müsste doch im Untersuchungsbericht auftauchen, dass er durch unterschiedliche Waffen unschädlich gemacht wurde?«, hakte Ansgar nach.

»Nein, ich habe exakt die gleiche Waffe genutzt, die du auch hast! Eine SIG Sauer P229. Somit steckten in Radis Körper keine unterschiedlichen Projektile und da er noch lebt, hat die Spurensicherung auch nicht näher untersucht, von wo die Schüsse abgefeuert wurden oder welche Spuren sich auf den Projektilen befinden.«

»Woher weißt du, welche Waffe ich benutze?«

»Ist nicht dein Ernst? Ich war Geheimagent. Von daher weiß ich noch immer, welche Waffen ihr beim BKA habt. Außerdem hast du mich doch mit deiner Waffe bedroht, falls du dich noch erinnerst.«

»Stimmt … sorry, aber warum sagst du, ich *war* Geheimagent?«, fragte Ansgar mit mehr Misstrauen in der Stimme als beabsichtigt.

»Er war verdammt gut, Ansgar. Du kannst dir gar nicht vorstellen, wie gut er war«, betonte John mit Stolz in seiner Stimme.

»Sicherlich werdet ihr mir nicht verraten, warum ihr beide nicht mehr Mitglied eurer Geheimdienste seid? Genauso wenig den Grund, warum ihr das alles getan habt?«

»Das können wir leider nicht, Ansgar. So gerne wir dich auch haben. Aber wir sind von Menschen umgeben, die wir schützen müssen. Wenn unser Name irgendwo öffentlich wird, wird man uns jagen, was allein nicht so schlimm wäre. Aber sie würden unsere Familien als Druckmittel benutzen. Ich habe Alan und mir damals eine neue Identität beschafft. Als ehemaliger Topprogrammierer und Hacker bei den Geheimdiensten kenne ich ihre Server und ihre IT-Landschaft besser als meine Westentasche«, erklärte John und Ansgar glaubte ihm.

»Dennoch konnten wir nicht aus unserer Haut«, begann Alan, Johns Worte zu ergänzen. »Als wir aus den Medien von den Anschlägen in Deutschland hörten, wussten wir, dass wir etwas unternehmen müssen. Und so stießen wir auf dich. Wir haben dich die ganze Zeit beobachtet und schnell den Entschluss gefasst, dass wir dir vertrauen können. Auch wenn das bedeutete, ein unkalkulierbares Risiko einzugehen.

Aber das bringt Vertrauen immer mit sich. Also haben wir verdeckt ermittelt. John hat die Datenbanken und die Kommunikation der CIA und der NSA ausspioniert. Diese Informationen haben wir dir weitergegeben und mit den Informationen abgeglichen, die du uns gegeben hast. Und so konnten wir dir helfen, dass du die Zelle unschädlich machen konntest. Auch wenn der eigentliche Skandal hinter diesen Anschlägen nie aufgeklärt werden wird, haben wir wenigstens einen weiteren Anschlag verhindert. Wir dürfen außerordentlich zufrieden sein«, beendete Alan seine Erklärung.

Ansgar hörte aufmerksam zu.

»Dann wisst ihr auch nicht, wo Sam Eyob ist?«, fragte Ansgar.

»Das bleibt unter uns und darf niemals diese vier Wände verlassen«, antwortete Alan. Ansgar nickte nur.

»Es gibt Anhaltspunkte, dass die CIA ihn außer Landes gebracht hat. Dass er bald irgendwo unter einer neuen Identität erneut für sie tätig sein wird.«

»Aber was ist mit seinem Unternehmen?«, unterbrach ihn Ansgar.

»Das war nur eine Tarnung. Die CIA hatte ihm das Investitionskapital zur Verfügung gestellt. Am Ende wäre es egal gewesen, ob die Firma Gewinn macht oder nicht. Aber sie machte Gewinn. Doch durch deine Ermittlungen sah sich die CIA gezwungen, Sam Eyob zurückzuziehen.«

»Aber würde das nicht heißen, dass die CIA von den Anschlägen wusste? Warum sonst sollten sie ihn außer Landes bringen? Zumal er in Deutschland per Haftbefehl gesucht wird.«

»Davon gehen wir aus. Leider wurden sämtliche Daten, die das bestätigen könnten, sehr gründlich auf den Servern gelöscht, bevor ich sie finden und sichern konnte. Ich hatte leider keine Chance. Das, was ich sichern konnte, reicht nicht aus, um die Verstrickung der CIA oder der NSA zu beweisen, und auch nicht, um Sam Eyob nach Deutschland zurückzuholen. Er scheint für die CIA unentbehrlich zu sein«, bestätigte John Ansgars Vermutung.

»O mein Gott, wollt ihr damit sagen, die CIA hat die Anschläge in Auftrag gegeben?«

»Das werden wir nie genau herausfinden. Wir wissen, dass alle Beteiligten für die CIA oder die NSA arbeiteten. Somit ist es denkbar, dass die Anschläge mit dem Wohlwollen dieser Behörden geschahen. Aber …«

»Du sagst damit nichts anderes, als dass die Geheimdienste den Tod Hunderter unschuldiger Menschen in Kauf nahmen«, unterbrach ihn Ansgar entsetzt.

»Das ist die entscheidende Frage. Es ist denkbar, dass die Anschläge vorbereitet werden sollten, es jedoch nie zu einem Anschlag kommen sollte. Und dass am Ende die Geheimdienste selbst hereingelegt wurden. Immerhin hat sich die Zelle aus islamistisch radikalisierten V-Männern der amerikanischen Geheimdienste gebildet. Wenn diese Wahrheit an die Öffentlichkeit käme, wäre das ein herber Schlag für die Geheimdienste. Vielleicht haben sie deshalb Sam Eyob außer Landes gebracht, sind mit ihm einen schmutzigen Deal eingegangen. Aber unsere Beweise reichen nicht aus, eine dieser Behauptungen auch wirklich beweisen zu können.

Außerdem darfst du nicht vergessen, dass die USA international mächtig unter Druck stehen. Europa begehrt auf, widersetzt sich, und die Ausnahmestellung der USA als Weltmacht und Beschützer Europas beziehungsweise der Welt steht auf dem Spiel und damit auch knallharte wirtschaftliche Interessen.

Was glaubst du, wie erfreut die USA über die stockenden Verhandlungen zum Freihandelsabkommen sind oder über die laufenden Ermittlungen wegen des NSA-Abhörskandals, der in den USA als weniger dramatisch eingestuft wird als in Deutschland.

So hart es klingen mag, aber die USA brauchen die Terroristen, nur so können sie gewährleisten, weiterhin die führende Weltmacht zu bleiben. Die Anschläge werden dazu führen, dass die europäischen Länder wieder näher an die USA heranrücken, damit der große Bruder sie weiterhin beschützen kann.«

»Das gibt ihnen trotzdem nicht das Recht, sich wie Warlords aufzuführen«, widersprach Ansgar.

»Komm, Ansgar. Du kennst doch die Spielregeln. Du arbeitest nicht erst seit gestern beim BKA. Die Medien machen nur transparent, was seit zig Jahren gängige Praxis bei Geheimdiensten ist. Ich heiße nicht gut, was dort geschieht, aber es ist üblich und eure Geheimdienste mischen ordentlich mit. Denkst du, der BND spioniert keine ausländischen Regierungen aus, die in partnerschaftlichem Verhältnis zu Deutschland stehen? Das ist ihr Job.

Was denkst du, wie viele Politiker oder Agenten aus Deutschland auf der Gehaltsliste der US-Geheimdienste stehen?«, fragte Alan, wobei es nicht als Frage, sondern als Feststellung gemeint schien.

»Doppelagenten beim BND? Sicherlich nicht seit dem Ende des Kalten Krieges«, versuchte Ansgar seine Kollegen zu verteidigen.

»Du glaubst noch immer an das Gute. Genau deswegen haben wir dir vertraut. Wegen deiner Loyalität und deines unbändigen Glaubens und Willens, deinen Dienst dem Wohl Deutschlands zur Verfügung zu stellen. Dich könnte man nicht bestechen.

Aber viele andere schon. Und nicht immer geht es um Geld. Als sich John ins CIA-Netz eingehackt hat, ist er zufälligerweise auf eine sehr aktuelle Sache gestoßen. Ein Agent des BND hat über Jahre hinweg die CIA mit Informationen versorgt und ist erst aufgeflogen, als er die Informationen auch an die Russen verkaufen wollte.

Glaub mir, Ansgar, die US-Geheimdienste haben den BND in der Zange und der BND wird nur das erfahren, was die USA freigeben. Ohne die US-Geheimdienste ist der BND machtlos. Aber einige eurer Politiker nicht, sie sind nicht korrupt und haben auch keine Angst, sich mit den amerikanischen Geheimdiensten anzulegen. Diese mutigen Politiker bereiten den USA große Kopfschmerzen.«

Ansgar brauchte einige Sekunden, bis er das Gesagte wirklich verarbeitet hatte. Alan hatte soeben nichts Geringeres erklärt, als dass einer der BND-Mitarbeiter ein Doppelagent war. Zu diesem Zeitpunkt konnte Ansgar den Wahrheitsgehalt dieser Sache noch nicht abschätzen, obwohl er Alan vertraute. Doch nur wenige Wochen später sollte die Öffentlichkeit von diesem Skandal erfahren und Alan somit bestätigen.

»Also werden wir die Wahrheit nie erfahren?«, schlussfolgerte Ansgar ernüchtert.

»Ja, so funktioniert Geheimdienstarbeit. Aber wir können davon ausgehen, dass die Geheimdienste ganz große Scheiße gebaut haben. Hoffentlich werden die Verantwortlichen dafür in den USA zur Rechenschaft gezogen. Sicherlich nicht vor einem ordentlichen Gericht, aber es wäre uns schon sehr geholfen, wenn sie nicht mehr in verantwortlichen Positionen säßen. Wenn sie intern ausgetauscht würden.«

»Wenn die Geheimdienste dahinterstecken, waren dann Mokhtar und Radi ein Bauernopfer?«, fragte Ansgar, obwohl diese Frage schon belanglos war. Alan hatte ihm soeben doch nichts Geringeres klarzumachen versucht, als dass es sinnlos war, sich darüber den Kopf zu zerbrechen. Sie alle drei besaßen nicht die Macht, die wahren Hintergründe jemals aufzuklären.

»Ja, sehr gut möglich. Aber ich glaube, die Amerikaner wussten nicht, dass ein weiterer Anschlag geplant war. Deswegen hatten sie auch alles in Bewegung gesetzt, damit ein zusätzliches Ermittlungsteam eingesetzt wurde. Dieses Team, das aus KSK-Soldaten und Topagenten der CIA bestand, sollte Radi finden und unschädlich machen. Du bist ihnen aber zuvorgekommen, was ihnen mehr als recht war.«

»Und was ist mit diesem anderen Team geschehen?«

»Das wird nicht mehr gebraucht. Es wurde aufgelöst. Die Verwicklung der US-Behörden wird niemals öffentlich werden, weil das bedeuten würde, dass die Bundesregierung sich unangenehmen Fragen durch die Presse stellen müsste.«

»Am Ende läuft alles auf eine große politische Schweinerei hinaus«, platzte es verärgert aus Ansgar heraus.

»Politik und Geheimdienstarbeit gehen Hand in Hand. Du solltest es als erfolgreiche Mission abhaken.«

»Erfolgreiche Mission?« unterbrach ihn Ansgar.

»Ja, die Zelle ist zerschlagen. Ein weiterer Anschlag wurde verhindert und durch die Pannen bei den US-Geheimdiensten werden die Verantwortlichen mächtig unter Druck stehen. Was hoffentlich dazu führt, dass neue, verantwortungsvollere Gesichter das Geschehen innerhalb der Geheimdienste mitentscheiden.«

»Und wenn nicht?«

»Dann überlegen wir uns, ob wir unser Wissen nicht doch der Presse zuspielen«, antwortete Alan vielsagend.

»Dann würde euch das gleiche Schicksal wie Edward Snowden blühen«, gab Ansgar zu bedenken.

»Siehst du, warum es nicht so einfach ist, das Richtige zu tun?«, äußerte John sich.

Ansgar nickte. Er verstand nun. Obwohl es genug Indizien gegen die NSA und die CIA gab, waren es eben nur Indizien. Ein Beweis war nahezu unmöglich. Und jeder, der es wagte, sich öffentlich mit Indizien gegen die Geheimdienste zu stellen, würde von ihnen verfolgt werden.

Die Gesetzgebung würde die Geheimdienste noch bestärken. Obwohl Snowden der Menschheit einen unschätzbaren Dienst erwiesen und die skandalöse, weltweite und flächendeckende Spionage durch die NSA aufgedeckt hatte, wurde er per Haftbefehl gesucht. Für die USA war er natürlich ein Verräter.

Und das Gleiche würde auch Alan und John blühen. Wenn sie Familie hatten, konnte er verstehen, dass sie dieses Risiko nicht eingehen wollten.

Somit blieb nur die Hoffnung, dass neue Köpfe das Handeln der Geheimdienste von innen veränderten. Oder dass es mutige Politiker gab, die sich gegen die Geheimdienste stellten und die Gesetze änderten, damit nicht jeder Mensch bespitzelt und als potenzieller Terrorist eingestuft werden konnte.

»Sehe ich euch wieder?«, fragte Ansgar und beendete damit das Gespräch über die Verstrickungen der Geheimdienste in diese Anschläge. Es wurde persönlich.

»Wenn du das möchtest, klar.«

»Ja, das würde ich sehr gerne. Müssen wir uns heimlich treffen?«, fragte er.

»Nein, wir haben beide neue Identitäten und ein neues Leben. Warum sollten wir in diesem Leben nicht auch neue Freunde gewinnen?«

»Ich möchte euch nicht in Gefahr bringen.«

»Sei da mal unbesorgt, das tust du nicht. Ich gehe davon aus, dass die US-Geheimdienste nach dem neuesten Skandal den BND und das BKA zunächst nicht überwachen werden. Und wenn doch, werden sie nur sehen, dass wir uns gerade kennengelernt haben.«

»Wo denn?«

»Komm nächste Woche um 20 Uhr ins *Joe Champs* am Rudolfplatz. Ich werde meine Familie mitbringen. Dort begegnen wir uns dann offiziell das erste Mal, wenn du magst.«

»Sehr gerne«, antwortete Ansgar und schenkte ihnen ein Lächeln, da er sich durch das ausgesprochene Vertrauen sehr geehrt fühlte.

»Sehr gut. Wir sehen uns dann, Ansgar«, antwortete Alan.

»Bis dann, Alan«, bestätigte Ansgar, »freue mich, John«, und gab beiden die Hand zum Abschied.

Dass Deutschland das Spiel gewonnen hatte, interessierte zu diesem Zeitpunkt niemanden.

»Nicht John, ich heiße Joe«, korrigierte ihn Joe.

»Bis dann, Joe«, berichtigte sich Ansgar.

»Und ich heiße Ethan, Ethan Carter«, gestand Alan ihm seine Identität. Ansgar nickte nur, da ihm bewusst war, welch großes Vertrauen sie ihm entgegenbrachten.

Seine Augen wurden feucht, aber er verkniff sich die Tränen.

Mit diesen Worten verließen sie das Zimmer und zu diesem Zeitpunkt wusste Ansgar noch nicht, welch intensive Freundschaft zwischen ihnen entstehen sollte. Aber er freute sich bereits darauf, ihre Familien kennenzulernen.

Und was die Verstrickungen der Geheimdienste in die Anschläge anbelangte, lernte er irgendwann, sich damit abzufinden, dass die Wahrheit niemals ans Licht kommen würde.

Wie er auch akzeptierte, dass viele Fragen unbeantwortet bleiben würden, wie die Anspielung von Ali Dawud, dass er an die NSU-Anschläge denken sollte. Obwohl er glaubte zu wissen, dass Dawud damit die Verstrickung der Geheimdienste in die Anschläge gemeint hatte.

Wenn dem so war, stellte sich die Frage, woher Dawud das wusste. Hatte er nur geraten? Komplexe Ermittlungen brachten es nun einmal mit sich, dass nicht alle offenen Fragen beantwortet werden konnten.

Schon bald sollte dieser Fall genauso zu den Akten gelegt werden wie die anderen. Auch wenn Deutschland jedes Jahr der Opfer gedenken würde.

Glücklicherweise wurde Deutschland Weltmeister, was den Schmerz über die Anschläge im Bewusstsein der Gesellschaft abmilderte.

Und wie das Leben nicht zum Stillstand kam, kam auch das Verbrechen nicht zum Stillstand, sodass schon sehr bald ein neues Verbrechen und dessen Aufklärung die ganze Aufmerksamkeit von Ansgar erforderte.

Und er hatte ein Ass, nein zwei Asse im Ärmel. Joe und Ethan, die ihn verdeckt unterstützen würden, wenn er sie denn um Hilfe bat.

Ansgar liebte seinen Job!

# Eine Bitte

Sollte Ihnen die Geschichte gefallen haben, würde ich mich sehr über eine positive Bewertung bei Amazon freuen. Sie unterstützen damit einen verlagsunabhängigen Schriftsteller.

Wenn Ihnen dieses Buch gefallen hat, wird Ihnen die Buchreihe der Lübecker Mordkommission auch gefallen:

MORD – §78
VERSTUMMT – Tatort Lübeck
SEBASTIAN – Tatort Lübeck

Weitere Bücher von mir, bei Amazon erhältlich:
**Das Jesus Sakrileg / Nächstenliebe**
oder die Thriller-Mini-Serie:
**Peter Walsh**

Gerne können Sie auch direkt mit mir in Kontakt treten, alle Informationen dazu auf meiner Webseite:
www.salim-gueler.de
oder auf Facebook:
https://www.facebook.com/salim.gueler.autor

Herzlichen Dank für Ihre Unterstützung

Ihr
Salim Güler

# Hinweis

Trotz der aktuellen Thematik möchte ich darauf hinweisen, dass die Geschichte und die handelnden Personen meiner eigenen Fantasie entstammen und somit fiktiv sind.
Die Recherchen zu diesem Buch waren äußerst zeitaufwendig und intensiv, haben mir aber ein gutes Bild darüber gegeben, wie gefährlich Extremismus in jeder Form für eine Demokratie ist.

# Kleines Wörterbuch

**abi** = Bruder

**Allahu akbar** = Allah ist größer

**al-hamdu li-llah** = gepriesen sei Gott/zum Glück

**anne** = Mutter

**Ayran** = türkisches Getränk auf Joghurtbasis

**camii** = Moschee

**çay** = türkischer Tee

**Dschanna** = arabischer Name für das Paradies im Islam

**gavur** = Ungläubiger

**Hadsch** = Pilgerfahrt nach Mekka, die fünfte Säule des Islam

**Hodscha** = Imam

**inschallah** = so Gott will

**ma'a as-salama** = mit Frieden/auf Wiedersehen

**meze** = Vorspeise

**Nazar-Amulett** = Glasschmuck, welches den bösen Blick fernhalten soll

**sallallahu alayhi wa sallam** = Der Segen Allahs sei mit ihm und seiner Familie und Frieden.

# Abkürzungen

**BND** = Bundesnachrichtendienst, einer der drei deutschen Nachrichtendienste des Bundes, als einziger deutscher Geheimdienst zuständig für die Auslandsaufklärung.

**BKA** = Bundeskriminalamt, eine dem Bundesministerium des Inneren nachgeordnete Bundesoberbehörde der Bundesrepublik Deutschland. Seine Aufgabe ist, die nationale Verbrechensbekämpfung in Deutschland in enger Zusammenarbeit mit den Landeskriminalämtern zu koordinieren und Ermittlungen in bestimmten schwerwiegenden Kriminalitätsfeldern mit Auslandsbezug zu führen.

**CIA** = *Central Intelligence Agency* (Zentraler Nachrichtendienst), einer der Auslandsnachrichtendienste der USA. Ziviler Geheimdienst mit den Aufgaben Spionage, Informationsbeschaffung, Geheimoperationen im Ausland.

**GCHQ** = *Government Communications Headquarters* (Regierungskommunikationszentrale), britische Regierungsbehörde, die sich mit Kryptografie, Verfahren zur Datenübertragung und mit der Fernmeldeaufklärung befasst.

**GSG 9** = Spezialeinheit der Bundespolizei zur Bekämpfung von Terrorismus und schwerster Gewaltkriminalität.

**GTAZ** = Gemeinsames Terrorismusabwehrzentrum der Länder und des Bundes mit Sitz in Berlin. Es beschäftigt sich ausschließlich mit der Bekämpfung des islamistischen Terrorismus.

**ISIS** = eine der kampfstärksten Dschihadisten-Gruppen mit einem besonders hohen Anteil ausländischer Kämpfer.

**KSK** = Kommando Spezialkräfte, militärische Spezialeinheit der Bundeswehr mit dem Auftrag, deutsche Einrichtungen und Kräfte im Ausland zu schützen. Weitere Aufgaben: Retten, Befreien und Evakuieren von Personen, militärische Aufklärung, Kampf gegen Ziele hoher Priorität auf gegnerischem oder feindbesetztem Gebiet.

**LKA** = Landeskriminalamt, dem Innenministerium unterstellte Polizeibehörde, Bindeglied der Polizeidienststellen zum BKA. Aufgaben: Gefahrenabwehr, Strafverfolgung in besonderen oder herausragenden Fällen.

**NSA** = *National Security Agency* (Nationale Sicherheitsbehörde), größter Auslandsgeheimdienst der USA. Aufgaben: weltweite Überwachung, Entschlüsselung und Auswertung elektronischer Kommunikation.

**NSU** = Nationalsozialistischer Untergrund, im November 2011 öffentlich bekannt gewordene rechtsextreme terroristische Vereinigung in Deutschland. Im Mai 2013 wurde ein Prozess vor dem OLG München gegen das führende Mitglied Beate Zschäpe eröffnet.

**PKI** = *public key infrastructure* (engl.), ein System in der Kryptologie, das digitale Zertifikate ausstellen, verteilen und prüfen kann. Es dient der Absicherung rechnergestützter Kommunikation.

**SEK** = Spezialeinsatzkommando, Spezialeinheit der Polizei in Deutschland. Aufgaben: Terrorismusbekämpfung, Geiselbefreiung, Zugriffe.

**VPN** = *virtual private network* (engl.), ermöglicht die Einrichtung einer (abhör)sicheren Verbindung zwischen Servern im Internet von unterschiedlichen Standorten aus.

Druck:
Canon Deutschland Business Services GmbH
im Auftrag der KNV-Gruppe
Ferdinand-Jühlke-Str. 7
99095 Erfurt